龍馬 一

青雲篇

津本　陽

集英社文庫

目次

龍馬　一　青雲篇

●単位換算表

一寸＝一〇分＝約三・〇三センチメートル
一尺＝一〇寸＝約三〇・三センチメートル
一丈＝一〇尺＝約三・〇三メートル
一間＝六尺＝約一・八二メートル
一丁（町）＝六〇間＝約一〇九メートル
一里＝三六丁＝約三・九三キロメートル

一歩（坪）＝一平方間＝約三・三平方メートル
一反（段）＝一〇畝＝三〇〇歩＝約九九一・七平方メートル

一匁＝一〇分＝一〇〇厘＝三・七五グラム
一貫＝一〇〇〇匁＝三・七五キログラム
一斤＝一六〇匁＝六〇〇グラム
一ポンド＝約四五三・六グラム
一升＝一〇合＝一〇〇勺＝約一・八リットル
一石＝一〇斗＝一〇〇升＝約一八〇リットル

海の虹《にじ》

梅雨《つゆ》があがり、乾いた風がさわやかに吹き通う朝であった。

高知城の西側、本丁筋《ほんちょうすじ》一丁目の東角にある、郷士《ごうし》坂本八平《さかもとはちへい》の屋敷の門前に二人の男女がたたずんでいる。どちらも人目をひくほど背が高い。竹《たけ》の子笠《こがさ》をかぶり、紺地の浴衣《ゆかた》を着た女は背丈が五尺八寸ほどもあり、恰幅《かっぷく》がいいので、並んでいる五尺六寸の男が、ちいさく見えた。

燕《つばめ》が二人の頭をかすめ、軒先の巣に戻ってきては、飛び去ってゆく。

「まだこんのう」

大女に声をかけた男は、坂本家の次男で十七歳の龍馬《りょうま》である。

「急《せ》くことはないきに。五つ（午前八時）の鐘は鳴っちゃあせんろうがね」

女は龍馬の姉で、二十歳になる乙女《おとめ》である。龍馬は門前に吹きこんでくる風に、白絣《しろがすり》の上衣《うわぎ》の背をふくらませ、牛車、馬車、大八車、担い売りの行商人、買いものにくる男女がにぎやかに往来する通りの西方を、首をのばして眺めた。彼は裾《すそ》みじかな麻の山袴《やまばかま》の腰に、チンピと呼ぶ小脇差《こわきざし》を差している。

嘉永《かえい》四年（一八五一）七月はじめの高知の空は碧瑠璃《へきるり》の色に澄みわたり、眩《まぶ》しい陽射《ひざ》しが満ちあふれていた。

龍馬はおない年の友人、藤田栄馬《ふじたえいま》を待っている。栄馬は龍馬の住居から十数丁西の、赤石《あかいし》という町からくる。彼は郷士藤田利三右衛門の息子であった。

やがて栄馬の姿が町並みにあらわれた。合財袋《がっさいぶくろ》を肩にかけ、片手に釣竿《つりざお》を持ち、袴を鳴らし急ぎ足できた彼は、きれいな歯なみを見せた。

「待たせたのう。すまん、すまん。朝からちくと庭掃除をしよったきに、遅れてしもうた」

栄馬は日頃《ひごろ》、大声をあげることもないおだやかな性格であった。龍馬の家から五、六丁離れた鏡川《かがみがわ》沿いの築屋敷《つきやしき》にある、小栗流日根野弁治《おぐりひねのべんじ》道場で、ともに剣術、和術《やわら》（柔術）を稽古《けいこ》している。

龍馬は笑って手を振った。

「かまん、かまん。これから潮江《うしおえ》へいきゃ、船を漕《こ》ぎだすのにちょうどええ潮まわりじゃき」

乙女がおどけていう。

「栄やん、釣りゆうかね。いまは鰹《かつお》が釣れゆうが、いっそ鯨でも担いで帰るかね」

三人は日盛りの道を、鏡川のほうへむかった。

龍馬たちは、高知城を囲む上士《じょうし》の居住地域である、郭中《かちゅう》を通り抜けるのをはばかり、本丁筋の関所前を右手に折れ、閑静な町屋のあいだを伝い、鏡川の土手へ出る。

川の対岸の筆山《ひつざん》をゆるがす蟬《せみ》の声を聞きつつ、土手の草いきれのなかを天神橋《てんじんばし》へむかううち、乙女が栄馬に声をかける。

「栄やん、昨日雁切《がんきり》河原で囚人《しゅうにん》が二人、火炙《ひあぶ》りと打ち首にされたちゅうが、知らんかよ」

「さあ、知らんぜよ」

栄馬は口数がすくない。行く手の道端で、町屋の人たちが家内から畳や莚《むしろ》を持ちだし、日にさらし竹箒《たけぼうき》で掃いている。

乙女が浴衣の裾をからげ、その前を走り抜けた。

「蚤《のみ》を掃《は》らいゆう。お前《ま》さんらも裾をからげにゃいかんぞね」

乙女が巨体をゆるがして走ると、道端の男女が箒の手をとめ、声をかけた。

「ありゃ坂本のお仁王さまじゃ。どこへいきゆうかね」

乙女は答える。

「種崎《たねざき》へ水浴びにいきよるがよ」

「そりゃええのう」

種崎村は、太平洋と浦戸《うらど》湾とのあいだに長く延びた砂嘴《さし》の先端にある。龍馬たちは筆山の東麓《とうろく》、潮江村にある父八平の実家、山本《やまもと》家に立ち寄り、当主代七の息子卓馬《たくま》の磯舟《いそぶね》に乗せてもらい、種崎の親戚《しんせき》へ泊まりがけで遊びにゆくのである。代七は八平の甥《おい》で、龍馬とは親子ほどに年のはなれた従兄《いとこ》であった。山本家は、上士と下士の間に位置する白札《しらふだ》という家格の武家である。卓馬は龍馬とおない年で、天保《てんぽう》六年（一八三五）一月生まれ。龍馬は十一月生まれであった。卓馬は幼時から活潑《かっぱつ》で、四歳で水泳ぎを覚えた。

龍馬は泳ぎを覚えるのが遅かった。卓馬は毎年夏がくると、鏡川にかかるただひとつの大橋である長さ七十五間の天神橋の下で、手をとって浮き身や抜き手を教えた。

龍馬たちが出かける種崎の親戚は、義母伊与《いよ》の里方である廻船《かいせん》問屋、下田屋《しもだや》である。当主の川島猪三郎《かわしまいさぶろう》は四十二歳、土佐《とさ》藩御船倉《おふなぐら》御用商人として、足摺《あしずり》岬から下関《しものせき》、長崎方面への廻漕《かいそう》をおこない、鉄材、木材を販売していた。

川島家の座敷には、弘化《こうか》元年（一八四四）製作の万国地図が掲げられており、村人たちは下田屋をヨーロッパと呼んでいる。

龍馬たちの足どりは、天神橋を渡る時分から速くなった。

卓馬は菅笠《すげがさ》に褌《ふんどし》ひとつで土手に立っていた。そばに弟の三次《さんじ》がおなじ格好でいる。三次は卓馬より二歳ほど年下である。

「栄やんもいくかよ。にぎやかでええのう。乙女さんは重いきに、艫《とも》へ坐《すわ》っておくれ」

「なんじゃ、またなぶりゆうが」

乙女が浴衣の袖《そで》をひるがえし、卓馬を打つまねをした。

龍馬たちは笑い声を空にひびかせ、よしずの日覆いを張った舟に乗りこむ。

「今日は大分荷が重いぜよ。三次と替わりおうて櫓《ろ》を漕ぐか」

龍馬と栄馬は衣類をぬぎすてた。海風が肌に心地よく、河口にむかう水面は澄み、小魚の群れのうえを舟が滑ってゆく。

乙女がつぶやくようにいった。

「お母《かか》やんが亡《の》うなって、五年めの夏がきたがよ。ほんに夢のようじゃ」

龍馬は黙ってうなずく。母の幸《さち》は、弘化三年六月十日に四十九歳で世を去った。

幸は十七歳で長男権平《ごんぺい》を生んだのち、千鶴《ちず》、栄《えい》、乙女、龍馬と二男三女をもうけた。龍馬は彼女が三十八歳で生んだ末子《おとご》であった。

幸は亡くなるまえ、長わずらいの床で、まだ幼さをのこす龍馬の頬《ほお》にかぼそい指を触れ、枕頭《ちんとう》をかこむ親戚の人々に頼んだ。

「私はこの子の行末が気になってならんきに、皆の衆によろしゅう頼みまする」

龍馬は燭台《しょくだい》と吊《つ》り行灯《あんどん》の明かりの満ちた座敷に、大勢の男女がうごめいていた通夜の晩の情景を忘れられない。

息もつまるような蒸し暑い夜気のなかで、龍馬は悲哀と寂寥《せきりょう》にうちのめされ、重い時の動きに耐えるしかなかった。

その夜も、鏡川対岸の鷲尾山《わしおやま》の方角から、遠雷のような海鳴りが聞こえていた。夏のあいだは土用の過ぎる頃まで、一里半離れた海辺に砕ける波音が、夜毎《よごと》に枕辺《まくらべ》にとどくのである。

幸が亡くなったとき、八平は五十歳、幸の母久《ひさ》は六十八歳、長男権平は三十三歳で、妻千野《ちの》とのあいだに春猪《はるい》、富太郎の二子をもうけていた。長女千鶴と次女栄は他家に嫁ぎ、三女乙女は十五歳、龍馬は十二歳であった。

坂本家は領知高百六十一石のほかに、三人扶持《ぶち》、切米《きりまい》（扶持米）五石を得て、暮らしむきは豊かである。

領知とは加地子《かじし》（年貢）のことである。三人扶持は一日に一升五合の米を支給されることで、一年あたり五石四斗になる。その上に切米五石がつくので、坂本家の年収は百七十石を超えることになる。

坂本家は、龍馬の曾祖父《そうそふ》八平直海が、商家である本家から分家し、幡多《はた》御新規郷士として、取りたてられ創始した。本家の才谷屋《さいたにや》は、本丁筋三丁目に、東西十八間、南北二十五間の土蔵造りの店を構える、城下屈指の豪商であった。

酒造業のほかに質商、呉服販売、鬢付油《びんつけあぶら》製造、鉄材商、肥料、諸雑貨販売をいとなみ、乾蔵《いぬいぐら》、質蔵、夜着蔵、道具蔵、衣類蔵、西ノ倉が、甍《いらか》をつらねている。

そのほかに「仕送り」と称し、家老など上級武家の家禄《かろく》を抵当とする、金融もおこなっていた。

龍馬は祖母の久に、先祖の話を聞かされたことがあった。

「坂本のご先祖は、山城《やましろ》の国（京都）から土佐へおいでたと聞いちゅう。上方《かみがた》で、がいな合戦があったんで、逃げてきたがよ。三代までは長岡《ながおか》郡の才谷村で百姓をしていなさったが、四代の八兵衛さまのときに高知へ出てきた。百五十年も前のことじゃ。はじめは本丁筋三丁目で小《こ》んまい家を借りてからに質屋をやりよった。そのうち酒屋に手をひろげて全盛になったんじゃと。うちの家をおこしなさった兼助さまは、六代目八郎兵衛さまの惣領《そうりよう》息子じゃったんよ」

兼助は父八郎兵衛直益から、明和《めいわ》七年（一七七〇）三月五日、弟八次とともに財産を譲り渡され、本丁筋一丁目に分家をおこしたのである。八次は才谷屋を継いだ。

　当時、才谷屋の全財産はおよそ二千両であった。日雇人足が月に二十日はたらいて得る給料が、一両前後の時代である。

　四代八兵衛が才谷村から城下に出て、百年ほどのうちに、これだけの財をなしていた。

　富裕な町人の子息が郷士になるのは、珍しいことではなかった。そのほとんどが譲受《ゆずりうけ》郷士であった。窮迫した郷士から郷士株を買うことが藩から認められていたので、資力のある町人は、金銭で郷士身分を買った。

　郷士になれば商人から藩士になれる。土佐の藩士は士格《しかく》と軽格《けいかく》に分かれている。士格は上士と呼ばれ、おおかたが山内家《やまうちけ》譜代の家来であった。軽格は下士と呼ばれている。

　久は龍馬が幼い頃に教えた。

「上士は郭中に住んでいなさる。御家老、御中老、御馬廻《おうままわり》、御小姓組、御留守居組のお方々ぞね。お前《ま》んは、遊びに出ようても、お関所のなかへ入りこんだらいかんぜよ」

　下士は郷士、用人、徒士《かち》、組外《くみがい》、足軽《あしがる》に分けられている。

　百姓、町人から郷士になれば、下士筆頭の身分になり、社会的地位が飛躍向上する。

だが、町人が郷士になることに、世間の批判がつよかった。金力によって足軽から用人に至るまでの階級を、一時に飛びこえるためである。

家中に郷士制度を設けたのは、二代藩主忠義《ただよし》の執政野中兼山《のなかけんざん》であった。兼山は山内家が掛川《かけがわ》から移封する前の旧領主、長宗我部《ちょうそかべ》の遺臣、一領具足《いちりょうぐそく》と呼ばれる慓悍《ひょうかん》な在郷武士たちを懐柔するため、正保《しょうほう》元年（一六四四）にそのうちから百人を募り、新田三町の開墾を条件に士分にした。それが百人衆と呼ばれた郷士である。

一領具足は長宗我部治世の頃、一万人を数えたといわれる。藩庁が彼らの不満をやわらげる施策をとらなければ、一揆《いっき》をおこされる不安があった。承応《じょうおう》二年（一六五三）、さらに百人衆並と呼ばれる郷士が募られた。

その後、二百人衆、二百人衆並の郷士募集がおこなわれた。彼らは郷士になれば庄屋《しょうや》の支配を離れ、藩の直支配《じきしはい》を受ける身分となり、正月の騎馬乗り初め式に上士とともに参加できる。

土佐の沿岸に外国船が出没するようになった頃、郷士の人数は八百人を超えていた。

だが、城下では郷士以下の下士は待遇のうえで、「お侍」と呼ばれる上士とは、さまざまの区別をされていた。

下士は城下で頭巾《ずきん》、日笠、日傘《ひがさ》、下駄《げた》、杖《つえ》を用いたり、雨天に高下駄をはくことを禁じられていた。衣類、諸道具にも、上士との区別がある。

上士と下士とのあいだには、常にひそかな対立の気運がわだかまっている。

盛夏の陽をはじく浦戸湾の眩しい波上をゆっくりと南へむかう。磯舟の舷《ふなばた》に肘《ひじ》をかけている龍馬の、引きしまった双腕のつけねや胸もとに、粗い織り目の痕《あと》がはっきりとわかる痣《あざ》がついていた。

前日、築屋敷の日根野道場で、撃剣稽古をしたとき、稽古着のうえから竹刀《しない》で打たれた痕であった。いま、龍馬は日根野門下で試合巧者として知られるようになっている。師匠の日根野弁治は、他流試合を所望する者がきたとき、一番に龍馬に相手をさせた。龍馬は上士と試合をするとき、闘志をあらわにした。

弁治は郷士の息子で、留守居組の日根野家に養子に入ったので、門人はほとんどが下士であった。

半月ほどまえ、梅雨の吹き降りの朝であった。龍馬が日根野道場で撃剣稽古をしているとき、合羽《かっぱ》をつけ、塗り笠をかぶった若侍が防具袋を担ぎ、玄関に立った。

背丈は五尺三寸ほどだが、ひきしまった体つきである。龍馬と地稽古をしていた藤田栄馬が竹刀を下ろしていった。

「うしろを見てみい。佐藤道場の林がきよったど」

龍馬がふりかえると、郭中の直心影《じきしんかげ》流道場で免許の腕前の林平太郎が、式台にあがるところであった。

「他流試合か」

「ちがいないろう。龍やん、相手しちゃれ」

龍馬は面金《めんがね》のあいだから、林を睨《にら》んだ。

林は龍馬より三歳年上で、小姓組の組子である。上士がひとりで日根野道場へたずねてきたのは、他流試合をするためにきまっている。林はたまに上町《かみまち》、下町《しもまち》の郷士の集まる道場に出向き、他流試合を挑むことで知られていた。彼は試合巧者で、めったに負けることがないという評判である。

道場で竹刀の音を立てていた十組ほどの門人たちが、動きをとめた。林は師範代の土居《どい》楠五郎《くすごろう》と話している。静かになった道場で、雨空を駆けめぐる南風《まぜ》の、犬の遠吠《とおぼ》えのような音が耳についた。

土居は四十なかばの練達者で、下田屋のある種崎に隣りあう、十市《とおち》村の郷士である。

彼はしばらく思案している様子であったが、龍馬を手招いた。栄馬がいった。

「龍やん、いけ。上士のいじくれ（すね者）を思いさま叩《たた》いちゃれ」

「いん」

龍馬は楠五郎の傍《わき》へ歩み寄る。

いつもかすかに熟柿《じゅくし》のようなにおいをただよわせている、酒好きの楠五郎が、
低い声で早口にいった。

「林が試合にきよった。おんしにゃちと荷が重いか知れんが、肝消《きもげ》るほどのこたあるまい。負けても恥にゃならん相手じゃき、思いきりやってみよ」

龍馬はうなずき、防具の弛《ゆる》みを直した。

直心影流は、薪割《まきわ》り稽古といわれるほど打ちこみがきつい。どの流派でも三尺八寸、百三十匁ほどの竹刀を使うのがふつうであるが、直心影流では短めで太い、百六十匁ほどのものを使う。

三十匁ちがえば、持った感触はまったく違う。林たちは腕力をつけるため、日頃三貫匁の柱のような振り棒を振っているという。彼らの打ちこみをまともに受ければ、面金《もんめ》が曲がるといわれていた。

龍馬の腕前は、一年ほど前から急に伸びてきていた。大柄な体を利用する攻めかたを覚ったためである。

それまでは試合に出ても、負けることが多かった。土居楠五郎は彼の弱点がど

こにあるかを見届け、指導した。

「おんしは上背があるきに、手も足も長い。それを活《い》かさにゃいかん。相手はおおかたおんしよりは低かろう。それで手もとへ飛びこまれりゃあ、動きに負ける。手も足も短けりゃあ、それだけ竹刀を早う動かせる。それに長い手足でゆったりと合わせようとすりゃあ、遅れるろう。ほんじゃきに、相手を飛びこますな。おんしの体はよう動きゆう。そこで、間合をあけちょいて、飛びこんでくるところを叩くがじゃ」

龍馬は楠五郎の指示を、よく理解した。

彼は試合のとき、相手に間合をひろく取られても、焦って追いこむことをしなくなった。かえって誘いこむように、大きく構えて待ち、飛びこんでくるところへ強烈な一撃を見舞う。

龍馬の得意技は、抜き胴と片手横面であった。近頃めざましい進境をあらわす龍馬を、楠五郎は褒《ほ》めた。

「手足の大けな者は、筋がええというが、ほんにその通りぜよ」

龍馬は、防具をつけてきた林に上手《うわて》を譲りむかいあった。楠五郎が渋い声音でいう。

「勝負三本」

蹲踞《そんきょ》して竹刀の剣尖《けんさき》を交わした林と龍馬は立ちあがり、間合をひらく。

「きえーえい」

林が裂帛《れっぱく》の気合を放った。龍馬は無言である。双方中段青眼《せいがん》につけ、林が迫ってくると龍馬は軽い足取りで退《ひ》く。

林はせわしく竹刀を浮沈させ、ときどき龍馬の竹刀を弾《はじ》く。龍馬は相手に乗らず、守りの姿勢を崩さないまま、面金のなかで光る林の眼を見つめている。

林が床板を蹴《け》って、面を打ちこんできた。わずかに竹刀を右にひらいていた龍馬の誘いに乗ったのである。龍馬の上体がのけぞった瞬間、右前にふかくかがみ、斜めに走った。

パチンと高い音がして、龍馬はあざやかに胴を抜いていた。

二本目の勝負は、林がはじめから焦っていた。近間の打ちあいに引きこもうと、烈《はげ》しく打ちこんでくるが、龍馬は攻めることなく、かわすばかりである。

乱打してくれば、龍馬は相手の肩先に竹刀をつけるので、一本（有効打）にはならない。やがて龍馬はまた抜き胴をきめた。

三本勝負で二本をとった龍馬は、林平太郎が竹刀を引くものと思っていたが、そのまま立ちはだかっている。

龍馬が聞く。

「勝負は決まったですろう」

林がたかぶった口調でいった。

「もう一本じゃ、参ろう」

土居楠五郎がうなずいた。

「勝負」

三本目の竹刀を交え、飛びさがると、龍馬の体はバネ仕掛けのように弾みを帯びた。林の動きがすべて読めるので、心に余裕がある。

面のなかから龍馬を見つめる林の視線は、錐先《きりさき》のように尖《とが》っていた。せめて一本とらなければ、格違いの龍馬に惨敗した噂《うわさ》が城下にひろまる。

林は摺《す》り足《あし》で出てきた。龍馬は退かず、いきなり大きな動作で左足を踏みだしつつ、左片手横面を飛ばした。攻撃に移ろうと身を乗りだしかけていた林は、不覚にも煙の立つような一撃を受けてしまった。

林が恥辱に顔をゆがめ、帰っていったあと、龍馬は楠五郎をはじめ、道場の兄弟子たちに褒められた。

「おんしは、駆けひき巧者になったぜよ」

「林も恥をかきにきよったようなもんじゃ。龍馬に三本打ちこまれるような、途方もない目にあうとは思うちゃせざったじゃろ」

龍馬は磯舟のうえで、そのときの情景を思いだしていた。試合で相手と打ちあい、もつれたときの体のさばきは無意識におこなうので、あとではっきりと思いだせないが、林とはほとんど打ちあうことがなかったので、一本を決めた瞬間を鮮明に覚えており、そのときの心の昂揚《こうよう》を反芻《はんすう》できる。

――もうちっと、身がつかにゃあいかんきに――

龍馬は筋骨の盛りあがりがすくなく、若鹿《わかじか》のようにのびやかなわが手足を見る。年に不相応なほど胸毛の生えている胸郭だけは逞《たくま》しい。

龍馬が剣術稽古に日根野道場へ通いはじめたのは、嘉永元年の春、十四歳のときであった。それまで竹刀を手にしなかったというわけではない。父八平、兄権平はいずれも文武の心得がある。姉の乙女は男を見下ろすほどの体にありあまる力にまかせ、日根野道場で剣術稽古をしていたので、裏庭で龍馬に手ほどきをしてやった。

龍馬は幼い頃から剣術に興味をむけたが、多病でよく風邪をひき熱を出したので、母の幸は彼の身をかばい、できるだけ外出もさせないようにした。龍馬はわが力に自信が持てないまま成長した。

虚弱な龍馬は、読み書きを近所の寺子屋で習った。平仮名、片仮名、百姓往来、京往来などを教えられ、算盤《そろばん》のつかいかたもひととおり覚えた。寺子屋の朋輩《ほうばい》は町人、百姓の子が多く、餓鬼大将はいるが、龍馬をいじめなかった。

家の木戸から半丁もはなれていない、静かな裏通りの寺子屋へゆく小路《こうじ》は、荷車も通らず閑静である。

龍馬は三年間通学し、七言絶句、千字文、四書五経などを読み書きするようになった。幸は龍馬を漢学塾へ通わせるのを、好まなかった。

「この子は漢学を好まんき、無理に塾へやることはない。塾じゃお侍の子が、ほたえる（ふざける）きんのう。喧嘩《けんか》しかけられりゃ、あぶないろう。学問は、家で教えたらえい」

坂本家は代々、国学を好む家であった。祖母の久は城下の北方、久万《くま》村の徒士《かち》井上好春の娘である。

好春は国学者谷真潮《たにましお》、宮地春樹《みやじはるき》に学び、和歌に秀でていた。土佐における歌合《うたあわせ》判者《はんじゃ》の開基といわれ、『源氏物語』に造詣《ぞうけい》がふかく、『源氏物語雨夜の立聞』という著書をあらわした。

久も歌人として知られ、土佐の和歌集『採玉集』につぎの作を載せている。

　　月前梅
　春の夜の月の光はかすめども
　おぼろげならぬ朝の梅ケ香

龍馬の父八平も、歌人として高名である。兄権平も文武に長じていた。

龍馬は寺子屋通いをつづけていたが、十二歳の正月、八平がいいだした。

「龍馬もひと通りの学問、武芸を身につけておかにゃなるまい。今年から小高坂《こだかさ》の楠山塾へ通うようにしちょいたほうがえいぞ」

小高坂は、本丁筋の北側、小高坂山の麓《ふもと》の町で、坂本家から遠い場所ではない。入塾の日は乙女がついていった。

塾生のなかばは上士の子弟である。乙女は師匠の楠山某に挨拶《あいさつ》をして、束脩《そくしゅう》を渡したあと、塾生たちにいった。

「お前《ま》んら、うちの坊《ぼ》んと仲良うしちゃっとーせ。喧嘩はせられんぞね。坊んをいじめりゃ、私が相手しちゃるきに」

乙女は、なみの男が体当たりしても、はねとばされるほどの巨体である。塾生たちは威圧され、いい返す者がいなかった。

龍馬は楠山塾へ通いはじめた。そのうち、彼をいじめる悪童があらわれた。堀内という上士の息子である。

堀内は龍馬とおない年であるが、すでに郭中の無外《むがい》流道場に通い、剣術稽古をしているので、体格がいい。

上士の子弟は、八歳頃から十四歳までのあいだは書道、素読《そどく》の師につき、十五歳から本式に文武の修行をはじめるのが慣例で、堀内は早熟であった。

彼はあらたに入塾した龍馬が目障りでならない。衣服、持ち物が贅沢《ぜいたく》で、子供にふさわしくない。乙女という相撲《すもう》とりのような体つきの姉が、坊んをいじめりゃ、私が相手しちゃるといったのも、気にくわなかった。

「郷士の娘が、大口たたきよったぜよ。わが弟が坊んか。坊んでのうて、ぼんつくじゃろが」

ぼんつくとは、ぼんやりしている者のことである。

堀内はさっそく嫌がらせをはじめた。龍馬の傍にきて、気づかぬふりをして足を踏む。うしろから近寄り、龍馬がよろめくほど肩をうちつけてくる。

家に帰ると、乙女が聞いた。

「いじくそ悪い者は、おらんかえ」

「おらん」

龍馬は堀内のことを告げなかった。乙女が塾へ押しかけてゆけば、大騒動になる。

彼女は日頃、太い腕を撫《な》でて口癖のようにいった。

「腕節《うでぶし》がうずいてかなわん」

稲妻が空を切り裂き、雷鳴がとどろいてくると、縁先に太鼓を持ちだし、向こう鉢巻で叩きまくって胸のつかえをおろす、きわめてはげしい性格であった。

楠山塾へ通うようになって、十日もたたないうちに、騒ぎがおこった。習字をしているとき、堀内が龍馬の硯箱《すずりばこ》から墨をとりあげた。

「これを、あしにくれ」

「やれん」

「なんじゃあ、こんな物いるか」

堀内は墨を硯に叩きつけた。墨汁がはね飛び、龍馬の浅黄《あさぎ》色の上衣に点々としみがついた。

「何しゆう」

龍馬が睨むと、堀内は突然狂ったように怒りだした。

「町人あがりの郷士の小倅《こせがれ》が、吾《わ》を睨《ね》めすえくさったか。なんちゃあ、やっちゃおか」

まわりの塾生が総立ちになると、堀内はなお気をたかぶらせ、脇差を抜いた。

彼はなめらかに光る刀身をふりかぶり、龍馬の頭上へ振りおろす。龍馬はとっさに硯箱の蓋《ふた》で受けとめた。

堀内は塾生たちに取りおさえられ、龍馬が怪我《けが》をすることもなく騒ぎは収まった。

師匠の楠山は、狼藉《ろうぜき》をはたらいた堀内を退塾させた。八平は楠山に会い、事情を聞くと龍馬を退塾させることにした。

「非は先方にあったち、喧嘩は両成敗ときまったもんですろう。龍馬もやめさせとうせ」

龍馬は塾を退いてまもない頃の自分をふりかえり、殻のなかにちぢこまって、蓋をかぶっている貝のようであったと思う。何事にも自信が持てなかった。

母を失ったあと、乙女が龍馬の気をひきたてようとつとめた。

「まっと元気《かんき》を出して、気張らんといかんちや。お前んは末子《おとご》じゃき、いずれはひとりで生きていかにゃならんがじゃきね」

坂本家は富裕であるが、次男の龍馬は他家へ養子にゆくか、なんらかの生計の道をひらくか、身の立つ方便をはからねばならない。そうでなければ、部屋住みとして生涯妻を迎えることもできず、権平に寄食するほかはない。

なみはずれた大女の乙女も、嫁ぐ相手がないままに、坂本家を離れられない暗い前途をひかえている。

乙女は幸がいなくなったあと、気力を失った弟を哀れに思い、叱咤激励《しったげきれい》するいきおいが鈍った。

「日にちが経《た》ちゃ、気分も変わりよら。お母やんの俤《おもかげ》が目先にあるうちは、気張れんがも無理ないきに」

姉弟の沈滞した明け暮れに、光がさしそめたのは、幸の一周忌が済んでまもない、弘化四年の秋であった。八平の後妻として、伊与という四十四歳の女性が嫁いできたのである。

伊与は城下小高坂に住む徒士、二人扶持、切米八石の北代平助《きただいへいすけ》の長女として生まれた。彼女は十七、八歳の頃、ある武家に嫁いだが、夫と死別して実家に帰った。

その後、種崎浦の御船倉御用商人で、廻船問屋をいとなむ下田屋の主人、川島貞次郎に再嫁した。彼女は弥太郎という男児をもうけたが、貞次郎が病死し、弥太郎もあとを追った。

貞次郎の甥の子猪三郎が貞次郎のあとを嗣《つ》いだが、伊与は川島家を去らなかった。川島家では、利発で算用に長じた彼女に、帳簿を任せていたためである。

坂本八平は、伊与の父北代平助と御城西の口番、御蔵番、勘定人などの役職を、同役として勤めたことがあり、旧知の間柄であった。

八平は川島猪三郎と歌道のうえでの交流があった。彼が川島家の後家の伊与を後添《のちぞ》いに迎えたのは、異風の性格の乙女と、温和であるが十三歳になってもなお、乗馬、水泳のできない龍馬を育てるために、躾《しつけ》のできる女性を求めたためである。

気丈で、人目にたつ美しい容姿をそなえている伊与は、姑《しゅうと》、小姑のいる大世帯に嫁いできた。家族のほかに、小作米を扱う番頭や女中もいる。

彼女は扱いようでは手に負えなくなる乙女をなつかせ、龍馬をふるいたたせようとした。伊与は龍馬に武家としての三ヵ条の信条を教えた。

一、相手にやられたらやり返せ。

二、自分から進んで手を出してはいけない。

三、男は強く、優しくなければならない。

伊与は龍馬に自信をつけさせるため、武芸鍛練《たんれん》をさせることにした。

彼女は知人の土居楠五郎に龍馬の指導を頼んだ。楠五郎は龍馬を見ると、笑みを見せた。

「この秘蔵子《ほんぞーご》は、役に立つ者になりよる。手と足が大きかろうが。それに胸板が厚いろう。稽古さえすりゃ、素人ばなれした本方《ほんかた》になるろう。上手になるにゃ、気の細《こま》いところがえいがぜよ。気の細い者が稽古して、しだいにしだいに強うなっていきゆう。それがいっちえいがぜよ」

龍馬は楠五郎に会ったとき、身内に昂揚を覚えた。

――あしは強うなれるかも知れん。堀内みたいな奴《やつ》にも勝てるんじゃ。堪《たま》あるか。稽古せにゃあ――

日根野道場は、坂本家から五、六丁ほど離れたところにある。龍馬は乙女がおどろくほど稽古にうちこみはじめた。

道場主日根野弁治は小栗流の師家で、剣術、和術を教えた。入門してから半年のあいだは、基本動作の反復をする。

龍馬はものに憑《つ》かれたように、稽古をつづけた。楠五郎は、日根野師範とささやきあう。

「こりゃ、ものになるじゃろ」

「うむ、一心不乱じゃねや」

龍馬は、わが心中にあきらかに宿る堀内の残像にむかい、竹刀をふるった。彼は自分を侵そうとする者に対抗する力を養う道を知って、奔馬のように駆けだしていた。

彼は道場がひらく辰《たつ》の五つ（午前八時）には稽古着姿で門前に立つ。昼には家に帰り、夕方の申《さる》の七つ半（午後五時）からはじまる稽古に出る。戌《いぬ》の五つ（午後八時）に稽古を終え、足をひきずるようにして帰ると、乙女がおどろくほどの食欲をあらわし、逞しくなっていった。

種崎へむかう龍馬たちの頭上に、白熱する陽がのぼってきた。入江三里と呼ばれる浦戸湾は湖面のように平坦《へいたん》で、南風《まぜ》が吹き渡ると、皺《しわ》のようなさざなみが影のように急速に移動してゆく。

山本卓馬の漕ぐ舟は、舳《へさき》でかろやかに水を切る音をたてつつ、南へ下ってゆく。満ち潮どきで、遠近《おちこち》に絶えまなく魚が跳ねる。

龍馬が右手を指さす。

「卓やん、巣山《すやま》じゃが。ちと寄っとうせ。あせもが痒《かゆ》いきに、ひと潜りして鮑採《あわびと》りをしようぜ」

湾内の玉島《たましま》は、地元で巣山と呼ばれている。島内に無数の烏《からす》が巣をつくり、夕方になると空を覆って飛び立つ。

乙女がいった。

「巣山にゃ、がいな鼠《ねずみ》がおるき、おっとろしいがね」

近頃、高知近郊の村で人を襲う鼠がふえていた。寝ている嬰児《えいじ》に嚙《か》みつくようななまやさしいものではなく、大人の首筋を嚙み、即死させることもある。

「なあに、わしはそがいなことにゃ、驚かん。鼠が出てくりゃあ、叩きつぶしちゃらあ」

卓馬が澄んだ水のなかをゆっくりと漕ぎ寄せ、岩場にちかい海面で、舳と艫《とも》から錨《いかり》を投げこみ、綱を張った。

「さあ、いくぜよ」

龍馬が舷《ふなばた》から身を躍らせ、飛びこむ。乙女、栄馬、卓馬、三次がつづいてしぶきをあげた。飛びこんだときの、身のひきしまるようなつめたさが、心地よいあたたかさにかわってくる。

龍馬は横泳ぎで、烏賊《いか》のように速く進み、岩礁にとりつき、褌《ふんどし》につけた袋から、細身のシノを取りだす。潜ると、岩肌にとりついている鮑が幾つも見えた。岩礁のあいだの潮の動きは意外に速く、体が横向きに流れる。龍馬は海底と平行になった姿勢で、シノを巧みに使い、鮑で袋をふくらませた。

龍馬が泳げるようになったのは、十四歳の夏であった。それまでは乙女が竹竿の先につけた縄を龍馬の褌にむすびつけ、人目のない早朝か夜をえらび、鏡川の岸辺から吊るすようにして稽古をさせたが、突然浮き身ができるようになってから、急速に上達した。

いまでは卓馬よりも速く泳げる。とりわけ立ち泳ぎが得手で、一貫匁ほどの目方のある火縄筒《ひなわづつ》を、泳ぎながら発射できる。

逞しい龍馬は、幼時とかわらず鷹揚《おうよう》な身ごなしで、眼差《まなざ》しに憂鬱《ゆううつ》なかげりを宿していた。

陽は頭上にかがやき、遠景が陽炎《かげろう》に揺れていた。鏡面のような海に浮かぶ流木に鴎《かもめ》がとまっている。

龍馬たちの舟は内海と外海を分ける砂嘴《さし》に近づく。二千本といわれる松林が緑をつらね、蟬の声を湧《わ》きあがらせていた。

長い砂嘴のつけねにあたる仁井田《にいだ》と、先端の種崎には、密集した人家の瓦屋《かわらや》根《ね》が陽をはじき、神社の鳥居、火《ひ》の見櫓《みやぐら》が見える。

ふたつの集落のあいだに、土佐藩御船倉が大小さまざまの建物をつらねている。東西五丁、南北一丁余に及ぶ敷地のなかには、船倉役場、作事場があった。

役場では船奉行以下、書記、船長、仕立方《したてかた》、小頭《こがしら》、船頭、仕入方が事務をとり、作事場には造船所と鍛冶場《かじば》がある。

錨の鍛造、麻の船綱の製造など、あらゆる船具をこしらえる作業の物音が、海上に聞こえてくる。関船《せきぶね》と呼ばれる土佐藩水軍の旗艦にあたる大船、千石積みの江戸大廻《おおまわ》し船《ぶね》の船綱製造場の細長い建物は、海沿いに数十間つらなっている。

作事方と並び、本木方《ほんきかた》と呼ばれる、千石船を建造する造船所がある。その前の海底は、大船を進水させるため、数丁の長さに掘り下げられていた。

本木方の亀甲石《きっこういし》をつらねた波止場前の海面には、江戸通いの済通丸、通用丸、宝来丸という千石船が錨を下ろしている。

これらの江戸大廻し船は、米、紙、木炭、鰹節《かつおぶし》、干し魚、酒盗などの輸出品と、江戸勤番の藩士を乗せ、航海する。

千石船の傍には、大坂へ通う五百石積みの廻船も、舳をつらねていた。廻船といくらかの距離を置き、六十挺櫓《ちょうろ》の関船五艘《そう》が浮かんでいる。そのうち藩主の座乗する十五反帆の船は、はなやかに眼《め》をひく朱色に塗られていた。小塗小早《こぬりこばや》、御使い小早と呼ばれる二百石積みから四百石積みの軍船は、蠟《ろ》色、朱、錆朱《さびしゅ》に塗り分けられ、なめらかな外板を光らせていた。

大小の船のあいだを縫い、御船倉に出入りする職人、商人の小舟がにぎやかに行き来する。赤銅《しゃくどう》色の禿頭《とくとう》を光らせた褌ひとつの親爺《おやじ》が、伝馬舟《てんまぶね》を漕ぎたててきて、すれちがうとき、龍馬たちに声をかけた。

「おんしら、どこからきよったがじゃ。お城下か」

「おう、そうじゃ。下田屋へ遊びにきたがぜよ」

「そうか、しっかり楊梅《やまもも》食うていけや」

揺れ立つ海面に、五色の油の輪がひろがった。

浦戸湾をはさむ種崎の対岸、袙《あこめ》の浦《うら》は水深があるので、二十一反帆、櫓数七十六挺、千二百石積みの藩主御座船《ござぶね》が碇泊《ていはく》していた。

袙の浦から浦戸、御畳瀬《みませ》にかけての海岸にも、廻船問屋、造船作事場が軒をつらねている。

乙女は舷に身を乗りだし、胸をそらせ海風を吸う。

「この辺りまでくりゃ、いっぺんに気が晴れるじゃぃか。私は潮のにおいが好きじゃ」

彼女は澄んだ声で御船唄《おふなうた》をうたいはじめた。

〽あこめの浜のお船屋は、棟を並べて賑々《にぎにぎ》し。向かいはるかに眺むれば、仁井田浜をもうち過ぎて、並ぶ千本松原や
「ええ声じゃにゃ」

卓馬が笑いながら水棹《みさお》を操り、種崎中ノ桟橋に舟を入れ、もやい綱を杭《くい》にくくりつけた。

船着場の前の通りには、米屋、八百屋、竹細工屋、魚屋、薬屋などの店屋が、深い軒庇《のきびさし》をつらねていた。

瓜《うり》、枝豆、西瓜《すいか》、茄子《なす》などを山盛りに並べた八百屋の暗い店内から、裾みじかな浴衣を着た子供が四人、はじかれたように駆けだしてきた。

「よう、お前んらあはここへきちょったがかね」

乙女は抱きついてきた男女の子供たちの頭を撫でた。

いちばん背の高い娘は、川島家の当主猪三郎の長女で、十二歳の喜久《きく》。喜久のまねをして、乙女の太い腰に手をまわすのは、九歳の弟粛《すすむ》である。

姉弟のうしろで、遠慮がちに乙女の袖を握っているのは、下田屋の近所に住む大廻し船御船頭、中城《なかじょう》助蔵の息子、十一歳の亀太郎と五歳の惇五郎である。

乙女がたずねた。

「お前んら、なに買いにきたがぞね」

「瓜と甘蔗《かんしゃ》」

「もう買うたかえ」

「これから買うところや」

「ほんなら、姉《あね》さまが買うちゃるき」

乙女は瓜、甘蔗と西瓜を買い、網袋に入れた。

重い船具、材木を積んだ馬車、牛車がゆきかう通りを東へゆくと、下田屋の蔵が見え白壁の濃い影のなかから、麻帷子《あさかたびら》の裾を海風にひるがえし、手に鍵束《かぎたば》を持った男があらわれ、龍馬たちに声をかけた。

「いま着いたがかえ。うちじゃ、さっきから待ちよったがぜよ」

背の高い男は不惑の年頃の下田屋主人、川島猪三郎であった。

猪三郎は龍馬よりやや背丈が低いが、太りぎみで恰幅がいい。彼は髭《ひげ》の濃い頬にえくぼを見せた。

「俺《おら》は今朝江戸から着いた済通丸と宝来丸の荷改めに御船倉へいてくるき、乙女さんは行水浴びて、女子《おなご》どもと一服しよりや。龍やんらは茶漬けで腹ごしらえして、潮浴びにいてきとうせ。晩飯は、いっしょに食おうじゃいか。近頃、長崎で手に入れた、めずらしい物を見せるきに」

龍馬が眼をかがやかす。

「そりゃ、なんですろう」

「袂時計《たもとどけい》と星眼鏡《ほしめがね》、それに懐《ふところ》鉄砲《でっぽう》一挺よえ」

猪三郎は、男衆二人を連れ、御船倉へ足早にむかった。

龍馬は下田屋の土間にただよう酒の香をかぐと、なごやかな気分になった。下田屋は酒造業もいとなんでおり、店の間の土間に四斗樽《だる》を置き並べ、小売りをしている。

猪三郎の妻ふみは、龍馬たちを笑顔で迎えた。乙女が挨拶をする。

「ようけ連れて、世話になりにきましたぞね。ほんまに不躾なことでございますちゃ」

「なんちゃあじゃない、かまうもんか。おっとろしや、乙女さんははや泳ぎよったがかえ。えらい髪が濡《ぬ》れちゅうが。はよう行水しなさいや」

龍馬はいった。

「おばさん、俺《おれ》らあ潮浴びにいてくるき、ちと腹ごしらえをしたいがじゃけんど」

「そいたら、台所へきいや」

龍馬たちは、天窓から光のさしこむ台所で、茶漬けと漬物、酒盗をかきこみ、衣類を脱いで浜へむかう。

松林を抜け、眩しい白砂の浜に出ると、波打ち際へ走った。

「熱い、熱い」

灼《や》けた砂のうえを走り、潮のなかへ駆けこむ。澄みきった海水のなかで、鱚《きす》の動くのが見える。遠浅の海は、一丁ほど沖へ出ても膝頭《ひざがしら》がようやく隠れるぐらいであった。

龍馬は対岸の御畳瀬《みませ》へむかい、海豚《いるか》のように背泳ぎで進んだ。あおむきになり、水音を耳もとに聞きながら、空の色を映す海の感触を楽しむ。

彼は海に身を預けるとき、ふだんの生活のわずらわしい雑事をすべて忘れた。

栄馬、卓馬、三次があとを追ってきた。

栄馬が横泳ぎで龍馬の横に並んだ。

「気持ちがえいね」

「うむ、袙《あこめ》の浦《うら》までいこうかねえ」

栄馬が潮を吐きながら、いった。

「お琴《こと》がきたがったが、こさせんかった」

龍馬は聞き流すふりをしたが、胸を錐で刺されたような思いがした。

藤田栄馬には二人の妹がいた。十四歳の琴と八歳の好《よし》で、どちらも器量《げぼ》のいい娘であった。琴が道を歩くと、すれちがう人がふりかえった。色白の牙彫りのように繊細な、憂いを帯びた横顔に眼を誘われる。

龍馬がお琴を知ったのは、日根野道場で栄馬とつきあうようになってのちであった。道場へ通うようになって、門人の少年が栄馬に話しかけているのを聞いた。

「なんせお琴さんは、えい女子《おなご》じゃきねえ」

龍馬は栄馬にたずねた。

「お琴さんちゅうがは、誰《だれ》じゃ」

「俺の妹じゃ」

「栄やんに妹がおったがか」

「うむ、二人おるがじゃ」

龍馬がお琴に会ったのは、それから半年ほどのちであった。

龍馬ははじめてお琴を見たとき、これは苦手だと思った。容姿がととのいすぎていて、顔をあわすと気後《きおく》れがする。それからお琴と出会うたびに、動作がぎこちなくなった。

かんがじゃ——
——こんな女子は、俺にゃあ向かん。傍《ねき》に寄ってきたち、知らんふりせにゃい

高知城下には三奇童と呼ばれる秀才がいた。龍馬とあまり年齢も離れていない

彼らは、漢学の達者であった。

お琴のような娘が嫁ぐのは、洋々たる前途をひかえている秀才がふさわしいと、龍馬は思った。

彼は読書がきらいではなかったが、漢学は好まない。むさぼり読むのは、『菅《すが》原伝授手習鑑《わらでんじゅてならいかがみ》』『相馬太郎莩文談《そうまたろうみばえぶんだん》』『太平記忠臣講釈《たいへいきちゆうしんこうしやく》』など読本《よみほん》の類《たぐい》である。

栄馬と朋友のつきあいをはじめてから、三年あまりが過ぎた。龍馬は栄馬の家にたびたび泊まった。お琴とのあいだの遠慮もうすれてきたが、龍馬は彼女と言葉をかわすのをつとめて避けていた。いつかお琴に惚《ほ》れ、執着するようになっていたからである。

龍馬は、自分だけが思いをかけていると考えていたが、ときたま栄馬が無心に伝えるお琴の言葉に、胸をゆさぶられることがあった。

——お琴さんは、俺を好いちゅうがか——

彼はいま、泳ぎながら聞いた栄馬のひと言に、鳥肌を立てるほど感動した。

「栄やん、いくぜ」

龍馬は御畳瀬にむかい、まっすぐ進んでゆく。彼の手足はしなやかに動き、寝そべった姿勢でかるがると水を切って進んだ。

四人の少年は、対岸の御畳瀬の船着場に近づくと、種崎のほうへふりかえり、鯔《ぼら》の跳ねる鏡のような海面を、輪をかいて泳ぎ、潜る。

ちょうど潮がとまっていて、流れに押されることもなく、龍馬たちは平泳ぎ、抜き手、片身泳ぎ（横泳ぎ）をする。

彼らは泳ぎの大渡中段免許をうけていた。大渡は三里半を泳ぐ試験で、かけ声と、それにあわせる太鼓の音とともにおこなう遠泳である。

龍馬は泳いでいるとき、頭にわだかまる思いがすべて消え、現世のくびきから解きはなたれた気分になる。照りつける陽はこころよく、なめらかな肌ざわりの潮に身をあずけて動くと、流木にとまった鷗が、けげんそうな眼をむけてくる。

梅雨があけて半月ほどのあいだが、種崎浦の水泳ぎにもっとも適した時期であった。七月上旬を過ぎると、土用波が砂嘴の外浜に押し寄せ、海は騒がしくなり、行灯くらげが湧く。

龍馬の頭にわだかまっているのは、無常の思いである。母の幸が亡くなったあと、彼の胸にあいた空洞はそのまま残っている。

伊与が八平に嫁いできてのち、龍馬の周囲にはあらたな人間関係ができて、日常がにぎわうようになったが、この世のことは陽炎のようにはかないと思う気分は、変わらない。

龍馬は、幸が亡くなる数日まえの夜の情景を覚えていた。幸は昼間と変わらない暑気のよどんだ納戸《なんど》の寝部屋で、行灯のおぼめく明かりに姿を浮かべていた。

龍馬が通りがかりにのぞくと、幸は手招きをした。

「坊ん、ここへきてみて」

龍馬は母の膝もとに坐った。

幸は浴衣のもろはだをぬぎ、痩《や》せた上体をあらわにしていた。彼女は腰のあたりを指さす。

「おなかのまわりに、こんな発疹《ほろし》が出たがやき。昨日までは痛うてたまらんかったけんど、ようよう楽になった」

龍馬は幸の下腹に帯のようにつらなっている、うすあかい発疹を、のぞきこむ。

「しんどかったねえ」

幸はやつれた頬に笑みをうかべ、龍馬を抱き寄せ、頬ずりをした。

「お前んは、ええ坊ん子や。この浴衣の柄は、乙女に見たててもろうたがか。ええ柄や」

龍馬は、幸が息をひきとったときの、額のつめたい感触を忘れない。

幸がいなくなってから、龍馬の心は乾き、ひび割れたようであった。海で泳ぐと、乾いた心がうるおう。

下田屋の浦戸湾にのぞむ十二畳の客座敷は、格天井《ごうてんじょう》の吊り行灯の明かりに、おぼろに照らされていた。

庭前の樹《き》にとまった蟬が、明かりにさそわれ、みじかい啼《な》き声をあげ、縁先に飛びこむ。松原の彼方《かなた》から外海の波音が重い砲声のように聞こえ、土塀際の虫の音が尾を引いている。

龍馬たちは夕食に酒をふるまわれたので、声高に話しあっていたが、主人の猪三郎が、長崎で仕入れた珍しい品を男衆に持たせてくると、声をひそめ、膝を集めた。

「これはお船手《ふなて》へ納めるもんじゃ。お前んらに先に見せちゃる」

猪三郎は、手元に置いたにわか行灯の光芒《こうぼう》のなかに、まばゆく光る銀時計をさしだす。

「おっ、時計じゃいか」

卓馬と三次が身を乗りだす。

「そうよ。フランス渡りの時計よ。ゼンマイ仕掛けで動くがじゃ」

猪三郎が蓋をあけると、文字盤には時針、分針のほかに、ちいさな装置がある。

卓馬が聞く。

「これは何ですろう」

「七曜と月日をあらわす窓よ。ヨーロッパじゃ、七日に一日は休むきに、七曜をひとめぐりにしちょるがじゃ」

龍馬は、ゼンマイの動くかすかなひびきに耳をかたむける。

「これは星眼鏡じゃ。ちと高かったがのう。星を見るには、これがなけりゃいかんがじゃ」

真鍮製《しんちゅうせい》の星眼鏡は、口径三寸、胴の長さ四尺ほどである。猪三郎は教えた。

「星の大きさが、六十倍に見えるぞ。暗硝子《あんガラス》を使うたら、お天道さまも見えるがじゃ。あとでゆっくり月や星を眺めたらえい。それからこの懐鉄砲じゃ。フランス渡りで、高い買い物じゃったが、珍品で、めったにゃ手に入らんきに思いきって買うたがじゃ」

「銀五貫匁もしたかのうし」

龍馬が聞くと、猪三郎は笑った。

「そんなにしやせんぞ。それだけ出しゃ、モルチール砲（臼砲《きゅうほう》）が買えるわや」

猪三郎は革袋から取りだした二連発拳銃《けんじゅう》を手にとった。

「フランスじゃピンファイヤーいうて、二十連発の懐鉄砲ができちゅうと聞くが、なかなか長崎へまわってこん」

　全長六寸の懐鉄砲の銃身は、銀磨きであった。弾薬盒《だんやくごう》には、九十発の弾丸が納められている。弾丸は弾頭と火薬、発火薬が、金属の薬莢《やっきょう》に一体となって内蔵されており、火縄銃のそれとはまったく性能のちがうものであった。

　龍馬は、江戸大廻し船に搭載している、十貫匁のボンベン（榴弾《りゅうだん》、破裂弾）を発射する、西洋式臼砲を、猪三郎に見せてもらったことがあった。そのとき猪三郎はいった。

「矢倉《やぐら》（射角）の立てかたによりゃ、ボンベンも七、八丁は飛ぶが、揺れる船から撃ちゃ、めったに当たらんぜよ。まあ海賊よけに撃つばあじゃねや」

　猪三郎は八百石積みの長崎廻船を所有していた。鉄材、木材の買付けをしているが、海上で突然異国船と行きあうことがある。

　蒸気釜《じょうきがま》を使う新型船はまだすくないが、ヨーロッパ、アメリカの風帆船《ふうはんせん》は向かい風のなかでも帆走できる構造で、俊足であった。

　日本の米船《こめぶね》に異国船が接舷《せつげん》し、積荷を残らず奪う事件がときどきおこるので、猪三郎の廻船は武装していた。

「これは龍馬さんにゃ見せるが、他言したらいかんぜよ」

　猪三郎はあるとき、龍馬を納戸へみちびき、鎖で天井に吊るした階段を下ろした。

中二階の物置へあがると、おびただしい刀槍《とうそう》、鉄砲が、壁際に立てつらねられていて、龍馬が一挺の洋銃を手にとると、油で磨きあげられていた。

猪三郎は黙ったままで、龍馬も何事も問わなかったが、廻船問屋に不相応な量の武器は、外海の不穏な様子を想像させて余りあるものであった。

龍馬は下田屋を訪れるたびに、猪三郎の仕事部屋にある万国地図を、飽きることなく眺めた。猪三郎は長崎で手に入れたオランダ風説書《ふうせつがき》を所蔵していて、それを龍馬に見せてくれる。

風説書は、長崎奉行所がオランダ船からうけた定期情報を、通詞《つうじ》に翻訳させ、幕府へ早飛脚で送るものである。江戸へ到着するのは半月後とされていたが、内容は諸藩の長崎出役《しゅつやく》、豪商のあいだに、たちまち洩《も》れた。通詞が小遣い稼ぎに情報を売るのである。

龍馬が十二歳であった弘化三年の風説書は、地図の下に置かれている。内容はつぎのようなことである。

「去年、ジャワの港に入った船は、千七百六艘である。そのうち千三百七十五艘はオランダ船で、三百三十一艘は外国の船であった。

同年、ジャワから千六百五十八艘が出帆し、オランダ船は千三百三十八艘であった」

　この記述で、ジャワの港の壮大な規模が想像できる。

「去年五月廿九日、アジア州トルコ国の港において大火があった。十七時（日本の七つ半）までに家五千軒焼失に及び、弐千四百万キュルデン（日本銀十五万貫目）の損害をうけた」

　弘化三年の風説書には、ヨーロッパ諸国の国王がたがいに往来し、交誼《こうぎ》をかさねている様子も記されていた。

「去年六月頃、オランダ国王がイギリス国へ訪問した。イギリス国女王ははなはだ丁寧な応対をした。

　去年七月頃、イギリス国女王がドイツ国を訪問し、帰途フランス国に立ち寄った。

　去年十二月、ロシア皇帝がイタリヤ国へ訪問した」

　その年閏《うるう》五月二十七日、北アメリカの軍艦二隻が浦賀に来航し、六月七日まで碇泊していたという記事も載せられていた。

「アメリカという国は、日本からおよそ一万三千里も東にある。二艘の頭《かしら》はビッテルという名である。

　一艘はことのほかの大船で、長さ五十五間余、幅九間余で、二貫匁玉から五貫匁玉を発射する大筒《おおづつ》九十挺、小筒八百挺を備えていた。乗組員は二艘あわせて八百四十余人である。船体はすべて唐金《からかね》で包み、大風雨のときはビードロ（ガラス）の戸をたて、屋根もみなビードロであるため、船内に浸水することはない。

碇泊しているあいだに、水を要求したので伝馬舟に水桶《みずおけ》を積んでゆくと、周り一尺四、五寸ほどの筒を出し、水桶にさしこむ。やがて船中で車の動く音がすると、桶の水は吸いあげられていった。

ある日、雷が烈しく鳴り、アメリカ船の傍らの島へ落雷した。ちょうど帆柱へ登っていたアメリカ人は、うろたえて落ち、頭を打って死んだ。ビッテルは交易を要求したが受けいれられず、水、薪の補給を果たし、帰国していった」

龍馬ははじめて風説書を読んだとき、猪三郎に聞いた。

「二艘に八百四十人も乗れるいうがは、どがな船ですろう」

猪三郎はかつて長崎で、鉄張りのオランダ軍艦を見たことがあるといった。

「浮城《うきしろ》いうがは、あんなもんじゃねや。船の名前はパレンバンいうたがのう。乗組みの人数は三百四十人ばあじゃ。大筒は三段備え、七十二挺よ。船は南蛮鉄の延板《のべいた》で包んじょるき、まっくろじゃが。剣付鉄砲と長さ一尺ほどの短筒は、人数の分だけ揃《そろ》えちゅう。

船のなかには侍部屋、錨・縄部屋から、鶏六、七千羽、豚五、六千疋《びき》も飼う部屋もあるちゅうそうな。あげな船から三貫匁玉を雨霰《あめあられ》と撃たれりゃ、日本の船が百艘かかっても勝てんろうのう」

パレンバン号は、幕府に外国と国交をむすび、国土を侵略される憂き目を見ないよう忠告する、オランダ国王の書簡を届ける使節を乗せてきた。天保十五年初秋の頃であった。

オランダ国王の書簡の内容は、一切公表されなかったが、「下々の取り沙汰《ざた》」として、つぎのような風説がひろまっていた。

「イギリスは資源が乏しいので、世界に交易を求める国である。その要求があまりにも性急なので、異国と戦争をおこすことにもなる。

先年、清国《しん》はイギリスの輸出する阿片煙艸《えんそう》を制禁としたため、全土に及ぶ大兵乱となり、非常な災厄をうけた。

このような災厄は、わずかなきっかけで日本にも及びかねない。近頃蒸気船がふえ、遠国も近くなった。今後、貴国が孤立して他国と国交をひらかないことは、きわめて危険である。開国の方針について、助力できることがあれば、遠慮なく申し出てほしい」

天保十一年から二年つづいたアヘン戦争の情報は、逐一長崎へ伝わっていた。猪三郎は、長崎で清国人が阿片を喫《す》うさまを見たことがあるという。

「長崎の人は、ホウラン煙草《たばこ》というが、黒砂糖を湯に溶いたような、とろりとしたものじゃ。それを煙管《きせる》に詰めて、蠟燭《ろうそく》の火にかざしゆう。阿片が沸きたってきたら、その煙を吸うがよ。一度吸うたら味が忘れられんそうじゃ。吸ううちに、しだいに瘦せてきて、青草のような色になってしもうて死ぬいうき、おっとろしい物よ。イギリスの商人は、それをインドから運んで、唐人に売りつけたき、清国じゃ国じゅうの銀が払底したがじゃ。それで禁制にしたら、戦《いくさ》をしかけられ、降参してしもうたいうわけよ」

イギリスが軍艦によって巨大な清国を屈服させた事実は、オランダ風説書に詳しく述べられていた。

土佐藩では、嘉永元年三月に海防計画をたてていた。海にむかう沿岸十四カ所に固め場（陣所）を設け、郡に居住する郷士と、郷士職をはなれた地下《じげ》浪人を、非常の際に召集する制度である。この組織に組み入れられた郷士を、「駆付郷士《かけつけごうし》」と呼んだ。

龍馬の父八平は、浦戸から仁淀川《によどがわ》口の新居《にい》までの固め場を守る駆付郷士で、出役のときは家老福岡宮内《ふくおかくない》の指揮をうけることになっている。

藩庁では駆付郷士の砲術稽古を奨励した。坂本家では、八平、権平父子が砲術に堪能《たんのう》であった。二人の修行歴は長く、龍馬が生まれる二年前の天保四年二月、仁井田浜の町撃《ちょうう》ち場《ば》（射撃場）でおこなわれた藩の射撃大会で、抜群の成績を収め、褒詞《ほうし》を受けている。

外海に面して、東は安芸《あき》郡甲浦《かんのうら》から西は幡多《はた》郡の三崎《みさき》まで、長い海岸を貧弱な火砲で防衛するのは、実際には不可能であった。

鉄の厚板で装甲した俊足の蒸気船が海岸にあらわれ、数十門の大砲で砲撃をしかけてくれば、退却するほかはない。

ヨーロッパの軍艦が用いる砲弾が、破裂弾《ボンベン》であるということは、土佐にも聞こえている。八平たちが操作する大筒の鉛弾は、木造船さえ撃沈するのが容易ではない。

最近、家中では、砲術家徳弘孝蔵《とくひろこうぞう》が、長崎の砲術家高島秋帆《たかしましゅうはん》の免許皆伝をうけた幕臣下曾根金三郎《しもそねきんざぶろう》に伝授をうけ、洋式砲術の道場をひらいていた。高島流では、オランダ式の大砲を用い、破裂弾、榴散弾《りゅうさんだん》などを発射する。

権平が、父八平にすすめていたことがある。

「私らあも、高島流を習わにゃいかんですろう」

八平は苦笑いをうかべ、返事をしなかった。

龍馬たち少年のあいだでも、鉄砲へむける関心が高まっている。

彼らは涼風の吹き通う川島家の客座敷で、座卓のうえに置かれた異国の品のうち、懐鉄砲にもっとも興味をひかれていた。

「これを持たしてもろうても、ええですろうか」

「かまんぜよ。打ち金をあげて引金を引いてみいや」

龍馬が重い鉄砲をとりあげ、引金を引く。

「俺にも持たせてくれんか」

卓馬が手を出す。

四人の少年が、かわるがわる鉄砲を持っているとき、乙女が子供たちを連れてあらわれた。

中城助蔵の息子亀太郎が、座卓に走り寄った。

「こりゃ、何ぜよ」

彼は弾薬盒をつかみ、弾丸を卓上にばらまく。猪三郎が傍に走り寄り、亀太郎を押しのけ、畳に散らばった弾丸を慎重な手つきでつまみあげてゆく。

九十発を盒に納めた猪三郎は、こわばった表情をゆるめた。

「何事ものうて、よかったねや」

龍馬がいう。

「大事な物を早う納めとうせ。いためたらいかんきに」

「そうじゃのう。あさっては仁井田社の宵宮《よいみや》じゃき、明日の晩もゆっくり話をせんかえ。今夜は、あしゃこれで寝るきに」

猪三郎は団扇《うちわ》を手に、座を立った。

その夜、四人の少年は、風通しのいい表座敷に吊った麻蚊帳《あさがや》のなかで、波音を聞きながら話しあった。

龍馬がいう。

「俺はここへきて、おんちゃんにヨーロッパやらアメリカの話を聞くのが楽しみじゃ。お城下じゃ、話というたら藩中のことばっかりじゃ。井の中の蛙《かわず》じゃが。たまにゃ江戸、大坂《おさか》の噂もするが、海の外のことは、地獄、極楽の話とおんなしように、半信半疑じゃ。俺はおんちゃんの船に乗せてもろうて、長崎へいきたいぜよ」

縁先から流れこむ風に、麻蚊帳の裾がふくらむのを、足先でなぶっていた卓馬が両手をそろえ、懐鉄砲を撃つまねをした。

「パン、パンと撃ってみたいろう。俺は撃剣より砲術を習いとうなった」

栄馬がたしなめるようにいった。

「砲術もええが、やっぱり剣術は武家の表芸じゃきのう。お前んの親戚の半平太《はんぺいた》さんは、近頃じゃどこの道場でも評判の達者じゃろう」

龍馬が応じた。

「うむ、俺も新町《しんまち》の千頭《ちかみ》道場で半平太さんの稽古を見たぜよ。打ちこみがあんまり速うて、どこを打ったか分からざった」

高知城下で強豪の名を知られるようになった、一刀《いっとう》流の遣い手武市《たけち》半平太（瑞《ずい》山《ざん》）は、長岡郡吹井《ふけい》村の白札、武市半右衛門の長男として生まれた。彼は天保十二年、十三歳のとき城下新町の一刀流千頭伝四郎の門人となった。千頭は足軽であったが剣技は抜群で、半平太の素質を伸ばし鍛えあげた。

半平太の父半右衛門と母鉄は嘉永二年に世を去り、師匠伝四郎は翌三年に没した。

半平太は家督相続ののち、卓馬の従姉《いとこ》島村富子を妻に迎えた。富子は新町田淵《たぶち》の郷士島村源次郎の長女である。

半平太は千頭伝四郎の没後、鷹匠町《たかじようまち》の小野《おの》派一刀流麻田勘七《あさだかんしち》道場へ入門した。麻田は馬廻の次男で、門人はほとんど上士であった。

身の丈六尺に及ぶ半平太がはじめて道場に出たとき、居並ぶ上士の子弟が私語をつつしみ、静まりかえったという。彼の剣技がおそるべきものであるという噂が、ひろまっていたためである。

半平太は国学・書画の心得もある、文武両道の達人であった。やや猫背で、摺り足で歩く彼が防具をつけ、道場へ立てば、上士は尊大な態度をつつしまざるをえない。立ちあえば、たちまち稲妻のような打ちこみをあび、凌《しの》ぐすべもなかった。

夜が更け、少年たちは寝息をたてはじめた。龍馬はひとりめざめていた。

——純正《じゅんせい》は大坂《おさか》で、元気にやりゆうろうか——

龍馬は、伊与を義母として迎えたのち、知りあった一歳年上の少年、今井純正の俤《おもかげ》を闇《やみ》にうかべる。純正は伊与の実家北代家の親戚、高知城下浦戸町の医師今井孝順の長男であった。

龍馬が純正とともに、種崎の下田屋をおとずれ、楽しい交友の記憶を重ねたのは、一年ほどであった。純正は嘉永元年二月、十五歳で医学、文学修行のため、大坂へ旅立った。

純正は秀才として知られていた。龍馬と会った頃は、浦戸町に住む絵師、漢学者の河田小《かわだしょうりょう》龍の墨雲洞《ぼくうんどう》のほか、いくつかの塾に通学していた。

彼は気だての優しい少年であった。自分の才に頼ることがなく、謙虚な態度を変えることがない。龍馬と浦戸湾のあちこちを小舟で漕ぎまわるとき、将来の希望を口にした。

「俺は医者になるが、和漢の医術を学ぶうえに、オランダ医術も修めたい。外科などはとてもオランダにゃ敵《かな》わんき」

「そうか、お前んは蘭学《らんがく》をやりゆうがか。そんときゃ、俺にも教えてくれ。ところでお前んは、ようあれこれ学問やりゆうが、飽きんかや」

「飽きることはないぜよ。これが俺の勤めじゃき」

純正は小柄であったが、栗鼠《りす》のように敏捷《びんしょう》で、櫓を操るのが巧みであった。

龍馬は彼と知りあって間もない頃、種崎から外海に沿う浜辺を東へたどり、物部川《べがわ》の河口まで歩いたことがあった。

西南風《やまぜ》の吹く春先で、一望の大海は陽をはじき白波を走らせている。潮風に煙る浜辺には、漁船が曳《ひ》きあげられ、砂上に錨が投げだされていた。

風囲いをつらねたちいさな集落のなかで、着物を裾長に着た男たちが、頬かむりをして、輪になって踊っていた。傍に墓地がある。

陽はまだ頭上に高かったが、龍馬は景色がかげっているかのようなものさびしさを、囃子《はやし》のざわめきのうちに感じとっていた。

土佐の海沿いの村には、流れ仏の墓がある。漁民たちは沖で漂流屍体《したい》を見つけると、かならず拾いあげてきて埋葬した。

「なんとなく、淋《さぶ》しい踊りじゃねや」

龍馬は純正とささやきあい、たたずんでいた海辺の冴《さ》えわたる陽射しを、闇にえがいていた。

軒先の風鈴が海風に吹かれ、絶えまなく鳴りつづけていた。松林のむこうで波《は》濤《とう》の砕ける音が聞こえている。

「今日はうねりが出ちゅうがか。波くぐりをやろうぜよ」

龍馬たちは浴衣をぬぎ、六尺褌ひとつの裸体になった。

まだ陽が昇ったばかりで、そうめんと井戸から揚げた西瓜で腹ごしらえをした彼らは、浜辺へ出ようとした。

「龍馬兄《に》い、これ見とうせ。今夜お宮へ飾る絵《え》馬提灯《まぢょうちん》じゃき」

喜久の声がして、乱れた足音とともに子供たちが縁先にあらわれた。

「おう、何を描《か》いたがな」

「私は天の川」

粛が姉を押しのけるようにして、絵馬をつきだす。

「俺はお仁王さまじゃ。乙女やんに叱《しか》られるろうか」

幼い中城惇五郎が、自分の絵馬を頭上にさしあげる。

「俺は西瓜ぜよ」

龍馬は絵馬を見くらべ、褒めてやる。

「どれも、よう出来ちゅうぜよ。今夜は楽しみじゃねや」

その夜は、仁井田神社で宵宮が催される。氏子のこしらえた絵馬提灯は、三丁ほどの参道の左右に隙間《すきま》もなく掲げられ、彩りをきそいあう。

木枠の表裏に絵を貼り、そのなかに蠟燭を入れるので、原色の多い絵具で描かれた絵馬が、闇に際立って浮きあがる。

大鳥居の傍の楠《くす》の老木の幹には、絵金《えきん》の描く一間半四方の巨大な芝居絵馬が、例年掲げられることになっていた。

参道の両側には、鯨油の燭台に照らされた夜店が、さまざまの品を置きならべ、客を呼ぶ。

龍馬たちは、拝殿横手の土俵で催される相撲を見るのが、楽しみであった。仁井田神社の相撲は有名で、遠方から賞金稼ぎに草相撲の猛者《もさ》たちが集まる。

「俺らあはこれから、ちと潮を浴びてくるき、待っとうせ。相撲見物に連れていっちゃるき」

子供たちが歓声をあげた。

四人の少年が浜へ出ると、菅笠をかぶった男が声をかけた。

「坂本の息子さんじゃが。今日はここへきちゅうがかね」

「なんじゃ、お前んは石灰倉へきたがか」

男は才谷屋の番頭である。

「私は、三日まえに江戸から石灰船に乗って帰ったがです」

才谷屋は、江戸、大坂へ石灰を廻漕していたので、仁井田の海岸に石灰倉を置いていた。

龍馬は海辺へむかいながら、ひとりごとをいう。

「俺も大廻し船で江戸へいくか」

栄馬が聞いた。

「ふうん、江戸へいくがか」

「いん、来年は無理かのう。再来年《さらいねん》にゃいくぜよ」

「なにしにいくがぜよ」

「撃剣稽古と、砲術もやろうと思うちょる」

「高島流か、ええのう。土佐一国に住む人の数は五十万じゃが、江戸という町じゃ、その三層倍も人が集まっちゅうと聞く。どんな町じゃろうか」

栄馬はおだやかな口調でいう。

近頃、大坂、江戸へ遊学する郷士の子息がふえていた。龍馬の江戸ゆきは、伊与が八平にすすめてきめた。

伊与は龍馬がまだ将来への方途をきめていないうちに、広い世間を見させておくのがいいと考えていた。

「土佐の外へ出てみたら、新規の才覚もはたらくものですき。大場《だいば》を踏ませにゃいけませぬ」

八平は同意した。

「そうじゃのう。龍馬にゃ、剣術か砲術の道場をひらかせちゃるか」

武市半平太は一刀流麻田道場へ入門してまもなく、新町田淵に自分の道場をひらき、多数の門人を集めていた。

八平は時勢の推移を考え、今後は剣術と同様に砲術が重視されるようになってくると見ていた。

龍馬の物怯《ものお》じする癖は、骨格が逞しくなるにつれ、しだいに薄れている。卓馬は日根野道場の門人たちのなかで、頭角をあらわしてきた龍馬の、研究心を評価していた。

「龍やんはほんまに、稽古に打ちこむぜよ。負けたときゃ、なんで負けたか考え抜いて、つぎにゃおなじ手では負けんがじゃ」

武芸の手練が上達すれば、自信がつく。龍馬は和術にも熱心であった。

腕力はあまり強くないが、とっさに出す技の切れ味がよく、相手の力の裏をとる呼吸を敏感に理解した。

龍馬たちは松林を抜け、灼けた砂浜を爪先立《つまさきだ》って走る。

「熱い、熱いぜよ」

浜辺には、ギヤマンのように透き通った波が、丘のように盛りあがっては砕けていた。

寄せてくる波が引くとき、無数の蛤《はまぐり》の稚貝があわてて砂にもぐりこむ。

龍馬たちは波くぐりをはじめた。沖からしだいに高まってくるうねりを迎えるように、浅瀬の潮が引いてゆき、青ずんだうねりの壁がまっすぐ立ちあがると、頂から彎曲《わんきょく》してきて、轟然《ごうぜん》と崩れ落ちる。

四人の少年は、うねりが三間ほどの高さに盛りあがり、砕ける寸前にその下をくぐり抜け、泳いで浜辺にもどる遊びをくりかえした。

目測を誤ると、砕ける波濤に巻きこまれ、海中を転げまわることになる。息が苦しくなり、夢中で水を掻《か》いて海面へ出ようとすると、海底で頭を打ち、あわてて向きをかえ、浮きあがる。

龍馬たちは疲労を知らない。潮に体を翻弄《ほんろう》されると、かえって五体に力が満ちてくる。半刻《はんとき》（一時間）ほど泳ぐと、砂浜に寝そべって、体を乾かす。

龍馬はあおむけになり、眼をとじて顔に飛んでくる砂粒を避《よ》けながら、お琴のことを考えている。

――江戸へいくまでに、お琴さんに恋人《といち》になってほしいと打ちあけたいけんど。黙っていってしもうたら、戻ったときにゃ他人の嫁になっちゅうかも知れん。しかし、いうたらそれまでで、蹴っとばされるかねや。俺にゃ過ぎた女子《おなご》じゃき――

栄馬は、十四歳の琴のもとに、早くも多くの縁談が持ちこまれているといった。

龍馬は不安をかきたてられる。

龍馬は瞼《まぶた》をわずかにあけ、栄馬の、妹に似てととのった横顔を見る。

栄馬の父、藤田利三右衛門は家老柴田備後《しばたびんご》の陪臣《ばいしん》で、八平の友人であった。彼の旧姓は浜田で、藤田は母方の姓である。

利三右衛門の父浜田平内と、祖父専三郎は、文政《ぶんせい》二年（一八一九）五月二十四日に亡くなった。専三郎は六十四歳、平内は四十歳であった。

父子はその日、長宗我部遺臣の会合に出て、帰途にゆきあった上士に殺された。

そのとき十四歳であった利三右衛門は、母にともなわれ藤田家へひきとられた。

栄馬は上士につよい反感を抱いている。

「うちのお父《と》やんは、柴田の家来じゃ。仕えとうはないが、飯食わにゃいかんがじゃ。しかたない。しかし俺はいつかは上士の奴らあに、目にもの見せちゃろうと思うちゅうがよ」

お琴の縁談は、柴田家からすすめられるものが多かった。相手方は、御用達をつとめる豪商の子息である。

昼まえに、空が茄子色に曇ってきた。空と海のあわいは晴れているが、風が冷えてきて頭上には濃い雲がひろがっている。

「ひと雨くるろう」

砂浜に寝そべっていた龍馬が空を見あげるうち、大粒の雨が叩きつけてきて、波打ち際の蟹《かに》が逃げまどう。

「海へ入ろや」

少年たちははね起き、海に入り、浅瀬で浮き身をする。

大豆ほどの雨滴が頭に当たると、三次がおどけていった。

「痛い、痛い。瘤《こぶ》ができるが」

視野をとざし、海面にまっしろにしぶきをあげる豪雨に体を打たれると、唇が紫色になるほど冷えるので、龍馬たちは海に入り、晴れるのを待つ。

雨がひとしきり降ったあと、急にやむと、雲が北の山手へ駆け去り、青空がひろがってきた。砂浜はふたたび眩しくかがやき、蟬が啼きたてる。

「おう、虹《にじ》じゃ」

龍馬の声に、少年たちは東の空を見る。入道雲の銀の峰の裾から、五彩の虹が巨大な太鼓橋のように穹窿《そら》に弧をえがき、手のとどくかと思う間近の海面まで延びていた。

「きれいじゃねや」

龍馬たちは、虹の色が薄らぎ消えるまで、浅瀬から眺めていた。

三次が突然唄いだした。

〽天が狭うてか　すまる星や並《なろ》うだ
海が狭うてか　海老《えび》や囲《かこ》うだ
龍馬は浮き身をしながら、瑠璃の肌のように澄みわたった空を眺める。彼の五体は力に満ち、前途へ歩みはじめる機を待っていた。前途とはなにか。龍馬はこれから経験をかさね、自分の歩む道をひらいてゆく。

虹を眺める龍馬のうちに、未知の将来へのあこがれがひろがってゆく。彼の心に、基調音のように長く尾を引いて鳴る、悲しげな響きがある。それはお琴への切ない恋情であった。

――俺は、お琴さんをなんで好きになりゆうがか――

それは、自問しても答えの返ってこない疑問であった。

龍馬は、お琴のさまざまの表情、声を記憶にとどめ、いつでも鮮明に思いだすことができた。藤田家をおとなうとき、龍馬の声を聞けばかならずお琴が薄暗い玄関にあらわれ、ほほえんでくれた。

海から帰った龍馬たちは、行水をすませ、はやめの夕餉《ゆうげ》の膳《ぜん》についた。猪三郎が同座して、酒を注《つ》いでくれる。

「今夜は祭じゃき、ちとお祝い酒をいれにゃいかんぜよ」

龍馬はわずかな酒量で酩酊《めいてい》した。

「八平さんは強いきね。お前んも修行せにゃならんぜよ」

八平は歌会で猪三郎と酒を酌みかわすことが多かった。猪三郎の雅号は春満《はるみつ》である。龍馬は土佐の歌人八人の作歌を集めた、「六百番歌合」に載っている猪三郎のつぎの歌をそらんじていた。

あつ衾《ぶすま》おしやる閨《ねや》の窓の外《と》に

音つれそめて春雨ぞ降る

あつ衾とは、厚い布団である。ひなびた趣《おもむき》のうちに、繊細な感覚があらわれた猪三郎の歌を、龍馬は好きであった。

龍馬たちが褌ひとつで膳にむかっていると、乙女が騒がしく声をあげ、あらわれた。

「さあここでもう一遍教えちゃるき、しっかりかかりなされ。上段霞《かすみ》の打ちこみを払って足を打つがよ。分かったろうねえ」

乙女の巨体にかくれるように、喜久がついてきた。ふたりとも稽古薙刀《けいこなぎなた》を提げている。

龍馬がいった。

「どいた、いまから薙刀稽古かや。祭見物にいくまえに、汗かくが」

襷《たすき》がけの乙女は、はだしで地面を踏みしめ、左半身《はんみ》の上段霞の構えに薙刀をふりあげた。

「かまん、かまん。風呂場《ふろば》で湯を浴びるきに」

彼女は薙刀を中段にとった喜久にむかって、気合とともに薙刀を一閃《いっせん》させた。

「えーい」

そのとき、乙女の頭からなにかが飛んだのを、龍馬がいちはやく見つけた。

「あっ、姉《ねえ》やん。毛たぶが飛んだぜよ」

髪の毛の薄い乙女は、髷《まげ》を結うとき、父の京みやげのかもじを入れる。それが烈しく頭を振ったとき、吹っ飛んだのである。

「嬢《いと》よ、ちっと待ちよってや。毛たぶが飛んだきに」

乙女は地面に膝をつき、髪をなおす。

座敷の少年たちは、こらえきれずに笑い声をあげた。

まもなく龍馬たちは夏祭に出かけた。絵馬提灯が参道につらなり、夜店の前には老若が人垣をつくっている。鳥居前から拝殿へ登る石段の下に、篝火《かがりび》が焔《ほのお》を散らしていた。龍馬は傍の夜店で、白珊瑚《しろさんご》の簪《かんざし》を二個買った。

拝殿の辺りは混みあい、参詣人《さんけいにん》のあいだをすりぬけるように歩かねばならなかった。

「こりゃ暑いのう。裏へいきゃ、ちと涼しいろうか」

卓馬が額ににじむ汗を光らせ、顔をしかめる。

篝火が二カ所で海風に煽《あお》られ、音をたて燃えている。境内を埋める人々は、まもなく裏手の土俵ではじまる奉納相撲を待っていた。

社殿ではすべての戸を開けはなち、笛、鉦鼓《しょうこ》を鳴らし神楽舞《かぐらまい》がおこなわれていた。座敷には裃《かみしも》をつけた下横目《したよこめ》、足軽たち警固の役人と神社総代が居流れている。そのなかに猪三郎の顔が見えた。

龍馬たちが社殿の裏手へまわると、力士が試合まえのぶつかり稽古をしていた。逞しい裸体が龍馬の眼前に弾かれたように飛んできて、石畳に烈しく体を叩きつける。骨が挫《くじ》けたかと思うような重苦しい音がするが、彼らははね起き、野獣のように猛々《たけだけ》しく動く。

「えらいもんじゃねや。怪我せんじゃろうか」

しばらく見物するうち、うしろで鉄砲を撃ったような音が鳴った。ふりむくと、社殿で甲高い怒声がおこった。

「誰じゃ、転合《てんごう》しくさったがは、どいつじゃ」

下横目、足軽が社殿から庭に下り、境内の男女を突きのけ、走りまわった。群衆は悲鳴をあげ、なだれるように道をあける。騒ぎはまもなく収まった。誰かが社殿のなかへ爆竹を投げこみ、そのまま逃げてしまった。

役人たちは大声で罵《ののし》った。

「誰がやりくさったか、明日にゃつきとめちゃるき。囚人《しゅうにん》になりたい奴は、転合してみよ」

群衆は静まりかえった。いたずらをした者は、役人、総代に反感を持つ百姓町人にきまっていた。

土佐藩では、知行、扶持の収入に頼る武家と農業生産によって生活する百姓が、窮乏に追いこまれていた。さまざまの商品を製造販売する商人だけが資本を蓄積し、藩の要路との結びつきをつよめている。

資本を持たない百姓、町人のあいだには、頭上におおいかぶさる支配者の重圧をはねのけたい、鬱屈した感情がわだかまっていた。

土佐藩では、天明飢饉《てんめいききん》以後の諸物価高のなかで、財政収支を改善するため、藩庫収入増加の方針を一貫してとってきた。

国産方役所は国産問屋を支配し、専売制度を敷き、収入をできるだけふやそうとする。

茶、砂糖、樟脳《しょうのう》、石灰、紙、木綿、棕櫚《しゅろ》、蜂蜜《はちみつ》、塩鴨《しおがも》、煎茶《せんちゃ》、干し魚など、あらゆる生産物を農民、漁民から買いあげ、国産問屋に売らせる。銅山、陶業、製鉄なども経営されていたが、すべて藩の管理下に置かれていた。

百姓は貢納として米のほか野菜、細工物にまで重い課税をうけ、夫役《ぶやく》という労働をも強いられ、人足としてはたらかねばならない。

彼らの生活は窮乏して田畑を売り、小作百姓になる者、さらに日雇いにまで落《らく》魄《はく》する者も多かった。

国産の製造、販売権を独占している商人はしだいに資本を蓄積し、農家に融資して、抵当の土地を手中にしていった。

農村の代表である庄屋のあいだに、富裕な町人と、腐敗した上士に対抗する機運が生じたのは、龍馬が三歳であった天保八年四月であった。

土佐藩では農村を代表する郷庄屋、漁村を代表する浦庄屋、町方を代表する町役が、地下《じげ》役人三支配とよばれていた。

彼らが祭礼などで寄りあうとき、席順は郷庄屋、浦庄屋、町役の順であった。

だが、その年、前浜《まえのはま》村（南国市《なんこくし》）の伊都多《いったた》神社の祭礼で、町役が郷庄屋、浦庄屋の上座につこうとしたので、騒動がおこった。

「商人《あきんど》どもが、近頃ちくと鼻毛を伸ばしおって、祭の雑用《ぞよう》を引きうけたところで、士農工商の順を踏み違《たが》えてえいという法はないろう。これは見過ごせるか」

祭礼のあと、井口《いぐち》、小高坂、潮江、江《え》ノ口《くち》の、高知附近四ヵ村庄屋が連名で、郡奉行《こおりぶぎょう》に訴訟文をさしだした。

その副書《そえがき》である「口上覚《こうじょうおぼえ》」につぎのくだりがあった。

「なかなか郷浦庄屋どもに対するかぎりの無礼にてござなく、王道をそむき僭《せん》上《しょう》の罪見逃しがたく、にがにがしき次第」

庄屋たちが王道という文字をつかったのは、山崎闇斎《やまざきあんさい》以来の南海朱子学、本居《もとおり》宣長《のりなが》の国学に根ざす、大義名分をただそうとする復古思想のあらわれであった。

郷浦庄屋たちは天保十二年、秘密の連盟をむすんだ。土佐、吾川《あがわ》、長岡の三郡の庄屋を中心に組織した秘密結社である。「同盟談話条々」五十二ヵ条の第一条には、庄屋は本来、天皇に任命された職分であると明記されていた。

同盟談話第二十二条に、庄屋の職分について、重要な意見が述べられている。

その内容はつぎのようなものである。

「同盟者の外に知らせてはならない、最大の秘事がある。一天四海の総主は天皇。代官は将軍。組頭《くみがしら》は諸大名。天皇を輔佐《ほさ》するこの二者が国政をおこなう。

その下で小頭《こがしら》の役目をする者が、庄屋であり、土地、住民を預かる。たとえていえば大名は庄屋の丸薬で、庄屋は大名の散薬である」

庄屋は将軍、大名とともに天皇に直属する王臣であるという見解が、文中にあらわれている。

第四十六条にも、藩主以下の武家に対抗する意識が、明確にうちだされていた。

「百姓たちが家中上士と争いをおこし逃走したとき、武家側から無礼討ちをしようとしても、引き渡してはならない。事の善悪にかかわらず、当人を守り、手順を立てて、奉行所の取調べをうけさせるべきである。

万一、先方から権力をかさにきて、手討ちを強行しようとすれば、武力で対抗すべきである。

元来、朝廷から諸国大名へ預けた皇民の体を、まったく私の了簡《りようけん》をもって引き渡すようなことをしてはならない」

この内容を見れば、町役と庄屋との対立が、家中武士階級の百姓支配を否定する皇民意識にまで、発展してきたことがわかる。天皇を中心に動こうとする、尊王討幕運動の萌芽《ほうが》があらわれていた。

龍馬たちは、仁井田神社の奉納相撲を、夜の更けるまで見物した。土俵のまわりには、足軽が六尺棒を地につき立ちはだかり、勝負のたびにどよめく観衆を睨みつけていた。

卓馬が龍馬にささやく。

「相撲取りらあの今夜の取り口は、荒いようじゃのう」

龍馬はうなずく。

力士たちは、役人の前を通るとき、わざとらしいほど腰をかがめ、うやまうふりをしてみせるが、薄笑いをうかべた顔には、武士を見くびる傲慢《ごうまん》な表情があらわれていた。彼らは役人を威嚇《いかく》するかのように烈しく体を打ちつけあい、地ひびきをたてて動いた。

見物の老若も、足軽と目が合えば頭を垂れ、恐縮する様子を見せるが、人気のある力士が勝ったときには、土用波の崩れる音のような歓声をあげ、役人たちが思わず身構えをするほど騒ぎたてた。

うつぎの花

　嘉永五年の春さきから、龍馬の祖母久の体調がすぐれなかった。たまに腹痛を訴えると町医者に往診を頼んだ。痛みはじきに治まるが、食欲がなくなり、痩《や》せてきた。

　医者の診断は、膈《かく》（癌）であろうということである。八平は家族にひそかに告げていた。

「おばぁやんは、この夏越すがはむつかしいそうじゃ」

　龍馬は暇があると久の寝部屋へゆき、いくらか浮腫《ふしゅ》のあらわれた足をさすってやる。

「気持ちがえいちや」

　久は眼《め》をほそめてよろこぶ。

　彼女は乙女と龍馬の前途を気にしていた。

「乙女も、いつまでもこの家におるがかね。ええ嫁ぎ先がありゃ、ええけんど。

お前《ま》んも大分剣術が上手になったきに、八平は来年にゃ江戸へやるといいゆうが、お城下で道場ひらいて、弟子の束脩《そくしゅう》で生計《たつき》をたてるまでになるには、苦労が多いぞね。まあ、うちは先代さまからの蓄えがあるき、お前んにゃ、かなりの仕分けはしちゃれるけんどねえ」

「俺《おれ》は体が丈夫になったきに、どんな苦労にも負けん」

「まあ、お伊与さんがえい人じゃき、安心じゃけんどねえ」

龍馬は、亡母幸と面《おも》ざしの似た久に、幼い頃《ころ》から、坂本家の先祖についての昔話をこまごまと聞かされてきた。

久は鷹揚《おうよう》で、他人といさかいをしたことがなかった。万事にあきらめがよく、愚痴をいわない。龍馬は祖母の気風が好きである。久は自分の寿命がまもなく尽きることを知っているようであったが、死の不安を口にしたことがなかった。

庭先で白い小虫が蚊柱のように群れをなして浮いている、風の落ちた日暮れどきであった。龍馬に足をさすらせていた久が、突然やわらいだ口調でいった。

「お前ん、水通町《すいどうちょう》の関田屋敷へ、よういきゆうかね。左行秀《さのゆきひで》の鍛冶場《かじば》へ、栄馬といっしょにいきゆうがかね」

「いん、よういくぜよ」

水通町三丁目に屋敷を持つ、土州《どしゅう》藩御抱え刀匠の関田勝広のもとに、左行秀という客分の名工がいた。

龍馬は刀剣に興味があるので鍛治場へ見学に通い、二十二歳年長の行秀に弟のようにかわいがられている。

久はしばらく黙っていたが、また口をひらいた。

「お前んは、栄馬の妹が恋人《といち》かね」

龍馬は虚をつかれ、返事に窮した。

龍馬は久に答えた。

「俺はまだ、恋人を持っちゃあせん」

久はうなずき、つぶやくようにいう。

「私はお前んが嫁さん貰《もら》うがを見たいけんどねえ。そがいにゃ生きられん」

龍馬は、簪《かんざし》のことが久の耳にはいったのだと察した。

前年の夏、仁井田神社の祭礼のとき、夜店で買った二個の白珊瑚《しろさんご》の簪を、一個は乙女に、一個はお琴に贈った。

お琴には、栄馬から渡してもらった。栄馬に疎まれるかも知れないとためらったが、思いきって渡すとよろこばれた。

「堪《たま》あるか。おおきに。お琴がよろこぶじゃろ」

数日後、龍馬が日根野道場へ出向く途中、藤田家に立ち寄ると、門前の白い花弁を飾ったうつぎの木の下に、お琴が立っていた。

「龍馬さん、おおきに」

彼女は手を髷《まげ》にあて、白い簪を見せた。龍馬は笑顔でうなずいただけであった。

お琴が髪にさしている簪が、どこかで乙女の目にとまったのだろうと、龍馬は想像する。乙女は物事にこだわらない、豪俠《ごうきょう》の風を好むが、繊細な感覚をそなえており、弟の心中を早くから読みとっていた。

龍馬は近頃、刀工左行秀の鍛冶場へ足しげく通っている。朝の撃剣稽古《けいこ》を終えたあと、栄馬とともにしばらく立ち寄り、行秀の作業を見物し、休憩のときには茶をすすりながら江戸の話を聞く。

行秀は本名豊永久兵衛、筑前《ちくぜん》国の生まれで、年齢は四十歳、文化《ぶんか》十一年（一八一四）生まれの兄権平よりも一歳年上であった。

行秀は天保初年から、江戸の刀工清水久義の弟子となり、はじめは刀工銘を信国久兵衛と名乗ったが、のちに南北朝期の名工、筑前国左（左文字）の後裔《こうえい》と称し、左行秀と改称した。

彼が関田勝広に招かれ、水通町三丁目の屋敷に逗留《とうりゅう》するようになったのは、龍馬が十三歳であった弘化四年九月である。

水通町三丁目の関田屋敷は、坂本家の裏口から五丁と離れていない。行秀の鍛えた刀は、のちに土佐正宗と呼ばれ、新々刀界の横綱と称され非常な高値で売買されるようになったが、その頃は関田屋敷の一隅を借りうけ、数人の弟子とともにはたらいていた。

左行秀の江戸の話は、名所案内というようなものではなく、興味をひくことばかりであった。彼は高知にきてのちは、権平と友達づきあいをしており、刀の注文も幾度か受けている。

乙女と龍馬の性格が気にいって、わが弟妹のようにかわいがった。彼はひと仕事を終えると、鍛冶場の板敷にあぐらをくみ、茶碗酒《ちゃわんざけ》をひっかけて、龍馬たちの聞いたこともない唄《うた》を軽妙な節まわしでうたいだす。

〽天ぷらのあげたては、こりゃ何だ
値《あたい》はいくら、蛤《はまぐり》むきみに貝柱
あなごにこはだに、するめいか
座頭《ざがしら》は海老《えび》であろ

「そりゃ、なんちゅう唄ですろう」

龍馬が聞くと、

「大津絵節《おおつえぶし》さ。つぎは木遣《きや》りくずしといくか」

行秀は天井に響くような声で、長く尾をひく火消《ひけし》の唄を口ずさむ。

〽いまの芸者は薄化粧、島田に金糸をかけて、松葉一本さいて、めかしてずっとゆく。いよさのすいしょで気はざんさ
龍馬たちは歌詞の意味が分からないまま、拍手する。

行秀はあるとき、浅草《あさくさ》の女の力持ちの話をした。

「これは乙女さんにゃ聞かせられねえが、江戸じゃ力持ちの女が舞台で芸をしてみせて、金儲《かねもう》けをやっているよ」

「うちの姉《ねえ》やんも、なみの男より力はあるが、浅草の舞台ではどんな芸をするがです」

「そうだなあ、米五俵積んだ大八車を差しあげてみせるんだ。それからあおむけに寝て、腹のうえに臼《うす》をのっけて、米を搗《つ》かせるね。碁盤を片手で持って、百目蠟燭《ひゃくめろうそく》を吹き消す。五斗入りの米俵の先へ筆をむすびつけておいて、俵ごと持ちあげて、紙に字を書くんだよ」

龍馬たちは、おどろきあきれるばかりであった。

行秀は鍛刀だけではなく、鉄砲鋳造の技術を身につけていた。

「金さえくれりゃ、大筒《おおづつ》だって張り立ててみせるぜ。毛唐の大筒は、ボンベンだのガラナートだの、破裂弾をぶっ放すから、丈夫にこしらえているんだ。江戸じ

ゃ、砲術はオランダ式の高島流でなきゃ、時勢に遅れるっていってるよ」

行秀は、新知識に好奇心をむける、龍馬を刺戟《しげき》するような見聞を口にした。

行秀のもとへ、溝渕広之丞《みぞぶちひろのじょう》という下士がたずねてきたのは、桜がほころぶ三月はじめであった。

溝渕広之丞は、土佐郡江ノ口村の出身である。文政十一年生まれで、龍馬より七歳年上であった。

彼は徒士《かち》であるが、しばしば藩外に出向くので、探索方であるといわれていた。龍馬と会ったときも、江戸から帰ったばかりであった。

龍馬は藩外の情報を知っている広之丞に行秀の鍛冶場で会うと、しきりに話しかけ、未知の外界の様子を聞こうとした。

広之丞は肩幅がひろく逞《たくま》しい体格で、大食漢として知られていた。性質はきわめて温和で、自分の存在を他人に意識させない、一歩退《ひ》いたような韜晦癖《とうかいへき》が身についている。

だが、幾度か龍馬に会ううち、気を許したようであった。

「俺は江戸で、佐久間象《さくましょうざん》山先生の門人になったぜよ。これからはオランダ流の砲術でなけりゃあ、どうにもならんきのう」

佐久間象山は松代《まつしろ》藩士で、高島流砲術師範江川坦庵《えがわたんなん》（太郎左衛門《たろうざえもん》）に指南をうけたのち、オランダ兵学を研究し、嘉永三年以降、江戸の松代藩深川《ふかがわ》藩邸で砲学教授をおこなっている。

龍馬は聞いた。

「外国の船を撃ち沈めるにゃ、どれほどの大筒がいりますろう」

「そうじゃのう。まあ八十ポンドの破裂弾でなけりゃあ、かすり傷もつけられんぜよ」

「八十ポンドというたら、何貫匁ほどですろう」

「十貫匁じゃなあ」

「そがいな大筒が、どれほどいりますろう」

「むこうの軍船にゃ、八十ポンド筒を何十挺《ちょう》と積んじょるき、台場《だいば》の筒の数がすくなけりゃ、沈めるどころか、こっちがやられるぜよ」

広之丞は、龍馬たちにいった。

「来年には、アメリカから軍船が江戸へ押し寄せると、長崎のオランダ・カピタン（商館長）がいうちょるとの風説が、ひろまっちゅうけんど、公儀じゃ聞き捨てにしちゅう。先はどうなることやら、分からんぞ」

「アメリカとは、どがいな国ですろう」

「そりゃ、誰も知らん。ご禁制じゃき。ただ、あやつらの読み書きの字引は、俺のところにあるぜよ。見たけりゃ、家へくりゃええが」

龍馬と栄馬は、広之丞にともなわれ、城北江ノ口村の小屋敷をたずねた。

広之丞のさしだした写本の表題は、「諳厄利亜《アンゲリア》語林大成」であった。

龍馬は分厚い和綴《わとじ》本五冊をひらき、吸いこまれるように文字に眼を走らせる。

「諳厄利亜《アンゲリア》の国は、往昔《むかし》その職貢《しょっこう》を禁じ給《たま》える故をもって、その言詞において爾来《じらい》いまだこれを知る者あらず。

かの和蘭《オランダ》の如《ごと》き、海を接して隣をなすといえども、絶えて彼と交通せざれば、その言をつまびらかに知る者またすくなかり」

龍馬は、広之丞に問う。

「アンゲリアとは、どこの国ですろう」

「エゲレス国じゃ。アメリカはエゲレスから分かれた国じゃき、おなじ言葉を使いゆう。この語林大成を読めば、アメリカ者の言葉がちくと分かるぜよ。この字引は、文化九年から十一年まで、三年がかりで長崎オランダ通詞《つうじ》五人がこしらえたがじゃ。その時分は、エゲレスをオランダ読みでアンゲリアといいよったがよ」

龍馬は凡例を読む。

アンゲリア語の詞品として、つぎの八種が列記されていた。

静詞、代名詞、動詞、動静詞、形動詞、連続詞、所在詞、歎息詞《たんそくし》。
そのあとに章を分け、それぞれの詳細な説明が記されている。
本文はアンゲリアの言葉をA、B、Cの順に各部に分かち、二十五巻に編纂《へんさん》したものであった。訳語は漢字と仮名をまじえた俗言である。
龍馬は本文の「Aの部」に眼を走らせる。達筆な横文字の横に赤字で仮名をふっている。
アブソリュテリー　（極メテ、決シテ）
アビュンデンス　（アマタ、オビタダシ）
アカデミ　（学校）
アッコーント　（会計、算用）
アコンパニー　（相伴スル）
エキシン　（作業）
龍馬と栄馬は、しばらくのあいだわれを忘れて本をめくった。
「えらいもんじゃねや。広之丞さんは、この本をどこで手に入れたがですろう」
「長崎じゃ。これは版木やのうて、写本ぜよ。ちくと高いが手にはいった」
「こんな昔から、長崎通詞はエゲレス語を知っちょったがですか」
「うむ、文化五年の秋に、フェートン号というエゲレス船が、帆柱にオランダの旗をあげて長崎の港に入ってきて、大騒動になったことがあったわよ」

当時、オランダとイギリスは交戦中であった。フェートン号は日本とオランダの貿易を妨害するつもりで、長崎湾内に侵入してきた。オランダ船が碇泊《ていはく》していれば拿捕《だほ》するつもりであったが、いなかった。

大砲三十八門を装備したフェートン号がオランダ国旗を掲げているのを見た長崎奉行は、検使をさしむけた。出島のオランダ商館からは、カピタンの部下二人が出向いた。

フェートン号からもボートが下ろされ、漕《こ》ぎ寄せてきて、舵取《かじと》りの男がカピタンの部下にオランダ語で話しかけてきた。

「このボートに乗って下さい。本船にご案内します」

オランダ人たちが、すこし遅れてくる日本検使の船を待つと答えると、思いがけないことがおこった。

ボートに乗っていた水兵が、剣を抜き、オランダ人の船に乗りこみ、二人を捕えてボートに移し、本船へ連れ去った。

遅れてきた奉行所役人、通詞たちはおどろき、出島のカピタン、ヘンドリック・ヅーフに知らせた。

「オランダの国旗を掲げた船がきて、オランダ人を捕え去ったのは、どういうことか」

ヅーフは沖合に碇泊した船が、イギリス船であろうと推測した。

長崎奉行松平図書頭《まつだいらずしょのかみ》は、検使の通報をうけ、激怒して沖合の船からオランダ人を取り戻してくるよう命じたが、状況は緊迫していた。

フェートン号のボートが、鉄砲を持つ水兵を乗せ、海岸に漕ぎ寄せ、湾内を調べてまわったので、出島のオランダ人が奉行所に避難する騒ぎとなった。

松平図書頭は、湾内の番所に急報して戦闘態勢をとるよう命じた。長崎の番所には、常時近隣の大名が千人の兵を置く規定になっているが、伝令が駆けつけると、ほとんど無人であった。隊長たちも不在で、兵数は各番所をあわせ、六、七十人である。

これでは無礼な異国船に手を出せない。

その夜、捕虜のオランダ人が書いた手紙が、フェートン号から届けられた。手紙には、フェートン号船長のペリュウが、飲水と食料を日本から補給してもらいたいと希望している旨、記されていた。

翌朝、フェートン号は英国国旗を掲げ、人質の一人に脅迫状を持たせて帰した。その日のうちに飲料、食料が得られないときは、翌朝、港内の日本、中国の船舶を焼き払うという内容である。

松平図書頭は、やむをえずペリュウの要求をいれ、二人の人質を取り戻した。フェートン号は、まもなく吹きはじめた東風に帆を揚げ、逃げ去った。図書頭はすべての責めを負い、切腹した。

この事件のあと、オランダ通詞たちが幕命によって英語の研究をはじめ、「諳厄利亜《アンゲリア》語林大成」をつくったのであった。

溝渕広之丞は、日本の海防の貧弱きわまりない実情を、龍馬たちに教えた。

「アメリカやらエゲレス、フランスの蒸気船がきよったら、小《こ》んまい関船《せきぶね》なんぞは吹き飛ばされるろう。公儀が長いあいだ大船をこしらえさせざったきに、急にゃ造れん。船がなけりゃ、台場に大筒すえて、打ち払うしかないがじゃ。ところが、いま浦賀《うらが》から相模《さがみ》へかけての台場じゃ、大筒一挺につき弾丸二、三発。煙硝もそのうえの余分はないがよ。その弾丸を全部撃っても、まあ当たらん。天保八年にアメリカのモリソン号が薩摩《さつま》の山川湊《やまがわみなと》に入ったときにゃ、薩藩大砲方が総出で何百発も撃って、一発しか当たらざった。その一発も、甲板を転がっただけで、モリソン号はどこもいためられざったちや。和筒はいかん。洋砲でなけりゃ、役にゃたたんぜ」

広之丞は声を落とした。

「上海《サンハイ》あたりじゃ、エゲレス人がわがもの顔に歩きゆう。港口《みなとぐち》はエゲレスの船が何百艘《そう》も舳《へさき》をならべちゅうし、唐人は、エゲレスに国じゅうの金銀を捲《ま》きあげられゆう。あいつらは、こんどは日本を狙《ねら》いゆうがじゃ」

広之丞は長崎へ幾度か出向いたことがあるというが、上海に渡航したようなロぶりであった。

龍馬は、広之丞の屋敷を出たとき、顔を紅潮させていた。彼は栄馬にいう。

「広之丞さんの話を聞きよったら、狭い城下におるとは思えんのう。上海とかいう土地におるようじゃ」

「いん、城下で盛組《さかんぐみ》にせりあいをされるような暮らしは、好かん」

おとなしい栄馬が、眉根《まゆね》を寄せた。盛組は、馬廻《うままわり》以上の上士の子弟が士魂を練るために、住む地区によって北辺、上辺、下辺の三組に分かれ、三盛組と称していた。

盛組の頭領は郭中中島町《かちゅうなかじまちょう》に住む、三百石馬廻乾《いぬい》正成の長男退助《たいすけ》（のちの板垣《いたがき》退助）である。龍馬より二歳年下であるが、奔放な性格で知られていた。

幼時に寺子屋に通ったが、その後は学塾に通学することもなく、読み書きを遠ざける。女性のような容貌《ようぼう》とはうらはらに、喧嘩《けんか》を好み、相手を求めては事を構えた。相撲《すもう》、闘鶏、闘犬など、荒々しい遊戯ばかりに熱中する。

彼が水練を学ぶうち、あるとき水が両耳に入り、聞こえなくなった。

「俺の耳が聞こえんようになった。ほんじゃきに、耳を破っちゃらあ」

彼は口と鼻を手でふさぎ、吸いこんだ息を力まかせに吹くと、たちまち耳が聞こえるようになった。

退助より一歳年下の後藤象二郎《ごとうしょうじろう》は、その配下にいた。

盛組を結成した若者たちは、家中に伝わる盛節という唄をうたうのを好んだ。

〽一つ、人と生まれば忠孝に
　義勇をかさねて節に死ね

というような数え唄のほかに、つぎのような艶《なま》めかしい唄もある。

〽深編笠《ふかあみがさ》に顔かくし
　目元に愛のこぼれ髪
　この私《わたくし》がいるならば
　百万勢とおぼしめせ

この唄は、衆道《しゅどう》の意をあらわすものとして、美少年を誘うためにうたわれた。

唄の節まわしは悲壮、激越で、盛組の子弟は、上士にのみ許される高下駄《たかげた》を鳴らして闊歩《かっぽ》し、播磨屋橋《はりまやばし》のうえで他の組士たちとゆき会うとき、せりあいを挑んだ。せりあいとは抜刀することなく、肩を怒らせ全身の力をふるい、押しあいをすることである。

彼らの間では、男色がさかんであった。女色はきびしく取り締まられるが、男色は大目に見られた。

退助は男色を好んだ。美少年を見れば近づき、暴力をふるって犯すこともあり、そのためしばしば紛争をおこした。

彼は嘉永四年十二月二十五日の夜、市中で同輩に狼藉《ろうぜき》同様の仕業に及んだとして、藩庁の咎《とが》めをうけた。

「上士の風俗について、家中の規則があるにもかかわらず、風紀を乱したのは不《ふ》埒《らち》の至り」

狼藉とは男色行為を意味するものである。狼藉をうけたのは、留守居組の子弟で、十四、五歳の少年であった。

龍馬は、乾らの放埒《ほうらつ》なふるまいを無視していた。上士は郷士以下の軽格の者を呼ぶとき、名を呼びすてにする。公文書にも、姓を付けず、何兵衛、何右衛門と記すのみであった。

上士のあいだでも、身分に応じて格差をつけている。

家老は中老以下、無役の平士《ひらし》に至るまで、すべて名を呼びすてにした。

龍馬は自分のいる社会の構造が、いつまでも変わることはないだろうと思っていたが、彼は内心で士農工商の身分の区別を認めていない。

人の価値が、その出自によって変わることはないと、龍馬は考えていた。上士の子弟というだけで、郷士に対し優越感を持つ者は、愚者であるにすぎない。

土佐藩の上士のうち、最高の地位である家老は十一家。禄高《ろくだか》は一万石から二千石である。彼らのうちから奉行職が選ばれる。中老も十一家である。禄高は千石から五百石。

上士のうちで、平士と呼ばれるのは馬廻以下である。馬廻は八百家。禄高は六百石以下。小姓組は定員がなく、三百石以下。留守居組も定員がなく、二百五十石以下であった。奉行、目付、仕置役などの役につけば、役高と呼ばれる手当が与えられる。

郷士の領知は二百五十石から三十石である。坂本家は、文政年間（一八一八―三〇）に領知百六十一石といわれたが、その後増加して二百石に近づいていた。坂本家は城下の金持ちであるといわれるほど現金をたくわえていたので、利殖をはかることができたのである。

郷士以下の下士は、貧窮の暮らしに甘んじるよりほかはなかった。徒士は切米《きりまい》十七石、三人扶持《ぶち》以下。徒士格は十二石、三人扶持以下。組外から足軽までは十石から三石、二人扶持という僅少《きんしょう》な扶持で生活しなければならない。一人扶持は一日当たり玄米五合であれば、消費を削って外の生活費にあてようとすれば、粥《かゆ》をすするにも不自由することになる。

中江兆民《なかえちようみん》の家は切米四石、二人扶持の足軽であった。下士の多くは、小高坂《こだかさ》附近に住んでいた。彼らは郭中の上士の遊惰《ゆうだ》の気風をさげすんだ。

郭中の追手筋《おうてすじ》、本町《ほんまち》、帯屋町《おびやまち》に屋敷を構える大身の侍たちは、いずれも玄米数百石の収入があり、下士たちが生涯望み得ない豪奢《ごうしや》な生活を送っている。

彼らは武芸、学問にはげむこともなく、広大な庭園に数奇《すき》をこらし、妾《めかけ》を養う。江戸勤番を免ぜられたいために仮病をつかい、家禄のうち五十石を減俸されても痛痒《つうよう》を覚えない者もいた。

城下では、毎年秋になると鏡川南河原で相撲の催しがおこなわれる。盛組の青年は、土俵のまわりに桟敷《さじき》、櫓《やぐら》を組み、幟《のぼり》を立て、幔幕《まんまく》をめぐらし、にぎやかに見物した。

乾退助、後藤象二郎たちは、羽織袴《はおりはかま》の正装で桟敷につらなった。

小高坂の下士の子弟は、彼らのように派手に桟敷を飾る資力がないので、褌《ふんどし》に「不免俗《ふめんぞく》」と大書して竹竿《たけざお》に吊《つ》るし、旗として痩せ我慢を張った。

「不免俗」とは中国の故事にもとづく言葉で、俗気を去るという意であった。

龍馬は日根野道場の朝稽古に出かけるまえ、藤田栄馬と待ちあわせた。龍馬が赤石の栄馬の家へ迎えにゆくとき、玄関でおとなうと、ほのぐらい板敷へ、待っていたようにお琴があらわれる。

「じきに参りますき、ここで待ってつかあさいませ」

龍馬はお琴の澄んだ声音が好きであった。

「いや、表のうつぎの下で待っちょりますき」

彼はお琴と眼を見交わし、満ちたりた思いで門口を出る。

土塀の下に、つつじが薄紅のはなびらを盛りあげるようにつけ、蜂《はち》がそのあいだを低く唸《うな》って飛んでいた。

――眼は口ほどにものをいうというが、ほんまじゃ――

龍馬が内心をまなざしにあらわすと、お琴は双眸《そうぼう》に深い表情をあらわし、龍馬と視線をからみあわす。つかのまであるが、二人が黙契をかわしあう、ひそかな時間であった。

竹刀《しない》で防具袋を肩にかけ、燕《つばめ》が頭上をかすめる路地で栄馬を待つあいだ、龍馬は向かいの傘屋が、傘をまわしながら桐油《とうゆ》を塗る、カタン、カタンという音を聞きつつ、お琴の送った合図を胸中にたしかめていた。

だが栄馬があらわれ、肩をならべ、人馬の往来でにぎわう街道を歩むうち、さっきまでふくれあがっていた自信とよろこびは、ひとり合点であったかのように思えてきた。

龍馬は日根野道場での剣術の実力が、上位数人のうちに数えられるようになっていた。和術《やわら》においても、膂力《りよりよく》にまかせ倦《う》むことをしらず稽古をつむうち、朋輩《ほうばい》に怖れられる得意の逆手技を身につけた。

龍馬は溝淵広之丞に匹敵するほどの大食であるため、体格が発達した。好物である橙酢《だいだいず》をかけた鯖鮨《さばずし》は、たちまちのうちに皿に山盛りの五十個ほどを食い、平然としていた。龍馬は豪語した。

「俺はお母《か》やんの腹のなかで、なみの赤子よりひと月長うおったき、胃袋が丈夫じゃ。ほんじゃき、なんぼ食うても、稽古して寝りゃ、食うた物は全部身につくがぜよ」

龍馬は背丈が五尺九寸に伸び、手足は竹のように長いが、胸板は厚く石のように堅い。肩から胛《かいがね》（肩甲骨）の辺りにも、筋肉の瘤《こぶ》が盛りあがっている。

その打ちこみは烈《はげ》しかった。面を打ってくるのをはずした者は、体当たりをくらう。柔術、相撲の猛者《もさ》で、足腰に粘りのある者も、龍馬の体当たりをうけると羽目板に背をうちつけ、尻《しり》もちをついた。

龍馬は日根野道場で、日根野弁治と土居楠五郎の懇切な指導をうけ、天分を伸ばした。二人とも小事にこだわらない鷹揚な人柄で、門人の敬愛をうけていた。

楠五郎は師範代であるが、城下の道場主たちに特別の敬意をはらわれる存在であった。彼が稽古着をつけるとき、左胸と右肩、左太股《ふともも》の外側に、長いひきつれがあるのを門人たちは眼にする。

それは、あきらかに刀疵《かたなきず》であったが、彼は酒席で疵の由来を問われても、ひと言答えるばかりであった。

「若いときの過ちぜよ。大坂《おおさか》で喧嘩したがじゃ」

楠五郎は、いまでは門人を叱《しか》りつけることもすくないが、若い頃は命知らずの乱暴者として知られていたらしい。

剣術稽古をはじめて三年を過ごし、四年めにかかる頃には、素質のある者はさまざまな才能の芽を出してくる。

地稽古をかさねるうちに、独特の癖が出てきて、得意技になる。面を打とうとするとき、相手からは小手を打ちにくるとしか見えないような竹刀さばきが、自然に身につく。

遠間《とおま》からの擦《す》りあげ面が、格ちがいの相手におもしろいようにきまることがある。近間《ちかま》に踏みこみ、三段打ち、四段打ちの連続技で、どのような猛者をも圧倒できることもある。相手の隙《すき》が、おもしろいように見分けられる。

だが、それは一時のうねりの頂にすぎない。わずかなきっかけで、得意技がまったくきまらなくなり、自信を失う沈滞期がやってくる。そこで烈しい稽古によってわが身を鍛えぬくと、つぎの発展期がめぐってくる。

そのような、向上、沈滞をくりかえすうちに、本人の真価があらわれてくるのだが、途中で挫折《ざせつ》することもある。挫折するのは、指導者への信頼を失った場合が多かった。

師匠を変えたとたんに、技の冴《さ》えが消え去り、ついに剣の才能を発揮せずに稽古をやめる者はめずらしくない。

龍馬は楠五郎によって、素質を充分に発揮できた。龍馬の言葉づかいは、楠五郎のそれに自然に似てきた。

楠五郎は、居酒屋へゆくと、辺りの者がおどろくような大声で叫ぶ。

「豆腐持ってこーい」

「枝豆え」

傍にいる者は、彼の割れ鐘のような声を聞くだけで、腰をすえて酒を飲もうという気分になった。

梅雨《つゆ》入りまえの、風もなく晴れわたった昼下がり、龍馬は栄馬、卓馬、三次とともに城東の新町田淵にある、武市半平太の道場へむかった。

四人は防具袋と竹刀を担いでいた。龍馬はまだ半平太に会ったことがなかった。

播磨屋橋に近い浦戸町の堀川端には、才谷屋の醬油蔵《しょうゆぐら》があり、そこからあまり離れていない武市の屋敷の前を通ったことがある。

城下では、半平太の剣名があがるばかりであった。近頃、一刀流麻田勘七道場で中伝を許されたというが、実力は師匠をはるかに凌《しの》いでいるという評判である。彼は裏庭に稽古場を設け、郷士、下士の子弟に稽古をつけていた。入門を望む者は多かった。

龍馬は半平太に剣術を習うつもりはなかった。

「俺は小栗流をやっちょりゃええがよ。一刀流の手利《てき》きに教えてもらいとうはないき。刀の使いかたさえ覚えちょりゃ、斬《き》りあいじゃ、早う振りまわすほうが勝つがじゃきに」

半平太が、文武両道の達者であると聞くだけで、近寄りがたい人物のような気がする。

六尺ゆたかで、白皙《はくせき》の偉丈夫である半平太は、郷士階級の偶像として尊敬される条件を、すべてそなえていた。

気のすすまない龍馬を誘ったのは、卓馬であった。

「半平太さんに、いっぺん会《お》うちょき。あの撃剣の手を見ちょったら、ためになるき、稽古場はいうてみりゃ、梁山泊《りょうざんぱく》じゃ。土佐じゅうから若い者が集まっちゅう。稽古に寄りおうて、天下を論ずるがじゃ」

龍馬は、武市の稽古場で気のあう友人を見つけだせるかも知れないと思い、でかけることにした。

武市屋敷は横手が田圃《たんぼ》で、軒下にたたずむと、耳もとで蚊がうなった。屋敷の手前から豆を煎《い》るような竹刀の音が聞こえていた。

卓馬がおとなうと、半平太の妻らしい女性が出てきて、龍馬たちは厨《くりや》のにおいのただよう薄暗い土間を通りぬけ、裏の稽古場へ通された。

稽古場は六間に四間の構えで、屋根と床があるが、壁がなかった。二十人ほどの門人が烈しく打ちあい、打ちこみを外された者は、そのまま庭へ飛びだす。

気合が湧《わ》きたつなか、正面上段の席に、白刺子《しろさしこ》の稽古着をつけた半平太が腰を下ろしていた。

半平太は笑顔で歩み寄ってきた。

「ようきたのう、卓馬。三次もついてきたがか」

「今日は二人、連れてきた。坂本龍馬と藤田栄馬じゃ」

「どっちも親父殿には、お目にかかっちゅう。坂本の権平さんには、仁井田の角《かく》場《ば》(射撃場)で、ときどき顔をあわすぜよ。ところで今日は防具袋担ぎこんで、稽古場破りするがか」

卓馬は手を振った。

「そがいな腕はないき、お前《ま》さんに稽古つけてもらおう思うてきたがよ」

「そうか、ほんなら一番参るか」

半平太は手早く皮胴をつけ、面をかぶる。

龍馬たちも稽古着、袴に着替え、防具をつけた。道場の上手《かみて》に、門人たちが面をはずして居並ぶ。

卓馬が照れたようにいう。

「皆も稽古をやってくれ。見られるほどの芸じゃないき」

半平太は、ほほえむだけであった。

まず卓馬が皆の見守る前で、半平太と地稽古をはじめた。半平太が青眼《せいがん》にとった剣尖《けんさき》を、やや右下におろして構えると、立ち姿が卓馬を圧倒して大きく見える。

――こりゃ、難物ぜよ。位負《くらいま》けじゃ――

龍馬は、息をのんだ。

半平太は、龍馬と互角の腕前である卓馬が、気合とともにするどく打ちこむのを、竹刀で左右に弾《はじ》いた。手首をひねるだけで、面、小手、胴への攻めを楽々と凌ぐ。はずされた卓馬は、半平太の左右へ身を泳がせる。

「お前さんは、面がよう伸びてきちゅうぞ。それ、打て」

卓馬に面を打たせた半平太は、反対の方向へ身をひるがえし、あとじさる。

「それ、面じゃ。早う打て」

半平太は卓馬が打ちこむよりも早く後退し、鳥のように板間を進退するうち、叫んだ。

「これから掛かり稽古じゃ」

卓馬は甲高い気合をあげ、無二無三に打ちかかる。掛かり稽古では静止を許されないので、竹刀を水車のようにまわし、一本でも打ちこもうと、卓馬は狂ったように動く。

半平太の膂力は、おそるべきものであった。龍馬は面を打つ竹刀が曲がるのを、はじめて見た。小手を打つと、鞭《むち》の唸るような音がする。

卓馬の動きが、たちまち鈍くなった。半平太は面金《めんがね》のなかで吼《ほ》えた。

「なにしゆうっ。それ、打たんか。いまじゃ、打てぃ」

卓馬がよろめくと、半平太は竹刀を片手に持ち、太い右腕を彼の首に巻き、あおむけに投げとばした。

龍馬は卓馬についで半平太に稽古をつけてもらった。彼はむかいあい、剣尖をまじえると、体のつりあいがとれていないような気がした。ふだんは思うがままに動かせる手、腰、足の動きが鈍い。

半平太の両眼から放たれる気魄《きはく》に圧倒されまいとして、龍馬は身を躍らせ、打ちこんでゆく。上唇がまくれあがり、歯を剝《む》きだした龍馬がめまぐるしく打ちこむ技の数々は、すべて半平太にはずされ、封じられた。

せめて道具外れでもしたたかに打とうとするが、かえって眼から青い火花の散るような面をとられる。

鍔《つば》ぜりあいから、退《の》き面を打とうとして飛び下がったとき、半平太に踏みこまれ、体当たりをくわされ庭に転げ落ちた。

「もう一本、教えてつかあさい」

龍馬ははね起き、夢中で打ちかかる。

彼はなんとしても一本だけ打ちこもうと、得意技を繰りだし、二段打ち、三段打ちを試みるが、すべて狙いをはずされ、よろめいて、ゆるんだ自分の袴の裾《すそ》を踏み、尻もちをついた。

半平太は、はね起きようとする龍馬をとめた。

「今日はこのくらいにしちょき。お前んは筋がえいぜよ。これから強うなるろう」

龍馬は這《は》うように稽古場の上手に戻り、ふるえる手で面をはずす。

竹刀を握りしめていた両手の指先が内側へ曲がり、伸ばせない。卓馬がいった。

「顔色がまっさおじゃ。気分はどうじゃ」

龍馬はうなずくが、息が苦しい。吐く息ばかりで、吸うことができないような気がして、胸をあえがせる。

彼は半平太が栄馬と稽古をはじめたのを見ながら、庭へ水を飲みに出た。

体内の水気を絞りつくしたように汗が流れ、喉《のど》がかわききっている。つるべの水を柄杓《ひしゃく》で汲《く》み、飲もうとして顔をゆがめあえいだ。

つめたい水を飲むうち、龍馬はようやくおちついてきた。両手が石のように固く張り、指を思うように動かせない。半平太に打ちこまれた右手首が、ふくらんだ餅《もち》のようになっている。

――やっぱり格ちがいじゃ。まあええわ。そのうちにゃ、対《たい》の勝負をしちゃるき――

龍馬は半平太の腕前を見せつけられると、その技に興味をもった。彼は打ちこまれた理由を考え、対抗しうる手を工夫するのが、好きであった。試合に勝ったときよりも、負けたときのほうが、剣術への興味をそそられる。

卓馬たちとの稽古を終えた半平太は、面をはずすと龍馬に声をかけた。

「お前ん、あれと立ちあっちやってくれんか」

半平太が指さしたのは、豊かな頬《ほお》の少年であった。目尻があがっていて、人を見るとき、怒りをふくんでいるような不敵な顔つきになる。

「七軒町の岡田以蔵《おかだいぞう》じゃ。年はお前んより三つ下じゃが、よう稽古しちゅう。ちと揉《も》んでやっとうせ」

大川端に沿う七軒町には、郷士、下士の住居が多い。

龍馬は以蔵の名を幾度か耳にしていた。播磨屋橋で二人連れの上士の息子と喧嘩して、またたくうちに川へ投げこんだという噂《うわさ》が聞こえている。半平太が弟のようにかわいがっている愛弟子《まなでし》である。

龍馬は笑顔で答えた。

「ええですろう。三本勝負ですかのう」

「そうじゃ」

以蔵という少年は、手早く面をつけ、立ちあがった。竹胴にはほころびが見え、面、垂れには使い癖がついている。

以蔵は汗を吸った黒刺子稽古着の胸を張り、摺り足《すあし》で稽古場の中央下手《しもて》に出た。痩せているが胸と腰が張りだし、動作に野獣のような弾《はず》みが見える。

背丈は龍馬より二寸は低い。

――試合なら、任しちょき――

龍馬は試合であれば、半平太を相手にしてもたやすく一本を取られない自負心がある。

——敵をただ打つと思うな身を守れ、おのずから洩《も》る賤《しず》が家《や》の月じゃ——

彼は土居楠五郎から教えられた道歌を、くちずさむ。

蹲踞《そんきょ》して立ちあがり、剣尖を交えると、以蔵は龍馬の竹刀に幾度か触れただけで、青眼に構えたまま、反り身で間合をはかっている。龍馬は意外であった。

——こりゃ、そうとうなもんぜよ。うっかりつけいれんなあ——

以蔵は間合を広くとり、龍馬を誘いこもうとする。

龍馬はしばらく睨《にら》みあい、相手の竹刀の下を弧をえがくようにして打ちこむ、巻小手を見舞った。一本にはならなかったが、以蔵の籠手《こて》を打った竹刀の音が、ポンと聞こえた。

そのとたん、以蔵は爆竹がはじけたように床板を蹴《け》って襲いかかり、つづけさまの乱打の雨を降らせてきた。龍馬は巧みに飛び下がり、身をかわし、打たせなかった。

以蔵が面のなかで吼えるようなしわがれ声の気合をかけるたびに、面金のなかで歯なみが白く見える。

龍馬は体当たりしてくるのを突きはなし、間合をあけるが、以蔵の手数の多さはおどろくばかりである。

面を打ってきて飛び下がるとき、横なぎに払った以蔵の竹刀に右肘《ひじ》をかすめられ、電撃のような疼《うず》きが走った。

龍馬は間合がひらいた一瞬、小手を警戒するように剣尖を右へ寄せた。以蔵はたちまち身を躍らせ、面を打ちこんできた。龍馬は以蔵のみぞおちの辺りをめがけて突く。狙いは当たった。

龍馬の竹刀を喉にうけた以蔵が、足を天井にむけ、ひっくりかえった。龍馬が軽く突きだした剣尖にわが力で衝突した以蔵は、はね起きたが、気をのまれたように動きをとめた。

半平太が右手をあげた。

「突きあり、一本。さあ二本めじゃ、いけ」

突きは龍馬の得意技のひとつであった。相手の喉をまっすぐ突こうとすれば、剣尖は額の辺りにあたる。自分の眼と手の位置の高低差を見はからい、下方を突けば確実に喉にあたるのを、稽古のうちに覚えていた。

二本めの立ちあいも、以蔵の猛烈な攻撃ではじまった。反撃を警戒しない放胆な動きで、小手から面の二段打ちで飛びこんでくると、そのまま近間の乱打を浴びせてくる。

――こいつはいらこしい（せっかちだ）のう。早うやらにゃ、こっちがやられるぞ――

龍馬は以蔵の動きがとぎれたとき、大きく飛び下がり、上体を反らせて構えた。以蔵の足が床板を離れ、面を打ちこんでくるのにあわせ、龍馬は右前へ走って胴を抜く。

以蔵の竹胴を打つ音が、パチーンとひびきわたった。

「胴あり。勝負はこれまでじゃ。以蔵、ええ稽古になったろうが。手負い猪《ておじし》みたいな一本調子じゃ、試合上手の相手の餌《えさ》になるだけじゃ」

以蔵は蹲踞したまま、うなずいた。

龍馬が防具をはずし、帰り支度をはじめていると、以蔵が前にきて坐《すわ》った。

「今日は、ありがとうござりました。ほんまにええ勉強させてもろうて、これからは、ちくとやりかたを変えますき」

龍馬が笑って答えた。

「お前んは、もうじき俺らの手にゃおえんようになるぜよ。あれだけ走りまわられりゃ、ついていけんきにのう」

以蔵が笑うと眼が細くなり、野仏のような愛嬌《あいきょう》のある顔になった。

祖母の久は、梅雨《おもゆ》があけるまえの六月なかばから、容態が重篤になった。食物が喉を通らず、重湯をわずかに飲むばかりで、ときどき昏睡《こんすい》する。

龍馬が乙女にいう。

「人は死んだら、野辺の白石じゃ。風に吹かれてチチリやチリチリと鳴るだけぜよ」

「ほんにのう。死んだあとのことは、生きてる者にゃ分からんき。さぶしいぞね」

久はまだ前途のさだまらない孫たちを不愍《ふびん》に思っていたので、二人に銀六百匁ずつを形見分けとしてくれた。

八平は二人にいった。

「無駄づかいをしちゃいかん。大事に貯《た》めちょき」

二人は答える。

「俺は行秀さんに、この金で脇差《わきざし》を注文しますき」

「私は川島のおんちゃんに頼んで懐鉄砲《ふところでっぽう》を買うてもらいますきに」

八平は嘆いた。

「ふたりとも、あほうじゃいか」

南風《まぜ》が低く唸りつづけ、雨が滝のように降ってはやむ昼さがり、龍馬は左行秀の鍛冶場をたずねた。

行秀は板間で溝淵広之丞とむかいあい、あぐらを組み茶碗を手にしていた。

「よう、きたか。今日は蒸すから仕事はやめだ。どうだ、一杯やらねえか」

行秀に誘われ、龍馬は傍の円座に腰をおろす。

「お祖母《ばあ》やんが形見分けに、銀子《ぎんす》を呉《く》れよった。それで脇差を打っとうせ」

「そりゃいいねえ。脇差はやめときな。差料《さしりよう》をこしらえてやろうぜ」

「銀六百匁しかないき、お前《ま》さんに差料は頼めんぜよ」

行秀は首を傾《かし》げたが、すぐうなずいた。

「拵《こしら》えの代は、こっちから持ちだしだが、いいや、負けといてやるよ」

広之丞が、酒気を帯びた顔をゆるませた。

「お前ん、えろう得をしたのう」

「ほんま、半値より安い」

「ところでのう。来月のうちに、アメリカ漂流人三人が、高知へ戻ってくる。徒《かち》目付《めつけ》堀部殿ら十七人が、引き取りに長崎へ出向いたぜよ」

龍馬は眼をかがやかせた。

「その漂流人はどこの在所の者ですろうか」

「いん、宇佐《うさ》と中《なか》ノ浜《はま》の者よ。三人のうちで一人は、アメリカで手習い学問しよったそうじゃ」

溝渕広之丞は、漂流人が去年の正月に琉球《りゆうきゆう》に上陸していたという。

「去年の十月なかば過ぎに、薩藩江戸留守居役から、当家の留守居役に手紙で知らせてきた。高岡《たかおか》郡宇佐浦の伝蔵ほか二人がアメリカから戻ってきて、正月三日に琉球国の摩文仁《まぶに》いうところへ漂着したというがよ。公儀御用番にはお届け済みじゃき、お知らせいたすということじゃ。戻ってきたがは、伝蔵と弟の五右衛門、中ノ浜の万次郎《まんじろう》というて、十年まえに漁に出て沖へ流され、アメリカの船に助けられた者じゃがのう。年は伝蔵が五十近いが、ほかの二人はまだ若いそうじゃ」

「アメリカで学問してきたがは、誰《だれ》ですろう」

「中ノ浜の万次郎いう男らしい。これはただ者ではないろうと思うちゅう」

「そりゃ、なんでですろうか」

「うむ、薩藩が公儀と長崎奉行へ土佐漂流人の届け書を出したがは、こっちへ知らせるよりもひと月あまり早かったが、それにしても、琉球に漂着してから八カ月あまり経《た》っちょった。そのあいだに、なにしよったか。万次郎にアメリカの事情を聞いちょったがじゃろ」

広之丞は、漂流人の事情を詳しく知っている様子であった。

龍馬は聞いた。

「その人に会えますろうか」

「はじめは無理じゃろうが、奉行殿のお取調べがすんでのちは、会えんこともなかろう。しばらく待っちょき。俺が引きあわせちゃるき」

龍馬は川島家の世界地図で、アメリカが浦戸沖の外海をへだてたはるかな東方にあることを知っている。

世界地図では、日本の国土があまりにも矮小《わいしょう》であるので、それを見た者はたやすく信じなかった。

「これは、毛唐がわざとおのれの国を大きゅう描《か》きよったがじゃ」

だが龍馬は海のむこうにある巨大なアメリカという国は、どんなところであろうかと、さまざまな空想をえがいてきた。

――土佐の沖はアメリカじゃ。ご禁制があるきに、行き来はできんが、いってみりゃ、なんぼかおもしろかろう――

万次郎たちはアメリカから帰ってきた。土佐に戻れば、なんとしても会って、外国の事情を聞きたいと、龍馬は胸を高鳴らせた。

龍馬は家に帰ると、さっそく乙女に告げた。

「土佐のアメリカ漂流人が三人も、帰ってくるがじゃと」

「そりゃ、どこの者ぞね」

「宇佐浦辺りの漁師じゃ。広之丞さんがいうちょった」

「そうじゃろう。そんなことは、私らの耳にゃ届かんきね」

「アメリカいうがは、どがいな国じゃろう。早う漂流人に会うて、聞きたいもんじゃねや」

龍馬はせきこんでいう。身内にひそんでいた異国への好奇心に火をつけられ、気がたかぶる。

「私も聞きたいが、女子《おなご》じゃきに、お前んが広之丞さんに頼んで、会わせてもらわないかん」

龍馬は、何としても万次郎という漂流人に会い、アメリカの様子を聞かねばならないと心にきめている。彼の将来は、他家へ養子にゆくか、撃剣道場をひらいて生計をたてるか、どちらかの道を選ばねばならない。いずれも望まなければ、生涯部屋住みのひとり者で暮らすことになる。

衣食に不自由はないが、小さな城下町で退屈をまぎらすために詩歌管弦をたしなみ、余暇をすごす歳月をかさね、人生を終えるばかりである。

藩主を頂点として町人に及ぶ身分制度の枠のなかで生きるのは、池で飼われている鯉《こい》や鮒《ふな》とたいして変わらないことであった。

――アメリカへいってみたい。万次郎いう人が、そこから帰ったがじゃき、いけんことはなかろう――

龍馬は異国へお琴を連れてゆきたいと夢想して、自嘲《じちょう》する。

――お琴さんは俺を好いてくれちゅうわけじゃないきに、叶《かな》わん夢じゃいか

――龍馬は久の様子をのぞきにゆく。祖母は額に濡れ手拭《てぬぐ》いをあて、寝息をたてていた。

しばらく見守っていて、手拭いをとり、金盥《かなだらい》の冷水にひたし、しずかに絞って額に置く。

龍馬は胸のうちで語りかけた。

――お祖母やん、世間はだんだん騒がしゅうなってきたぜよ。俺は、アメリカから戻った人に会うて、向こうの暮らしむきを聞くがじゃ。空の下にゃ、大けな国が幾つもあるがぜよ。俺はそがいな国へいきたいがよ――

龍馬は溝渕広之丞と幾度か会ううちに、江戸の蘭学者《らんがくしゃ》佐久間象山の消息について聞かされていた。

広之丞は佐久間象山の砲術門人となって日が浅かったが、師匠の能力を高く評価していた。

「年は四十二じゃが、これまでに読んだオランダの奇書、珍書は、かぞえきれぬほどらしい。先生がはじめてショメールの百科全書を手に入れたのは、弘化三年じゃった。その本は、公儀の蕃書調所《ばんしょしらべしょ》と長崎奉行所にあるが、めったに手に入らぬものでのう。それを十六冊、四十両で買われたがよ」

「それまでに、蘭学をどこで学んだですろうか」

「どこっちゃあでも学んじゃおらん。三十過ぎの頃は信濃《しなの》松代藩の学問所頭取をつとめよった。朱子、程朱《ていしゅ》の学問じゃ、江戸の佐《さ》藤《とう》一斎《いっさい》塾で鬼才といわれた人じゃきにのう。ところが主人の真田《さなだ》侯が天保十二年六月に老中となられ、海防掛《かいぼうがかり》に任ぜられて、先生が顧問になった。砲術に執心しはじめたのは、それからじゃ。高島秋帆が江戸の徳丸《とくまる》ヶ原《はら》（東京都板橋区高島平《たかしまだいら》）でおこなった銃陣の演練を見てからは、オランダ砲術にとりつかれたがじゃ。秋帆には免許皆伝の門人が二人いた。一人は伊《い》豆《ず》韮山《にらやま》代官の江川太郎左衛門、いま一人は公儀鉄砲組頭下曾根金三郎じゃ。先生は一日も早う砲術を習い、大砲を張りたてにゃならんと急ぐままに、江川の門人になったがよ。なんせ、海防顧問になった年に海防八策という意見書を真田侯にさしだしたくらいじゃき、気が早いぜよ」

「海防八策とは、何ですろうか」

「まず諸国海岸の要害に厳重に砲台を築き、大砲を備えおく。オランダ交易の銅をしばらく売り出さず、数百千門の洋砲を鋳たてる。西洋式の大船を造る。海運の取り締まりをする。洋式軍艦をつくり、水軍の駆け引きを稽古させる。学校をおこし教化をさかんにする。賞罰をあきらかにし、恩威ならびおこない、人材を抜擢《ばってき》することじゃ」

「そんなことを、俺が寺子屋へ通うちょった時分に、いいよったお人がおったがか」

広之丞は機嫌よく高笑いをひびかせる。

「先生はなんでも気が早いぜよ。思いたったことは、火の玉のようになってやりゆう。江川塾へ入門するとき、鉄砲の扱いかたも知らんまま、大砲、鉄砲を張りたてるために真田家の銅二百六十貫匁と、鉄百六十貫八百匁を、韮山へ持っていかれた。老中真田侯のご威光あってのことじゃったが、江川太郎左衛門は、意気込んできた先生を、三年や五年の修行じゃどうにもならんと、すげなく扱われた。先生が蘭学の勉強をはじめられたがは、それからじゃ」

龍馬は感心した。

「漢学者が、こんどは蘭学をやりゆうとは、神さんのような頭のお人じゃなあ。俺にゃ、とてもまねのできんことじゃ」

「それが先生に聞けば、さほど難事でもないように思えるがよ。江川塾をやめてからは、下曾根塾へ通われた。下曾根という仁《じん》は、西洋砲術について、知るかぎりのことを教えてくれたそうじゃ。公儀の鉄砲組頭じゃき、珍書も惜しみなく見せてくれる。ところが図式解説がどうにもあきらかでないがじゃ。あるとき朋友《ほうゆう》の蘭医坪井信道《つぼいしんどう》が、オランダ砲術書をくれた。医書を注文しよったら、まじっちょったと。先生がそれを見ると、図解がいかにもていねいにできちょる。さりながら一字も読めん。この良書に会うて読めぬは千古の遺憾じゃと嘆いて、蘭学修行を志したそうじゃ」

広之丞の語るところには無駄がなく、龍馬の興味をひくにたる見聞が、とぎれることもなくあらわれる。

「先生は、まっことええ朋友を持っちょった。坪井信道は門下の黒川良安《くろかわりょうあん》という蘭医を先生にひきあわせたが、黒川という人は、長崎仕込みで蘭学にゃ滅法あかるいが、漢学をやっちゃあせん。それで先生が黒川殿に漢学を教え、かわりに蘭学を教えてもらうことになったがじゃ」

良安はオランダ文法に通じ、難解な書物もたやすく読み下す。象山は寝食を忘れ、オランダ語習得に熱中する。

「ふつう文法書をひと通り読みこなすにゃ、およそ一年はかかるろう。それを先生は二カ月でやりとげたがじゃ。修行して一年経つ時分にゃ、おおかたの蘭書が読めるようになった。佐久間という男は、いつ眠るか分からんといわれたそうじゃ」

象山はショメールのオランダ百科全書を読破し、ガラスの製造を試み、オランダ渡りに劣らないギヤマン器具をつくりだす。

高価なハルマの対訳辞書を入手して、天文、地理、物理、兵学の書物を乱読する。

「先生は、オランダの砲術書を読むうちに、西洋火術、ボンベン（破裂弾）の極意などと伝えられたものは、実地の砲術の百分の一にも足らぬことが、分かったがじゃ。ボンベン、ガラナートなんぞの砲弾を撃つのに、矢倉《やぐら》（射角）を定め、火薬の積りをするがが秘伝というが、西洋じゃターフルという一枚摺りの書付けに、矢倉、照準、火薬積りのやりかたが残らず書かれちょる。この一枚がありゃあ、素人でもたやすく大砲が撃てるそうじゃ。先生はいまじゃ、大砲も張りたてなさる砲術家ぜよ」

龍馬は広之丞の言葉によって、烈しく流動しはじめている世間の状況を想像し、好奇心を刺戟される。

——今井の純正も、大坂へ医学修行に出かけて五年になる。俺のように高知でくすぶりよったら、世間に遅れてしまう。来年にゃ、江戸へ出府せにゃいかん——

広之丞が翌年に出府するので、龍馬は同行を頼んでいた。

龍馬は、八平と権平の影響をうけ、鉄砲射撃を心得ている。彼は高知城下北方の柴巻《しばまき》にある坂本家の山林を管理する百姓組頭、田中良助《たなかりょうすけ》のもとへ遊びに出かけ、兎《うさぎ》や鹿《しか》を撃った。

良助は鉄砲の名人で、狙った獲物ははずさないといわれた。龍馬は砲術書だけで射撃技術を習得できないと知っているが、佐久間象山の塾へ入門し、ターフルという書付けによって、洋銃の撃ちかたを学んでみたい。江戸には、外国事情に明るい人物が大勢いるようであった。

だが、まもなく高知へ戻ってくる漂流人たちのほうが、アメリカについて詳しく知っている。十年もアメリカで暮らしてきた万次郎たちに会うのが、海外を知るための、もっとも近道であった。

龍馬は漂流人のくる日を待ちわびた。

高知城下に土用波の響きが聞こえてくる七月十一日の昼前、本丁筋は身動きもできないほどの人垣で埋まった。陽《ひ》に灼《や》けた屋《や》根瓦《ねがわら》のうえにまで、頬かむりをした老若が上っている。

下横目《したよこめ》、足軽が長棒を手に、群衆の整理をしている。万を超える群衆は、アメリカ漂流人が戻ってくるのを待っていた。漂流人は、用居口《もちいぐち》番所を経て、まもなくあらわれる。

龍馬は栄馬、卓馬、三次ら友人とともに、門口にたたずんでいた。乙女は大通りのまんなかに立ちはだかり、頭にかぶった手拭いを風にひるがえし、小手をかざして赤石のほうを眺めている。

「お姉やん、暑いきに、軒下に入りや」

龍馬が声をかけるが、ふりむきもしない。

やがて遠方で歓声があがった。

「戻《も》んてきたぞ」

群衆が駆けだそうとして、役人に制止される。

歓声がしだいに近づいてきた。

「あれ見たかよ。異人じゃが、異人じゃないがかよ」

屋根のうえの若者が、声をあげた。

道端で押しあう群衆の前を、長崎から戻った一行が通りすぎてゆく。

徒目付、足軽小頭のほか十三人の士分と医者二人につづき、版画で見るオランダ人のような服装の男が三人、歩いてくる。

龍馬は人垣のうしろから、彼らを見た。白い下着にみじかい青ラシャの上衣をかさね、浅黄《あさぎ》の股引《ももひき》をつけ、黒皮の靴をはいている。髪はうしろで束ね、鍔のひろい笠をかぶっていた。襟《えり》もとに白革の太い紐《ひも》のようなものを垂らした姿は、画《え》で見た異人と変わらないが、背丈はいずれも五尺二、三寸で、陽灼けた顔を見れば、日本人にちがいない。

溝渕広之丞がいった通り、一人は白髪の目立つ初老の年頃であったが、二人は若者である。

見物の群衆は、漂流人が歩み去るあとを追ってゆく。長手拭いをかぶった乙女は、龍馬に声をかけた。

「堺町《さかいまち》の松尾屋まで、ついていくきに」

龍馬は苦笑いをして見送る。栄馬がいった。

「松尾屋は上宿《じょうやど》じゃ。漂流人は牢《ろう》にゃ入れられんで、客扱いじゃねや」

卓馬が首をかしげた。

「皮靴は絵双紙で見たことがあるが、首につけておった、紐のような物は何ぜよ」

「俺にも分からざった。飾りにゃちがいなかろうが」

龍馬が応じた。

「十年もアメリカで暮らしゃ、土佐の言葉を忘れよったか」

「そりゃ、忘れちゃあせんろう。若いほうでも十四、五の年まではこっちではたらいちょったがじゃき」

堺町まで出かけていた乙女が帰ってきて、龍馬たちに教えた。

「漂流人は、松尾屋に泊まりゆう。宇佐浦の組頭らあが、門口で張り番しちょった」

「そうか、これから目付の詮議《せんぎ》があるがじゃろ。明日、広之丞さんに聞きゃ、詳しいことが分かるろう」

翌日、龍馬は日根野道場で稽古を終えたあと、栄馬とともに溝渕広之丞の住居をたずねた。

入道雲の聳《そび》える炎暑の昼さがり、広之丞は開けはなした座敷で、書付けをひろげた文机《ふづくえ》にむかっていたが、龍馬たちが縁先に立つと、笑顔をむけた。

「今日はくそ暑いのう。あがって、裸になれ。漂流人のことを聞きたいがじゃろう」

龍馬たちは汗に濡れた単衣《ひとえ》と袴をぬぎ、裸であぐらを組んだ。

広之丞は団扇《うちわ》をつかいながら、漂流人の消息を語った。

「あの三人は、明日浦戸役所で、徒目付の訊問《じんもん》をうけるがぜよ。吉田《よしだ》の元吉《もときち》殿は、自分で聞きたかったらしいが、持病の労咳《ろうがい》で寝ちょるき、出られんがじゃ」

吉田元吉（東洋《とうよう》）は、嘉永元年まで船奉行、郡奉行《こおりぶぎょう》を歴任し、人材登用、海防強化を進めようとした改革派である。

「俺は今日、長崎から戻った下横目に聞いたが、噂通り万次郎いう男が学問をしたがぜよ。島津《しまづ》のお殿さんが何遍も万次郎を呼んで、じきじきにアメリカの様子を聞きなさったようじゃ。やっぱりただ者じゃないがぜよ。会うたら、めったにできん勉強になるろう。必ず引きあわしちゃるきに、待っちょき」

広之丞は話題をかえた。

「ところでのう。まもなく筑後柳河《ちくごやながわ》の大石進《おおいしすすむ》が、高知へくるがじゃ。江ノ口の寺田忠次が呼んだがよ」

寺田は、はじめ一刀流を遣ったが、九州修行に出向き、大石進の技を知り、帰藩ののち大石流の指南をしている。

大石進は江戸にも名の聞こえた剣士である。五尺の竹刀を下段にとり、両手突《もろてづ》き、片手突き、左右の胴斬りを得意技とした。ことに左片手突きは、無敵といわれている。

広之丞は笑いながら龍馬にいった。

「五、六年まえまでは、家中の上士が習いゆう道場じゃ、おおかたが他流試合をやらんかった。そんなことじゃ、畑水練でまさかの役にゃ立たん。お前んの師匠の日根野さんは、他流試合をやりよったき、ほかの道場から嫌がられた。大石流は他流試合ばっかりしゆうき、近頃はそれがはやりになったが、ええことぜよ。お前んらは、試合に勝つために稽古するがじゃろ」

龍馬は栄馬と顔を見あわせる。

「試合をやらにゃ、強いか弱いか分からんですろう。負けりゃ、工夫をして勝たにゃいかんと思いますきのう」

「一刀流の麻田勘七も他流試合を嫌うちょったが、武市半平太の稽古場がえらい人気になってからは、やるようになったがよ。組太刀《くみたち》稽古ばっかりやって、侍らしい顔ができん世のなかになったがじゃ。エゲレスがおそろしいの、ロシアがおそろしいのというが、皆なにがおそろしいがか分からん。それでも武芸はさかんになってきた。江戸じゃ何百も道場があって、百姓町人も朝から防具をつけて叩《たた》きあいをやりゆう。なぜじゃろうか。天下の人間は、いまに泰平の世が変わって、事がおこると思うちょるがよ」

その夏の暑気は、ことのほかきびしかった。夕立がある日は、萎《しお》れしぼんでいた草木がいくらかうるおい、畑の青物が色をとりもどすが、蒸し暑さはかわらず、夜中も寝苦しい。

七月十五日、十六日と雷が鳴り、夕立が降ったあと、涼しくなり、虫の声が繁くなった。十九日の夕方、鏡川の河原で花火があがりはじめた。およそ百四、五十もあがったが、その音がとまった頃、龍馬の祖母久が七十四歳の生涯を終えた。

龍馬は、久がくれた銀子で、左行秀に二尺三寸七分の差料をつくってもらった。

彼は祖母の遺骸《いがい》に合掌し、胸のうちで語りかけた。

――お祖母やん、長いことかわいがってもろうて、おおきによ。俺は坂本の名に泥をぬるようなことだけはせんきに、気楽に成仏してつかあされ――

八月になると、日照りがつづき、田畑が干《かわ》いてきた。百姓たちは水遣《みずや》りに終日はたらき、とんぼの群れが浮かぶ空に、雨乞《あまご》いの法螺貝《ほらがい》の音がひびきわたった。

江ノ口の寺田道場に大石進と二人の高弟が到着したのは、八月四日であった。日根野道場では、門人たちがその噂をしていた。

「左片手突きと、胴斬りの技を見たいもんじゃのう」

「諸国を武者修行するだけでもえらいことじゃが、聞こえた武芸者に他流試合を申し入れて廻遊《かいゆう》しよって、これまで負けたことがないちゅうき、よっぽど強かろう」

龍馬はそのうちに、栄馬、卓馬、三次と寺田道場の稽古を見物にゆくつもりでいた。

昼まで地稽古で汗を流した龍馬が、帰宅して井戸端で汗を流し、浴衣《ゆかた》に着替えたとき、表の間で乙女のよく通る声がした。

「おいでなされませ」

八平の客でもきたのであろうと、龍馬が離れの部屋へ入ろうとすると、女中が呼びにきた。

「溝渕の旦那《だんな》さんが、おいでてますき」

龍馬は庭石のうえを跳んで、母屋へゆく。溝渕広之丞が、小さな風呂敷包《ふろしきづつ》みを提げて土間に立っていた。

「ようおいでた。俺の部屋はこっちですき」

広之丞は、川蟹《かわがに》が歩いている土間を横切り、離れへ通った。

「暑いけえ、着物《きいもん》をぬいでつかあされ」

龍馬は、先に浴衣をぬぎすてた。

広之丞は漂流人の消息を伝えにきた。

「浦戸役所の聞き取りが長びいちゅうがじゃ。漂流人のうち伝蔵と五右衛門はなみの漁師で、アメリカのことは知らん。オアホいう土地で暮らしよって、アメリカへ渡ったがは万次郎だけじゃ。この万次郎がむこうの学校で学問してきたきに、何でもよう知っちゅう。家中じゃ奉行、仕置役からお殿さままでが、万次郎のいうことをいちいち下役に注進させて、聞きゆうらしい」

「ほんじゃ、その人にゃ会えんですろうか」

「いや、それでちくと耳寄りな話があるがじゃ。徒目付の聞き取りじゃ、埒《らち》があかんいうて、浦戸坊片町の墨雲洞が、替わって聞きとるらしいぜよ」

「えっ、小龍さんがですか」

龍馬はおどろく。

墨雲洞とは、今井純正が漢学を学ぶため入門した、浦戸坊片町、水天宮下の絵師、河田小龍のことである。彼はわが画室を墨雲洞と呼んでいる。

小龍は文政七年生まれで、二十九歳である。藩主御座船《ござぶね》に乗る御水師《おみずし》土生《はぶ》玉助の長子として生まれ、祖父の生家河田氏を継いだ。

小龍は吉田東洋の知遇をうけ、その推奨により京都禁裏画所狩野永岳《かのうえいがく》に入門し、絵画を学んだ。漢学にも明るく、大坂、江戸、長崎に遊学した経験を持っている。

龍馬は、堀川の堤防にむかう閑静な坊片町の墨雲洞へ、純正にともなわれ幾度かたずねたことがあった。オランダ語も読めるという小龍は、才気に満ちた人物であった。

龍馬はいった。

「墨雲洞の座敷の前に溝があって、松板の橋を渡しちょりました。それを渡るが、おもしろかったです。俺は今井の純正と、何度か遊びにいきよりましたきに」

「そりゃちょうどええ按配《あんばい》じゃ。万次郎にゃ墨雲洞で会えるよう、手まわしするぜよ」

広之丞は、乙女が井戸から揚げてきた冷えた瓜《うり》をほおばりつつ、風呂敷包みをほどき、一束の書付けをとりだす。

「これは、徒目付の吉田子英殿が、万次郎から聞きとった下書の写しじゃ。アメリカの聞き書きのところだけ手にはいったが、読んでみるか」

龍馬は料紙に走り書きされた達筆な筆跡を読みはじめる。

「一、北米利幹本地人物、格別亜細亜に異なり申さず、色は黒き方にござ候《そうろう》。こりゃ、何と読んだらえぇですろうか」

広之丞が指先で文字を追い、ゆっくりと読む。

「北メリケ本地人物いうがは、昔からアメリカに住んじょった者のことじゃ。その者らあはアジアとは変わらんいうことじゃ」

アジアの意は、龍馬も承知している。

「ほんなら、アメリカにゃいろいろの人が住みゆうがですろうか」

「いん、ここに書いちゅうが。もっとも昔イギリスより開き候国ゆえ、イギリス種の人多くござ候と。この人は色白く、眼もすこし黄にあい見え候と書いちゅう。気候は四季のわかちはあるが、土佐よりゃ寒いがよ。さて、その先じゃ。念をいれて読んでみいや」

龍馬は書付けに眼をはしらせる。

「代々の国主と申すはこれなく、学問才覚これあり候者選びだされ王にあいなり、四年にして他人へ譲り申し候。……王とは何のことじゃろう。アメリカにゃ大名はおらんがですろうか」

「うむ、それは俺にもよう分からんき。聞いてみにゃならん。そこに書いちゅうけんど、選びだされた人は、四年務めりゃ他人へ譲るというがも、何じゃろうのう。政事向きがようゆきとどいて、衆人が惜しむときは、もう四年務めると書いちゅう。こんな王がおるろうか。長うても八年たちゃ、王は隠居しゆうとのう。そのあとは至極軽き暮らしかたで、外を往来しゆうときゃ馬に乗り、従者ただ一人が馬の後をついていくだけじゃ。隠居した王が、なんでこがいな軽い暮らしをするがじゃろ」

龍馬には、書かれている内容のおおかたが理解できない。

王は他人に位を譲って隠居したのちは、貯《たくわ》えた金で一生を安楽に過ごす。王に在位のあいだ一日に金銭千二百枚ばかりの収入があり、それを貯金にするのだという。

「王を選びだすいうが、誰が選ぶがじゃろう」

広之丞も首をかしげた。

「オランダやエゲレス、ロシアにゃ王がおるが、どれも日本の将軍のようなものぜよ。アメリカは変わっちゅう。ここに書いちゅうが。役人もおるいうが、権威をふるうこともなく、どれが役人か分からんじゃと。こりゃ、よっぽど変わった国じゃねや」

何の権威もなさそうな王をいただくアメリカは、五年前にメキシコと合戦したという。いまの王テエラは、そのとき討手の大将となり、石火矢をもって敵陣を撃ちやぶり、大勝したので王になった、イギリス種の人であるという。イギリス人がひらいた国だが、イギリスの属国ではない。万次郎は語っていた。

「今年は王のかわる年にあい当たり候」

広之丞は書付けを指さす。

「この北米利幹というがを、万次郎は、ノースメリケといいゆうそうじゃ。北アメリカのことじゃねや。アメリカいうがは、北アメリカ全土の三が一ぐらいのところに三十余国に分かれちょるがじゃ」

「国にゃ大名がおりますろうか」

「おらん、日本じゃ共和州と申し候由と、吉田殿がここに書いちゅう。やっぱり選びだされた役人のような者が、治めよるがじゃ」

龍馬は庭先の木にとまった秋蟬《あきぜみ》が、尾を引いて啼《な》く声も耳にいれず、書付けを読みふける。

アメリカの禽獣《きんじゅう》、草木には、日本にあるものも、ないものもある。桜や竹はなく、作物は麦か黍《きび》である。

春は雪が消えて四月に麦の穫《と》り入れをする。平地、高山、大川がある。王都はヌヨウカ（ニューヨーク）というところで、万次郎がいたフェアヘブンから数十里西南にあたるところにある。

吉田子英は、アメリカの食物について、いろいろたずねる。

「常食には麦を粉につかまつり」

と記し、「パンにござ候」と注を入れる。

アメリカのパンは豚の膏《あぶら》で練り、鶏卵、砂糖などで味をつけ、饅頭《まんじゅう》のように蒸し、牛乳をつけ、朝昼晩に食う。つくりかたに上等から下等までいろいろある。味噌《みそ》、醬油はまったくない。肉類、葱《ねぎ》類はすべて塩で味をつけ、油で煎《い》りつけて食べる。

「食事は大なる几《き》（机）のようなる物を置き、家内一統これを囲み、こしかけに腰をかけ、几のうえにて食し申し候」

龍馬はアメリカ人の食事のさまをせわしく頭にえがき、絵で見た卓袱台《しっぽくだい》のようなものであろうかと想像する。

米はインド、清国、南アメリカから買うが、常食にはしない。

「病人は粥にいたし食べ候こともござ候。ものずきをもって食べ候ことも、たまたまござ候」

俵はなく、麦も米も樽詰《たるづ》めにして、丸い升ですくいあげる。

龍馬は万次郎がいたというマサツセーツのヌーベッポウ（ニューベッドフォード）という港の記述に、眼をひかれた。

ヌーベッポウは万国の船が集まる繁華な港で、三里余の入海となっている。

入海の幅は十五丁ほどで、なかほどに島がある。島から北岸へ長さ五丁ほどの橋、南岸へ七丁ほどの橋がかかっており、その橋は中央にからくり仕掛けがあって、引橋《ひきばし》になっており、大船の往来のさまたげとならないようにしているという。

龍馬は首をかしげる。

「引橋いうがは、橋が動くがですか」

「そうじゃろかのう。書いちゅうことだけじゃ分からん。帯刀しちゅう者は、ひとりもおらんというがも、合点がいかんろう。戦《いくさ》のときにゃ、若い者は誰でも出ていくと書いちゅうが」

龍馬は広之丞の示すくだりを読む。

「平生にも鉄砲を撃ち候ことは、はなはださかんにござ候。小筒はみな火打仕掛けの剣付きにて、大筒はたいてい車仕掛けにつかまつり、焼き玉（焼夷弾《しょういだん》）、開き玉などを用い申し候。

いくさ起こり候ときは、何者にても、若き者は出張つかまつるはずに候よし」

士農工商の別はないのであろうかと、龍馬はふしぎである。

「毎年七月四日は、吉例をもって人々皆戦装束《いくさしょうぞく》いたし、市中を廻《まわ》り候」

と記されている。

アメリカは、イギリス人がひらいた国であるが、七十余年前、イギリスから属国になるよう求められ、ことわると大勢で攻めてきた。

アメリカ中興の王チャキシン（ジョージ・ワシントン）は謀略をもって戦い、七月四日に大勝利を得た。その後、大合戦は絶えてないという。

「妙な国じゃのうし。そんな大手柄たてた王でも、八年たちゃただの隠居になりゆうがか」

広之丞がいう。

「長崎にゃビードロ障子をたてきった、西洋の家作はあるが、レイローー（レイル・ロード）いうがは、どんながか分からんぜよ。蒸気船のからくりとおんなし仕掛けで、何十人もそれに乗って旅をするちゅうがか。まだもっと分からんがは、これじゃ」

龍馬はその部分の叙述を読む。

「道路に高く針金を引きこれあり、これに書状をかけ、駅より駅におのずと達し、飛脚を労し申さず候。中にて行きちがわぬように、往来の差別をいたし候由に候。この仕掛けは、私存じ申さず候。鉄は磁石を吸い寄せ候ようあい考え申し候」

龍馬は考えこんだ。


日中の暑気がしだいに薄らいできた朝、龍馬は栄馬、卓馬、三次と連れだって、江ノ口の寺田忠次道場へ、大石進の稽古を見物に出かけた。

さわやかな風が吹きわたる空に、まだ色の薄いとんぼがたくさん浮かんでいる。江ノ口川の川べりを歩いてゆくと、向こうから溝渕広之丞がきた。

袴の裾を風にひるがえし、大股《おおまた》に近づいてくる広之丞は、龍馬たちに歯を見せた。

「お前んら、どこいくがじゃ」

「寺田道場へいくがですわ」

「そりゃあんまり、ぱっとせんのう。大石進の長竹刀《ながしない》見物は、またの日にすりゃええが。俺はこれから行秀さんの鍛冶場で、森田信五郎と会うて、ちくと万次郎の話を聞くがぜよ。いっしょにこんか」

龍馬は足をとめ、栄馬たちと顔を見あわす。森田信五郎は、漂流人受け取りのため長崎へ出向いた足軽小頭であった。

「どうする。こっちのほうがおもしろいろうけんど」

龍馬がいうと、栄馬たちもうなずく。

「行秀さんのところへいこうぜよ。今日は道場が休みじゃき、ゆっくりできるろう」

行秀は夏のあいだ、鍛冶場であまり仕事をせず、朝から酒を飲むこともめずらしくない。広之丞はみやげの一升徳利を、長い紐で肩に担いでいた。

彼は歩きながらいう。

「万次郎の聞きとりに、吉田の元吉殿が出座しちゅうらしい。書付けを読むだけじゃ、辛抱できんようになったがじゃ。なにしろ話がおもしろいそうじゃ。役方《やくかた》の連中は、はじめは漂流人を黄泉《よみ》の国から戻った精霊《しょうらい》さまみたいに思うちょったが、いまじゃ万次郎が嫌がるほどなんでも聞きゆうそうじゃ」

水通町の行秀の鍛冶場へ着くと、ほの暗い板間で行秀が誰かとむかいあい、あぐらを組んでいた。

「信五郎、もうきちょったか。なんな、お前んらははやばやとやりゆうがか」

ふりかえった信五郎の顔は、酒気を帯びている。

彼は長い顎《あご》を撫《な》でた。

「若衆を大勢連れてきよったのう。ちょうどいま、万次郎に教えてもろうたアメリカのはやり唄を、うたいよったところぜよ」

「そりゃえいが。聞かせてくれ」

広之丞がいうと、信五郎はかぼそい声で妙な節まわしの唄をうたいはじめた。

信五郎は唄の文句をそらんじていた。

〽アイケン　フロン　アレバマ　ウェス　バンジョー　オン　マイ　ニイ
広之丞がうなった。

「そりゃ異人の唄そのままじゃが。堪あるか。一杯やれ」

広之丞は肩から徳利を下ろして、信五郎の湯呑《ゆの》みに注《つ》いだ。龍馬たちは、笑いどよめく。

「もうひとつ聞いてくれ」

〽トマトカナシテ　タデカラバサケンテン　マニダセブロ　ホロケナラバサヒ
広之丞は腹をゆすって笑う。

「これはまた、変わった唄じゃねや。ゆっくりと尾を引いてうたいゆうがか。さっきのとはちがう国の唄じゃいか。お前んはこんな唄を万次郎に教えてもろうたがか」

「そうじゃ、長崎を出てから半月のあいだ、人家のない野山にさしかかりゃ、皆万次郎についてうたいよったがじゃ」

「毎日か」

「おう、毎日ぜよ。伝蔵と五右衛門は黙っちゅうが、万次郎はにぎやかな男でのう。オアホとアメリカの唄を、ひとふしずつ教えてくれゆう」

「そうか、そんな男なら人好きがするのう。アメリカで長いあいだ暮らしよっても、土州の言葉は分かるがか」

「およそは分かっちゅう。土佐者どうしでしゃべりゃ、通じるがぜよ。なんせ、去年の正月三日の朝に、琉球の浜へあがってから、七月なかばまで、在番奉行の聞きとりをうけよった。それから鹿児島へ移って、十月一日に長崎奉行所へ渡されたがじゃ。いままでの長い月日のうちにゃ、島津の殿さんにも何遍とのう伺候しちゅう。侍言葉もひと通りはしゃべれるがよ」

龍馬は万次郎という二十六歳の青年が、処刑の危険を冒して帰国した動機が、中ノ浜に戻り、母に再会したいためであったと聞いている。

漁師であった彼が、一年七カ月をこえる長い月日を拘禁され、訊問を受ければ、心身が衰えているだろうと思っていたが、明るい人柄であると聞き、意外であった。

広之丞が聞く。

「万次郎は、よっぽど頭のええ男じゃろのう」

「その通り」

信五郎がうなずいた。

「ふしぎなことにはのう。伝蔵と五右衛門は、土州の漁師とあんまり違わんが、万次郎は奉行衆の前へ出ても、まったく気後《きおく》れせんがよ。あれがアメリカの気風かも知れん」

信五郎は、万次郎の今後について語った。

「あの男は日本じゅうが誰も知らんアメリカの事情を、なんでも知っちゅうき、お取調べの役方は聞くばっかりじゃ。吉田元吉殿のお指図で、そのうち墨雲洞に預けると思うがのう。いまはメリケの服を着て、御連枝《ごれんし》の屋敷へ参上しちょって、アメリカ、オアホのほか、セブン・シーズの話をするのに、いそがしいがぜよ」

万次郎が山内分家の豊道、豊著《とよあきら》、豊栄《とよよし》三家の主人たちの宴席に招かれ、西洋事情を語ったという噂は、龍馬も耳にしていた。

宴席には家中重役たちもつらなり、頭を垂れて聞きいるばかりであるという。

広之丞が聞く。

「お前んはいま、なにやら毛唐の言葉をいいよったが、ありゃ何じゃ」

「え、セブン・シーズか。七つの海いうことじゃ」

龍馬は世界に七つの大海があるのを、川島家の万国地図で知っていた。

「そうか、えらいもんじゃねや。ほんまに物知りになったのう」

信五郎は茶碗の酒をあおり、唇をなめる。

「万次郎は、色気のある話をしよりゃ、皆がよろこぶと知っちゅう。その手の話を好きな者にゃ、そんな話もしゆうぜよ。男根はバプレカ、女根はバカンちゅうて、色道さかんなることは、いずこもおなじ秋の夕暮れということぜよ。人のおらん野原で出会い、雨に濡《ぬ》れ鼠《ねずみ》になって、走り帰る男女もあるそうじゃ。そういうたら、万次郎はアメリカのヌーベッポウに住んじょったときに、いいなずけがおったそうじゃ」

万次郎は十五歳のとき、宇佐浦から漁に出て漂流し、アメリカ捕鯨船に救われた。彼は船長にかわいがられ、ニューベッドフォードの対岸フェアヘブンへ伴われ、教育をうけた。そのおおよその事情は、広之丞が吉田子英から聞いていた。

「万次郎をかわいがった船頭は、ツィツル（ホイットフィールド）というがじゃが、あとつぎの子が死んだき、あれを姪《めい》と縁組みさせたかったそうじゃ。万次郎は琉球で在番奉行に聞きとりされたとき、その女子《おなご》のことを問われたら、声をあげて泣きよったそうじゃ。オアホから日本へ発《た》つまえにも、いいなずけの女子にこまごまと文《ふみ》を書きよって、恋しき思いを知らせたがよ」

龍馬は胸をつかれた。

彼は年がかわれば、お琴への思いを胸に納めたまま、広之丞とともに江戸へ遊学する。

広之丞がたずねた。

「万次郎が墨雲洞へ預かりになるのは、いつ頃じゃ」

「さあ、そのうちじゃろうけんど。あれはこれからずっとお城下に住みつくいう噂ぜよ。小者に取りたてるいう話もあるが、そうなりゃいつでも会えるが。万次郎の好物は、鰻茶漬《うなぎちゃづ》けじゃそうじゃ。五台山《ごだいさん》の第一楼あたりへ連れていって、好物をふるもうちゃれ」

龍馬はそうするつもりになった。万次郎のいうことをまた聞きするだけで、龍馬と外国をへだてている、鎖国という目に見えない障子紙が破れるような、爽快《そうかい》な思いが湧きおこる。

広之丞がいう。

「ところで、こないだ吉田子英さんの聞きとり下書を見たが、書状を送る針金いうがは、ありゃ何ぜよ」

「それじゃ」

信五郎が膝《ひざ》を打った。

「そのからくりは、万次郎しか知らんかったぜよ。伝蔵も五右衛門も知らん。アメリカにあって、オアホにゃない仕掛けじゃ。万次郎は長崎奉行所では、エレキテルを知らにゃ、テレガラフいう器械のことは分からんというたそうじゃ。テレガラフとは、書状を送るからくりぜよ。長崎じゃ、エレキテルとは雷の気じゃというたそうじゃ。高知へ戻る道すがら、万次郎にたずねたら、島津の殿さまはテレガラフのことを知っちょったいうことよ。長崎通詞どもは、なんぞわけがあって、知って知らぬふりをしちょったそうじゃ。吉田子英さんは、ほんまに知らんぜよ。ほんじゃき、本人に聞かにゃ分からん」

龍馬が聞いた。

「アメリカの軍船は、何年かまえに伊豆のあたりに渡来したと聞いちょりますが、大きなもんですろうか」

信五郎はうなずく。

「万次郎のいうにゃ、おっとろしい物よ。長さ四十間から五十間の大船じゃ。船のなかほどに大きな湯釜《ゆがま》を置き、その湯気で内外に取りつけた鉄車を動かし波を掻《か》いて走るがぜよ。一夜のうちに百里も走れる。軍船は三段船というて、大砲七十挺ずつ片舷《かたげん》に三段に置き、五、六艘がいっせいに撃ち放てば、空に胡麻《ごま》をまいたように砲弾が飛ぶらしい。砲台でも撃たれりゃ煙硝蔵はたちまち破裂して、火柱をあげるいうがのう」

龍馬は虎狼《ころう》のまえにすくみこんでいる子鹿のような、日本の姿を想像した。

黒　船

龍馬が万次郎にはじめて会ったのは、嘉永五年の師走《しわす》も末に近い頃であった。

西風が吹きつのり、めずらしく小雪のちらつく朝、溝渕広之丞が龍馬をたずねてきた。

「今日の夕方に、万次郎と会おうぜよ。五台山の第一楼でちくと一杯やって、鰻《うなぎ》茶漬《ちゃづ》けを奢《おご》っちゃるき。お前《ま》んの連れも呼んじゃれ」

万次郎は高知に戻ってのち、せわしい日を送ってきた。

浦戸役所での聞きとりが終わってのち、吉田東洋の指示で絵師河田小龍の宅に寝泊まりして、海外の見聞を語り、小龍はそれをまとめて、『漂巽紀略《ひょうそんきりゃく》』という彩色をほどこした風俗画、地図をつけた漂流記録をつくりあげた。

その後も、家中重役の屋敷にあいついで招かれ、アメリカの見聞を訊《き》かれる。

漁師の万次郎が連日権門の屋敷に招かれ、めずらしい見聞を語り、酒食の饗応《きょうおう》をうけているという噂《うわさ》がひろまると、家中の若侍たちは反感を口にした。

「万次郎が持ち帰った万国地図じゃ、世界の諸国を大きゅう描き、日本を小そう描いちゅう。わざとそうしちゅうがよ。そんな地図を持っちゅう万次郎は国賊じゃ」

万次郎がようやく放免され、中ノ浜への帰郷を許されたのは、九月二十八日であった。

他国へ往来することと漁業をさしとめられ、一生一人扶持《ぶち》を与えられ、中ノ浜で暮らすのである。一日米五合を支給する生活が、土佐藩の与えた恩恵であった。万次郎は海路を禁じられ、三十七、八里の陸路を辿《たど》り中ノ浜に帰り、母との対面を果たしたが、生家に三日間滞在しただけで、藩庁から急ぎ戻るようとの達しをうけた。

高知に戻った万次郎に、つぎの辞令が渡された。

「　中浜浦
　　　万次郎
　右の者、このたび御詮議《ごせんぎ》のうえ、下壱人扶持切米《しもいちにんぶちきりまい》壱石弐斗下されおき、新規定小者《さだめこもの》に召抱えらる　　」

一人扶持一石八斗、切米一石二斗、あわせて三石の扶持をうけることになった万次郎は、最下級の士分となり、藩校教授館《こうじゅかん》へ通うようになった。

住まいは山田橋《やまだばし》の近所に小屋敷を与えられた。溝渕広之丞は、万次郎が墨雲洞に寄宿したとき会おうとしたが、番人にさえぎられた。万次郎の聞きとりの内容が、機密に属すると見られていたためである。

だがいまでは、万次郎についての町の噂もすたれていた。高知の人々にとって、やはりアメリカは無縁の別世界であった。

広之丞は、近頃《ちかごろ》の万次郎の様子を語った。

「教授館へ出仕するいうが、アメリカの読み書きを教えゆうわけでもないがじゃ。あいもかわらず役方《やくかた》の衆に呼ばれちゃあ、外国の話をしゆうぜよ。はじめは死罪にでもなりかねんと思うちょったらしいが、いまじゃ、アメリカの木の葉はどんな色じゃろうかとか、火箸《ひばし》はなんというか、鉄瓶《てつびん》はなどとつまらんことばっかり聞かれるきに、あんまりものをいわんらしいねや。墨雲洞のいうことやったら、聞くがのう。それで俺《おれ》は河田さんに頼んで、万次郎に話を通じてもろうたがよ」

万次郎が墨雲洞に寄宿していた頃は、言葉が通じにくかったというが、いまでは不自由なく語れるという。

龍馬たちが、五台山の第一楼へ出向いたのは、暮れ六つ（午後六時）の時鐘《ときがね》が鳴るまえであった。松《まつ》ケ鼻《はな》の木戸を通り、文珠坂を登ってゆく途中に、第一楼の灯火が明るくゆらめいていた。

座敷へ通ると、羽織袴《はおりはかま》の万次郎が待っていた。丁髷《ちょんまげ》も結っている。彼は龍馬たちを見ると座をしりぞき手をつき、挨拶《あいさつ》をした。

「今晩はお招きにあずかり、かたじけのう存じまする」

広之丞がていねいに挨拶を返した。龍馬たちも低頭する。

「こんなところまで、ご足労かけましたのう。今日連れてきた若い者は、皆お前《ま》さんに会いたい者ばっかりじゃきに、アメリカの話を聞かせちゃっとうせ。尋《たん》ねたことに返事しちゃってつかあさい。まず、ちくと一杯どうですろう」

万次郎は盃《さかずき》をさしだした。

皆が一杯を飲みほすと、広之丞がいった。

「座敷は温《ぬく》いきに、羽織ぬいであぐらかいて、ゆっくりしとうせ」

万次郎は広之丞より一歳年上の二十六歳である。背丈はさほど高くないが、首が太く、両肩が逞《たくま》しく張っている。小鼻が張り、唇が厚く、眉《まゆ》が太い。

龍馬は万次郎の精気にあふれた眼差《まなざ》しが気にいった。

万次郎の好物であるという鰻料理が、つぎつぎと運ばれてくる。広之丞が、膳《ぜん》を前にしている龍馬、栄馬、卓馬、三次に声をかけた。

「万次郎さんは、なんでも教えてくれるきのう。なにから聞くか」

龍馬がいった。

「レイロー（レイル・ロード）とはどんなものですろうか」

万次郎は箸を置き、懐からとりだした帳面を龍馬たちにひろげてみせ、みじかい異国の言葉を洩《も》らし、笑みをふくんでうなずく。

「こりゃ、『漂巽紀略』の下絵じゃのう。お前さんが描きなさったがかね」

広之丞が問うと、万次郎はうなずき、よく通る声で答えた。

「レイローは、こんなものでございますがのーし」

帳面には、墨で描かれた四角の小箱のようなものが、幾十もつらなっている。先頭の箱の上には大筒《おおづつ》、小筒が立てられ、煙を吐いている。箱はすべて棒のようなものでつなぎあっていた。

「レイローは、この三間四方の鉄箱のなかに水をいれて、炭火で焚《た》き、その湯気を鉄管に流し、箱の下の鉄輪を動かして走るがでござります。うしろにつながる鉄箱は、それに引かれて動きます。箱のなかには、六人ずつ向かいおうて腰をかける席があり、左右の窓にはビードロを張っておりまする。レイローは、細い鉄板のうえを何百里でも走れますき、金持ちは席に坐《すわ》って長旅ができるがです」

龍馬が聞く。

「どれほど速う走れますろうか」

「乗ってから三、四丁ぐらいは、静かに動きゆうが、湯気のいきおいがしだいにさかんになってくりゃ、矢のように走りまする。窓の外の景色も眼《め》にとまらんばあ速うなりまする。鉄箱のあいだをつなぐ鎖が音を立て、話もできぬほどやかましゅうござりますろう」

龍馬は胸が躍った。

――アメリカへいって、レイローで旅してみたいもんじゃ。高知じゃ、たまに馬に乗るが、景色が見えんばあ速う走るレイローに乗りゃ、ええ気分じゃろ――

卓馬が話しかけた。

「万次郎さんに、アメリカの軍船のことをお尋《たん》ねしたいけんど、えいですろうか」

万次郎は、これまでくりかえし役方の上士たちの質問に答えてきたためであろう、淀《よど》みなく返答をする。

「軍船は大筒で撃たれても、なかなか砕けぬこしらえで、一艘《そう》に五百人ほど乗る船はめずらしゅうはないですろう。戦《いくさ》のときにゃ、その三層倍の千五百人ばあは乗りまする。バッテイラという、長さ十二間ばあの伝馬船《てんません》に、径二寸五分ぐらいの大筒を載せ、遠浅の海岸へ乗り寄せ、撃ちかけることもいたすがですわ」

龍馬は、広之丞が河田小龍から借りうけた『漂巽紀略』の草稿写本を読んでいたが、万次郎にたしかめたいことが雲のように湧《わ》き出してきて、何からたずねればよいかと、迷う。

「アメリカには、港口に台場はありますろうか」

万次郎はわずかにうなずきつつ、的確な返答をする。

「ありまする。鯨船の集まるヌーベッポウ（ニューベッドフォード）は、何百艘とも知れん大船が船がかりをする港で、家数は五、六千ほどあるがです。その港の台場には、大筒が二十挺《ちょう》ばあ置いちょりました。大きなものは、さしわたし八寸の弾丸を撃ちまする」

「アメリカの人は、砲術に長じておりますろうか」

「とても慣れちょります。ヌーベッポウの若衆が、台場から七十丁先の小島にこしらえた的へ、二貫匁《もんめ》ほどの弾丸を撃てば、上手な者は五発のうち三発は当てまする」

「弾丸の破裂するいきおいは、強いですろうか」

「お城の石垣のようなものなら、モルチール砲（臼砲《きゅうほう》）ペキンサスという弾丸一発で撃ち崩しよります」

「そんな弾丸を、どればあ貯《たくわ》えておりますろう」

「煙硝蔵には何千発とも知れず納めてござります。ヌーベッポウに近いボーシトン（ボストン）の港は十万ばあの人が住んじょりまするが、そこの台場は、一軒の家ほどの石で築き、五層ほどにもかさね、敵の軍船より撃たれる弾丸は、はじき返しまする」

「シチンボール（スチームボート、蒸気船）は、アメリカではよう見かけますろうか」

「ヌーベッポウの港には、沖合のナンタキ（ナンタケット）という島へ通う、長さ五十間、幅八間のシチンボールがございました。川でも長さ二十間ばあのシチンボールを使うがです。ノースメリケ（北アメリカ）では、蒸気で糸織りもするがです」

『漂巽紀略』には、広大なアメリカの国土について記されていた。万次郎は笑っていう。

「国の大政をいたすフラジデン（プレジデント）という頭領の住むワシントンというのは、大坂ばあの大きさの町で、アメリカの東南にあるがです。そこから西の海辺のキャラホネ（カリフォルニア）へゆくには、横伝いに四カ月の旅をせにゃなりませぬ。船でゆけば、サウスメリケ（南アメリカ）をまわるゆえ、七、八カ月ばあかかりますろう」

龍馬はすかさず、たしかめようとした。

「そのフラジデンいう人は、王さんではないですろうか」

万次郎は龍馬の問いが気にいったのか、眼差しをやわらげた。

「王さんとか大名とかいうお人は、おりませぬ。皆、ただの人民ながです。国を治めるには、よほど人にすぐれて賢くなけらにゃなりませぬ。それで国じゅうの賢い人のうちから、人民の入れ札でフラジデンを決めるがです」

「フラジデンは四年かぎり、よっぽど才覚のある人で八年つとめるということじゃが、やめたのちは、ただの人民に戻るがですか」

「その通りです」

広之丞たちが低い感嘆の声をあげる。

「フラジデンの息子殿は、あとを継がんがですか」

「そんなことは、ありませぬ」

「ほんじゃあ、先代のフラジデンが、どこに住んで何しゆうか、人民は知っちょりますろうか」

「知らんがです」

「ほんじゃあ、士農工商、四民の位は、ほんまにないがですか」

「ありませぬ。ご城下では郭中《かちゅう》の侍衆だけが下駄《げた》をおはきなされるなどの定めがございます。また百姓町人には苗字《みょうじ》をお許しなされませぬ。アメリカでは、人民は皆馬に乗り、苗字があり、四民の位はありませぬ」

「役人も、なりたい者がなれますろうか」

「その役を立派につとめられる、賢い者なら、なれるがです」

「三十余州の大国を治めるには、どのようにするがですろう」

「フラジデンが国の大法をおこない、その下に一州ごとにカムラメン（ガバナー）という頭領がおるがです。州内にも幾つかの町村があり、それぞれの頭役がおり、上から下まで手ぬかりなく治めちょります。総じて国法を大事にする国柄で、フラジデンといえども、いささかも国法にそむくときは、罰を受けるがです」

龍馬たちは、嘆声をあげるばかりである。万次郎のいうところは、すでに聞いていたが、本人が直接に語ると、心をゆさぶられるほどの衝撃をうける。

「侍がおらにゃ、人民がその役をやるがですか」

龍馬の問いに、万次郎はうなずく。

「どこの町村にも、軍用の大筒、剣付鉄砲を納める蔵があり、毎日世話役が手入れをしております。戦がおこるときは、若衆が残らず出張するがです」

万次郎は、アメリカでは銃器が発達しているといった。

「アメリカでは、刀を腰に差しておる者は、ひとりもおりませぬ。鉄砲は日頃から、なけらにゃならぬ物ながです。それゆえその扱いは、慣れております。日本の刀の役をするがは、腰差しの小筒にございます。旅をするときは、誰《だれ》でも腰差し小筒二、三挺ずつ用意するがです」

　龍馬は興味をそそられた。

「腰差し小筒とは、懐《ふところ》鉄砲《でつぽう》のことですろうか」

「さようでござります」

「万次郎さんも、それを使われたがか」

「わたしは剣付鉄砲一挺、懐鉄砲二挺を持ち帰り、長崎御奉行所でお召しあげされたがです。その懐鉄砲は長さ八寸ほど、筒のなかに芯金《しんがね》があり、そのまわりに小豆《あずき》ばあの玉が十二はいる仕掛けになっちょります。一発撃てば、引金はもとに戻り、玉のはいるからくりがそのたびにまわり、トン、トン、トンとつづけさまに撃てるがです」

「撃ちかたは、どんなにしますろうか」

「右の手をのばし、右の目尻《めじり》で狙《ねら》いをつけますする。筒先とわが耳のつけねをあわせるようにいたします」

　万次郎は、思いついたようにつけくわえる。

「アメリカの人は、どこへゆくにも根付《ねつけ》時計《どけい》と懐鉄砲を、身からはなしませぬ。ほかには、杖《つえ》をついてゆきます。杖には剣を仕込んでおるがです」

栄馬がたずねた。

「アメリカの雪隠《せっちん》も、土州のように臭いですろうか」

座敷に笑い声がどよめく。万次郎が頬《ほお》を崩して答えた。

「雪隠は、枠木のなかへ尻を落とす仕掛けでござります。腰かけて本など読む者もおるがです。溜桶《ためおけ》はなく、土を掘りくぼめたところへ用を足し、ときどき埋めては別の場所へ移すので、においはないがです。風のつよい日は、小便が下から吹きあげられ、顔にかかることもあります」

「糞《くそ》はこやしに使わんがですか」

「使いませぬ。畑のこやしは雑魚《ざこ》を腐らせたものを打ちかえし、種を蒔《ま》きまする」

万次郎は、さまざまの質問に答えた。

料理には味噌醤油《みそしょうゆ》を用いず、煮物はすべて塩で味をつける。汁のだしは、豚の頭を煮出してとり、なんでも油で揚げる。

井戸は石で枠をつくり、スッポン（ポンプ）で水を汲《く》みあげる。

寺はチョイ（チャーチ）といい、坊さんは僧衣を着ることなく、俗人とおなじ服装で、いちばん大きい寺の塔は、三百尺ほどもある。

龍馬たちは夜が更けるまで万次郎を囲んで話しあった。第一楼を出ると、月が照りわたり、浦戸湾の波上に光の帯が沖へ延びていた。

耳朶《じだ》がいたむほどのつめたい西風が吹いているが、龍馬たちは胸をそらせ、声高に話しあい、笑い声をたてる。万次郎から海のそとの事情を聞いたたかぶりが、胸中に燠火《おきび》のようなぬくもりを残していた。

城下へはいると、江ノ口村へ帰る溝渕広之丞が、おなじ方角の山田町《やまだまち》に住む万次郎と肩をならべ、去ってゆく。

龍馬たちが礼をいった。

「今夜はおおきにありがとうござりました。めずらしいことばっかりで、知らん間《ま》あに時がたっちょりました」

広之丞がふりかえり手をあげた。

「またそのうちに、この顔ぶれでやろうぜよ」

万次郎が歯なみを見せる。

「酒も鰻も、まっこと身につきましたろう。またいつでも呼んでつかあされ」

路上に濃い影を残し、遠ざかってゆく二人を、龍馬たちはしばらく見送る。

四人の若者は顔を見あわせ、なんとなく笑みをかわす。卓馬と三次がいう。

「今夜の話は面白かったねや」

「ほんまじゃ、堪《たま》あるか」

龍馬が冴《さ》えわたる月を見あげた。

「セブン・シーズへ船でいきたいぜよ。思うてみりゃ、俺らは井のなかの蛙《かわず》じゃねや」

栄馬が応じた。

「殿さんもおらん国なら、気楽に暮らせゆうろう。ご禁制じゃき、いけんがのう」

「そりゃ分からんぜよ。俺らはまだ若いき、どんな世間を見られるか、楽しみじゃ」

「そうじゃねや、郭中へ入るにも気をつかわにゃならんような暮らしが、変わりゃええがのう」

潮江《うしおえ》村へ帰る卓馬と三次が、天神橋を渡っていったあと、龍馬は栄馬と鏡川の土手を辿った。

空は晴れわたっているが、粉雪がまばらに落ちてきて、顔にあたった。栄馬は歩きながらたずねた。

「龍やんは、来年の春にゃ江戸へ修行にいくがか」

「うん、そうなっちゅう。広之丞さんといくがじゃ」

「俺もいきたいが、うちは路銀を出してくれん」

龍馬は口ごもった。

栄馬とともに剣術修行に出かければ、お琴の動静をいつも聞くことができるが、それは叶《かな》わぬ望みであった。

龍馬は家の前で栄馬と別れ、裏木戸をあけた。離れの部屋に行灯《あんどん》の明かりがにじんでいて、龍馬は土間から声をかける。

「お姉やん、ただいま」

障子をあけると、部屋はあたたかい。乙女が大きな背をまるめ、火鉢にあたっていた。

「お帰り、遅かったがやね。話がはずんだかえ」

「いん、面白かったぜよ。下田屋のおんちゃん家《く》で見た万国地図にある七つの大海を、船で渡った人の話じゃき、堪あるか。お姉やん、こんな狭いお城下から出て、世界を見てまわらにゃ、この世に生まれたかいがないというもんじゃ」

乙女はふくみ笑いをして、むかいあって坐った龍馬の眼をのぞきこむ。

「万次郎いう人が、よっぽど気にいったようじゃね。賢げな男かね」

「そうじゃ、話に無駄がないき。アメリカで学問してきて、大けな鯨船の船頭をつとめたがじゃき、賢いろう」

「私にも面白い話を教えてや」

乙女は龍馬のほてった顔を、いとしげに見る。龍馬はせきこんで語りはじめる。

「万次郎さんは、地理測量の法を習うて、地図とオクタント（八分儀）いう器機と磁石さえありゃ、陸の影も見えん大海に船を出しても、迷わんがじゃ。海のなかにゃ、磁石の暗礁《はえ》が二つあるがぜよ。土州から四千里も離れた南の海らしいが、その辺りを通るときゃ、磁石の針の動きを見ちょらにゃいかん。暗礁の真上にさしかかったら、船の釘《くぎ》まで抜けて、ばらばらになるがぜよ」

「ふーん、そんな話聞いたら、うなされるが」

乙女は眼をかがやかす。

「アメリカの人は、背が高いかね」

「いん、男の背丈は、おおかた六尺ばあはあるそうじゃ」

「そりゃええが。私の婿さんになれるばあの人は、なんぼでもおるがじゃねえ」

乙女は澄んだ笑い声をたてた。

「どんなものを食べゆうがじゃ」

「ブレー（ブレッド）いうパンと砂糖茶が朝飯ぜよ。昼はパンと牛、豚、鶏《とり》の蒸し焼きか塩煎《しおい》りじゃ。晩も似たようなものらしい」

「旨《うま》そうじゃねえ。酒は飲みゆうかいね」

「あんまり飲まんにかあらん。酒を飲んだら人とあらそい、仕事の邪魔になるというて、控えるそうな」

「向こうにゃ鳴り物はあるがかね」

「ある。ピアナいう琴、ハンチョウ（バンジョー）いう三味線、セルコ（セロ）いう胡弓《こきゅう》などじゃ」

姉弟の話は尽きなかった。

冬が過ぎ、坂本家の庭に紅梅、白梅がはなびらを飾る季節がきた。やわらかい風が吹いてきて、庭先でちいさなつむじを巻き、過ぎてゆく。照りわたる陽射《ひざ》しには、瞼《まぶた》をひきあけられるような明るさが満ちていた。

高知城下では、春先からひきがえるの啼《な》き声のような咳《せき》の出る悪性の風邪がはやり、病死する人も多いといわれていたが、龍馬は毎日道場へ出て、剣術稽古《けいこ》に汗をしぼった。

嘉永六年、十九歳の春を迎えた龍馬は、背丈が五尺九寸を越えひきしまった上体は胸板が厚く、近眼《ちかめ》であるためものを見るとき睨《にら》むような眼差しになるのが、魁偉《かいい》な印象を人に与えた。

年がかわってから道場では師匠の日根野弁治が、小栗流剣術、和術《やわら》の奥義を龍馬に伝授していた。昼までは剣術、午後は和術の型稽古をおこない、日が暮れるまで休まない。

土居楠五郎がはげます。

「小栗流和兵法《わへいほう》の目録を貰《もら》うがじゃき、しまいの詰めはしっかりしちょかんといかんぜよ」

龍馬は三月十七日に、溝渕広之丞と同行して江戸へ武芸修行にむかう。そのまえに、小栗流目録を許されることになっていた。

龍馬は父八平とともに家老福岡宮内《ふくおかくない》の屋敷へ出向き、三月から翌年六月まで、武芸修行のため江戸へ出向する許可を受けた。八平は福岡宮内支配下の郷士である。

龍馬は近頃、剣術の手があがっていた。武市半平太と三本勝負の稽古試合をして、面二本を取り、衆目をおどろかせたこともある。

「あれは、ちくと嵌《は》め手《て》を使うたぜよ。半平太さんにゃおんなじ手は通らんき、二度とは勝てん」

龍馬は笑ったが、朋輩《ほうばい》たちにまねのできることではなかった。

彼は型稽古のあいまに防具をつけ、栄馬たちと地稽古をすることもある。竹刀《しない》を下段に構えた龍馬の打ちこみは、引きがつよいので、打たれた相手は面のなかで顔をしかめた。

土居楠五郎は龍馬にいった。

「おんしは江戸で喧嘩《けんか》を売られても、負けることはないろうのう」

龍馬が試斬《しざん》をするとき、胴ひとつの太さにこしらえた巻藁《まきわら》を、つづけさまに八十本も斬《き》った。据物斬《すえものぎ》りでは、巻藁六本を重ねたものを一刀両断にする。

江戸にゆく日が近づくにつれ、龍馬がひそかに身内に抱く悩みがふくれあがってきた。お琴への思慕が、かたときも頭からはなれないのであった。

龍馬は高知を離れている一年三ヵ月のあいだに、お琴の身のうえに変化がおこるような気がしてならなかった。

十六歳のお琴のもとに、縁談が多く持ちこまれている。そのなかでもお琴の父藤田利三右衛門が仕える家老、柴田備後《しばたびんご》を通じて申し入れてくる城下の豪商は、是非にも息子の嫁に迎えたいと、たいへんな執心であると噂されていた。

お琴は道端をうつむきがちに歩いていても、大輪の白牡丹《しろぼたん》のようなけざやかな風情《ふぜい》に、人目を集める美しい娘である。

龍馬は寝るまえ、床のなかで暗い天井を見あげ、長いあいだにためこんだ、お琴の記憶の絵を、あれこれと入れかえて眺める。

闇《やみ》のなかに燐光《りんこう》を帯び、鮮明に浮かぶ記憶の風景のなかで、お琴の眼差しはあきらかに龍馬を慕う艶《つや》をたたえていた。

——俺の勝手な思いこみじゃろか。いや、そんなこたあないろうねや。お琴さんは、俺を好いてくれちゅう。まちがいない——

龍馬は明日、栄馬の家をおとずれ、お琴に思いをうちあけようと決心して、ようやく眠りにつく。

だが夜が明け、騒がしい町の物音が聞こえてくると、龍馬の気持ちは萎《な》えしぼんだ。

——俺のような部屋住みが気楽にやっていけるがは、お父《と》やんがおってくれるあいだばあじゃ。道場をひらくまで、お琴さんが待っててくれるろうか。まあ叶わんことじゃろ——

龍馬は江戸へ出立《しゅったつ》する日が近づいてくると、稽古のあとで栄馬について赤石の藤田家へ遊びにゆくことが多くなった。

低い土塀や竹垣に囲まれた郷士屋敷の、曲がりくねった小路《こうじ》を辿り、鯉《こい》や鮒《ふな》を飼う池が空の色を溜《た》めている庭先に入ると、龍馬の胸に淡いよろこびが湧く。つかの間でもお琴に会えるからである。

栄馬は龍馬が江戸ゆきのまえに、名残りを惜しんで遊びにくるのをよろこんでいた。二人が玄関に着くと、お琴とお好があらわれ、栄馬の部屋までついてきた。

龍馬はとりとめもない世間話に時を過ごし、ときには将棋をさすこともあった。

ある夕方、将棋に興をすごした龍馬は、暮れ六つの時鐘の音におどろき立ちあがろうとした。

「えらい長居してしもうた。去《い》なんといかんが」

栄馬はとめた。

「晩飯食うていかんかや。妹らが支度《まわり》しちゅうき。遠慮する仲じゃないろうが」

龍馬は坐りなおした。

龍馬たちは膳にむかい、盃をかわした。龍馬の好物の、橙酢《だいだいず》をきかせた鯖鮨《さばずし》が、大皿に盛られていた。栄馬がいう。

「江戸へ出たら、はじめは剣術試合をやるがか」

「そうじゃ、江戸は万次郎さんのいう通り、世界でもめったにない大きな都じゃきに、撃剣をやりゆう人の数もちがうろう。俺はまだ、わが力がどればあのもんか分からん。江戸で初見《しょけん》の相手と試合をしてみりゃ、だいたいの見当がつくろう」

「強い者《が》もおるろう。一万回ばあ立ちあわにゃ、ちくと稽古したとはいえんそうじゃねや」

「いん、何にせよ楽しみじゃ。栄やんといっしょにいけりゃ、どんなにか楽しかろうに。それが残念じゃ」

「学者のところも、たずねるがか」

「そうじゃねや、まず佐久間象山殿にお目にかかるつもりぜよ。それからあちこち出向くがじゃ」

土佐藩から江戸へ遊学する藩士たちが、御暇願《おいとまねが》いに記す名目は剣術修行であるが、実際の目的は諸国の人材が集まる江戸で、時勢の動きを見ることにある。

若者たちが乏しい費用を工面して、たとえ半年でも江戸へゆこうとするのは、土佐にいては触れることのない広い世間に身を置き、刺戟《しげき》をうけたいためであった。

龍馬は夜が更けないうちに腰をあげた。

「えらいごっ馳走《つお》になったぜよ。おおきに。こんどは栄やんが、うちへきとうせ」

「いん、そのうち邪魔するきに」

帰りがけ、門前まで栄馬、お琴、お好が見送ってくれた。

防具袋を担いだ龍馬は、手を振って別れた。下弦の月がおぼろに物のかたちを浮かびあがらせている小路を辿りながら、龍馬の心は灯心の火がともったように明るい。

――お琴さんは、俺が好きな鮨をこしらえてくれたがか。堪あるか――

彼が大股《おおまた》に歩くうしろで、かすかに草履《ぞうり》の音がした。龍馬は足をとめた。

――誰じゃろう――

ふりかえり、小走りに近寄ってくる人影を見て、龍馬の動悸《どうき》が高鳴った。前垂れをつけたお琴が、あとを追ってきた。

彼女は龍馬の眼前に立ちどまり、さしせまった声音でささやいた。

「私は龍馬さんが江戸へおいでなさる前に、申しあげたいことがありますき、明日の晩に会うてつかあされ。暮れ六つの鐘の鳴る時分に、紅葉橋《もみじばし》のたもとの楠《くす》の木の傍《ねき》におりますきに」

龍馬はうなずき、引きかえしてゆくお琴の後ろ姿を漠然と見送っていた。

その夜、龍馬は床のなかでほとんど眠らなかった。明けがたにまどろんだが、弾《はず》んだ声で啼きかわす鶯《うぐいす》の声でめざめた。

朝餉《あさげ》をすませ、道場へ出かけたが、身動きが重い。土居楠五郎が話しかけた。

「おんしは、昨日酒をやりすぎたがか」

「いや、あんまり飲まざったですろう」

楠五郎は首を傾《かし》げた。

「いつもにくらべりゃ、どうにもとろいのう。身按配《みあんばい》が悪いがか」

「そんなことはないです。ちくと汗を流しゃ、調子が戻りますろう」

龍馬は朝のあいだ日根野師範に型稽古を習い、午後は門人たちと地稽古をした。

栄馬に会うと、小声で礼をいった。

「昨夜は雑作《ぞうさ》かけて、すまざった」

「そんなことは、かまん。一本やるか」

龍馬は栄馬と竹刀を交わす。ふだんは得意な面と胴の狙いが定まらず、栄馬につづけさまに三本、小手をとられた。

「今日はいかん、手足が思うように動かんようじゃ」

夕方、早めに稽古をきりあげた龍馬は、家に帰ると風呂《ふろ》にはいり、乙女のつかう紅絹《もみ》の布で顔や体を丹念にこすり、髷《まげ》の乱れを直した。

「お姉やん、ちと晩飯を早う食わせとうせ。出かけるき」

龍馬がいうと、乙女はうかがう眼差しになる。

「きちんと身仕舞いして、どこへいくが。悪所通いしゆうがじゃないろうねえ」

龍馬は手を振る。

「俺はそんなことはやらんき。ちくと、野暮用があるがじゃ」

龍馬は暮れ六つの時鐘の鳴るまえに家を出て、鏡川の土手際の道を東へ向かう。

宵闇のなかに、紅葉橋の大楠《おおぐす》が見えてきた。提灯《ちょうちん》がひとつ、向かいから近づいてくるので眼をこらすが、股引《ももひき》をはいた職人らしい男が、大股にすれちがってゆく。

楠の木の下に着くと、幹のかげにお琴が立っていた。

「お琴さん、待たせたねえ」

「いいえ、暮れ六つの鐘は、まだ鳴っちょりません」

お琴の体から、香のにおいがただよう。

「その辺りへ坐ろうか」

龍馬はお琴と、土手のくさむらへ腰をおろした。龍馬はたずねる。

「な、何の用じゃろう」

川音が耳につく静寂のなかで、お琴はしばらくためらっていたが、やがて思いきったように口をひらいた。

「私は、まえから龍馬さんをお慕いしちょります」

龍馬はその言葉に胸をうたれ、動悸が高鳴りはじめた。彼は沸きたつ心とうらはらの、間の抜けた返事をした。

「俺は、ええ男じゃないですろう」

「ええ男でなかろうと、好いちょりますき」

龍馬ははげしくこみあげてくる思いに唇をふるわせ、足もとの草を引きちぎる。

「俺も、お琴さんが好きで好きで、切なかったがです。江戸へゆくまでにうちあけようと思いよったが、どうせことわられるばあじゃと、よういわざった。それが、お前《ま》さんのほうからいうてくれた。こればあうれしいことはない。堪あるか」

龍馬がまばたきをすると、涙が袴に落ちた。龍馬はお琴にいう。

「来年の六月にゃ帰ってくるき、それまで嫁にいかずに、待っちょっとうせ。俺がお琴さんを貰いにいくき」

お琴は自分の膝頭《ひざがしら》を抱き、涙をこぼしながら幾度もうなずく。

「うれしいです。きっと待っちょりますき、達者で戻《も》んて下さりませ」

龍馬は嗚咽《おえつ》するお琴を引き寄せ、抱きしめる。たがいに頬ずりをして、唇をあわせた。

われを忘れるひとときが過ぎたあと、龍馬は思いつき、左行秀に鍛えてもらった大刀の笄《こうがい》を抜いて手拭《てぬぐ》いに包み、お琴に渡した。

「俺が帰るときまで、これを預かっちょってつかあされ」

お琴は受けとり、懐に納めた。

「ちゃんと持っちょりますき、戻んて下さりませ」

二人が立ちあがり、道へ出たとき、紅葉橋を渡ってくる足音が聞こえた。

小丸提灯《こまるぢょうちん》を提げた人影は三つ、両刀を帯びた士分である。ひとりが声をかけてきた。酩酊《めいてい》している様子である。

「よう、そこな両人、待て。粋《いき》な道行きじゃねや。面を見せよ」

龍馬はお琴にささやく。

「さきにいきなされ」

お琴が小走りに去ってゆくのを、侍たちが追おうとした。龍馬が前に立ちふさがる。

「何の御用ですろうか」

侍たちは足をとめ、提灯をつきだす。

「ほう、郷士じゃねや。こんなところで、女子《おなご》と野合《やごう》しちょったか」

龍馬が闇をふるわせ、怒号した。

「なんちゃあ、おんしら。骨節《ほねぶし》叩《たた》き折られたいか」

侍たちは胸を張った龍馬に気圧《けお》され、背をむけ逃げ去った。


つよい陽射しが若葉の葉脈を浮きあがらせ、心をはずませる明るい緑が野山に照り映える季節になると、町角で話しあう人の笑う声さえ、空にひびくようであった。

南風《まぜ》が吹けば、土筆《つくし》の伸びた鏡川の土手から水通町の通りへ、紅《あか》い爪《つめ》を立てた川蟹《かわがに》があがってくる。

龍馬の江戸へゆく日が近づいていた。三月になってまもなく、龍馬は小栗流和《わ》兵法事目録《へいほうのことめろく》を受けた。

坂本家ではその晩、赤飯を炊き、家族が祝った。夕餉の席で、近頃体調がすぐれずあまり酒をたしなまない八平が、しきりに盃をあげた。

弓術、槍術《そうじゅつ》の免許皆伝者である八平は、龍馬が剣術で身を立てることを望んでいた。自分が世にいるあいだに、末息子の前途を見きわめておきたい。彼は権平にいう。

「十九で目録を貰うたら、立派なものじゃいか」

「そうですろう。お父《と》やんに似て、体《から》が大きいですき、試合すりゃ相手が体負けしますのう」

「体だけじゃいかん。うどの大木になりかねんぜよ。龍馬にゃ天性いうもんがあるがじゃ」

八平は、乙女が正座したまま、茶碗《ちゃわん》で酒を飲むのを見て、笑顔をむける。

「お前んは酒にゃあつよいが、そんな飲みようを人に見られたら、身代を飲みつぶされると、嫁の貰い手が無《の》うならんかよ」

座敷に笑い声が湧いた。

「私ゃ、龍馬が江戸へいくがが淋《さぶ》しゅうてなりません。それで、ちくと飲みよります」

伊与がうなずく。

「祝いの酒を、たっぷりと飲んどうせ」

乙女は目頭に溜まった滴を拳《こぶし》でこすった。

「龍馬は江戸行きが近うなってきたら、顔も晴ればれとうれしそうにしゆう。そうすりゃ私はなお淋しゅうなるぞね」

「お姉やん、そりゃちと違うがよ」

龍馬はいいかけて口をつぐむ。お琴との約束を他言できない。

龍馬は四、五日置きに、紅葉橋の傍でお琴と短い逢瀬《おうせ》を重ねていた。毎日逢《あ》いたいが、狭い城下で人目を忍ばねばならなかった。

八平がいった。

「旅は広之丞さんといくがじゃろ」

「そうです」

「北山《きたやま》越えで、丸亀《まるがめ》から下津井《しもつい》へ渡海するがじゃのう」

八平は上方《かみがた》へ旅をした昔を偲《しの》ぶ眼差しになった。

「しばらくは日和《ひより》つづきじゃろ。中国筋から湊川《みなとがわ》の楠公《なんこう》の墓前に詣《まい》り、大坂《おさか》へ出るか。山陽道《さんようどう》はにぎやかで、宿場にゃ上宿《じょうやど》も多いぜよ。旅なれた広之丞さんに何事も任せて、上宿に泊まりゃあえい。路用はたっぷり持たせちゃるきにのう。

江戸へ出て、金が要《い》るときゃ、品川のご家中大廻《おおまわ》し船《ぶね》の船溜まり役所へいって、船頭中城助蔵さんの名をゆうたら、要るだけ渡してもらうよう支度《まわり》しちょくぜよ」

夕餉が終わると、八平が招いた。

「奥へこい」

龍馬は八平、権平に従い、奥座敷へいった。八平は手文庫から書付けを取りだし、龍馬の前に置いた。

上書きには、「修行中心得大意」と記されていた。八平が促す。

「儂《わし》がお前の身上《しんじょう》を気遣うての心得ぜよ。読んでみよ」

龍馬は音読した。

「一、片時も忠孝を忘れず、修行第一の事。

一、諸道具に心移り、銀銭ついやさざるの事。

一、色情に移り、国家の大事を忘れ、心得ちがいあるまじき事。

右三箇条胸中に染め、修行をつみ、めでたく帰国専一に候《そうろう》。

以上。

丑《うし》三月吉日　　　老父

龍馬殿　　　　　　」

龍馬は読みおえて、畳に手をついた。

「お父やんのお諭しは、肝に銘じてござります」

「いん、お前は刀が好きで、情にもろいき、その二つばあ気をつけちょりゃ、えいがじゃ」

龍馬が刀剣に愛着をあらわすようになったのは、左行秀の鍛冶場《かじば》へ出入りするようになってのちである。八平が記した諸道具とは、刀剣類であった。刀の鍔《つば》、目貫《めぬき》、小柄《こづか》、笄など、附属の刀装具にも、巧緻《こうち》をきわめた美術品がある。

龍馬は道具蔵の鍵《かぎ》を預かっている乙女に頼み、蔵を開けてもらい、八平が秘蔵の刀を眺め、時の経《た》つのを忘れることがしばしばであった。

一流の金工の手になる刀装具は、作者の銘が刻まれており、たやすく手に入るものではない。

八平は、わが子のいまひとつの弱点を見抜いていた。優しい性格の龍馬が女色に迷えば、踏みとどまれなくなるにちがいないと、思っていたのである。

龍馬が江戸へ出立する朝は、つよい陽が照りわたり、日向《ひなた》に出ると汗ばむほど気温があがっていた。

龍馬は領石《りょうせき》まで見送る兄権平とともに、辰《たつ》の五つ（午前八時）に家を出た。

門口に八平、伊与、乙女、権平の妻千野、娘春猪《はるい》と番頭、男衆、女中たちが立ちならんでいた。

龍馬と権平は、山田橋まで馬に乗ってゆく。旅支度をととのえ、荷持ちの男衆を従えた龍馬は、見送りの人々に挨拶をした。

「ほんじゃ、行て参じます」

八平がうなずく。

「息災でのう。水が変わるき、気をつけて、ゆっくりいきや」

龍馬は鞍《くら》にまたがるとき、赤石のほうを眺め、離れた辻《つじ》にお琴のたたずむ姿を見て、胸を締めつけられた。前夜の約束では、見送りにこないはずであった。

乙女が束にした枳殻《からたち》の枝を持ちだし、上下に振って叫んだ。

「龍馬よう、来年にゃきっと帰国せにゃいかんぞね」

枳殻《きこく》は帰国に通じる。

「おう、待っちょっとうせ。ええみやげ買うてくるき」

龍馬と権平がゆるやかに馬を歩ませ、ふりかえりつつ遠ざかってゆくと、乙女が通りのまんなかに出て、枳殻の束を振り、往来する人の手前もかまわず、大声で叫ぶ。

「龍馬よう、龍馬よう」

龍馬は手をあげ応じた。

山田橋で馬を下りると溝渕広之丞が待っていた。

領石で権平と別れた龍馬たちは、根曳《ねびき》峠の坂を登ってゆく。荷持ちの人足は、伊予《いよ》との国境の立川《たじかわ》まで同行する。

広之丞は峠道を足どりも軽く歩いた。遠近《おちこち》の山肌には、躑躅《つつじ》があざやかな紅の彩りをそえ、山吹も黄のはなびらをひらいていた。広之丞は、龍馬に笑いかけた。

「立川の番所を出りゃ、草鞋《わらじ》を捨てて足駄をはこうぜよ。大刀腰に足駄がけ、八里の岩根踏み鳴らす、と唄《うた》にもあるろう。広い世間に出るがぜよ」

龍馬はいままで、歯の高さが五寸もある高下駄をはいたことがない。上士の子弟が播磨屋橋《はりまやばし》の橋板を踏み鳴らして歩くのを見ても、うらやましいと思わなかったが、心中には階級の差を形にあらわす制度への不満がある。

二日後、龍馬たちは立川の宿屋で足駄を買い、番所を出て伊予国へ入ると草鞋とはきかえた。

龍馬は足駄をはくと、思わず喉《のど》から笑い声が洩れた。広之丞も笑いかえした。

「気分えいがじゃろ」

龍馬は辺りを見まわす。

「背が急に高うなって、景色が変わったような気がしますのう」

林のあいだで、鶯《うぐいす》、小綬鶏《こじゅけい》などさまざまの鳥の声が聞こえる。

龍馬は足駄をはいただけで、予想もしなかった大きな感動をうけた。身を縛っていた鎖が、はずれ落ちたような気分である。

広之丞がいう。

「これから諸国の宿場、立て場を通って、およそ四十日あまりの旅じゃ。名所見物、撃剣試合をゆく先々でするがもえいが、士農工商の身すぎの有様を見るだけでも、土佐にいては分からん勉強になるぜよ。人の姿を見ゆうだけで、天下の動きが分かるがじゃ。お前んにゃ、その眼があるきに。毎日旅をして、黙って町や村の眺めを見とうせ」

広之丞は、険しい山なみを越え、木立、村落の点在する伊予の平野のむこうに、瀬戸内の海が見渡せる辺りまできて、高処《たかみ》で一服しているとき、思いがけないことを龍馬に語りはじめた。

「これは家中でもほんのわずかの人のほかには知らんことじゃが、今年のうちにも、アメリカの軍船が日本へ押しかけてくる形勢になりゆう」

「えっ、そりゃ何でですろう」

「日本と交易したいというてきたがじゃ。去年の六月にオランダから長崎にきたカピタン（商館長）が、アメリカのことづてを持ってきた。通詞《つうじ》が読んでみたら、交易をせんなら、戦をしかけると書いちょったがじゃ。公儀は、あいもかわらず知らん顔で通すつもりぜよ。しかし、今度ばかりは、ほんまにくるかも知れんのう」

「ほんじゃ、日本のどこへ押しかけてきますろう」

「さあ、どこじゃろのう。江戸へくるがじゃないろうか。話を持ちかける先は、幕府よりほかにないきのう」

「ほんまじゃろうか。万次郎さんのいうアメリカの人は、悪気はないということじゃが」

広之丞は、煙管《きせる》に煙草《たばこ》をつめながらいった。

「人間は欲得ずくで、善人が悪人にもなるろうがよ。公儀にゃアメリカと戦するような力はないきに、どうするかのう」

広之丞は宙に視線を遊ばせた。

「まあ、このまま何事もおこらずに済むかも知れんぜよ。いままで、そんな話は何度もあったきのう」

四月も末に近い晴れた午後、龍馬は江戸南築地《みなみつきじ》の土佐藩下屋敷に到着した。

幕府浜御殿の鬱蒼《うつそう》と茂った林を右手に見て汐留橋《しおどめばし》を渡り、川沿いに木挽町《こびきちょう》一丁目までいって右に折れ、合羽橋《かっぱばし》を渡ったところに、六千六百坪の築地藩邸が長屋門をつらねていた。

龍馬は旅慣れた溝淵広之丞に伴われてきたので、掃除のゆきとどいた長屋の一室に旅装を解いたとき、四十数日の旅の疲労を覚えなかった。

藩邸詰めの物頭《ものがしら》以下の上役に挨拶をしたのち、足軽、お小人《こびと》に寸志を渡す。

足軽頭は八平を知っていた。

「本丁筋の坂本殿の末子《おとご》か。父殿《てて》も体が大きいお人だが、お前んも大男じゃのう。来年までゆっくり修行すりゃあえい。用事がありゃあ、何でもいうとうせ」

龍馬は風雨のときをのぞき、毎日八里を歩いたので、足腰が逞しくなり、いったん痩《や》せた体がまえよりも肥《ふと》った。

書物、版画で覚えた土地をわが足でたしかめてきた心の昂《たかぶ》りが、まださめていない。東海道《とうかいどう》の宿場を辿り歩くうちに、諸国の侍たちがつかう、訛《なまり》のない言葉づかいもいくらか覚えた。

「もし、あなた」

と呼びかけ、

「江戸は何日にお発《た》ちになられました」

と聞く。

「十五日に発ちました」

「江戸では雨はよく降りますするか」

「いや、あまり降らぬほうでござります」

などとやりとりをする。

つい、候などと語尾につけるときもあるが、たがいに笑いあって、くどい話しかたはやめる。

江戸につくと、侍、町人たちの流暢《りゅうちょう》な江戸弁が耳につく。

広之丞がいう。

「今日は早う寝て、明日は見物に出ていこうぜよ。深川の夜見世《よみせ》もにぎやかじゃき。さっき、中間《ちゅうげん》衆に聞いたが、近頃鍛冶橋《かじばし》上屋敷の侍衆が、本郷《ほんごう》の柳剛《りゅうごう》流の道場へよう試合にいくがじゃと。俺らものぞいてみるか」

「それは、おもしろそうですのう」

龍馬は柳剛流の名を聞いたことがあった。足ばかりを狙い、横なぎに打ちこむ流派である。

龍馬は江戸の涼しさが気にいった。

「なんと涼しいことですろう。高知じゃ日中は蒸し暑いが、汗もかかん」

藩邸の庭に、花の咲く木が多いので目を楽しませてくれる。

龍馬たちが大廻し船で送った荷物は、下屋敷に届いていたので、防具を取りだし、柳剛流道場をたずねることにした。

広之丞はいった。

「柳剛流の岡田十内《おかだじゅうない》という宗家の道場は、神田《かんだ》お玉《たま》ヶ池《いけ》にあるそうじゃ。お玉ヶ池まで出りゃあ、千葉《ちば》道場ものぞいていくか」

「えいですろう。お供します」

龍馬は竹刀に柄革《つかがわ》、先革をはめ、弦を張り、中締めの皮紐《かわひも》をしめ、支度をととのえた。

「柳剛流は江戸でもやりにくい流儀で通っちゅう。薙刀《なぎなた》とおんなじように足を打つがじゃ。ほんじゃき、臑当《すねあ》てを巻いて試合しゆうが、千葉道場でも、柳剛流のあしらいかたを、とりわけて教えゆうぜよ」

「どんなあしらいかたですろう」

「まず、腰を落として居つっちゃいかん。あっと思うまに、臑に一本くらうぜよ。爪先立って前後左右に飛ぶがじゃ。相手が焦って打ち込んでくりゃ、片手横面できめる。それがいっちえい手じゃ。しかし、口でいうようなわけにゃあいかん。家中の侍どもは、皆柳剛流にゃやられちゅうが」

台所で夕食の膳に、江戸上府を祝う徳利がついたので、広之丞は機嫌よく話した。

「この辺りの屋敷地は、道が悪いろうが。町家の通りは商いをせにゃいかんきに、年に一坪に何両もつぎこみ、石や砂利をつきこんで固めるがのう。しかし、高知とはちごうて、土が軽いきに、土埃《つちぼこり》が吹き立つがよ。江戸は空《から》っ風《かぜ》というて、天気さえよけりゃ風が吹く。ほんじゃき、埃が空まで立ちのぼるがじゃ。風のつよい日は、目かつらをせにゃならんぜよ」

「そりゃ何ですろう」

「俺が持ってるのを、ひとつやる。ビードロは高いき、絽張《ろば》りじゃが」

目かつらとは塵《ちり》よけ眼鏡であった。

「晩は風が落ちるき、静かじゃ。どうじゃ、木挽町の町家の通りまで歩いてみんか。麦湯売りの娘が屋台を出しゆうぜよ。麦湯、桜湯、葛湯《くずゆ》、あられ湯を飲ませるがじゃ。これから夏にかけて、数が多くなるろう」

「ほんじゃ、いきますか」

二人は門番にことわって外に出た。

合羽橋を渡ると、薄暗い町角に、赤い地の竪行灯《たてあんどん》の光がにじんでいた。「むぎゆ」と墨書した文字が見える。

行灯のそばに茶釜《ちゃがま》、碗などを置き、そのまわりに縁台がいくつか置かれ、談笑している客の姿があった。

紅染めの襷《たすき》をかけた娘が給仕をしている。

「やっぱり江戸じゃねや」

龍馬がつぶやいた。

翌朝、龍馬は広之丞とともに、築地藩邸を出て、神田お玉ケ池へむかった。

日本橋《にほんばし》を渡り、室町《むろまち》の大通りへさしかかると、人や車の往来の物音、物売りの声が騒然と沸くようであった。

二十間ほどの幅がある表通りには、土蔵造りの商家が軒をつらねている。

「どうじゃ、にぎやかじゃろ」

広之丞にいわれ、龍馬はあたりを眺めつつうなずく。

「これだけ広い道いっぱいに、人が出ちゅうき、祭みたいですのう」

「江戸の町にゃ、土佐の幾層倍もの人が住みゆうがじゃ」

龍馬は道端の溝からたちのぼるにおいに、眉をひそめる。

「えらいにおいですのう。こりゃ、糞《くそ》小便のにおいじゃが」

広之丞は笑った。

「大ドブというて、道端の下水は水はけが悪いき、溜まったままじゃ。雨が降りゃあ溢《あふ》れるき、まわりににおいがしみつくがじゃ。なんせ百何十万いう人が住んじゅう。ドブにも川にもごみがよう溜まるぜよ」

道端には仕事をする様子もなく、群れをつくり、辻にたたずんでいる男女がいる。何をしているのかと、龍馬はふしぎである。

高知城下では怠けている姿を他人に見られては、たちまち噂をたてられるので、道端で立ち話をする者はいない。

町道場は、ほうぼうにあった。烈《はげ》しい気合と竹刀の音が聞こえ、武者窓には通りすがりの町人たちが、顔を押しつけ見物している。

神田誓願寺《せいがんじ》前の北辰一刀流《ほくしんいっとう》玄武館《げんぶかん》道場は、大名屋敷のような広大な構えであった。

防具を担いだ若侍たちが、出入りしている玄関の前で、龍馬たちは足をとめた。巨大な破風《はふ》造《づく》り赤銅《あかがね》張《ば》りの玄関は、見る者を威圧する。

「ここの道場は、八間四面といわれちゅう。柳生《やぎゅう》道場とおんなし広さで、町道場では、ほかにゃないぜよ。門人は千人じゃ。あとでのぞきにこようぜよ」

二人は玄武館の前を通りすぎ、柳剛流の道場をたずねた。

広之丞が名札を出すと、道場主が出てきた。

「土州から参られたか。昨日も尊藩の方々が七、八人お見えになられたが。試合をご所望なら、おあがり下さい」

広之丞は道場主に挨拶をした。

「試合というほどのこともできませぬが、ひとつ手合わせをお願いするつもりで参りました。当家の者どもは、ご老中阿部《あべ》伊勢守《いせのかみ》さまお屋敷で、あなたにお手合わせいただきし縁により、柳剛流を好んでおります。よろしくお引きまわし下さい」


六間に四間の道場では、五十人ほどの門人が、入れかわって稽古をしている。龍馬たちは奥の壁際で着替えた。広之丞は無外流《むがい》をよく遣う。土居楠五郎は、地味で一見目立たない広之丞の剣技を認めていた。

「あれはなかなか、技がひねちゅう。軽う見ちょったら食われるぜよ」

防具をつけると、門人たちが稽古をやめた。あじさいが咲きかけている初夏であるが、あけはなした窓から流れこむ風はさわやかである。

——ひとあばれ、やっちゃろ——

龍馬は立ちあがり、足を踏んばった。

道場主の弟子が面をつけ、近づいてきた。

「臑当てを、おつけ下さい」

龍馬は竹の臑当てを向こう臑につける。

さきほどまで稽古をしていた門人たちは、ときどき臑打ちの技を遣っていたが、目立つほどではなかった。

「お手合わせは、どなたからなされるか」

道場主がたずね、龍馬が応じた。

「私がやります」

試合の相手は、二十五、六の年頃に見える。猫背、摺《す》り足《あし》の、稽古の数をかさねてきた身ごなしである。

「勝負三本」

道場主が見分役で、龍馬は蹲踞《そんきょ》して相手と剣尖《けんさき》をかわし、立ちあがった。

瞬間に相手が上体を水平にかがめた。パチーン、と音がして、龍馬は右膈をしたたかに横なぎにされた。

――やられたか――

龍馬は気合も発しないうちに打ちこんできた早技に対応するには、跳ねまわるしかないと納得した。

相手の背丈は、龍馬より三寸は低いが、身ごなしが稲妻のように早い。

二本めの勝負は、立ちあがった龍馬がすばやく飛び退《の》いたので、相手の竹刀は空を切った。龍馬が横面を打ちこもうとするよりはやく、また膈を打ちこんでくる。

――こりゃ、逃げるしかないぞ――

龍馬は幾度か打ちこみをはずし、相手が体勢を乱した隙《すき》を狙い、面金《めんがね》を突いた。尻もちをついた相手に飛びかかった龍馬は、力まかせに面を引きはがした。

龍馬と広之丞は、柳剛流の道場で半刻《はんとき》（一時間）ほど手あわせをした。二人はそれぞれ数人の門人と試合をして、臑打ちの要領のおおよそを知った。

龍馬はほぼ互角の勝負をしたが、広之丞は立ちあえばたちまち臑を打たれ、完敗した。

「俺は足が短いき、上手にゃ跳ねられんぜよ。家中の者が噂するきに、いっぺん試合をやってみたいと思うちょったが、まああんなもんか。はじめはやられるが、慣れりゃなんちゅうこともなかろう」

広之丞は、道場を出ると笑顔でいった。龍馬が答える。

「足を狙われたことがないき、うろたえてもあたりまえですろう。臑を打つ技は、たしかに身構えの弱点をついちょりますが、あれは華法《かほう》でないですろうか」

華法というのは、実戦に通用しない道場剣法である。広之丞がうなずく。

「そうかも知れん」

「あの門人らが遣いゆう竹尺は長竹刀《ながしない》で、三尺九寸から四尺はあったがです。あんな長い物で臑を払いゆうが、真剣ならとても臑にはとどかんですろう」

「その通りぜよ。お前んはやっぱり利発じゃねや。江戸で剣術稽古をつんで、高知で道場ひらくいうき、華法でもかまわず新手を覚えるつもりかと思うちょったが、そうではないがか。ほんじゃ、玄武館で稽古するがが一番よかろう。俺は今日、お前んを玄武館へ連れていくつもりでおったが、そのまえに生き馬の目を抜く江戸の剣術の、匂《かざ》をかがしてみせちゃったがぜよ」

龍馬は、広之丞に技量を試されたのであろうと気づいた。

広之丞は江戸にくるまでの道中で、しきりに砲術修行を龍馬にすすめた。

「お前んは剣術稽古をやらにゃ、父上にあいすむまいが、俺といっしょに佐久間象山先生の手引きで、砲術稽古をやるがも大事ぜよ。これから天下はどう変わるか分からん。オランダ砲術を身につけるがは、世間に先んじることになるがぜよ。先生は、オランダ語も教えて下さるきにのう」

龍馬は広之丞のすすめに従い、佐久間塾へ入門するつもりでいた。

広之丞は、剣術修行に反対しているわけではなかった。江戸の町道場には、天下の人材が集まっているという。

「千葉周《ちばしゅう》作《さく》なんぞは、門人帳に名前の載っちゅう人数が三千六百余じゃ。その名を記した大扁額《だいへんがく》が浅草観音堂に掲《かか》っちゅう。月謝のみいりは月千両といわれたが、いまは取っちゃあせん。諸藩の家来が、内弟子として住みこんじゅう」

広之丞は千葉周作の次男栄次郎を、知っているという。かつて鍛冶橋上屋敷へ剣術試合に招いたとき、案内役をつとめてから親しくなり、たまには酒席をともにする仲であった。

「玄武館はなにしろ門人がはいりきれないほど集まってくる道場じゃ。北辰一刀流は、小野派一刀流から分かれたが、小野派は初目録から免許皆伝まで八つに分かれちょる。それが千葉じゃ初目録、中目録、大目録皆伝とした。力のある門人は、早く皆伝が取れる。いま、水戸《みと》家指南役で禄高《ろくだか》五百石の海保帆平《かいほはんぺい》は、十四で入門して、十九で皆伝を取りよった」

町道場では、入門した門人を早く上達させれば飯の種が尽きるので、何の得るところもない地稽古ばかりをおこなわせると、広之丞はいった。

「玄武館へ門人が押しかけるがは、他流試合に強うなれるからじゃ。撃剣が上達するには理から入るがと技から入るががある。技から入る者は、打ちあいばかりして、相手に勝とうと願うばかりじゃ。理を考える者は、負けたときになぜ負けたかを考えつめて、機先を制する呼吸に思い至る。それで理を考える者の上達は早いと教えるがぜよ」

「そりゃ、ええ道場ですのう」

龍馬は、剣の理を考えつめるのが撃剣修行であると思っていたので、わが意を得た。

彼は広之丞にともなわれ、玄武館をたずね、稽古の様子を見ておどろく。百三十畳敷の磨きこんだ道場で、稽古をしている者の数は見分けられない。豆を煎るような竹刀を打ちあう音と気合で、沸きかえっている。

振りあげ、打ちはらう竹刀が、前後左右で稽古をする者の竹刀と触れあうほど、芋を洗うような混雑である。

広之丞は玄関で門人に名札を渡し、来意を告げたあと、待っているあいだに壁の掲示を龍馬に示した。檜板《ひのきいた》に墨書された掲示は、つぎの通りであった。

剣術打込み十徳
第一、業烈しく早くなること
第二、打ち強くなること
第三、息合い長くなること
第四、腕のはたらき自由になること
第五、体軽く自由になること
第六、寸長の太刀自由に使わるること
第七、臍下《へそした》納まり、体崩れざること
第八、眼あきらかになること
第九、打ち間《うま》あきらかになること

第十、手の内軽く冴えいずること
龍馬は、掲示の説くところが分かりやすく具体的であることに、感心した。

「ここに書いちょる教えは、よう分かります。打ちとは、掛かり稽古のことですろうか」

「そうじゃ。向こうの面へ小技でつづけ打ちに打ち込み、あるいは大きくまっすぐ面を打ち、あるいは胴の左右を打つことぜよ。大先生はいわれるそうじゃ。仏道で念仏さえ唱えちょりゃ、心中の迷いや欲はいつのまにやら消えて、心が澄みきるというが、撃剣でもおなじことじゃとな。師匠のいうことをよう聞いて、一心不乱に稽古すりゃあ上手になるということじゃ」

龍馬たちが話しあううち、広之丞とおなじ年頃に見える、白刺子《しろさしこ》稽古着に白袴《しろばかま》、溜塗地《ためぬりじ》に金粉で遠山霞《とおやまがすみ》を描いた立派な胴をつけた男が、門人に案内させてあらわれた。背丈は龍馬よりいくらか低いが、ひきしまった体つきである。

足どりは摺り足ではなく、弾むように軽やかであった。広之丞が挨拶をした。

「若先生、このほど出府したので、ご挨拶に参りました」

龍馬は、男が栄次郎と知って緊張し、会釈をする。

千葉周作の長男奇蘇太郎《きそたろう》は剣の天稟《てんぴん》を知られていたが、肺を病み、竹刀をとれなくなった。栄次郎は、兄のあとをうけ、還暦をむかえて道場に出ることがすくなくなった周作にかわり、一門を率いる立場になっている。

栄次郎は試合の天才といわれた父の名をはずかしめない猛者《もさ》であった。彼は他流試合で不敗を誇っていた。

江戸で一流といわれる道場を維持するためには、道場主の勝率は七割とされている。栄次郎の実力は抜群で、「千葉の小天狗《こてんぐ》」と渾名《あだな》をつけられていた。

栄次郎は足搦《あしがら》がうまい。立ちあいの最中に足搦で投げとばされた者は、おおかたが失神した。

彼は小天狗の異名に似あわない、整った優しげな顔だちで、広之丞の肩を叩き、笑顔でいった。

「あんたの顔をしばらく見ぬと、さびしくてならん。どうだ、近いうちに一夕《いっせき》酌みかわそうじゃないか」

「そりゃ結構です。いつでもようござりますきに。ところで、今日は土州から同道した坂本龍馬を連れて参りました。できりゃ、ご門下に入れてやっていただきたいがですが」

栄次郎は、即座に応じた。

「よし、手の内を見てやろう」

龍馬は江戸随一の腕前といわれる千葉栄次郎が、稽古をつけてくれるというので、あわてて防具をつけ、道場に出た。

栄次郎が面をつけると、まわりで稽古をしていた門人たちが退いて場所をあける。栄次郎が気軽に声をかけた。

「若いの、遠慮なく打ち込んでこい。いいか、一本でも取ってみろ」

剣尖を交えると、まったく格の違うことが分かった。栄次郎は竹刀をわずかに上下に浮沈させ、いくらか高めの下段青眼《せいがん》にとり、龍馬の進退にあわせて動く。打ち込もうとするが、こっちの狙いを先に読まれているようで、身がこわばる。

「龍やん、掛かり稽古じゃ。いけ」

広之丞の叱咤《しった》に背を押されるように龍馬は打って出た。

面から横面、胴から小手、突きと連続技を繰りだすうち、若い龍馬はためらいを忘れた。

龍馬は休みなく床板を蹴《け》って、一撃を見舞おうと、歯を剝《む》きだし竹刀をふるった。近間《ちかま》の勝負に強い彼の上体は、しなやかに動き、さまざまの方向から打ち込んでゆく。

栄次郎は龍馬の攻めを、ものともしない。こんどこそきまったと、するどい一撃を浴びせても、巧みに外された。栄次郎は膝で調子をとり、ときどき面のなかで歯をみせ、うなずく。

しばらく打ち込むあいだに、龍馬の呼吸が乱れてきたのを見た栄次郎が、稽古をやめた。

竹刀を納めると、栄次郎が話しかけてきた。

「貴公、筋はいいようだな。ただ稽古のあいだ、俺の眼だけを見ているようだがね。それはいいことだ。相手を睨みすえてりゃ、気合がかかるだろう。しかし、そればっかりじゃいけねえよ。これからは相手の剣尖と拳に眼をつけることだ」

栄次郎は笑いながら言葉をつづける。

「酒樽《さかだる》の呑《の》み口《くち》の栓が抜けて、酒が流れ出てゆくのをとめようとすれば、ほかを押さえたってだめだ。呑み口を手で押さえりゃ、すぐとまる。剣術もおなじことだ。相手が面を打ってきた、小手を打ってきたといっても、たやすくとめられぬ。相手が動きをおこすまえに、剣尖と拳の動きに目をつけておれば、どこを狙ってくるかすぐ分かるので、とめられるものだ」

龍馬は栄次郎の簡明な教示を、頭にとどめた。

栄次郎は広之丞にいった。

「この若いのは見所《みどころ》がある。うちは道場が混みあって、充分な稽古ができねえから、新材木町《しんざいもくちょう》の叔父貴《おじき》の道場へ通わせてみろ。俺が添書《てんしょ》を持たせるから、あそこへ入門することだな」

新材木町の叔父貴とは、千葉周作の弟定吉《さだきち》であった。定吉は兄に劣らない達人である。

梅雨《つゆ》の時候になったが、雨の降らない日が多かった。高知にくらべると湿気がすくないので、暑気はしのぎやすい。

龍馬は夜になると、蚊帳《かや》のなかでしばらくお琴のことを思った。

――いま時分は、寝えちゅうろうか。俺のことを思いだしてくれゆうろうか――

龍馬はお琴の、盛りの花のような容姿を、闇のなかに思いうかべる。お琴は、おおかたの男が気圧《けお》されるほどの美しい顔立ちである。江戸に出てみると、娘たちの化粧、衣裳《いしょう》の着こなしがいなかとはちがい、気がきいていた。

龍馬は外出するとき、ゆきかう女たちの姿をそれとなく眺めるが、お琴ほどの器量のいい娘は、めったに見かけない。

――お琴さんを江戸の水で磨いてやりゃ、まぶしいばかりになるろう――

龍馬は、来年高知に帰れば、乙女に助力を頼み、お琴を嫁に迎えたいと考えていた。

部屋住みの龍馬が所帯を持つのは、たやすいことではない。八平は末子の願いをうけいれてくれるであろうが、ひとり立ちするためには撃剣修行にはげみ、道場をひらかねばならない。

築地藩邸の界隈《かいわい》は、五つ（午後八時）頃になると、庭の笹《ささ》の葉ずれが聞こえるほどに静かになった。

たまに塀の外を、駕籠《かご》かきたちが低い掛け声をあわせ、どこかの屋敷へ早駕籠を運んでゆく。ひたひたと地を踏む音が遠ざかると、地虫の声ばかりが耳につく静寂が戻った。

――お琴さんと、佐那《さな》殿では、まったくなにもかも違うのう。佐那殿は男のようじゃき――

龍馬は、近頃通いはじめた新材木町の千葉定吉道場で、初稽古のときさんざんに打ちこまれた佐那という娘の、少年のようにひきしまった姿をお琴とくらべてみて、舌をだした。

千葉定吉は世間で小千葉と呼ばれ、玄武館には及ばないが、大勢の門人を教え、繁昌《はんじよう》していた。定吉は兄の周作に劣らない名人であるが、近頃では道場に出ることがすくなくなり、息子の重太郎《じゆうたろう》にすべてを任せている。

龍馬が入門した日、初稽古に小柄な門人が相手に立った。

――なんじゃ、子供のような奴じゃねや――

小柄な門人を見た龍馬は、拍子抜けがした。相手の面金のあいだからのぞく顔はほの白く、動作はかろやかで、重みがない。

龍馬は小柄な門人にむかい、はげしく床板を蹴って面を打ちこんだ。ひと打ちで面をとったつもりであったが、右小手をとられた。思わず顔をしかめるほどの、骨にこたえる強烈な一撃である。

――こりゃ、よう遣いよる――

龍馬はつづけさまに面を打ったが、相手はすべるように間合をひらくので、当たらない。

壁際に立っている幾つかの人影が、こちらを見て笑っている。龍馬は気があせった。

――こんな子供にやられて、堪あるか――

六尺にちかい龍馬は、桔梗《ききょう》の家紋を金で描いた赤胴をつけ、逞しい外見である。竹胴をつけた少年の背丈は五尺ほどであった。

龍馬が下段青眼で動きをとめると、相手も動かなくなる。間合を充分にとり、足先を絶えず前後させ、隙を見せない。

――俺が出るまで、待ちゆうか――

龍馬が攻めかけようとしたとき、相手は身を躍らせ飛びかかってきた。面をしたたかに打たれたうえに、退きざまに両横面を打たれ、胴を抜かれた龍馬は動転した。

二人の稽古を見守っている門人たちのあいだに、歓声が沸いた。

龍馬は気合とともに打ちこんでゆく。突きから小手、胴としかけたが、一本が決まらない。少年は手もとに入りこみ、龍馬と鍔ぜりあいをした瞬間、飛びさがってあざやかに面を打った。

龍馬は、燕《つばめ》のようにすばやく身をひるがえし、間合のうちに入ると、息つく暇もなく連続技を繰りだしてくる少年に翻弄《ほんろう》されるままであった。

「ありがとうございました」

流れる汗で眼をあけていられなくなった龍馬は稽古をやめ、壁際に坐って面をはずし、恥ずかしさをこらえつつ顔の汗を拭《ふ》いた。

たちまち師範代の叱咤が飛んだ。

「これ、新米。坐るとはなにごとだ。誰の許しを得て休んだ。稽古をつづけよ」

龍馬はあわてて面をつけ、傍《そば》に立つ門人に稽古を頼んだ。

半刻ほどのうちに、相手を幾人もかえ、烈しく打ちあい、ようやく許しを得て壁際にもたれ、小休みをとる。

龍馬の傍に古参の門人が歩み寄り、話しかけてきた。

「さきほどはおどろいただろう。はじめに立ちあったのは、重太郎先生の妹御の佐那殿だ。とても貴公の打ちこめる相手ではないよ」

その夜、龍馬は広之丞に佐那との立ちあいについて語った。

「俺は柳剛流の道場でも、まあそこそこの勝負ができよったきに、江戸でも人なみの腕じゃろうと思うちょりました。それが、今日はえらい目におうてしもうた。千葉先生の娘御に叩きまくられて、手も足も出せざったがですわ」

広之丞は行灯のそばで豆大福を食いながら聞いていたが、眼をあげた。

「ほう、小千葉にそんな娘がおったか。そんなら、大分仕込まれたがじゃろ。お前んを叩きまくるほどなら、よっぽどの上手じゃねや」

「面をつけちょるので女子《おなご》に見えず、子供じゃと甘う見てかかったら、動きが速うて、ついていけざったがです。女子であれだけ遣いゆうがじゃき、やっぱり江戸にゃ名人上手が多いですのう」

「いんや、なんせ人数が多いき、いろいろ変わった相手とやりゆううちに、技を覚えていくがぜよ。お前んは女子にやられて、ちと嫌気がさしたか」

龍馬は首を振った。

「いや、そんなことはないです。いままでやられたことのないほど叩かれりゃ、珍しい気がするばかりで、今晩寝間のうちで工夫して、明日道場へ出たら、すぐに佐那殿に稽古を頼もうと思うちょります」

「そりゃ、ええ了簡《りょうけん》ぜよ。お前んはなんでも珍しがりゆう。怯《お》めるところがないき、人に好かれらあ」

「ただの疎い阿呆《あほう》ですろう」

龍馬は笑いながら、大福餅《だいふくもち》をかじった。

佐那の動きはすばやいが、ただ身ごなしが速いというばかりではない。龍馬の進退を注意ぶかく見ていて、動作の裏をとる。

あの呼吸は学ばねばならないと、龍馬は考える。彼は佐那に稽古を頼み、打ちこまれるのを恥ずかしく思わなかった。幼い頃から乙女と睦《むつ》みあって育ったので、女性を分けへだてする気持ちはない。

「江戸におるあいだは、遊ぶ暇はないですろう。楠五郎さんは、江戸へ出たら一人でも多く、初見の相手と稽古せえというてくれたがです。広い世間にゃ、どんな遣い手がおるか分からんですきにのう」

広之丞には、藩の公用がある。用向きはいわなかったが、鍛冶橋上屋敷へ出かけ、夜更けに帰ってくることもしばしばであった。

彼は木挽町五丁目の佐久間象山塾へ、暇をみては砲術稽古に通っていた。

佐久間塾には、広之丞のほかに数人の土佐藩士が入門していた。門人には薩藩、中津《なかつ》藩、因州《いんしゅう》藩、長岡《ながおか》藩、上田《うえだ》藩、津《つ》藩、佐倉《さくら》藩など諸藩の若侍が大勢いて、弁当持参で稽古にくる。

毎日集まって教授をうける者は、三十人から四十人をこえる。龍馬は小千葉道場へ通うようになってまもない朝、広之丞にともなわれ佐久間塾をたずねた。

龍馬は夏が過ぎる頃まで毎日撃剣稽古に専念し、秋になれば暇をみて佐久間塾へ砲術修行に通うつもりであった。広之丞はいった。

「お前んは砲術を心得ちょるきに、洋砲の扱いかたもじきに覚えるろう」

佐久間塾の門を入ると、広い前庭で大勢の若侍が騒がしく声をかけあい、架台に置かれた洋砲を操作していた。広之丞は彼らに笑顔で声をかける。

「早うから精がでるのう」

曇り空の下で、鈍い光沢を放つ青銅製の大砲の射角を定めている門人たちが、ふりむき会釈をした。

刺子の稽古着に野袴《のばかま》をはき、脇差《わきざし》を腰にした彼らは、額に汗を光らせている。

「先生の操典講義は五つ（午前八時）からじゃ。いまは書院におられる。お目にかかっちょき」

広之丞は庭の飛石伝いに書院の縁先に歩み寄り、声をかけた。

「先生、おられますか」

小窓の障子のうちから返事が聞こえた。

「誰かね」

「溝淵でございます。こんど出府した者を連れて参りました」

「よし、あがれ」

龍馬は広之丞について、広い座敷へ入った。

象山は洋書をひろげた文机《ふづくえ》にもたれていた。白麻の上着に夏羽織をかさね、熊《くま》の皮のうえに坐っている彼は、口のまわりに髭《ひげ》を生やし、こちらをうかがうようなするどい眼つきであった。

――易者みたいな人じゃねや――

龍馬は胸を張っている象山にむかい、ていねいに挨拶をした。

「坂本龍馬にござります。よろしくお見知り置き下さい」

象山はうなずき、広之丞にたずねた。

「入門志願かね」

「そのうちにお頼《た》の申します。今日は先生の尊顔を拝みに参ったがです」

象山はいかめしい表情をくずし、笑顔になった。

象山は狷介《けんかい》きわまりない男であった。龍馬が彼に笑顔で迎えられたのは、めずらしいことである。

広之丞は象山が気にいっている数すくない門人のひとりであったが、龍馬がうけいれられるとはかぎらない。鋭敏な象山の感覚にさからうものをかぎとられたときは、たちまちいたたまれないような対応をうける。

佐久間塾の門人帳「及門録《きゆうもんろく》」には、当時二百三十余人の姓名が記されていた。木挽町の塾が手狭であるので、そのうちから三、四十人が毎日交替して講義をうけにくる。

象山は入門志願者がくると、面接してみて気にいらない態度をわずかでもあらわす者は、追い返した。

土佐藩士佐々木《ささき》三四郎（高行《たかゆき》）は、龍馬より半年ほど早い嘉永五年十二月、朋輩とともに佐久間塾をおとずれたが、象山にすげなくあしらわれた。のちに宮中顧問官、枢密顧問官などを歴任し、侯爵となった佐々木高行は、「保古飛呂比《ほごひろい》」という日録に、そのときの象山の印象を書きとめている。

「はじめて面会してみると、その容貌《ようぼう》は峻厳《しゆんげん》で、熊の皮に坐り、うちとける様子はまったくない。非凡の人物であることはひと目で分かるが、師として教授をうけるにはためらうところがある。

なおくわしく教授の様子を門人たちに聞き、ふだんのおこない、性格をたしかめたうえで入門することにした」

佐々木は結局入門しなかった。象山を狷介でつきあいにくい人物と見たためである。

象山は、主君の松代藩主真田幸貫《さなだゆきつら》が天保十二年に幕府老中となってのち、藩の学問所頭取、海防顧問に任ぜられ、江戸の学者と交流をはじめたが、名士を訪問してはその才を傍若無人に評論するので、嫌われるようになった。

他人の欠点が眼につくと、それを黙って見過ごせない性格である。わが能力には、万全の自信を持っていた。

象山は嘉永元年、松代藩命によって、オランダ原書にもとづき、三斤カノン砲一門、十二栂《ドイム》ホイッスル砲二門、十三栂臼砲三門を鋳造した（一ドイムは約二・五センチ）。

日本人が原書によって、洋式大砲を鋳造したのは、これが最初であるといわれる。

広之丞は長居は無用と、龍馬をひきあわせたあと、座を立とうとしたが、象山はひきとめた。

「まだ講義には間があるぞ。しばらく遊んでゆけ」

広之丞と龍馬は坐りなおした。広之丞は、ひそかにおどろく。

――いつでもいそがしいというておられる先生に、ひきとめられることもあるがじゃねや――

象山は龍馬に声をかけた。

「おぬしは砲術稽古をしたことがあるか」

「高知じゃ、山番の衆に教えてもろうて、よう兎《うさぎ》を撃ちよりました。父と兄は荻《おぎ》野《の》流を習うて、大筒の町《ちょう》撃ちをやりました」

象山はひげをしごき、笑みを絶やさない。

龍馬がたずねた。

「私は、先生にお尋ねしたいことがあるがです」

広之丞は、なにをいいだすのかと危ぶんだ。機嫌のいい象山が、わずかなきっかけで顔に朱をそそぎ、怒号するのはめずらしいことではなかった。

象山はおだやかにうなずいた。

「何なりと聞け」

「こんな町なかじゃ、鉄砲の稽古撃ちにゃ難儀ですろう。角場《かくば》（射撃場）はどこにありますろうか。撃たにゃ、実用の役に立ちませぬが」

広之丞は、象山に「帰れ」と大喝を浴びせられるのではないかと、身を縮ませたが、何事もおこらなかった。

象山はふくみ笑いを洩らした。

「おぬしは、痛いところをつくのう。江戸に砲術塾をひらく者は、皆それで難儀いたしておる。下曾根金三郎、勝麟《かつりん》太郎《たろう》（海舟《かいしゅう》）のところも、いずれも然《しか》りだ。歩騎砲操典、戦場医方、火薬製方の講義はできるがのう。鉄砲の撃ち方稽古は大《おお》森《もり》の浜でやっておるが、稽古の日時、場所は、いちいち公儀の指図に従う不便さだ。撃ち方は数を重ねて上手になるものだ。そのうちに、なんとかせねばならぬことじゃ」

龍馬は小声で広之丞に聞いた。

「アメリカの軍船が江戸へ攻めてきたときの防ぐ法を、お尋ねしてもえいですろうか」

広之丞はうなずいた。

「それは、先生が日本国でいっちご存知じゃき」

龍馬たちが話しあうのを聞いていた象山は、きびしい表情になった。

「アメリカは、今年か来年には江戸に軍艦をさしむけてくるにちがいない。ご老中方は、まさかくるまいとたかをくくっている様子だが、やってくるぞ。近頃、アメリカの鯨船が相模《さがみ》から房州《ぼうしゅう》にかけての沖へ、おびただしくあらわれておる。漁場の利便をはかるために、日本に開港させたいのだ」

龍馬は、みぞおちをしぼりあげられるような緊張を覚えた。

──やっぱりアメリカの軍船が攻めてくるがか。シチンボール（蒸気船）もくるがじゃろ。さしわたし八寸の大砲で、撃ちまくるろうか──

象山はいった。

「アメリカは、次第によってはイギリス、フランスと協同して、日本に通商を求めるそうじゃ。鉄艦が数多く乗りこんできて、通商すればよし、いたさねば砲撃して江戸を火の海とするだろう。降参するまで攻めつづけるのじゃ。三匹の虎《とら》が一匹の鹿《しか》をくらうような有様になりかねまい」

「陸《おか》へあがってくれれば、戦いまする」

「うむ、相手も日本の武士との斬りあいは避けたかろうがのう。国じゅうの主な港を押さえられてしまえば、いずれは降参する羽目に追いやられよう」

龍馬は、日本が重大な状況にさしかかっていることを、あらためて知った。

江戸へ出てくる道中で、広之丞から今年のうちにもアメリカの軍船が、日本へ交易を求めてくると聞いたときは、まだ切迫した思いがなかったが、いま象山がおなじことをいうと、胴震いを誘われる。

「鉄艦とは、蒸気船のことですろうか」

「いや、ただの蒸気船ではない。近頃イギリスでできた、大砲でもたやすく撃ちやぶれぬ鉄ごしらえの軍艦じゃ」

「そんなものが、できたがですか」

「うむ、鉄艦が江戸へくれば、相州《そうしゅう》、房州海岸の台場は、なんの役にも立たぬ。布置、築法は杜撰《ずさん》きわまりなく、大砲を撃てども当たるどころか届かぬ。弾丸火薬のたくわえも、ごくわずかでのう。相州浦賀の港口を守る千代崎《ちよざき》台場でさえ、煙硝蔵にそなえる弾丸はわずかに十六発じゃ」

「ほんじゃ、日本は降参するしかないですろう」

「いや、降参はできぬ。押しかけてくればいったんは和親を結び、一日も早く国の備えをかためるよりほかはない。降参すれば日本国の士民はすべて、異国人の下男、女中となりはてるぞ」

象山は違い棚に置いていた江戸湾の地図を畳にひろげ、江戸を守るための唯一の手段を語ってくれた。

品川《しながわ》沖と佃《つくだじま》島沖の中洲《なかす》に台場を築き、それぞれに海岸カノン砲八十門ずつを置き、中間の海面に進出してきた敵艦を砲撃するのである。象山はいった。

「海防当面の急務の第一条は、これだ」

佐久間塾からの帰途、広之丞は龍馬に語った。

「先生は去年、蘭学《らんがく》をやっている勝麟太郎殿の妹御のお順（順子）殿を嫁に迎えられた。勝殿は近頃、蘭書によって洋式小銃や野戦砲を、諸藩の注文によってつくりゆう。四十一石取りの小普請《こぶしん》だが、十二斤野戦砲をひとつつくりゃ、川口《かわぐち》の鋳物屋から三百両の礼がくるがぜよ。勝殿はそれを全部返して、こっぴどく叱《しか》りつけるいうき、先生と同様に骨のあるお人じゃ」

当時、大砲は川口の鋳物屋で鋳造していた。鋳物師《いもじ》は銅質を落としたり、欠陥のある部分に塡銅《うめがね》を入れ、手抜きをする。それをきびしく直させようとすると、賄賂《まいない》を持ってくるのである。

麟太郎は表にも、家の内にも突っかい棒をした、いまにも倒れるような陋屋《ろうおく》に住んでいたが、賄賂は一切取らなかった。

「うちの先生も、立派なもんぜよ。鋳物屋の賄賂は一切取らんがじゃ。よそじゃ皆取るが、象山先生と勝殿は別物でのう。それでも先生のこしらえた大砲が破裂したことが、あったちや」

象山は嘉永三年冬、松前《まつまえ》藩から十八ポンド、十二ポンドのカノン砲鋳造の依頼を受けた。

翌年十一月に完成したので、上総《かずさ》の姉《あね》ケ崎《さき》で試射をおこなった。幕府、諸藩から見学にきていたが、およそ一貫三百匁から二貫匁の砲弾が轟音《ごうおん》とともに発射されるたびに、歓呼の声が沸きおこった。

だが、最後の射撃のとき、一門の砲身が破裂し、怪我人《けがにん》が出た。

「松前藩の役人たちゃ、皆顔色が無《の》うなったが、先生は泰然として騒ぐ気色《けしき》はなかったいうぜよ。松前の家老が、大砲は破裂し、費《ついえ》は無駄となり、まことに迷惑つかまつる、先生を信頼いたせしに酬《むく》わるるなく、この始末をいかがなされると談じこんだが、先生は何といわれたか」

広之丞は、象山の返答を龍馬に教えた。

「まことにお気の毒だが、拙者とても神ではなし、千に一つのまちがいはござろう。蘭書を読み、日本でいまだ誰も知らぬことをやるのじゃ。古諺《こげん》にもいうではござらぬか。三たび肘《ひじ》を折って良医になる。拙者もたびたび失策をかさねたのちに、名人となる折りもござろう。日本広しといえども、この仕事ができるのは拙者のほかにはない。失敗は成功の本と申すゆえ、諸大名方も拙者に金をかけて、稽古をかさねさせて下されたいものじゃと」

この時代、佐久間象山、勝麟太郎がオランダ砲術の原書を指針として、大砲鋳造をなし遂げていたのは、おどろくべき事実であった。

象山は、蘭学によって得た知識はすべて実用に供しうることであると、常にいっていた。彼はオランダ原書によって兵学、砲術を学んだが、医学知識も得た。

彼は「コレラ病治験一則」という文章を残している。龍馬と会ってから九年後の文久《ぶんきゅう》二年（一八六二）のことであるが、象山の蘭学の理解力をあらわす好例としてあげてみる。

九月一日の夜、象山が書斎で読書をしていると、妻のお順が傍にきて訴えた。

「胸がつかえ吐きけがします。しきりに寒けがして鳥肌が立ちます」

象山が脈を取ってみると、脈が弱々しかった。

象山は芳香酸に炭酸苦土《たんさんくど》を加え飲ませた。お順は嘔吐《おうと》して、手の指先から腕まで痺《しび》れてきた。象山はコレラであろうと判断し、吐根《とこん》一分六厘に吐酒石《としゅせき》二厘六毫《ごう》をまぜ、ぬるま湯で飲ませる。

お順は二度吐いた。のち、吐きけが治まった。象山は彼女を床に寝かせ、接骨《せっこつ》花煎汁《かせんじじる》に薄荷葉《ハツカば》葛密列萃《カミツレぐさ》を煮だして飲ませる。

やがて手足が冷えてきて、指をのばせなくなった。お順は人事不省となり、呼吸もとどこおり、生きているとも思えない顔色になった。象山は龍脳精を胸から腹へかけて塗り、手伝いの者につよく按摩《あんま》をさせ、芥子湯《からしゆ》に布をひたして両足に湿布をおこない、芥子泥《でい》を紙にのばし、肩と背に貼《は》った。

お順の両手を手伝いの者と象山が握り、左手中指で肩を揉《も》むうち、呼吸が楽になってきた。

象山は驚喜して天庭《てんてい》（額）に手をあてると、昏睡《こんすい》からさめた様子であった。象山は甘汞《かんこう》に白砂糖を加え、膏薬《こうやく》二十帖《じょう》をこしらえ、半刻に一帖ずつ貼ると、二度小水が出た。

つぎの日は食欲がなかったが、発作はおこらなかった。泡剤、甘汞を飲ませると、午後に食欲がいくらか出たので、粥《かゆ》にしょうがを加え、与えた。小水が一度出た。

三日めは前日通りの処方を与える。けいれんがたびたびおこったが、症状は悪化しなかった。

四日めには発作があったが、前日とおなじ投薬をするうち、はじめて黒い便が出た。

お順の症状がしだいに軽くなり、十日めに完全に回復した。象山はオランダ医書による治療で、お順を死病から回復させたのである。

龍馬は撃剣稽古の日を送った。

江戸には五百派といわれるほど、剣術遣いの数が多い。町道場のうちの三大道場は神田お玉ケ池の玄武館道場を筆頭に、九段坂下《くだんさかした》、俎板橋《まないたばし》の神道無念《しんとうむねん》流斎藤弥《さいとうや》九郎《くろう》の練兵館《れんぺいかん》道場、蜊河岸《あさりがし》（新富町《しんとみちょう》）の鏡心明智《きょうしんめいち》流桃井春蔵《もものいしゅんぞう》の士学館《しがくかん》道場であった。

「力は斎藤、技は千葉、位は桃井」といわれ、それぞれに特色がある。門人には諸藩の若侍たちが大勢いた。

町道場には町人も稽古にくる。やくざや相撲取《すもうと》りも、面・籠手《こて》つけて打ちあいをしていた。江戸の見聞がなんでもめずらしい龍馬は、小千葉の道場へ通い、門人の雑談を聞くのが楽しみであった。

同門の若侍たちは、小千葉道場で稽古できるのをよろこんでいた。

「こんなに気持ちよく通える道場はめずらしい。どこへいっても意地のわるい古狸《ふるだぬき》がいて、なにかと嫌がらせをされるものだが、そんな者はひとりもいない。大先生、若先生がともによくできた人柄だから、皆が自然に見習うのだろう」

市中には実戦本位の荒稽古を誇る道場もあるという。

「師匠が上段の間に坐って、門人の稽古を見ている。稽古は打ちあいでは終わらず、かならず組み打ちになる。一方が首をしめられ気絶するまでやると、師匠が下りてきて活を入れ、よみがえらせるんだ。そんな稽古をすれば、いつかは体を悪くするからな」

龍馬は小栗流和術を心得ているので、そのような荒稽古をすれば頸椎《けいつい》に損傷をうけかねないことを知っている。

彼は道場で佐那を見ると、かならず稽古を頼んだ。すでに中目録を得ている佐那の技倆《ぎりょう》には、遠く及ばないと思っているが、立ちあいを重ねるうちに、ときどき打ち込めるようになった。

若先生の重太郎は龍馬よりも十一歳年上であるが、数百人の門人を擁する道場の師範にふさわしい細心な人柄であった。

彼は龍馬にすすめた。

「佐那と稽古するのはいいが、できるだけ初見の相手と立ちあうように心がけろ。皆、いろいろの癖があるからな。打ちこむときに肩をそびやかす、右足の爪先に力をこめる、眼を大きく見はる、手先を震わすなど、相手がしかけてくるときの拍子を先に読むことも大事だぞ」

龍馬は築地藩邸から弁当を持って道場にくると、暮れ六つ（午後六時）まで稽古に汗を流した。

江戸の遊里に足をむけたのは、一度だけであった。

龍馬は五月も末に近い、蝙蝠《こうもり》の飛びかう夕方、溝渕広之丞にともなわれ、吉原《よしわら》へ出かけたことがあった。奥山《おくやま》の見世物小屋見物をして大門《おおもん》をくぐり、鮨屋《すしや》の二階にあがって酒を飲んだ。

龍馬は酔い、気づかぬうちに辺りが暗くなっていた。町並みに提灯がともり、揚屋《あげや》の太夫《たゆう》が高下駄を鳴らして道中をはじめる。龍馬は高知では眼にすることのない、はなやかな騒《ざわ》めきを眺め、感心した。

「こんなところで酔うちょりゃあ、夢を見ゆうような気分ですのう」

あでやかなよそおいの太夫に、お琴の姿を思いだす。

――お琴さん、早う会いたいぜよ――

龍馬は広之丞に遊興をすすめられたが、応じなかった。

「今日はえい所を見物させてもろうて。おおきに。これで去《い》にますきに」

広之丞が笑った。

「お前んは、まっこと堅い男じゃねや」

龍馬はお琴のほかの女性に関心がなかった。

――来年の六月まで、撃剣と砲術の稽古に精出さにゃ、お琴さんと所帯は持てぬ――

江戸には蟻《あり》のむらがるように、無数の人間が生活している。龍馬は土佐からやってきた一匹の蟻であった。

一年たてば古巣に戻って、お琴とささやかな暮らしをはじめたい。今後、アメリカやイギリスのシチンボールがやってきて交易を求め、世のなかがどのように変わるか分からないが、それは高知で生きてゆく龍馬にたいして影響を及ぼすことではなかった。

江戸には佐久間象山のような学者がいる。撃剣道場へゆけば、龍馬がどうしても勝てない手練の遣い手がいくらでもいた。高知にいたときは居眠りをしていたようなものであったと、龍馬は思う。

大勢の人間のなかで競争相手はいくらでも見出《みいだ》せる。負けてはならないと発奮をうながされるつよい刺戟が、江戸にみちあふれている。

しかし龍馬のめざすところは、お琴との生活であった。万次郎にアメリカ事情を聞いて、いつかは外国へ渡りたいと願っているが、それは夢想に過ぎない。

――俺は偉うならんでもええきに。お琴さんと暮らせりゃ、極楽じゃ――

土佐を出て三カ月のうちに、龍馬の見聞は急速にひろがったが、お琴にひかれる気持ちがしだいにたかまり、龍馬はやどかりのように自分の思いのうちにこもるようになっていた。

六月四日の朝、龍馬はふだんの通り明け六つ（午前六時）に起き、台所で朝餉をとった。広之丞はあらわれない。

傍にいた郷士に聞いた。

「広之丞さんは、他出《たしゅつ》なさったがですか」

「知らんのう」

龍馬は部屋に戻ると、隣をのぞいた。

広之丞の部屋は、整然と片づけられていた。

──どこへいきなさったか──

龍馬は小千葉道場へ出かける支度をはじめた。

江戸は梅雨のうちもあまり雨が降らず、風がさわやかである。突然表門の辺りで人声が聞こえ、馬の地を蹴るひびきがした。

表へ出てみると、物頭と広之丞が馬を下りて足早に玄関へむかうところであった。

「何事ですろう」

龍馬が声をかけると、広之丞がふりむき、きびしい顔つきでいった。

「部屋で待っちょき。お前んにゃ用がある。稽古は休め」

龍馬は何事か起こったと感じた。ふだんはおだやかな広之丞のきびしい表情は、ただごとではない。

──なんぞ異変があったがじゃろ。刀の目釘《めくぎ》をあらためにゃいかん──

龍馬は左行秀の鍛えた愛刀の目釘が弛《ゆる》んでいないか、たしかめる。切先《きっさき》三寸下の物打ちどころには、いつでも実戦に使えるよう、入念に寝刃《ねたば》あわせをしていた。

斬りあいをするとき、柄《つか》折《お》れしないように柄革のうえから捲《ま》きしめる真田紐《さなだひも》を、行李《こうり》のなかから探しだしているとき、うしろから広之丞が呼びかけた。

「お前ん、なにしゆう」

「真田紐を探しちょったがです」

広之丞はうなずいた。

「えい了簡ぜよ」

「いったい、何がおこったがですか」

「アメリカの黒船が、浦賀表へ来よったぜよ」

「黒船とは、鉄艦ですろうか」

「分からん。昨日の夕刻あらわれよった。四艘の大船らしい。江戸に知らせが届いたのは昨夜じゃ。俺は夜中に起こされて、物頭殿と鍛治橋お屋敷へ出向き、御留守居殿にお目にかかった。それで役目を申しつけられたがじゃ」

「何の役目ですか」

「浦賀表の検分じゃ。象山先生が松代藩の足軽二人を連れて参られるゆえ、俺にも同行せよとのことじゃ。まっこと願ったり叶ったりでのう。お前んもいっしょにこい」

「お供いたします」

龍馬は思わず身ぶるいをした。

広之丞と龍馬は陣笠《じんがさ》で陽射しを避け、馬首をならべ象山に従う。

五つ（午前八時）まえであったが、江戸市中の朝のにぎわいは、ふだんとかわらない。佐久間象山は陣笠をかぶり、中間二人を連れているが、小銃は持っていない。

龍馬たちも、稽古着、野袴に撃剣の竹胴をつけ、両刀を帯びていた。象山は軽装をすすめた。

「アメリカの蒸気艦には、クルップとかアームストロングなどという大砲を積んでいる。われわれが鉄砲で撃ちかけたところで、どうにもならぬ。それよりも動静を探って、早く戻ることだ」

大森海岸で船を傭《やと》い、金沢《かなざわ》へ渡るつもりであったが、船頭たちは応じなかった。

「旦那《だんな》、このつよい南風じゃ、とても船は進みやせんよ。ひっくり返っちまわあ。神奈川までおいでなさりゃ、波止《はと》がしっかりしてるから、うまく船を出せるかも知れねえ」

頭上に陽が照りわたり、蒸し暑くなってきた。象山のあとについてゆく中間たちの上衣は、汗で体に貼りついている。

神奈川宿に着くと、広之丞が船頭にかけあい、酒手《さかて》をはずんだので、六挺櫓《ろ》の船を出せた。

胴の間に坐り、潮除《しおよ》けのよしずのうちにいるが、しぶきが飛びこんできて、顔が潮に濡《ぬ》れる。

「お酔いなすったら、これへ吐いておくんなせえ」

船頭がくれた木桶を見て象山がいった。

「儂《わし》はいらぬぞ」

広之丞たちも笑顔になる。

「私らあも海にゃ慣れちょります」

船は波に翻弄されいっこうに進まず、日が暮れてきた。

船頭がいった。

「こりゃあ、金沢へ着けるのは無理でござんすよ。東風《こち》が出てきやしたから、帆を張って南へ向きを変え、大津《おおっ》へ着けやす。大津なら金沢から三里だから、浦賀は目と鼻の先でござんすよ」

揺れながら走る船中から、左手に猿島《さるしま》が見えた。象山が指さした。

「あれを見ろ。猿島の台場は取りのけたはずだが、火がたくさん見えるぞ。警固の人数が出ているんだな」

大津の浜に船が着くと、提灯がつらなっており、篝火《かがりび》が焚かれていた。

「ここは彦根《ひこね》の陣所だ。挨拶はいるまい。この先の山を越せば、浦賀まで十八丁だ」

龍馬は象山に従い、坂道を登りつつ、アメリカの軍勢が攻めてくれば、斬死《きりじ》にする覚悟をきめていた。

その夜は月明かりであった。提灯は持ち歩かないほうがよかろうと考え、無灯で歩くが、山道の高低、石の多少まですべて見分けられる。象山は大股に、跳ぶような足どりである。

「これは歩きやすいのう。浦賀まではひと足だ。上の峠に着けば、黒船の姿が見えるだろう」

広之丞が緊張した声でたずねた。

「いきなりアームストロング砲とかいうものを撃ってこんですろうか」

「撃ちかけてくるとすれば、掛けあいが通じぬと見たときじゃ。わけもなく攻めてはこぬ。当初より戦をするつもりなら、四艘より多い船数でくるにちがいない」

龍馬は何十貫匁もあるボンベン（破裂弾）、グレナーデン（石榴弾《ざくろだま》）などが風を切って飛んできて、身近で破裂し、いま急いで山道を辿っている五体が裂け、手足が地面に転がっているさまを想像し、身内をひきしぼられるような恐怖に蒼《あお》ざめた。

浦賀に到着したのは、四つ半（午後十一時）頃であった。町なかの辻には高張《たかはり》提灯《ぢょうちん》が出され、銃を手にした兵士たちが、酒を飲み、声高に談笑している。

生温かい海風の吹きかよう浦賀の家並みは、一見寝静まっているように見えたが、住民たちは蚊帳のなかでめざめているであろう。

象山は小泉屋という、波止に近いなじみの宿屋をたずね、二階座敷におちつくと、主人を呼びだして聞いた。

「異国船はどこにおるのじゃ」

「東浦賀から山へ登れば、見えまする。鴨居《かもい》という在所の東の沖、十六、七丁の辺りにおりまする」

「蒸気船かね」

「蒸気船が二艘と、帆船が二艘にござります」

「大船かね」

「いちばん大きいのは、千石船の四層倍ほどの長さがござりましょう。煙突が一本あって、夕方沖へあらわれたときは、煙を吐いていた様子でござります。先頭にあらわれた黒船が、杉輪あたりから矢を射るように走ってきて、彦根さまご陣所の台場から、伝馬船が六挺櫓で漕《こ》ぎだしましたが、とても追いつけませせぬ。

黒船はそのまま港口を通りすぎて、鴨居の沖に錨《いかり》を下ろしました。四艘とも、江戸にむかい縦に並んでおりまする。お奉行から諸大名方陣所へ合図の狼煙《のろし》をあげしところ、四艘はすべて大砲の筒口を陸に向けてござります」

二隻の蒸気船が、それぞれ一隻ずつの帆船を曳航《えいこう》して浦賀にあらわれたとき、浦賀奉行所の役人たちは、どうすればよいか、方途に迷った。

空は晴れわたり、夕凪《ゆうなぎ》であった。異国船の甲板に立ちならぶ水兵たちが、はるかな群峰のうえに聳《そび》えたつ富士山を指さし、歓声をあげる。

四隻はアメリカ合衆国東インド艦隊の軍艦であった。旗艦サスクェハナ号は二千五百トン、長さ約七十八メートル、幅十四メートル弱の、帆と蒸気機関併用のフリゲート艦である。

いま一隻の蒸気軍艦ミシシッピー号は千七百トンで、やや小型であるが、千石船より大きな船を見たことのない日本人には、浮城《うきしろ》のような威容であった。

二隻の帆船サラトガ、プリマウスも、数十門の大砲をそなえた砲艦である。

四隻はいずれも船体に黒い塗装をほどこしている。防腐剤の瀝青《チャン》を塗っているので、鉄船のような外見であるが、鉄骨木皮という構造で、骨組みの一部に鉄を用いた木造船であった。

サスクェハナ号は六百馬力ほどの蒸気機関をそなえ、両舷《げん》にそなえた外輪で水を掻《か》き、一日で六十トンの石炭を消費しながら、平均時速十一ノット（約二〇キロ）の速力で航海する。

四隻の軍艦は、乗組員が慣れないうちは不眠症になるほどの騒音をたてる外輪で水を掻きながら、アメリカ東部のノーフォークを出帆し、大西洋、インド洋、南シナ海を航行して日本にやってきた。司令長官はマシュー・カルブレイス・ペリー海軍少将であった。

浦賀奉行所の同心たち百余人は、十数艘の伝馬船で漕ぎ寄せ、黒船に乗りこもうとした。これまで異国船が渡来すれば、奉行所の与力《よりき》、同心《どうしん》が船内に乗りこみ、検分するのが例である。

小泉屋の主人は、象山に語った。

「とにかく、これまで渡来した船とは品《しな》（様子）がまるで違い、威張り返ってござります。同心衆が、もよりの船に乗ろうとして、鉤縄《かぎなわ》を舷に打ちかけ登ろうとすれば、いちいちそれをはねのけ、鉄砲をつきつけ、撃ち放すいきおいを見せまする。日暮れまえに、与力の中島《なかじま》さまが、オランダ通詞堀《ほり》さまを従え、いちばんの大船に漕ぎ寄せ、立ち退くよう申しつけなされたということでござります。明日から、いかがなことになるやらと、手前どもは気がかりでなりませぬ。戦がおこればどこぞの山中に逃げるつもりではおりますが」

象山は腕を組み、沈黙したままであった。

龍馬は広之丞と行水をつかったのち、しばらく休息した。二刻ほど眠ると揺りおこされる。

鶏鳴がしきりに聞こえるなか、龍馬たちは象山に従い、東浦賀から山道を辿った。浜辺を見下ろすと、彦根藩兵が旗差物《はたさしもの》をつらねている。

樹間から海が見えてくると、象山は走りだした。龍馬たちも背負い袋を揺すりあげ、あとを追う。

「いたぞ、あそこじゃ」

象山は崖際《がけぎわ》に出て、朝凪の海面を見渡し、足軽に命じた。

「望遠鏡を持て」

龍馬は陽の出るまえの、淡い藍《あい》色の海面に浮かんでいる四つの船影を見て、息をのんだ。

黒塗りの船体は、これまでに見た和船とは比較にならないほど巨大で、舷側には鈍く光を溜めた大砲の長い砲身が、幾つも陸にむけられている。船上で犬の遠《とお》吠《ぼ》えのような音と、鎖を引きずるような音がしきりにして、広い船上をおびただしい人影が行き来している。

やがて四つの船上で、澄んだ鐘の音が鳴りはじめた。鐘は八度鳴って、鷗《かもめ》の飛びかう海面に静寂が戻った。

「あれは、アメリカの船ですろうか」

広之丞が呻《うめ》くようにいう。望遠鏡をのぞいていた象山が答えた。

「あの船印《ふなじるし》はアメリカじゃ」

龍馬は眼をこらす。

船尾に掲げられた旗がときどき海風に煽《あお》られひるがえると、黒白の市松模様が見えた。

龍馬は異国の力を象徴する、無気味に黒い船体を眼前にして、身内の血が沸きかえるような昂りをおぼえた。

——やつらは、戦をしかけにきよったか。安閑無事《あんかぶじ》にゃあおれんぞ——

辺りがしだいに明るくなってきた。

「広之丞、書役《かきやく》をつとめてくれ」

象山が望遠鏡をのぞきながら声をかけ、広之丞が矢立《やたて》と帳面をとりだす。

象山がゆっくりといいはじめた。

「浦賀港口の東南十六、七丁のところに、大砲二十八門備えし、洋名コルベット（駆逐船）と申すべき船一艘これあり。その東北四丁ほどへだてしところに一艘、これはいわゆる蒸気船にて、その形はコルベットに比し、ことに大きく、比例すれば五と三との如《ごと》くなり。コルベットはおおよそ測量すれば、その長さ二十五間、蒸気船は四十間ばかりなり」

広之丞は、象山の言葉を帳面に筆記してゆく。

「蒸気船の東北に、おなじく蒸気船一艘。これは先のにくらべ、やや大なり。いずれも船腹に車輪をそなえ、その輪の大きさは径七間ほどもこれあり。蒸気を生じるための筒と見ゆるものが、径五尺ばかりにて、舷《ふなばた》より三間あまり、高く突きだす。

大砲の数は、車輪の前に四門、後に二門。これは砲窓をひらきおり、よく見える。そのうえの六門は、砲窓を閉じておるゆえ、かすかに見える。されば、この船には両舷にて二十四門を備えおる様子なり」

象山は望遠鏡の筒を伸縮させつつ、舌打ちをする。

「これはあまりよきものでないゆえ、詳しきところは分かりかねるが、仕方もなし。広之丞、つづけるぞ」

「合点にござります」

「大いなる蒸気船の東北にあたり、砲二十八門備えしコルベット一艘。船と船の間いずれも四丁ばかり、並びよく隔て、左右にコルベット、中に蒸気船二艘を置き、様子の結構なること、いかにもきらびやかなり。乗組みの人数は四艘あわせて二千人ばかり」

龍馬は、乗組員の数がなぜ分かるのであろうかとふしぎであったが、象山は平然としていった。

「これより浦賀役所へ出向き、黒船来着の始末を聞いて参ろう」

象山は奉行所与力中島三郎助《なかじまさぶろうすけ》、オランダ通詞堀達之助《ほりたつのすけ》と面識があった。

奉行所の前には急造の陣小屋が軒をつらね、陣幕が張りめぐらされ、不揃《ふぞろ》いな武装をした彦根藩兵が、小銃を手に集まっていた。

三郎助は配下の同心たちに忙しく指図していたが、象山を見ると傍へ招いた。

「一昨日よりのお取り込みにて、さぞおくたびれなされしことでござりましょう」

象山がいうと、三郎助は苦笑いを見せた。

「まったく寝る暇もござらぬ。このたびは、ただでは治まらず、事になり申すべしと覚悟をきめております。奉行殿は、いずれ事にあいならば、異人の手にかかることも無念なるゆえ、寺にて自害いたすとて、寺内の掃除を申しつけられしとか。拙者もいざとなれば、これをやるつもりでおり申す」

三郎助は腹を切るまねをしてみせた。

彼は黒船があらわれた六月三日夕刻からの交渉の経緯を、象山に語った。龍馬は末席にひかえていた。

中島三郎助が通詞堀達之助、同心らを従え、仏文で書いた入港拒絶の書状を持ち、伝馬船で主船とおぼしい大型蒸気船の舷側に漕ぎ寄せたのは、海の色が濃くなった夕暮れまえであった。

波が出て、伝馬船がしきりに上下する。中島と堀が、舷梯《げんてい》を下ろせと呼びかけ、手まねで示す。道路から二階家の屋根を見あげるほどの高さの甲板に、士分らしいラシャ服の男が数人あらわれ、しばらく眺めていたがとりあわない様子である。

「やむをえず、いま一艘の蒸気船に参りしところ、舷梯を下ろし、水夫《かこ》が下りてきて書状を受けとったが、そのまま突き返し、何の返答もござらぬ。また主船のもとへ漕ぎ戻ると、こんどは幾人か下をのぞくので、梯子《はしご》を下ろせと申せしところ、何事かを叫び、しきりに手を振りまする。帰れというふうにござったが、堀が大音声《だいおんじょう》で呼びかけ、ようやく相手が話を聞く様子を見せて参った」

堀は、

「アイ・キャン・スピーク・ダッチ」

と叫び、話し合いがはじまった。主船にはオランダ語を巧みに話す者がいて、告げた。

「この艦隊司令官は、日本でもっとも地位の高い人に会う。お前たちとは会わない」

三郎助は揺れる伝馬船の上で入港拒絶書をひろげ、頭上に捧《ささ》げつつ、堀に交渉させた。

「いまたずねてきたのは、浦賀奉行次席である。当方の身分に相当する士官に面会したい」

ようやく舷梯が下ろされ、中島と堀が艦内に入った。

龍馬は三郎助たちが案内された司令官の部屋の様子を、興味深く聞く。

「コマンダー（司令官）の座敷は窓にギヤマンがはめられ、波音も聞こえませぬ。奥の椅子《いす》にもたれているのがコマンダーで、われらには下役が応接いたした」

下役は渡来の用件を告げた。

「ペリー司令官は、アメリカ合衆国大統領の命をうけ、使節として国書を持参した。貴国のしかるべき高官を受け取りに出向かせてもらいたい。その手続きは、はじめに写しを渡し、ついで日時を定めて本書を渡したい」

異様な香りのただよう室内は、大小の灯火で昼間のように明るい。

中島は堀と相談して答える。

「昨年来、公辺《こうへん》よりお達しあり。異国の文書類は総じて取りあげることこれなきようとの次第なれば、かようの談判は一切長崎でなされたい」

そのとき中島は、背に冷水を浴びたような気持ちになった。

壁際に坐っていたアメリカ人が、流暢な九州訛でしゃべったためである。

「そうはいかんたい。こっちのいいぶんを聞くがよか」

中島三郎助の申し出は一蹴《いっしゅう》された。ペリーの下役は、今度の来航は国書を日本国王に受けとらせるためであり、通交貿易の約を求めるほかに他意はないと告げた。

だが、三郎助を畏怖《いふ》させるに充分な一言をつけくわえた。

「国を代表するわれらに、相応の待遇をしてもらいたい。兵士を乗せた小船が、われらのまわりを取りかこむのは何のまねか。すみやかに引き揚げさせよ。そうしなければ、砲門をひらいても追い払おう」

三郎助は、アメリカ側の要求をうけいれるほかはなかった。

奉行所では、奉行戸田伊豆守《とだいずのかみ》が黒船渡来を急報する使者を幕府へさしむけたのち、与力たちと徹宵《てっしょう》協議をかさね、四日朝六つ半(午前七時)に、与力香山栄左衛門を、サスクェハナという主船へ再度交渉に出向かせたが、先方の態度は前日よりも強硬であった。

「貴国において、わが国書を受けとらないときは、司令官は兵力をもって上陸し、国王に面会すべき任務を遂行しなければならない」

三郎助はいう。

「ペリーは、われらごとき小吏を相手にいたしませぬ。香山殿も先方のいうがままに押しきられました。江戸へ伺いをたて、返答をとるあいだ、四日の猶予を頼みたるところ、三日間は待つとの返事でござった。香山殿はサスクェハナより戻り、さっそく談判の様子を注進のため、江戸へ出府いたした」

三郎助はしばらくいいよどんでいたが、思いきったように語りはじめた。

「アメリカからは、われらに白旗二本を渡してござる。彼我《ひが》開戦ののち、もし急用のことあらば、これを立てて参らば砲撃をやめ、船を退かせて和議をいたすとのことにござった」

龍馬は衝撃をうけた。

――なにをいいゆうぜよ。俺らあが黒船を見て、臆病風《おくびょうかぜ》を吹かしたと思いよったか。大言飛ばしよって、許さんぞ――

象山は嘆息をもらす。

「本邦に武備なきところをつかれしなれば、是非もござるまい。大船もなく、台場はひとつとして法に適《かな》いしもののなければ、内海へ入りこみ、お膝もとへ一発撃ち放たれなば、申すばかりもなき大変とあいなろう」

象山の言葉は、龍馬の心に迫った。ヨーロッパ、アメリカより武力に劣る日本が、彼らの要求を受けいれざるをえない実情が、はっきりと理解できる。

――公儀はいままで、何をしちょったか――

龍馬はアメリカの侮りを受けるに至った、日本の為政者の無策が腹立たしかった。

象山は中島に頼まれ、奉行に会い、今後の相談に乗ることになった。

「儂は奉行所におるゆえ、日の暮れがたに迎えに参れ」

龍馬と広之丞はいったん小泉屋に戻った。主人がたずねた。

「お奉行所の旦那がたは、なんとおっしゃっておいでですかね」

広之丞が答える。

「あれはアメリカの船ぜよ。先方の国書を公儀へ届けにきただけじゃ。戦をしかけにきたわけではないき、安心しちょき」

「それならありがたいが、大砲をうちこまれりゃ、浦賀の町なんぞは、吹っ飛んじまいますよ。うちも次第によっちゃ、道具を大八車に積んで、裏の山へ運ぼうと思っておりやす」

「そんな気遣いはいらんろう」

表では、町人たちが荷車を曳《ひ》き、避難をはじめていた。

龍馬たちは、井戸端で水を浴びたあと、朝餉をとった。障子を開けはなした二階座敷から海が見えた。海辺では警固の彦根藩兵が騒がしく話しあっている。

彼らは重い火縄銃を、これ見よがしに肩に担ぎ、海にむかい撃つまねをしてみせる。鉢巻、襷《たすき》がけ、手甲脚絆《てっこうきゃはん》のいでたちで、短い山袴《やまばかま》をはいた侍がおおかたであるが、暑さもかまわず、腹巻、籠手、臑当てに身をかため、ゆで蛸《だこ》のような顔つきの上士もいた。

藩兵たちの眼のまえの磯《いそ》で、アメリカ水兵たちがバッテイラをとめ、しきりに錘《おもり》を下ろして水深を測っている。

海岸測量について、奉行所から抗議をしたが、アメリカ側は無視した。

藩兵たちは大声をあげ、脅そうとするが、バッテイラの水兵たちは笑顔で手を振ってくる。

龍馬たちは、酒をはこばせた。

「昨夜からろくに寝えちゃあせん。ちくと飲んで、夕方までひと寝入りしようぜ」

茶碗酒をあおって、たちまち寝込む。

めざめると、辺りは暗くなっていた。浜辺には、前夜よりも篝火の数がふえた。裏手の山にも松明《たいまつ》がつらなっていた。

「先生を迎えにいかにゃいかん」

広之丞がいったとき、みぞおちにこたえる轟音が鳴りわたり、戸障子が音をたてて揺れた。広之丞が叫んだ。

「大砲じゃ。撃ちよったぞ」

陸上の火光はたちまち消され、辺りは闇にとざされた。

砲声が一度響きわたったあと、波音の聞こえるばかりの静寂がもどった。

小泉屋の前を、彦根藩兵が通り過ぎてゆく。

「弾丸はどこにも落ちなんだ。煙硝だけを撃ったんじゃ」

「脅しくさったか。まだ油断はできぬぞ」

彼らが低い声で話しあうのを、二階にいる龍馬たちは聞いた。

広之丞は、暗い波上を睨む。

「アメリカの奴原《やつばら》が、ボンベンやらブランドコーゲル（焼夷弾《しょういだん》）を撃ちこんでくりゃ、この辺りはたちまち火の海ぜよ。陸《おか》へあがってくれば、勝負しちゃるけんど、海から撃たれりゃ、手も足も出ん」

うしろの梯子段のあたりから、声がした。

「浦賀どころか、江戸も同様じゃ。品川沖へ乗りこまれたら、大騒動になるぞ」

龍馬たちは、おどろいてふりかえる。敷居際に象山が立っていた。

「先生、いつお帰りなされましたか」

龍馬と広之丞が居ずまいをただすまえに、象山は坐った。

「いま奉行所から帰ったが、危うい形勢になったのう。さきほど江戸表へ早船で出向きし香山殿が戻ったが、公辺にても打つ手はないということだ。いったんはアメリカの国書を受けるよりほかはなかろう」

広之丞がたずねた。

「四艘の黒船に脅されりゃ、ほかの国からも軍船を向けてきて、通商を願うてきますろう。そうなりゃ、日本はイギリス、フランス、ロシアなどに港を押さえられ、四分五裂となりませぬか」

象山は髭をしごいた。

「そのことは目前であろうが、通商を許さねばどうなるか。返答しだいで、サスクェハナのような大船が二十艘もあらわれ、いかなる乱暴に及ぶやも知れぬ。江戸のお城を焼きはらうがごときはたやすきことよ。廟堂《びょうどう》においていかなる応対をなさるるか、儂などには了簡に及びがたいことだが、いずれは通商を受けるしかなかろう。これまでの通り、一寸延ばしにぶらかしをやろうとも、相手には通じまい」

象山は、このうえ浦賀にとどまれば、黒船が先に江戸へむかうおそれがあるという。

「今夜は様子をうかがい、明朝には早立ちして戻らねばならぬ。江戸焼き討ちの騒動が、おこりかねぬ形勢じゃ」

龍馬たちが話しあっているとき、海上から黒船の時鐘の音がかすかに聞こえてきた。

六月六日の早朝、龍馬と広之丞は象山に従い、海路をとって江戸へ帰った。南風がつよまり、白波の立つなかを、帆を張って走るうち、船子たちが声をあげた。

「旦那え、あれをご覧なせえ。黒船がきやしたぜ。追いついてきやがる」

煙突から黒煙を吐き、舳《へさき》に潮を湧きたたせ、蒸気船が見る間に追いついてきた。

「あれは、小さいほうだな」

象山は笠のうちで眼を光らす。

船上には多くの人影が見える。

「今日もええ天気じゃき、船の棚（船室）におったら、辛抱できん暑さじゃろう」

広之丞がいう。

蒸気船はゴットン、ゴットンと外輪で水を搔きながら迫ってきて、腹にひびく号笛を吹き鳴らし、前をさえぎる小舟を追いはらう。

海岸警固の諸藩が伝馬船を漕ぎだし、兵士たちが蒸気船に何事か呼びかけるが無視されている。

「横波がきやすから、気をつけておくんなせえ」

船子が呼びかけ、蒸気船に追い越されるとき、大きなうねりがきて、龍馬たちは舷につかまった。

陽が海面に照りつけ、しきりに魚がはねる。象山は国旗を船尾にひるがえして去ってゆく黒船を見送り、大声で龍馬たちに教えた。

「外輪を使う船は、積荷の嵩《かさ》をいつでもきめておかねばならぬ。荷が少なければ輪が浮きあがり、多すぎれば沈みこんで、船が動きにくくなるのじゃ。また、これくらいの波ならばよいが、荒天で船が傾けば、一方の輪が海中に沈みこみ、一方は海上にあらわれ空転する。戦のときは、砲弾が外輪に命中すれば動きがとまる。いろいろ弱みがあるが、蒸気で走る船をはじめて見れば、うらやましきばかりよ」

黒船は内海の奥ふかく入りこんでゆく。

「どこへいきゆうろう」

広之丞が眉をひそめた。

「脅しにいきゆうがですろう」

龍馬がいうと、象山が応じた。

「そうじゃ、また空砲を放つかも知れぬぞ」

龍馬たちの船があとを追ってゆくと、黒船は本牧《ほんもく》沖で停止し、ガラガラと錨を下ろした。

舷側から下ろされたいくつかのバッテイラが櫂《かい》を動かし、海辺に近づいてゆく。

「また測量をいたしおる」

象山が眺める浜には、蟻のむらがるように武装した侍たちが集まっている。大小の旗幟《きし》が立ちならび、台場には陣幕を張り、大砲を隠していた。

こめかみに汗の玉を光らせた龍馬が、突然いいはじめた。

「外輪いうがは、ごみにゃ弱いがですろうか」

象山は虚をつかれたような顔になった。

「たしかに、ごみが引っかかれば動かぬようになる。流木などを巻きこめば、砕けるかも知れぬ」

「ほんなら、黒船が品川沖あたりまで押しかけてくるとき、ごみやら木場《きば》の材木を引き潮に乗せて流しちょいたら、閉口して引き返しますろう」

象山は腕を組む。

「いかさま、さようじゃなあ、材木などを流すのも、おもしろい手だてにちがいない。おぬしはいいところに眼をつける」

「江戸の堀川にゃ、こじゃんと（たくさん）ごみが溜まっちょりますき、掃除するにもちょうどえいですろう」

象山は笑った。

「おぬしの思いつきが、役にもたたぬ台場よりも、黒船を困らすやも知れぬ。さっそく公辺にも申しあげよう」

龍馬たちが大森の浜へ戻ったとき、陽はまだ頭上に高かった。

海岸には、越前《えちぜん》藩兵が陣屋をつらねていた。土俵をつみかさねたうえに据えている百匁玉筒が、黒船の大砲にくらべると玩具《がんぐ》のように見える。

龍馬と広之丞は、松代藩邸へゆく象山を見送ったあと、築地へむかった。表通りは混みあっていて、海岸警固の諸藩陣屋の伝令が、乗馬のまま動けず、家財を持ちはこぶ老幼を叱咤している。状箱《じょうばこ》を担いだ飛脚が、雑踏を縫うように駆け過ぎてゆく。

広之丞がいった。

「幕府からなんぞ達しが出たがじゃろう。町家の者どもが荷車を曳いて逃げゆうがは、なんぞ町奉行から触れでも出たがかのう。これは火事場騒ぎじゃねや」

「まっこと、そうですのう」

江戸の市街に焼夷弾を撃ちこまれたら、たちまち大火事がおこる。逃げ場に窮した士民が、火に捲かれて焼け死ぬ惨害も免れないであろう。

龍馬は群衆を押し分け、道を急ぎつつ胴震いをした。

――黒船の奴らが陸《おか》へあがってきたら、こじゃんと（みごとに）やっちゃるき。

お父やん、お姉やん、お琴さん、俺は異人らに眼にもの見せちゃるきのう。手柄の便りを待ちよってつかあされ――

彼は生まれてはじめて、戦にのぞむかも知れない状況に、気をたかぶらせた。

龍馬と広之丞が築地藩邸に戻ると、小者たちが前庭に積みあげられた行李、道具箱、米俵、味噌桶、漬物箱などを、駄馬の背にくりつけている最中であった。

「ご門番、何事ですろうか」

広之丞が聞くと、門番が出てきていった。

「大目付さまのお触れで、三田《みた》と品川大井《おおい》村お屋敷の警衛に、皆さまが総出なされたがです。お物頭が留守居なされちょりますき、お尋ねしてつかあされ」

二人は書院で白髪頭の物頭に会った。

「広之丞、いま帰ったか。黒船は浦賀におりゆうか」

「先手は本牧まで出てきよりました」

「こっちへくるかのう」

「きますろう」

「大筒をこじゃんと持っちょるろうか」

「いままで見たこともないばあの大きな筒を、百挺ばあものせちょります」

「げに、大変じゃのう」

物頭は怯《おび》えた眼差しになった。

「広之丞はすぐに鍛冶橋へ出向いて、お留守居の原殿に浦賀表の様子を注進せい。龍馬は荷造りをして品川お屋敷へ参れ。幕府大目付から、昨日こんなお触れがきたがぜよ」

物頭がさしだす触れ書を、龍馬たちは読みくだす。

「今度浦賀表へ異国船渡来につき、万に一内海へ乗り入れ候儀もはかりがたく候あいだ、もしさようの節は、芝《しば》あたりより品川もよりに屋敷これある万石以上の面々、めいめい屋敷あいかため候心得にまかりあり候よう、きっと相違なく候よう、申し達し候」

物頭は震え声でいった。

「さきほども、大目付の触れがきよった。黒船が内海へ乗りこんできたときは、老中から八代洲《やよす》海岸火消役に達し、そこでふだんの出火とはちがう半鐘を打ちだす。その音を惣火消《そうひけし》屋敷でうけつぎ、早半鐘を打ち鳴らす手筈《てはず》になっちゅう。その半鐘を聞けば、諸侍はお郭《くるわ》出火のときと同様の身ごしらえで、登城または持場の固めにつけとのことじゃ。場末には早半鐘の届きかねるところもありゃあ、万石以上の屋敷では、火《ひ》の見櫓《みやぐら》で半鐘を打ち鳴らさにゃならぬ」

龍馬は広之丞と別れ、部屋に戻って身の廻《まわ》りの品を行李に詰め、布団を荒縄で縛り、担ぎだして小者に渡した。

火事装束の持ちあわせがないので、撃剣の稽古袴に竹胴と垂れをつけ、草鞋をはいて築地屋敷を出た。

六月七日も晴れていて、暑さがきびしくなった。敷地一万六千坪の土佐藩品川下屋敷の庭先で、明けがたから蟬《せみ》が気ぜわしく啼きたてる。

龍馬は、武具蔵から兵器を運びだす作業に汗をかいていた。芝三田の中屋敷には兵器の備えがないので、急送しなければならない。

藩主山内豊信《やまうちとよしげ》は四月下旬に江戸を離れ、高知に帰国していたので、留守居の人数はわずかである。龍馬のように出府している藩士を召集しても、四百人に達しなかった。

かびくさい武具蔵の扉が八の字にひらかれ、惣頭取《そうとうどり》の山田八右衛門が火事装束をつけ、前庭に床几《しょうぎ》を置き、腰かけている。

荷をはこぶ人足たちにまじって、重い道具箱を担ぐ若侍たちは、褌《ふんどし》ひとつの裸であった。

指図役の上士が大声で命じる。

「長柄《ながえ》がまだ二十本しか出ちゃあせん。浜御物見へ立てる十本を出せ」

長柄とは、三間柄の槍《やり》であった。陣所の体裁をととのえるために、数をそろえるならわしであるが、黒船を相手の役に立つわけもない。

「さあ、こんどは二百匁玉筒じゃき、重いぜよ。大勢で担ぎ出せ」

龍馬は人足たちとともに、一間ほどの長さの頑丈な木箱に手をかけ、床をきしませ運んだ。

前庭に持ちだすと、指図役が箱の錠をはずし、蓋《ふた》をあける。青銅製の撞木《しゆもく》のような形の大筒が、架台に載っていた。

――こんなものも、役に立つことがあるかのう――

龍馬は、象山が黒船を撃ち砕くには、五百匁玉でもむずかしいといっていたのを思いだす。

「弾丸簞笥《たまだんす》を曳きだせ」

筋金を張った弾丸簞笥に納められている砲弾は百発ほどであるというが、煙硝の備えがすくなかった。

武具蔵にある大筒は、二百匁玉筒、百匁玉筒がそれぞれ一挺だけであった。鉄砲は三匁玉から十匁玉の筒が八十挺である。

それだけの乏しい火器を、品川と芝に分けて、防備にあたらねばならない。龍馬は顔見知りの郷士にささやいた。

「こりゃあ、どうにもならんぜよ。いざとなりゃ、刀をふりまわすしかないろうが」

「その通りじゃ。お側御用人殿は金満家じゃけんど、甲冑《かっちゅう》を持っちょらんそうじゃ。金さえ持っちょりゃ、いつでも買えるというちょったが、具足は売り切れであわてたらしいぜよ」

郷士は眉をひそめてみせた。

七日の日暮れまえ、龍馬たちは品川藩邸の海に面した材木荷揚場に陣幕を張り、一門の二百匁玉筒を据え、鹿柴《ろくさい》を浜につらねて警固の態勢をととのえた。海上には諸藩の旗をひるがえす早船が、櫓を漕ぎたて絶えまもなくゆきかっていたが、黒船があらわれることもなく、星が光りはじめた。

幕府はかねて江戸湾防衛にあたっている武州忍《ぶしゅうおし》、川越《かわごえ》、彦根、会津《あいづ》の四藩に加え、有力諸藩に出動を命じていた。

本牧は肥後細川《ひごほそかわ》、大森羽田《はねだ》は防長毛利《ぼうちょうもうり》、品川鮫洲《さめず》は越前松平《まつだいら》、東芝高輪《たかなわ》は姫《ひめ》路《じ》酒井《さかい》、佃島鉄砲洲《てっぽうず》は阿波蜂須賀《あわはちすか》、深川洲崎《すさき》は柳河立花《やながわたちばな》、浜御殿は高松《たかまつ》松平の藩兵が防備をかためている。

龍馬たちが芝藩邸へ兵器を運ぶ途中、人足が町の噂を聞いてきた。

「長州さまが繰りだしたお人数は、それぞれ差物を背にして、徒士足軽衆まで甲冑を背負っていなすったそうでござんすよ」

「本牧の固めは、川越、熊本ですが、どっちのお侍がたも、眼を吊《つ》りあげてたいへんな力みようだそうで。それにひきかえ、浦賀を固める彦根のご家中は見事な赤備えだが、侍大将さまが床几に腰かけ、采配《さいはい》を持ちながら居眠りしていなすったと、笑い話になっております」

若侍のひとりが、吐きすてるようにいった。

「土佐は荻野流大筒二挺ばあで、具足も揃っておらざった。忍の松平は十二ポンド野戦砲六門を曳き、浦賀へ駆けつけるとか。うらやましい話ぜよ」

江戸市中の古着屋では、陣羽織、たっつけ袴が飛ぶように売れていた。

下谷御成道《したやおなりみち》に軒をならべる古道具屋では、埃だらけの槍、刀、火縄筒がすべて売りきれた。十両の値段で棚ざらしにしていた具足が、七、八十両で買いとられる。もっとも払底したのが煙硝である。

川開きの花火に使うのが主な需要であった煙硝は、一日で売りきれてしまった。浜御殿の警固にあたった高松松平家では、煙硝の備蓄がなかったので、おどろくほどの高値でようやく二貫匁を買いいれた。

海にむかい据えられている二百匁玉筒の、径一寸七分ほどの鉛弾の射程は、三十丁といわれていた。

龍馬は、鉛弾が黒船に命中しても、甲板を転がるだけであろうと想像した。

その夜、長屋で寝ていた龍馬は揺りおこされた。蚊帳のなかに誰かが入っている。枕《まくら》もとの刀をつかみはね起きようとすると、声をかけられた。

「なにをねぼけちゅう。俺じゃ、俺じゃ」

龍馬は広之丞と知って、布団のうえにあぐらを組む。

「行灯をつけますきに」

「かまん。俺はいまからまた鍛治橋へ戻るきに」

広之丞は留守居役に従い、伝令役をつとめていた。

「何刻《なんどき》から陣所に詰めるがぜよ」

「八つ半（午前三時）ですろう」

「いまは四つ半（午後十一時）過ぎじゃ。幕府はアメリカの国書を、九日に久里《くり》浜《はま》で受けとるときまったぜよ。浦賀奉行所じゃ、仮屋を建てにかかっちゅう。ペリーの応接は戸田伊豆守と、こんど浦賀奉行になった井戸石見守《いどいわみのかみ》、林大学頭《はやしだいがくのかみ》の三人じゃ。ペリーはこれでいったんは去《い》ぬるじゃろうが、また返事をとりにくるぜよ」

「なんで浦賀の沖に居坐らんがですろうか」

「水と石炭の蓄えが、すくないがじゃ。琉球の那覇《なは》まで、六、七日でいきゆう。上海《サンハイ》でしばらくおって、また返事を聞きにくるぞ。通商をことわったら、そのときは戦をしかけてくるがじゃろ」

「ほんなら、江戸も焼かれますろうか」

「まあ、上手にぶらかすことができりゃええがのう」

広之丞は龍馬に情勢を教えると、闇のなかへ去っていった。

龍馬は布団に寝そべって考える。

――黒船と戦をすりゃ、大砲に撃たれて死ぬるがよ。勝つ手はどこにあるぜえ
――

海岸警固の軍勢は、沖合からあらわれるかもしれない黒船を威嚇《いかく》するため、旌《せい》旗《き》を薄《すすき》のように立てつらねていた。

空樽《あきだる》で大砲らしい形をこしらえ、置き並べている陣所もあった。夜になれば大提灯、篝火の光に磨《と》ぎすました刀槍《とうそう》を、煌々《こうこう》と輝かせる。

そんな虚勢が通じる相手ではないと、龍馬は思った。彼らは遠眼鏡《とおめがね》で日本軍勢の装備をあらため、戦闘能力を正確に判断している。

砲戦をはじめれば、彼らは陸岸からの砲弾の届かない海上から、悠々と照準をさだめ、江戸城をたちまち撃ち砕く威力をそなえた巨弾を撃ちこんでくるだろう。

旗幟や提灯は、彼らにとって射撃目標にすぎなかった。

六月八日、九日は、誰ともなく黒船日和といいだすほどの、連日の晴天であっ

た。八日は終日大小の藩船が、艫《とも》に船印をひるがえし、沖合をあわただしく往来した。久里浜の国書受け取りの応接館警衛に出動した諸藩兵は、五千人といわれた。

龍馬は忍《おし》藩の軍兵が、二十二艘の船に分乗し、船足も重く久里浜へむかうのを見た。十二ポンド洋砲六門を装備している彼らは、黒船と交戦する事態になれば、先兵としてはたらく実戦部隊である。

龍馬の詰めている陣所に、炊出《たきだ》しの兵粮《ひょうろう》をはこんでくる人足たちが、市中の様子を知らせた。

「佃島、霊岸島《れいがんじま》あたりには、本所《ほんじょ》、深川、佃島の漁師、水夫《かこ》が何千人と集まっているそうでござんすよ。町奉行所の与力、同心が指図して、黒船が入りこんできたときは何百艘という船に大筒、小筒を載せて四方から押し寄せ、焼きはらうそうで」

「町なかじゃ、昼間から町奉行と加役方《かやくかた》（火付盗賊改《ひつけとうぞくあらため》）、御先手組《おさきてぐみ》から出された市中見廻りが、三十人ほどずつ五、六組で、臨時にご出張なさっておりやす」

「品川沖は浅瀬が多く、船道は至って狭く、二、三千石までの船でなけりゃ、とても近寄れねえということで、江戸へ大砲を撃ちこんでくることはなかろうと、取り沙汰《ざた》していやすがねえ。ほんとうでござんしょうか」

龍馬は首をかしげる。

「錘縄《おもりなわ》で測量しちゅうき、奴らあは思いがけんばあ近寄るかも知れんぜよ」

九日は、終日陣所で沖を睨んで過ごした。国書が渡される五つ（午前八時）頃、砲術に心得のある龍馬は砲手として二百匁玉筒に弾丸、煙硝を装塡《そうてん》し、いつでも発射できる支度をした。黒船が迫ってくれば、筒を膝に抱き、抱え撃ちをするつもりである。

辺りが暮れて、空に星が光りはじめると、初老の組頭がうれしげにひとりごとをいった。

「何ちゃあおきんかったのう。これで晩酌をちくと楽しめるぜよ」

昼間、陣所に詰めていた龍馬は、その夜の宵のうちから酒を飲んで寝た。

翌朝、熟睡しているうちに宿直《とのい》の藩士が起こしにきた。

「早う起きや。黒船がこっちへやってきゆうぜよ」

龍馬は飛び起き、身支度をする。

黒船は国書を渡して帰るのではなかったか。不意うちをくらったのだと、龍馬はふるえる手で刀を腰に差した。

さざ波が寄せる浜辺には、鷗が舞っているばかりであった。海上に碇泊《ていはく》している諸国廻船《かいせん》の、艫のあたりで炊煙《すいえん》がたちのぼる、おだやかな夜明けの眺めは前日とかわらない。

陣所に詰めている侍、小者たちは鉄砲、槍をにぎりしめ、連日の不眠に血走った眼を、晴れわたった沖合にむけている。

惣頭取山田八右衛門は、刺子の火事装束をつけ、こめかみに汗の玉を光らせていた。

龍馬は大筒の脇につき、小者が運んできた焼きむすびを食い、手桶の水を飲む。具足姿の物頭が若侍たちにいう。

「物前《ものまえ》には、腹ごしらえが肝心ぜよ。しっかり食うちょけ」

龍馬は朋輩の郷士に聞く。

「黒船はいま、どこにおるか」

「さっき、鮫洲の越前松平の陣所から早馬がきて、黒船四艘が神奈川沖にきちゅうと知らせたがじゃ」

「なにしにきた」

「さあ、分からんぜよ。帆を揚げんずつに動きゆうき、浜筋は見物人でいっぱいじゃ」

「早半鐘はまだ鳴らんか。戦をはじめる形勢ではないがじゃろ。測量しゆうにちがいない」

海上には、黒船の船影は見えなかった。

陽が昇り、陣笠の縁が熱してきた。龍馬は稽古着が背中に貼りつくほど汗をかき、眩《まぶ》しく光る海を眺める。

昼間になって、黒船の動きが分かった。川崎《かわさき》に近い海上でバッテイラを下ろし、測量をしているという。

「バッテイラから浜へあがって、在所の者と話をしゆうがじゃ。戦をしかける様子はないそうじゃ」

やはり測量をしにきたのかと、龍馬は安心したが、陽が西方に傾いた頃、遠近で叫び声が沸いた。

沖合に四艘の黒船があらわれ、黒煙を吐きながら東へ動いてゆく。龍馬は不意に全身を殴られたような衝撃に、思わず足を踏んばった。

石を割るような乾いた砲声がつづけさまにおこり、房総の山なみにも遠雷のようにひびきわたった。

陽の傾いた海上に、黒塗りの船影がゆるやかに動いていた。一本煙突から黒煙を吐く蒸気船二艘が、それぞれ帆船を一艘ずつ曳いている。

龍馬はいまにも早半鐘が鳴るかと身構えていたが、黒船が発射したのは空砲《からづつ》であった。顔色を失っていた惣頭取は、陸地に火柱があがらないまま砲声がやみ、四艘が舳を転じて浦賀のほうへ遠ざかってゆくのを見て、いまいましげに顔をゆがめた。

「夷狄《いてき》めが、ご制禁をこころえながら内海に乗り入れて、空砲撃ち鳴らしおった。無礼きわまりない奴原じゃ。城下の盟《ちかい》は国の恥ぜよ。あやつらがふたたびうせおった（来た）ときは、江戸が野になっても一戦交え、こじゃんと退治してやらにゃいかんぜよ」

龍馬たちは言葉もなく、沖を眺めていた。

――俺らあはおちょくられたがじゃ。空砲を撃ちまくられて、こっちから何の挨拶もできざった――

龍馬は踏んばった両足のふるえが容易におさまらなかった。

これまで味わったことのない烈しい刺戟が、彼を揺りうごかす。若侍たちにかげで軽んじられている惣頭取が口にした憤りは、龍馬の思いとおなじであった。

ペリーの艦隊は、十一日を浦賀沖で過ごし、十二日に抜錨《ばつびょう》して西南の方向へ去っていった。幕府大目付は十三日、諸藩につぎの触れ書を発した。

「浦賀表渡来の異国船、昨十二日残らず退帆につき、以後平常の通りあい心得申すべし。もっとも武備いよいよあい弛めざるよう、心がくべく候」

警固の解除は指示されたが、諸藩は海沿いの陣所を増強し、台場を築造して新鋳の大砲を配置するための作業を、いっせいにはじめた。

　龍馬たちは、品川屋敷警固の役を、ひきつづきつとめることとなった。溝淵広之丞は品川屋敷へくると、かならず龍馬に会い、情勢を教えてくれた。

「こんど、材木置場の辺りに台場をこしらえるがじゃ。徳弘先生が図取りをして、大砲八挺を置くがぜよ。あんまり大きなもんじゃないろうが、浜をかためにゃいかんき、銭金《ぜにかね》のことはいうちょられんがよ」

　徳弘孝蔵は、高島流砲術師範であった。

　いままで幕府をはばかって、鉄砲火器をたくわえていなかった諸藩が、先をあらそって幕府に大砲鋳造願いを差しだしているという。

痴《ち》蛙《あ》

夏の盛りのあいだ、龍馬は品川屋敷で海沿いの陣所に防弾堤を築き、鹿柴《ろくさい》を結ぶ作業をすすめ、射撃の調練をした。

九月まで百日のあいだ、警固につくよう藩命が出たので、当分築地屋敷に戻れない。

黒船はいったん上海へ引き揚げたというが、今年のうちにも引きかえしてきて、国書の返答を求めるかも知れない。

幕府はそのときまでに、通商を許すか否かの方針を決めておかねばならなかった。アメリカ艦隊との衝突を避けるため、通商開港を承知すれば、他の国が続々とおとずれ、おなじ要求をするにちがいなかった。

龍馬は非番のときにおとずれた広之丞と、自室で語りあった。

「幕府では、アメリカに通商を許せば、たちまちイギリス、ロシアがやってくると見ちょるぜよ。こっちも無法な求めにゃ応じられん。蒸気船の二、三十艘《そう》も持っちょりゃ、五分の戦《いくさ》もできようが、一艘もないき、大砲に頼るしかないろう」

諸大名、旗本から幕府に届けられた、大砲鋳立て許可願いによれば、新造の大砲の数は千挺《ちょう》に及ぶという。

「五貫匁玉や六貫匁玉の筒は、こまいほうじゃ。十三貫匁玉、十五貫匁玉を飛ばすホイッスル砲（臼砲《きゅうほう》）が、仰山《ぎょうさん》造られるぜよ」

「そんな筒でボンベン（破裂弾）を飛ばしゃ、黒船にも大孔《おおあな》が開きますろう」

「うむ。八十ポンドといえば十貫匁じゃが、それが当たりゃ、おおかたの船は砕けるろう。けんど、銅と錫《すず》の混ぜぐあいでは、何発か撃つあいだに砲身が裂けることもある。川口の鋳物師《いもじ》は幕府大砲方となれあいで、ろくなものをつくらんという噂《うわさ》が聞こえちゅう」

いま和式の銃砲は火縄を用いるので、風雨のなかでは使いにくい。黒船のアメリカ兵たちは、すべて雷管式の銃砲を装備していた。

幕府は、大砲鋳造用の鉄を溶解する反射炉を、日本で最初に建設した佐賀鍋島《なべしま》藩に、八十ポンドカノン砲、三十六ポンドカノン砲それぞれ百挺の製造見積りを依頼したという。

西洋諸国では、この二種を海岸砲台にもっとも多く据えつけているという情報が、幕府に届いていたためである。

火薬製造のために、全国に硝石を確保するための布令《ふれ》も、まもなく大目付を通じて出されるらしい。

甲冑《かっちゅう》、刀槍《とうそう》よりも、洋式銃砲に士民の関心がむけられるようになってきた。

大砲鋳造に要する費用は莫大《ばくだい》であった。

八十ポンドカノン砲は、砲身の長さが一丈三尺余、重量千四百貫弱で、鋳造から仕上げまでの代金は、三百七十余両である。

青銅製の砲身は、銅、錫の成分をたしかめず、鋳物屋の炉で溶解した地金でこしらえているので、鉛、砒素《ひそ》などが混入していた。鉛は数回の射撃で溶解酸化して砲身が劣化する。戦備増強の前途は多難であった。

龍馬は七月はじめの非番の朝、溝淵広之丞に誘われ、木挽町《こびきちょう》の佐久間塾をたずねた。陽《ひ》の昇るまえに品川屋敷を出て、三里の道程を歩き、塾に着くと玄関の式台に広之丞が腰をかけ、待っていた。

「ちょうどええときにきよったぜよ。いまから先生のお話がはじまるところじゃ」

広之丞と話していた小柄な若侍が、笑顔で会釈して、さきに座敷へあがった。

龍馬たちが象山に従い浦賀へ出向いたとき、一日遅れてあとを追ってきた数人の塾生のひとりで、吉田寅次郎《よしだとらじろう》（松陰《しょういん》）という長州《ちょうしゅう》藩士であった。

寅次郎は山鹿《やまが》流兵学者であったが、広之丞より一年早く入塾し、象山に学才を認められた愛弟子《まなでし》であるという。

龍馬が広之丞と奥に入ると、身動きもできないほど混みあっていた。

「えらい人じゃねや。百人もおるじゃいか。庭にも立っちゅう」

障子をはずし、いくつかの座敷をつないでいるが、人いきれで背筋が汗ばむ。

しばらく待つうち、象山があらわれた。彼は白地単衣《ひとえ》の胸を張って、語りはじめた。

「先月二十二日、将軍家（十二代家慶《いえよし》）薨《こう》ぜられ、ご新政の折り柄、幕府より諸侯に、アメリカよりさしだせし書状の写しを渡された。ついては、通商の儀につき許容すべきか否か、利害得失おもんぱかり、心底を申し聞かすべしとのお達しじゃ。いまはその論議にて、鼎《かなえ》の沸くがごとき騒ぎとなっておる。和議を唱うるむきはすくなく、おおかたが通商を制禁し、手強《てごわ》き打ち払いを望む声が多いようじゃ。軽々しく武威をあらわさんとするは、他より優柔のごとく見らるるをおそれてのことであろうが、なかには物事の筋を通せしごとき論を立てるむきもある」

西洋の文明をうけいれ、開国することに反対しないが、武力干渉をうけての開国には反対するという主戦論者がいるという。

国家の主権を侵害されて開国するよりは、国運を賭《か》けても圧迫を排除しなければならない。いったん外圧をしりぞけてのち、堂々と開国せよという意見である。

象山はひげを震わせ、顔を紅潮させていった。

「かようの論議は、武士《もののふ》としてまことにもっともであろう。しかし、彼我《ひが》の兵備をくらべるならば、いったん黒船を追い払うがごときは、容易になし得ざることである。かりにわが砲火肉弾をもって敵船を打ち払うを得たとして、軍船を持たざるわれらがいかにして相模、安房《あわ》のあいだの海上を守らんとするか。相房のあいだは、もっとも狭きところにてその距離は三里となす。諸所の台場に備うる和流筒にては、二十丁の弾着もおぼつかなき有様じゃ。江戸の沖に常時五、六艘の黒船が徘徊《はいかい》して伊豆大島《いずおおしま》より下田《しもだ》、遠州《えんしゅう》、常陸《ひたち》沖に往来する御府内入船を捕え、大坂よりの江戸廻米《かいまい》を略奪いたさばいかがあいなるか。和漢の兵法にも、戦わずして敵を屈するを善の善なるものといたすが、西洋の夷賊《いぞく》がその法を用うれば、奴原《やつばら》を退治いたす手だてはない」

龍馬は象山の説くところに、眼《め》を開かされる思いであった。

世界最大の都市である江戸の消費物資の大半は、海路によって運送されている。廻船の輸送量を、牛馬による陸上運搬でまかなうことは不可能であった。

象山は、諸国廻船が江戸に入港できなくなれば、十日もたたないうちに物資は欠乏し、人心は動揺して大混乱に陥るという。

ペリー提督の率いる黒船の士官たちが、日本の台場を見て、あれは何かと通詞《つうじ》にたずね、砲台であると聞くと、子供のいたずらのようなものであると嘲《あざけ》ったという噂は、江戸市中にひろまっていた。

象山はこのような実情を指摘して、アメリカと戦端を開くのは、皇国の滅亡を招く愚挙であると説いた。

「敵が皇土をうかがうの情をあらわさば、最後の一弾をつくすまで戦わねばならぬ。しかし、いかなる謀《はかりごと》を腹蔵いたすとも、いまだ爪牙《そうが》をあらわさぬ前に、みだりに兵を動かしては、みずから罠《わな》に陥るばかりじゃ。いま戦えば、われらに勝ち目はない。ひとたび戦に敗れなば、皇国は滅亡し、われらは夷賊の奴婢《ぬひ》となるほかはなかろう」

龍馬は、象山の明晰《めいせき》な情勢判断に、心を揺さぶられた。軽挙妄動してアメリカにつけいられる愚挙をなさず、その要求をうけいれて通商をおこない、数年の月日を送るうちに国防を充実して、夷賊に対抗する実力を養うという象山の説は、日本のとるべき唯一の道を示すものであった。

龍馬は佐久間塾からの帰途、広之丞に誘われ、そば屋に寄った。広之丞は小座敷で酒を酌みかわしながら、近頃の世上の様子を語った。

「今日、先生が申された、物事の筋を通し、攘夷《じょうい》の論を立てておるのは、水戸《みと》斉昭《なりあき》公の海防掛で藤田東湖《ふじたとうこ》という仁《じん》ぜよ。東湖は世間の理を知らぬ偏屈者ではないがじゃ。日本は島国なれば牛馬もちいさく、人は皆鼻先ばかり見える利口者で、すこしも寛闊《かんかつ》の気性がない。われらが仲間うちにて見りゃ、人物気質の違いもあるが、アメリカ人より日本人を見れば、皆一様にそう見えるであろうというたがじゃ。江戸は早鐘ひとつ鳴れば瓦解《がかい》する。それで攘夷ができるかと、水戸の攘夷派をたしなめたがよ。ところが表向きには本心をあらわさず、攘夷をいいたてる。まことに面妖《めんよう》なるしだいじゃねや」

「東湖というお人は、どんなことをいいよるがですか」

「アメリカに侮られて開国するよりは、士民ことごとく死ぬほうがええという」

「そりゃ、たしかに面妖じゃのう」

龍馬は首を傾《かし》げた。

「アメリカの脅しに屈して通商をすりゃ、一国の正気《せいき》はこのときをもって断滅するというがじゃ」

東湖は、幕府が浦賀奉行に命じ、ペリーから通商を求める国書を受けとらせたことが、国威を失墜させる痛恨の一事であったという。

自分が浦賀に出向いておれば、対談の席でペリーの首級を白刃一閃《はくじんいっせん》のもとに落としていた。もちろん自分も死ぬが、あらわした一片の正気は全国にひろがり、百年ののちに伝わるであろうと語った。

「国を富ませ、兵を強からしむる大本《たいほん》は、正気にあると、東湖はいう。そうなりゃ外患などは恐るるにたらぬというがじゃ」

「それが水戸学ですろうか」

「いん、神州《しんしゅう》は太陽の出《い》ずるところぜよ」

水戸学は朱子学と国学が合体して、水戸《みと》光圀《みつくに》以後、大義名分による保守秩序を重んじる思想を形づくってきた。

この思想が発展し、日本の天皇が世界の中心にあるとの思想が生まれた。西洋の夷賊が日本を圧迫するのは、本末転倒もはなはだしい愚行であるという。

「東湖というお人は、そんなことをいうちょって、実はほかのことを考えておるがではないですろうか」

龍馬は東湖が二百数十年にわたり、諸藩の実力を弱めてきた幕政を改革したいのではないのかと考えた。

広之丞は龍馬とおなじ疑念を抱いていた。

「東湖もそうじゃが、斉昭公の腹のうちも、よう分からんがじゃ。なんせ、辰《たつ》の年（弘化元年）に幕府から謀叛《むほん》の疑いありとして、しばらく謹慎を仰せつけられたばあじゃき、奥の深いお人ぜよ。口と奥意がうらはらなこともあるきのう」

斉昭が謀叛の疑いによって、謹慎を命ぜられた理由には、弘道館《こうどうかん》の土手を高くし、浪人を召し抱え、鉄砲揃《そろ》え撃ちをするなど、不穏な行動が列挙されていた。

いま、斉昭は強硬に攘夷を主張していた。七月八日、彼が老中阿部正弘《あべまさひろ》に示した「海防愚存」という意見書には、アメリカとの通商を拒絶すべき十カ条の理由が記されていると、広之丞はいう。彼は鍛冶橋藩邸留守居役の耳目《じもく》の役をつとめているので、早耳であった。

「黒船が無理無体に国書を押しつけたうえ、内海へ乗りいれ、空砲《からづつ》を撃ち、測量をしよったがは、言語道断の驕慢《きょうまん》無礼《ぶれい》。開闢《かいびゃく》以来の国辱というべきで、このまじゃ和親は許せんというが、その第一じゃ」

第二条以降の理由は、キリシタン禁制が破られる。交易において、国内の有用物が無用の品と交換される。アメリカに交易を許せば、ロシア、イギリスに通交を迫られる。交易をはじめたのち、清国阿片の乱のように侵略をうける。夷賊打ち払いと決着すれば、天下の士気はたちまち十倍して、武備はすみやかにととのう、などである。

天下の士民は一致して槍剣《そうけん》の技を練り、巨艦をこしらえ大砲小銃を購入し、諸大名は、砲術を研究、火薬の備えをふやすことが、焦眉《しょうび》の急《きゅう》であると説く。

「いうことはもっともで、勇ましいきに、世間じゃ人気があがるがぜよ。本心はどうか分からんが、黒船を見たこともない大名衆、旗本から諸国有志に至るまでを、煽《あお》りたてゆうがじゃ。まっことややこしいことになりゆうが」

広之丞は、しばらく口をつぐんでいたが、やがて声を低め、語りはじめた。

「お留守居役から、まだ口外すなといわれちょったが、どうせ知れることじゃき、まあよかろ。万次郎がご老中の指図で、江戸へ呼びだされてくるがじゃきねや」

「えっ、そりゃ何でですろう」

「アメリカの様子を知りたいためじゃ。林大学頭が呼んだといいゆう」

浦賀でペリーの応接にあたった林大学頭が、万次郎を高知から召し寄せようとしたのは、かつて高島秋帆の門下であった仙台《せんだい》藩侍講《じこう》、大槻磐渓《おおつきばんけい》にすすめられたためであるという。

広之丞はいった。

「磐渓は万次郎がアメリカで、天文、測量、砲術まで皆伝して、向こうの様子を知りぬいちゅうというたらしい。十年も住んじょったき、今度黒船できた千何百人のアメリカ人のうちにゃ、知りあいもおったかも知れん。ぜったい穏便に話をつけよるき、早う召し出して、また黒船渡来の折りにゃ役に立てよと、いうたがぜよ。磐渓は、こないだ幕府勘定吟味役格に取りたてられ、台場普請《ふしん》、大砲鋳立ての役にあたることになった、韮山代官江川太郎左衛門の朋友《ほうゆう》じゃ」

「ほんなら、万次郎さんにひさしぶりに会えますろう」

「そうじゃ、江戸にくりゃ、鍛冶橋お屋敷に当分おるじゃろ。暇ができりゃ、三人でちくと一杯やろうぜよ」

江川太郎左衛門が、六月二十日過ぎから武、相、房、総四州の海岸検分に出向いたという噂は、龍馬も聞いていた。

太郎左衛門の従者として桂《かつら》という斎藤練兵館の塾生が、随行しているという。

太郎左衛門は少年の頃《ころ》、神田猿楽町《さるがくちょう》の神道無念流《しんとうむねん》岡田十松《おかだじゅうまつ》の撃剣館《げっけんかん》道場で撃剣稽古《けいこ》をした。

彼は門人総数四千といわれた撃剣館で、四天王の一人にあげられる腕前になったが、その頃の兄弟子が練兵館主斎藤弥九郎であった。

太郎左衛門が幕閣で重用されるようになると、弥九郎は彼の身辺護衛の役目を引きうけた。幕閣には幾つもの派閥があり、太郎左衛門に危害を加える者があらわれかねない情勢であったためである。

龍馬は、時勢の推移に鋭敏な感覚をそなえている人材に近づき、その考えを知りたい。太郎左衛門は佐久間象山と不仲であるが、高島砲術教授の名は天下に聞こえている。天保十三年に幕府から大砲鋳造の許可を得てのち、韮山でさかんに青銅砲を製造し、諸大名家の需要にこたえていた。

佐久間象山の妻順子の兄、勝麟太郎という砲術家にも、心がひかれた。小柄でひきしまった体格の麟太郎は、直心影流の名人といわれる幕府徒士頭《かちがしら》、男谷精一郎信友《おだにせいいちろうのぶとも》の従弟《いとこ》で、免許皆伝の腕前であるという。

龍馬は一度麟太郎と塾で会ったことがある。眼があうと笑顔になり、ひと言声をかけてくれた。

「どうだ、やってるかい」

龍馬は佐久間塾でたまに見かける、吉田寅次郎という五歳年上の長州藩士と、口をきいたことがなかったが、なぜか心をひかれた。

象山が心を許す門人であるというが、寅次郎の顔には、刃物の照り返しのような、人をうつ気魄《きはく》がみなぎっていて、一度見ればその相貌《そうぼう》を忘れられない、つよい印象を与えた。

広之丞がいつかいった。

「先生が初対面で気にいった者は、吉田寅次郎とお前《ま》んじゃねや。松代家中のあばれ者で名高い侍が、酒を飲んできて、先生の前でご免いうて、煙管《きせる》で煙草《たばこ》をのもうとしたが、あのおそろしい眼つきで睨《にら》みつけられて、のめざった。漢学者がくりゃ洋学で脅しつけ、洋学者がくりゃ漢学で脅しつけゆう。そんな始末におえんお方のところへ、今年四月に吉田がきたときは、片足に草履《ぞうり》、片足に下駄《げた》をはいて、破れ袴《ばかま》であったそうじゃ。湯銭もないというて手足はまっくろで、浮浪人のようじゃったというぜよ。あれは弁舌が至極達者じゃ。先生はむさい吉田を嫌わず、学術時事についてお聞きなされ、いうところことごとくが時流をついているとして、感じいっていなさったそうじゃ。人間どうしの気が合ういうがは、曰《いわ》くいいがたいところがあるがじゃねや」

吉田寅次郎がはじめて佐久間象山を訪問したのは、嘉永四年五月であったという。門人として入塾したのは七月。その後十二月なかばまで経学（儒学）、兵書、砲術を学び、その後、朋友である肥後の宮部鼎蔵《みやべていぞう》とともに、房総《ぼうそう》沿岸から奥羽《おうう》へ視察の旅に出かけた。

このとき藩庁から旅行の許可が下附されなかったので、出奔の罪にとわれることになった。吉田は水戸から白河《しらかわ》、会津、越後《えちご》へ遊歴して、諸藩の識者に会い、佐渡《さど》から弘前《ひろさき》、青森、盛岡《もりおか》を経て、嘉永五年四月に江戸へ戻った。

彼は藩の掟《おきて》によって士籍を削られ世禄《せいろく》を奪われ、実父杉百合之助《すぎゆりのすけ》に預けられたが、藩主毛利慶親《もうりよしちか》（のちに敬親《たかちか》）がその才を惜しみ、罪を赦《ゆる》し、十カ年間の諸国遊学を許すとの恩典を与えた。

広之丞がいった。

「あの男は今年の正月に萩《はぎ》を出て、四国から畿内《きない》、東海をめぐって、五月に江戸へ帰ってきたがじゃ。先生は、吉田にいわれたそうな。士はあやまちなきを貴しとはせぬ。よくあやまちをあらたむるが貴い。なおよくあやまちを償うをもっとも貴しとなす。方今国家多事のとき、よくなしがたき事をなし、よくたてがたき功を立てるは、あやまちを償うのもっとも大なるものじゃとのう。吉田はいま、あやまちを償うことを、なんぞ考えちゅうぜよ」

七月なかばの非番の朝、龍馬は数人の朋輩と品川屋敷材木置場の浜で水泳ぎをした。風がまったく落ちている海は、うねりもなく、湖面のように静かである。二丁ほど沖に、千石積みの廻船一艘が錨《いかり》を下ろしているほかには船影もない。波打ち際に、さざ波が寄せては返すだけで、海面は陽光を白く反射していた。

――仁井田の浜とおんなじばあ静かじゃねや。松原はないけんど。おらん家《く》じゃ、皆どうしゆうろうか――

龍馬は家族、親戚《しんせき》とともに、お琴の姿を宙に眺める。

――お姉《ねえ》やんの一弦琴の音も聞きたいが、お琴さんの声をなお聞きたいぜよ。高知へ去《い》ぬる来年六月は、まだ遠いきのう。それまでに黒船がきて、騒動がおこるかも知れん――

江戸に出府してから三ヵ月もたっていないが、龍馬は新奇な見聞を数多くかさねた。外国の様子は万次郎から聞かされていたが、黒船をわが眼で見たいまは、日本とくらべ桁《けた》ちがいのアメリカの国力が充分に納得できた。

幕府が重大な決断を下さねばならないときは、まもなくやってくる。日本とアメリカ、ヨーロッパ諸国の軍備の格差ははなはだしい。

幕府には、旗本八万騎という直属の家臣団がある。彼らが用いる武器の数は、禄高《ろくだか》により定められていた。千石の旗本であれば弓一張《はり》、鉄砲一挺、槍《やり》二本である。太平の世がつづくうちには、その装備さえ怠っている者がめずらしくない。

諸大名が有事の際に課せられる軍役は、五万石で騎馬侍七十騎、従者、小荷駄人足をいれて千余人となる。装備は鉄砲三十挺、弓二十張であった。

総勢のうち戦闘部隊は半ばを過ぎない。他は糧食などを運ぶ人足である。三、四匁玉を撃つ小口径の火縄筒を使うのは足軽で、上士は刀槍を使う。

広之丞は慨嘆した。

「こっちは千人がかりで、三十挺の火縄筒をパチパチやりゆうがぜよ。アメリカやイギリスは千人が千挺、ドンドル（雷管）仕掛けの洋筒を持ち、無用の手明《てあ》きは一人もおらんがじゃ。撃ちあいすりゃ、こっちの弾丸がむこうへ届かんうちに、むこうの弾丸はこっちへ届く。俺らはなんちゃあできんうちに、むこうの星（標的）にされるがじゃ」

広之丞は、どこから聞きこんでくるのか、幕府の内情にくわしい。

「公儀が持っちゅう大砲が、どればああると思うかや」

「さあ、分からんですが」

龍馬は首を傾げる。

「二百五挺じゃ。そのうち百十八挺はお台場に据えちゅうきに、江戸城の兵具蔵にあるがは、八十七挺ぜよ。黒船を砕けるばあの力がある八十ポンド砲は、四十挺ほどじゃ。これから仰山大砲をつくるき、川口の鋳物屋が儲《もう》けるねや」

幕府はこれまで海防政策の実施に、熱心ではなかった。

洋式砲術である高島流の採用に反対し、大砲製造の許可を容易に下さず、大船建造の禁令を廃止しなかったのは、諸藩の軍事力を増大させないための施策であった。

「これから世間は変わりますろう」

「いん、ご禁制が足手まといになって、ぐずついちょりゃ、日本は異国の持ちものになるしかないきのう。どうしても変わるろうじゃいか」

龍馬は時勢が大きく動きだしたのは、魚釣りにたとえれば上げ潮か下げ潮になったときとおなじことだと考える。

潮がとまっているとき、魚はまったく釣れない。潮の干満がはじまると、釣れてくる。龍馬の身内には、利をはかるに明敏であった先祖から伝わった感覚がある。

龍馬はいった。

「上士やら郷士やらいうちょったら、どうにもならんようになりますろう。小《こ》んまい分けへだてをやって、いばっちょれるような時では無《の》うなるがです」

広之丞はうなずいた。

「その通りぜよ。象山先生も、勝殿も口にゃ出さんがそう思っていなさるがじゃ。賄賂《まいない》を使わにゃ出世の望みもないような世のなかが、黒船のきたがを機に変わるかも知れんということじゃ」

広之丞の眼が、かがやきを帯びた。彼は人目につく派手な動きをせず、いつもひっそりと遠慮がちにふるまい、口数もすくなかった。雄弁になるのは、龍馬や左行秀のような気の合う相手と語りあうときだけである。

龍馬は、めったに胸のうちを明かさない彼が、世間の常識にとらわれない、自由な考えの持ち主であることを知っていた。

世間には、偏《かたよ》ったものの見方しかできない人が多い。土佐藩では、上士と郷士のあいだに白札《しらふだ》という階級があった。

龍馬の父八平は、白札の山本家から養子にきたが、それを誇りにしてはいない。

だが白札であることをわが値打ちと思い、傲然《ごうぜん》と郷士を見下したがる者がいた。龍馬は偏見の持ち主には近づかなかった。

翌日の日暮れがた、龍馬は材木置場に築く防弾堤の土砂を、品川屋敷の築山《つきやま》から掘りだす作業に汗を流していた。

褌《ふんどし》ひとつの龍馬たちの身辺に、汗のにおいを慕ってくる蚊がうるさくまつわる。夕方になると、近所の浜川の土手から蝙蝠《こうもり》が出てきて、ひらひらと飛びまわった。

夕方の陽射しは、あきらかに秋の色であった。

――この刻限が、いっち淋《さぶ》しいがじゃねや――

龍馬は高知城下本丁筋のわが家から、赤石の藤田家へゆく道筋を思いうかべる。崩れかけた低い土塀がつづく小路《こうじ》には、葉鶏頭《はげいとう》の花が暑苦しく咲いているであろう。

手拭《てぬぐ》いで顔を拭《ふ》き、鍬《くわ》をとりなおしたとき、主殿のほうから呼び声が聞こえた。

「晩飯か」

若者たちがふりかえると、足軽頭が走ってきた。

「国許《くにもと》から済通丸、通用丸、宝来丸と、才谷屋の石灰船がきたぜよ。いま沖懸《おきが》かりするところじゃ」

「えっ、ほんまか」

龍馬は鍬を投げすて、材木置場へ走った。

浜に立つと、声が届くほど近い海面に、四艘の千石船が錨綱《いかりづな》を下ろすところであった。舳《へさき》と艫《とも》に二本の錨を下ろすので、大勢の船子《ふなこ》が船上で忙しく動いている。

「おーい」

声をかけると、船子たちは陽気に返事をする。

「よおーい」

物頭《ものがしら》が主殿の玄関から数人の藩士を従え、走り出てきて、伝馬船《てんません》に乗りこみ、沖へむかった。

その夜、品川屋敷には、鍛冶橋屋敷の留守居役原半左衛門以下、藩士の大半が集まった。

四艘の千石船は、米、紙、鰹節《かつおぶし》などの輸出品と、銃砲を積んできた。江戸大《おお》廻《まわ》し船《ぶね》の宰領をする御船頭中城助蔵は、高知から運んできた武器の覚書を原半左衛門に渡した。

「荷揚げは明日といたし、まずは酒じゃ」

その夜、燭台《しょくだい》を立てつらねた大広間で酒宴がひらかれた。

中城助蔵は、手提袋のなかから一束の手紙をとりだし、龍馬に渡した。

龍馬は胸が高鳴った。上書きを見ると父、兄、乙女、藤田栄馬からの便りである。

――皆、手紙をくれたかよ。堪《たま》あるか――

助蔵は、坂本家から預かってきた荷物を、才谷丸に積んでいるといった。

大広間では酔った藩士と船子たちのざわめく声が、しだいに高まってきた。箸拳《はしけん》で、盃《さかずき》をやりとりするかけ声が飛びかう。

「いくぞ、ええか」

「さあこい」

龍馬は朋輩に酒を注《つ》がれると、ひといきに飲みほす。藩士たちは笑顔でうなずきあう。

「やっぱり、土州の酒はうまいぜよ。こりゃ、才谷屋の酒か」

「龍馬、どこにおる。これで一杯飲め」

郷士のひとりが、徳利と茶碗《ちゃわん》を持ってきて、龍馬にさしだす。

「今夜はなんぼでも飲んじゃるき」

龍馬は茶碗に注がれた酒に口をつける。郷士が笑っていった。

「龍馬が喉《のど》で、ごぎゃ泣きしゆうぜよ」

龍馬はなんといわれても機嫌がいい。懐に入れた手紙の束が、胸に温《ぬく》みを伝えてくる。
留守居役、物頭たちの前に出て、酒を注ぐ中城助蔵の、眉《まゆ》の濃い横顔を見ていると、高知へ帰ったような気分になった。
突然歓声があがり、幾人かの藩士が立ちあがって、手拭い踊りをはじめた。大勢が手拍子をうち、唄《うた》いはじめる。
〽お七里通いのてのごいを
　どころ落としたやれ惜しや
　誰ぞ拾うた人あらば
　踊る太鼓とかえてたもれ
龍馬が唄っていると、傍《そば》に中城助蔵がきた。
彼は喧噪《けんそう》のなかで、龍馬の耳もとに口を寄せていった。
「国許じゃ、皆達者でのう。変わりはないき案ぜることたあないぜよ。ただのう、下田屋じゃ旦那《だんな》が寝ついちゅう」
「えっ、病気かのうし」
「いんん、高知からお侍医師を呼んで診てもろうちょるが、よう起きん。まあ暑気あたりじゃろ。秋になりゃ元気になるろう」

「たいしたことなけりゃええが」

龍馬は恰幅《かっぷく》のいい川島猪三郎のおだやかな話し声を思いだす。

「おんちゃん、俺《おれ》はこんど高知へ帰るときにゃ、大廻し船に乗せてもらいたいが、えいですろうか」

「来年の六月か」

助蔵は指を折って数える。

「えいろう。その時分にゃ儂《わし》が江戸にきちゅうぜよ」

「まあだ長い先じゃ」

龍馬は歯を見せた。彼は懐の手紙を早く読みたかった。

酒宴が終わったあと、部屋へ戻った龍馬は、行灯《あんどん》のほの明かりに身を寄せ、八平、権平、乙女、栄馬からの手紙をくりかえし読む。

それぞれのなつかしい声が、耳もとに聞こえるような気がする。八平は、非常の時に文武の道を心がけねばならない、国家の盛衰に心を用いぬ者は不忠者であるなどと、謹厳な字句を並べるが、「○《まる》がなきときは、遠慮なく母屋の船頭に申しつけ、融通させおくべし」と、末子《おとご》に甘い一面をのぞかせた。

権平はアメリカ船渡来の報が、早飛脚で土佐に伝わったのは十数日後で、その後は銃砲でなければ海防の用に立たぬという説がさかんとなり、城下でにわかに砲術を学ぶ者がふえたと記していた。

「今度の椿事出来《ちんじしゆったい》により、高島流西洋砲術さかんにあいおこなわれ、仁井田浜へ試し撃ち稽古に出向く者、数多し」

国許では黒船来航の報をうけると、侍十人、砲役三人、足軽三十人を北山越えで江戸へ赴かせようとしたが、十二日に黒船が立ち去ったとの伝聞により、さしとめたという。

乙女も、日常の様子を知らせてきた。

「アメリカ船渡来、たいへんなれどもご用心。今年は大旱《おおひでり》で、畑の水やりにつるべの音繁く候《そうろう》」

城下では、砲術稽古がさかんになったので、毎晩潮江山で懐鉄砲《ふところでっぽう》の試し撃ちをして、溜飲《りゅういん》をさげているというくだりを読むと、龍馬は声をあげて笑い、手をうった。

「お姉やんは、まっことはちきん（おてんば）ぜよ」

藤田栄馬は、ていねいな文面であった。彼はまもなく日根野道場で、小栗流和兵法目録を伝授されると記していた。

兵法稽古のあいまに鏡川で水練をする、夏のさかりの日々の情景が、なつかしく思いだされる。江戸では夜になれば町屋の通りに夜店が並び、油煙をあげる灯火がかがやきあうが、高知城下の夜は闇《やみ》にぬりつぶされ、常夜灯の明かりが辻《つじ》に光るばかりである。空を見あげれば、満天の星が押しあうように並んでいた。

栄馬は手紙の末尾に書いていた。

「家内一同息災にてまかりあり。折りにふれ、兄のことを沙汰《さた》いたしおり候。はやばやのご帰国、待ちおり候」

龍馬は栄馬の文字のうちに、おぼろげにたたずむお琴の姿をまさぐるようにする。

――お琴さん、達者でおっておくれ。こんど帰ったら、お前んと離れやせんきに――

龍馬は俤《おもかげ》に声をかけた。

翌朝、大廻し船に積んできた銃砲の荷揚げがおこなわれた。もっとも大型の荷物は、五貫匁のボンベンを発射するホイッスル砲であった。重量は七百貫匁をこえる。

巨大な青銅砲の運搬は、庭石を運ぶ要領で、丸太三本を交叉《こうさ》させ、滑車で鎖を動かし、吊《つ》りあげ、下ろし、浜から武具蔵まで台車に載せ、押してゆく。

中城助蔵がいった。

「これはご家中の大庭恒五郎さまのお屋敷にあったもので、西洋砲はこれ一挺だけということですろう」

大庭は知行六百石の平士《ひらし》で、高島流砲術を習得しており、数百両をついやしホイッスル砲を購入していたが、非常時に際し、役立つことになった。

ホイッスル砲とともに届いたのは、台車付きの一貫匁玉和筒二挺と、十匁玉筒五十挺、弾丸簞笥《たまだんす》箱一台、弾丸鋳型など小道具一式である。

留守居役がうすく錆《さび》の浮いた青銅砲の砲身を撫《な》で、笑みを見せた。

「浜川沿いに台場を築《つ》きゆうき、今年の暮れまでには、この大砲を据えるがじゃ。来年黒船がきたときにゃ、儂らは台場の武者溜《むしゃだ》まりを固めるがぜよ」

藩士のひとりが聞く。

「据えつける大砲は、何挺ですろうか」

留守居役は首を傾げ、曖昧《あいまい》な返事をした。

「十挺、いや八挺か」

「ほんなら、このあとも土佐から足らん分を送ってくるがですか」

「くるぜよ」

「煙硝も弾丸も足らんですろう」

「それも送ってきゆう」

五貫匁ホイッスル砲の砲弾は、弾丸簞笥に三発納められているのみである。

大砲を八挺揃えるというが、ホイッスル砲のほかは、黒船に損傷を与えうるとも思えない小型和筒である。

龍馬の耳もとで、朋輩の郷士がささやく。

「もしアメリカと戦がはじまりゃ、武者溜まりが俺らあの墓場となるがぜよ」

幕府はペリー提督から受けとったアメリカ国書の和訳を、江戸在府の諸大名に渡し、「銘々の存じ寄り」を返答するよう、命じていた。

家康《いえやす》の江戸開府以来、政務について朝廷の意向はもとより、大小名の意見を封じてきた幕府が、そのような態度をあらわしたのは、異例のことであった。

アメリカ国書のおおよその内容は、龍馬たち藩士のあいだにも伝わっていた。

「アメリカ合衆国は、大西洋より大東洋（太平洋）に達する国で、オレゴン州、カリフォルニア州は貴国とあい対す。蒸気船でカリフォルニアから日本へ、十八日間で達するを得るなり」

龍馬は仁井田浜から眺めた、縹渺《ひょうびょう》と果てもなくひろがる海が、大東洋と和訳されているのを知る。万次郎はパシフィック・オセアンといっていた。

「カリフォルニアの大州は毎年黄金六千万ドルを産す。日本も豊富肥沃《ひよく》の国にして交易をおこなわば、双方の利益となる。またアメリカから中国へおもむき、また日本沿岸で捕鯨をおこなう船舶の寄港を許し、石炭、水、食料を与えられよ」

幕府はまもなくアメリカの要請をうけいれるであろう。結局、通交に応じるよりほかに選ぶべき道がないのは、誰にも分かっていることであった。

溝渕広之丞はいった。

「公儀は、アメリカに戦をしかけられりゃ大事じゃきに、なるべく穏便にはからいたい。けんど、長崎へいけというても浦賀へ押し入って、品川沖で空砲《からづつ》鳴らしよった黒船の仕業を許すわけにはいかん。それでうちのお殿さまにも、存じ寄りを聞きよる。通商せいと皆にいわせたいのが本心じゃ」

龍馬は外国とひろく通商をすれば、アメリカのいうように利益を得られるだろうと思っている。

才谷屋と下田屋は、長崎へ地元の物産を運んで売り、鉄材を買いいれてきて、収益を得ていた。遠くへだたった土地では物価の相場がちがうことを、龍馬は知っている。

来年、黒船があらわれたとき、情勢がどう進展するか、見当はつけられなかった。

「アメリカ人がどんな考えかたをしゆうか分からんき、戦をしかけてくることもないとはいえんですろう。しかし、どっちも算用を考えりゃ、喧嘩《けんか》せず商売することにおちつくのではないですろうか」

龍馬はそういいつつも、自分が砲火のなかでアメリカ兵と戦うさまを想像した。まもなく万次郎が江戸にくる。彼に今後の見通しを聞けば、たしかな答えが得られよう。万次郎が語ったアメリカ人の人情は、こまやかであった。

龍馬は江戸の沖で大砲を撃った黒船の猛々《たけだけ》しいふるまいの意味について、万次郎の判断を聞きたいと思った。

品川の海の色が紫紺の深みを増し、朝夕に流れる風がさわやかになった。

徳川家康が関八州の領主として江戸城に入った天正《てんしょう》十八年（一五九〇）八月朔日《ついたち》を記念する八朔《はっさく》の祝儀は、大名、旗本が総登城しておこなわれた。

例年のように、大手門外に集まる供衆の人数三万余人というにぎわいはない。

幕閣では品川沖に台場の築造を急ぎ、その費用の捻出《ねんしゅつ》に苦慮していた。

八月初旬から幕府作事方、普請方が石積み大工棟梁《とうりょう》たちを伴い、測量船で品川沖の干潮、満潮の水深検分を連日おこなうようになった。

溝渕広之丞が、台場普請の情報を聞きこんできた。

「品川宿目黒川《めぐろがわ》口の沖から深川洲崎の沖へかけて、十一番までこしらえるがじゃ。一番から三番までは、すぐにもとりかかる。これまでは、なかなか腰をあげなんだが、こんどは黒船の空砲《からづつ》がよっぽどこたえたがじゃろ。お郭《くるわ》うちへ弾丸を撃ちこまれちゃならんと、慌てちゅう。戦になりゃ、無いよりゃましな台場じゃが、全部仕あげるにゃ百万両もかかるそうじゃ」

一番台場は品川沖二十八丁、二番は車町《くるままち》沖三十八丁、三番は金杉《かなすぎ》沖五十丁の距離にあり、干潮のあいだは干潟になる場所が選ばれた。

龍馬たちは、鐘、太鼓、号笛を使い、大小砲の空砲を打つ調練が許されることになったので、屋敷のうちで野戦稽古をおこなう。

幕府大目付から、つぎのような触れ書が届いた。

「近頃、西洋では大砲を主要な武器としている。このため、万一彼らと戦うときは、こちらも大砲を使わねばならない。重い武器を使うには、進退を便利にしておくため、武装は甲冑にかぎらない。火事装束、野戦服など身軽なものを適宜着用せよ」

龍馬は調練のとき、体格が大きいので十匁玉筒を持たされる。

目方のある鉄砲を担ぎ、走っては立って撃ち、膝《ひざ》を立てて撃つことをくりかえすうちに、汗が顔に流れる。龍馬は思わずいらだっていう。

「こげな鉄砲じゃ、あかん。ドンドル仕掛けの洋銃は、こっちが一発撃つあいだに、十発も撃ちよるが。ほんまに、どうにもならんぜよ」

彼は槊杖《かるか》で、鉄砲に弾丸硝薬をつきこみながら、底のない桶《おけ》に水を汲《く》みいれているような徒労の苦い思いを味わった。

幕府の台場普請がはじまったのは、八月二十一日であった。まず品川沖に一番から三番までを築くのである。

「どれも二万坪ばあ土砂で埋め立てるいうき、大仕事ぜよ」

「来年黒船がくるまでに、おおかたの形をこしらえちょくがじゃ。昼夜ぶっ通しで急ぎゆうがは、そのためじゃ」

品川屋敷にいる龍馬たちは、沖合の浅瀬ではじまった台場普請を見物する。

地盤をかためる杭木《くいぎ》、岩石を積んだ船が海面を忙しく往来し、土方《どかた》が海岸に積みあげた土を運ぶ土砂船が、重みで船体を舷《げん》まで水に沈める。

埋め立ての土砂は品川御殿山《ごてんやま》、泉岳寺《せんがくじ》境内、品川、高輪《たかなわ》の海沿いの高台にある大名屋敷の土を掘りだして使う。

品川屋敷にも、土砂掘りだしの依頼がきたので、龍馬たちは刺青《いれずみ》を背に負う土方の群れにまじり、鍬をふるって薄《すすき》の生い茂った築山を掘り崩す作業をはじめた。

九月朔日の夕方、土掘りを終えた龍馬が井戸端で手足を洗っているとき、溝渕広之丞が乗馬であらわれた。

「今日は急ぎの用じゃきねや」

馬を下りた広之丞は歩み寄ってきた。

「昨日、万次郎さんが鍛冶橋へ着いたぜよ。六日は非番じゃろ。人形町《にんぎょうちょう》の鰻屋《うなぎや》でひさしぶりに会おうじゃいか。遅うなりゃ、俺の部屋へ泊まっていきや。万次郎さんが御用部屋へ呼び出されりゃ話はできんが、まだしばらくはゆっくりできるじゃろ」

龍馬は手を打ってよろこぶ。

「万次郎さんがきなさったか。きっといきますきに、会わせとうせ」

広之丞は畚《もっこ》で土を運ぶ、褌ひとつの土方の行列を見ていた。

「台場ごしらえは、はかどっちゅうか」

「そうですろう。海のなかに石垣ができちょりますきに」

広之丞は材木置場の浜に出て、沖を眺めた。

「ほう、手回しよう、やっちゅうぜよ。江川太郎左衛門は、こんな所へ台場を築いても、竹に縄をつけて立てちょくがと同様じゃといわれたそうじゃが、ないよりゃましぜよ」

幕府は江戸防衛に懸命に力をそそいでいるが、ペリーと入れかわるようにロシア極東艦隊四隻が、七月十八日に長崎に入港し、通商を要望する国書を持ってきた。

国書の内容は、ロシアのほうがきびしかった。日露国境をさだめ、通商貿易をおこそうというのである。

九月六日の暮れ六つ（午後六時）の時鐘《ときがね》が、茜《あかね》色を残す夕空に鳴る頃、龍馬は吊り行灯、格子掛け行灯、大小の提灯《ちょうちん》に照らされた、人形町の鰻屋まえで、広之丞と万次郎に会った。

明るく火のともった招牌《しょうはい》（招き行灯）の脇《わき》に立つ万次郎は、黒羽二重《くろはぶたえ》紋付に仙台平《せんだいひら》の袴をつけ、両刀を帯びていた。

龍馬は笑顔で近づき、歓声をあげた。

「こりゃ万次郎さん、傍《はた》へ寄れませんのう。髪の結いかたさえ変えりゃ、ご直参《じきさん》に見えます」

万次郎は陽灼《ひや》けた顔を崩した。

「羽織袴は窮屈でのーし。刀も重とうていかん。どんざがいっち身に合《お》うちょります」

どんざとは、土佐の漁師の仕事着である。

広之丞がいった。

「龍やん、万次郎さんを今晩呼び出して、よかったねや。昨日はお勘定奉行の役屋敷へ呼ばれて、松平河内守《かわちのかみ》、川路三左衛門《かわじさんざえもん》（聖謨《としあきら》）の両奉行のほかに、林大学頭、江川太郎左衛門、小栗上野介《おぐりこうずけのすけ》やら、大勢の衆に朝から晩までアメリカの話を聞かれたがじゃ。右筆《ゆうひつ》がそれをいちいち書きとめて、ご老中のご覧にいれるがぜよ。そのうちにゃ、引っぱりだこになって、俺らに会う暇は無《の》うなる。お留守居の原さまは、万次郎さんが直参にとりたてられると、いうちょるぜよ」

「そりゃ、よかったねや」

三人は二階座敷にあがり、ひさびさの対面をよろこびあった。

龍馬はたずねた。

「お勘定奉行がたは、どがなことを聞きなされたがですか」

万次郎は天井をむき、明るい笑い声をたてた。

「お国に戻ってから、皆さまに聞かれたがと、おんなじばあのことですろう」

「はじめに、なにを申されたがですか」

「そうじゃなあ。アメリカの共和政治州の成りたちから聞かれたがです」

広之丞がうなずく。

「ほう、公儀はそがなところが気になっちゅうがか」

アメリカは北アメリカのうち緯度三十度から五十度のあいだにある大国で、南はメキシコへつづき、海峡をへだて南アメリカと対する。

北は北アメリカのうちイギリス所属の国々と接し、南部は暖かく、北部は寒気烈《はげ》しく、中部は温暖で産物多く、海外との交易も繁昌《はんじょう》している。万次郎は、そう説いたのち、幕臣たちが興味を寄せる共和政治にいい及んだという。

万次郎は幕府の大官たちの名前も知らないままに、彼らの質問に答えた。

「アメリカは、七、八十年前まではイギリス国のもので、奉行が治めちょりました。そのうち人民がそのいうことを聞かんようになり、独立の国となり、共和政治をたてたがでござります。はじめは十三州が共和しちょりましたが、追い追いにふえ、いまでは三十四州となり、強国となったがです」

列座のうち、眼鼻立ちの陰影のふかい、五十がらみの逞《たくま》しいひとりがたずねた。

「アメリカには、いかなる人種が住まいいたすか」

「本土の者も、海を渡って諸国からきた者もおるがです。体つき、眼の色、髪の色もちがい、町の様子はヨーロッパと同様にござります」

小柄で、顔に痘痕《あばた》のある目尻《めじり》のつりあがった、万次郎とおなじ年頃に見える若者が聞く。

「アメリカに国王はおらぬのだな」

「さようにござります」

万次郎は共和政治について、かつて龍馬たちに語った通り詳しく説明した。

万次郎は勘定奉行川路三左衛門に聞かれた。

「そのほうは、アメリカの大統領ミルラルド・ヒルモオレと、使者として渡来いたせしペルリと申す者を存じおるか」

　万次郎は二人の名を知らなかった。

「三年前までは、フラジデンはテエラと申す人にござりました。私はミルラルド・ヒルモオレとペルリは名前を承ったこともないがです。それはオランダ語ではないですろうか。アメリカよりさしあげし書面なれば、一見いたせばあい分かりまする」

　広之丞と龍馬は、万次郎が勘定奉行たちの問いかけに答えた様子を、興味ぶかく聞いた。龍馬がたずねた。

「黒船が品川沖まで入りこみ、空砲《からづつ》を撃ってこなたを脅しよったがは、なぜですろうか」

　万次郎は即座に答えた。

「アメリカの船が日本に立ち寄れるようになりゃ、キャラホネ（カリフォルニア）とチャイナのあいだの往来が楽になるがです。それに日本の石炭を欲しいがですろう。蒸気船には、仰山石炭が要《い》りますきのう。いまはイギリスのニューキャッスルで採れた石炭を、上海《サンハイ》で高値で買うちょります。それでご公儀を脅しつけても通商せにゃいかんと思うて、空砲を撃ちよったがですろう」

　龍馬たちは行灯のおぼめく光のなかで、鰻料理を前に酒を飲む。すだれを吊った窓から弦歌の騒《ざわ》めき、太鼓を性急な調子で打つ音が聞こえてくる。そんな物音がとぎれるとき、高知で聞くのと同様の、鈴を振るような虫の声が地面から湧《わ》きあがってくる。

龍馬は万次郎にたずねたいことを、幾つも思いついた。

「石炭が仰山日本にあるがを、アメリカ人がなんで知っちょりますか」

「長崎のオランダ出島のカピタンが、教えたがです。それはお奉行さまからお聞きしたがでのーし」

万次郎は日本で石炭が産出されているのを、アメリカで知られているわけがないと思っていた。

彼がフェアヘブンに住んでいた頃、石炭は南アメリカから安値で大量に輸入されていた。そのため日本から購入する必要はなく、アメリカ側は石炭置場を、清国との航路に近い長崎、薩摩、琉球などに借りうけたいだけであろうと、勘定奉行たちに語ったが、かえって川路三左衛門に事情を教えられたという。

「サンフランセスコからホンコンへ蒸気船でゆくには、片道二十三、四日はかかるでのーし。そのあいだに使う石炭を、荷棚の半分ほどに積まんといかんがです。ホンコンで石炭が買えるかどうか分からんき、帰りに使う分も積んだら、荷棚はふさがりますろう。軍船ならそれもええが、商いをする船ならどうにもならんき、日本の石炭を欲しがっちゅうそうです」

蒸気船に乗り組んだことのない万次郎は、石炭についての事情に通じていなかった。

「ほかに、どがなことを聞かれたかのう」

広之丞が問う。

「アメリカの軍船とメキシコの台場が、大砲を撃ちおうたときの様子を、申しあげたがです」

万次郎は弘化三年二十歳のとき、捕鯨船で航海に出た。

パシフィック・オセアンに出て、カリフォルニアの海上でアメリカの軍船五、六艘が、メキシコの海岸台場を砲撃交戦しているさまを見た。

双方から撃ちだす砲弾の形を、遠眼鏡《とおめがね》でとらえることができた。軍船は砲身の内部に腔綫《こうせん》をきざみ、先端の尖《とが》った砲弾を撃ちだすアームストロング砲を装備していたため、射程、破壊力において台場の備砲にまさっていた。

台場は頑丈な石造であったが、ことごとく破壊され、火柱を噴いた。大官たちは万次郎の実見談に、聞きいったという。

広之丞が短い笑い声を洩《も》らした。

「公儀じゃ、いま品川沖に台場を築《つ》きにかかっちゅうき、お前《ま》さんの話は骨身にこたえたがじゃろ。江川殿は砲術学者で、台場は何の役にも立たんといいゆうがぜよ。お前さんも見ちょったか」

万次郎は眉をひそめた。

「あれは、ほんまに気休めのようなものですろう。アームストロングで撃たれりゃ、土手の土盛りらぁは、吹き飛んでしまいよる」

龍馬は万次郎の話を聞くうち、せきこんでたずねた。

「アメリカは、戦をしかけるつもりですろうか」

万次郎は首を振った。

「そがなことはせんですろう。どこの国でも通商をして、仲ようやっちょりますき、わけもなしに攻めてはこんでのーし。ことに日本はオランダとながいことつきおうちょりますき、アメリカも無法はできんがです」

大官たちは、オランダ、ロシアが日本の禁制を守り、長崎に入津《にゅうしん》するのにくらべ、アメリカが突然浦賀に来航する非礼をあえてしたことを、憤っていた。

万次郎はアメリカ人の気質につき、説いた。

「長崎は江戸から遠く離れ、諸事は江戸まで伺いの使いを立てまするゆえ、相談は急にととのいかねまする。浦賀は江戸に近いので、都合よしと思うて渡来したのでござりましょう」

共和政治では、大統領以下役向きの者も、人民に対し、上下の分け隔てをしない。用向きがあれば、平民でも大統領に直接に会い、文通できる。

諸事にわずらわしい手続きを嫌う国柄であるため、浦賀へきたのであろうというと、大官たちはうなずきあった。万次郎は龍馬たちにいう。

「私はフラジデンに道で行き会うて、立ち話をしたことがあったがです。黒いラシャの筒袖《つつそで》に股引《ももひき》つけて、供は一人だけでござりますというたら、殿さま方はびっくりなされたがです」

龍馬は笑いながらたしかめる。

「ほんまにフラジデンに会いなさったがですか」

「ほんま、ほんま」

万次郎も笑いつつ答えた。

「アメリカはなんでメキシコと戦をしよったがですろう」

「メキシコは、アメリカの船が領地の海辺へ近寄るのを咎《とが》めよりました。それで戦に負けて、領地のおおかたを取られたがです」

万次郎は、黒船が浦賀から品川辺りまでの沿岸測量を強行した理由について、大官たちの質問をうけると、それは不当な行為ではないと説明したという。

「海底の測量は、異国の大船がはじめて着いたところじゃ、まずやらにゃいかんものですろう。港口の浅瀬やら暗礁《はえ》のありかをたしかめ、浅いか深いか案内《あない》を知っちょかにゃ、船底を傷め、乗りあげて船を捨てにゃいかんようになることもあるがです」

龍馬がたずねた。

「海の深浅を測量しちょりゃ、合戦のときに攻めやすいですろう。それで舟手の役方が制止しよったがですがのう」

万次郎は首を振った。

「アメリカは、日本を攻め取ろうとは思うてはおらんです。取るには、片道二十幾日もかけて、軍船を何十艘もそろえて攻めにゃいかん。それだけ手間をかけて取るより、仲良うして石炭らあを分けてもらうがが得じゃと、思うておりますろう。キャラホネのように、金がいくらでも掘れる近所なら、戦をしかけることもあるがのーし」

龍馬はアメリカが、情勢によっては他国を侵略する場合もあると知った。

近所の茶屋から、三味線をかき鳴らし、近頃流行の大津絵節《おおつえぶし》を唄う芸者の声が流れてきた。

〽雨の夜に、日本近く寝ぼけて流れこむ唐模様《からもよう》、黒船に乗りこむ八百人。大筒小筒をうちならべ、羅紗猩々緋《らしゃしょうじょうひ》の筒袖長襦袢《ながじゅばん》、大将軍は部屋にかまえてまじめ顔、なかにもひげの長いジャガタラ唐人《とうじん》が海を眺め、キクライキクライ、キンニョーキンニョーと、もらいし大根みやげに、アメリカさして帰りゆく

広之丞が唸《うな》るようにいった。

「異国船はいつかはくると思うちょったが、きてみりゃ公儀は打つ手も考えつかんていたらくぜよ。大船建造さえいまだに許してくれんきのう。ご家中御代々の軍役は、弓、長柄《ながえ》、挟み箱、中間《ちゅうげん》、小者ばっかりで、肝心の戦争人《せんそうにん》は、総人数の十分が一もないきねや。万次郎さん、これじゃアメリカの相談をことわれまいが」

「いずれは遅かれ早かれ、通商せにゃいかんきに、いまが潮時ですろう。江戸は北京《ペイピン》、ロンドンと並んで世界第一の繁昌地じゃと、世界に知れ渡っちょりますが」

龍馬は、万次郎がアメリカとの通商を望んでいるようだと察した。

龍馬はその夜、品川屋敷へ帰らず、築地屋敷の広之丞の部屋に泊まった。

二人は布団を並べて敷き、土間の格子窓から月明かりがさしこむ薄くらがりのなかで、ながいあいだ話しあった。

広之丞は昔話をした。

「俺らあが子供のときにゃ、浦戸の長浜《ながはま》にいつ頃の物か分からん、古い三貫匁筒

が据えられちょったがのう。知っちゅうか」

「それは、見たことないですろう」

「大人らあは、異国船がくりゃ、それで打ち砕くといいよった。この筒を撃ちよったら、十里四方が暗黒になるき、容易にゃ撃たんというがぜよ。そればあ聞かされただけで、気丈夫に思うたもんじゃ。いまから思うてみりゃ、皆気楽じゃったねや」

龍馬は長浜、仁井田浜のお固め場で、青銅製大筒の抱え撃ちを試みる、駆付《かけつけ》郷士の硝煙と砂にまみれた姿を思いうかべる。撃ち放した鉛弾は、男衆たちが鍬で砂浜から掘りだしてきて、幾度も用いる。煙硝代が高いので、暮らしむきにゆとりのある者しか砲術稽古ができなかった。

「いままで器械にゃ縁のない俺らじゃき、黒船を見たら脅されるがぜよ」

龍馬は、広之丞のいう通りだと思った。

土佐から江戸へくる途中の景色は、草葺《くさぶ》きの家がつらなるばかりで、鉄や銅でこしらえたものといえば、寺の釣鐘ぐらいである。

草木の生い茂ったのどかな景色のなかを、牛車、馬車、大八車や駕籠《かご》が、たまにゆきかうばかりで、人々は自然にとけこんで暮らしていた。

世界第一の大都である江戸の築地屋敷にいても、朝は近所の堀川から聞こえてくる、いろいろの水鳥のにぎやかな啼《な》き声でめざめる。

そのような生活は、黒船に乗ってきたアメリカ人の大砲によって、脆《もろ》くも砕かれる。彼らに立ちむかうのは、日本刀をふりかざす侍の肉弾のみである。

広之丞が声をひそめて秘事をうちあけた。

「これはほかに洩らせんことじゃがのう。象山先生が俺に打ちあけなさったがじゃ。吉田寅次郎が、この月のうちに長崎へいく。ロシアの軍船に乗って、異国へ渡るためじゃ。それは先生にすすめられてのことらしい。近頃、土佐の万次郎が難船したあげくアメリカに渡り、帰ってきた。公儀では今度万次郎を召し出して、通詞に使うことになった。それで寅次郎も難船をよそおって外国に渡り、二、三年も形勢事情を調べて帰りゃ、大いに国家のためになると先生はいうがぜよ」

「俺もいきたいがです」

龍馬がいった。

広之丞は吉田寅次郎が、ロシアの軍船に便乗できる可能性はすくないと見ていた。

「先生も吉田も、思い立ったら一途《いちず》じゃき、危ないこともやりゆうぜよ。まあ考えてみいや。ロシアの船に乗りこむがが難儀じゃろう。乗せてもろうたとしても、ロシア人が奉行所をはばかって船から下ろすかも分からん。そうなりゃ、国禁を犯したがじゃき、ただじゃすまん。労多くして功すくなきことになるねや」

広之丞は、吉田の外国密航のくわだてが、黒船渡来ののち、象山から幕府勘定奉行川路三左衛門へ、外国軍船購入をすすめたときに、はじまっていたという。

「その策は、いったんおこなわれかけたそうじゃ。川路は軍船を買うについて、幾人かの若い者を異国へやり、先方の事情を見聞させるつもりで、佐久間塾にゃえい若者がおらんかと聞いたがじゃ。先生は幾人かの名前を差しだしたが、そのなかに吉田の名を書かれた。ところがその策が差し戻されたがよ。それで吉田は禁制を犯しても西洋へ遊学せにゃいかんと、思いたったがじゃ。長州じゃ、江川太郎左衛門の護衛をしゆう桂《かつら》小五郎《こごろう》（のちの木戸《きど》孝允《たかよし》）も、本藩へ西洋遊学を願い出たが、許されんかったという評判が聞こえちゅう」

龍馬は、吉田が国家のために危険を冒す心境が理解できるが、広之丞の冷静な判断にも同感であった。功を焦ってやり損じたときは、命を失う。

龍馬は、吉田寅次郎のつよい光芒《こうぼう》を帯びた眼差《まなざ》しを思いうかべる。

――俺にゃ、あの人のまねは、まだできんわよ。恋人《といち》が待っちょるき――

龍馬はお琴に会う日を、待ちかねていた。来年に黒船がきて大騒動になろうと、土佐へかならず帰ると思いきめている。

市中では、練革《ねりかわ》でこしらえた具足を売り歩く商人が眼につく。アメリカ兵との白兵戦にそなえるため、そんなものを買う侍が多かった。

職人たちのうちには、黒船襲来にそなえ、珍奇な兵器をこしらえる者がいた。深川の船大工が、黒船の外輪と外見の似た車輪船というものを工夫したが、足踏み式の車輪ではほとんど進まず、そのうちに車軸が外れてしまい、失敗に終わった。

浅草の馬具師は、水中を潜って敵船に近づくため、革の空気袋をつくった。それで潜水しつつ呼吸するという仕掛けであったが、物笑いの種となっただけであった。

龍馬は若いが、物事の核心を見抜いているようなするどい発言で、広之丞を感心させることがあった。広之丞はそのような才気を認めて、龍馬とつきあっている。

龍馬は暗い天井を眺めながら、枕《まくら》を並べている広之丞にいった。

「来年、黒船がきても、戦にゃならんと思います」

「なんでじゃ」

「誰も本気で、戦するつもりはないですろうが。このままやりゃ、負けるにきまっちゅうと、皆知っちょりますき。そのうちアメリカやイギリス、フランス、ロシアと交易して、世界と行き来するようになりゃ、だんだん賢うなりますろう」

「お前んは、なんでそう思うがじゃ」

「この頃、品川御屋敷で人数調練やっちょりますが、その様子を見りゃ、分かるがです」

龍馬は、品川屋敷に詰めている二百人ほどの上士、郷士、足軽の法螺貝《ほらがい》、太鼓、陣鐘《じんがね》を使う調練に加わり、まったく統制のない士卒の動きに呆《あき》れるばかりであった。

「三器調練というても、法螺貝の音はかすれほうだいで、太鼓は勝手に打ちゆう。皆が持っちょる筒は、十匁もありゃ、五匁、三匁もある。なかには燧仕掛《ひうちじか》けの洋銃もまじっちょるき、空砲撃《からづつ》ちゆうときもまちまちで、本気で黒船相手に戦しゆうような有様じゃないがです。それに、いまになっても、侍じゃ、郷士じゃ、徒士足軽じゃと、分け隔てばっかり気にしちょりますし
昔は上士と郷士は刀槍、足軽は鉄砲と、所持する武器が定められていた。

戦場へ出陣するときの備えは、先頭が鉄砲隊、つぎが長柄の槍隊、そのうしろが侍隊である。

彼らがもっとも鋭敏に気を配るのが、袖印《そでじるし》であった。袖印は侍、郷士、足軽の区別がある。侍のうちでも上士、下士の身分によって、色、模様がちがう。軍旗も同様である。

洋式のオランダ調練では、その区別がない。士格の者は、区別がなくなることに反対した。

「銃隊をふやして、野戦砲も持たにゃいかんがは分かるが、なんで足軽とおなじようにせにゃいかんがじゃ。俺らあは、そがなことをするために、高禄《こうろく》をいただいておるがじゃないろうが」

彼らは袖印、旗によって身分をあきらかにし、禄高にふさわしい地位、待遇を望むので、調練に出ても指揮官の号令をわざと聞き流し、隊列を乱した。

龍馬が品川屋敷警固の任務を解かれ、築地屋敷の長屋に戻ったのは、秋色も濃い九月なかばであった。

彼は九月二十三日、父八平に近況を知らせた。

「いったん海岸警衛の役は免ぜられたが、来春にはまた品川に戻ります。異国船は日本の諸所に来航しているので、まもなく戦が起こるかも知れません。そのときは異人の首を取り、手柄をたてて帰国します」

江戸では日を追って攘夷論がさかんになってきていた。

幕府では諸大名にアメリカとの通交につき意見を徴しているが、攘夷を主張する者が多い。武家として異国の恫喝《どうかつ》に屈すべきではないという、建前を押し通そうとする。

土佐藩主山内豊信《やまうちとよしげ》が八月二十一日付で幕府へ差しだした建言書の内容も、主戦論であった。

「アメリカが大艦巨砲をもって日本を脅し、交易をひらこうとするのは、イギリスが清国にしむけたのと同様に、思うがままの支配をするためである。

アメリカに交易を許せば、諸外国にも門戸をひらかねばならない。わが国の北辺をうかがうロシアにはどのように返答をするか。そうなれば国力も尽きはて、万民の困窮は目前である。

アメリカの無礼の申し出は一切拒絶し、オランダの工人を召し寄せ、兵艦、大砲製造を急がねばならない。いったん交易を許し、その間に海防の備えを急ぐのは、成算あるように見えるが、士気がふるいたたず、結局実効があがらない」

幕府は諸藩の攘夷論を聞くまでもなく、和戦両様の支度をととのえねばならなかった。

翌年ペリーが来航すれば、平穏に通商延期のぶらかしをおこなう方針であるが、その際相手が戦闘をしかけてくれば、全力をあげて防禦《ぼうぎょ》しなければならない。

龍馬は築地に戻ると、千葉道場へ撃剣稽古に通いはじめた。佐久間塾には入門願いを出しているが、諸藩からの門人が多く、欠員を待たねばならなかった。

溝淵広之丞は、龍馬にひそかに伝えた。

「吉田寅次郎は十八日の朝、江戸を発《た》って長崎へいったぜよ。命がけで、思いきったことをやったもんじゃ。かわりにお前んを入門させようと思うたが、できざった。あとふた月ばあ、待たんとしようがないねや」

「えらいもんじゃ。寅次郎さんはやっぱり、いったがですかのう」

龍馬は、ふるびた衣類をつけた、蓬髪《ほうはつ》の寅次郎の瘦《や》せた後ろ姿を思いうかべた。

秋が深まるにつれ、土佐の国許から江戸表加勢の侍、大砲方が、兵器とともに続々と出府してきた。江戸市中では諸物価が騰貴し、来年には戦争がはじまると見た町人たちは、妻子を在所へ避難させていた。

江戸は冬場に火事が多いので、富裕な商人の家族が郊外の控《ひか》え家《や》で春を迎えるのはめずらしいことではないが、黒船騒ぎののちは海沿いの町屋に、女子供の姿がすくなくなった。

土佐藩屋敷の塀外を警固する辻番は、往来の取り締まりをきびしくおこなうので有名であるが、世間が物騒になってきたので、足軽のうちでも武芸に達した屈強の者を置くようになった。

築地屋敷では、ときどき辻番の足軽たちが笑いながら話しあっていた。

「昨夜喧嘩を吹きかけてきよった侍をつかまえたら、朋輩が取り戻しに馬できよったがじゃ。負けちゃおれんき、棒を投げて、馬を引っくり返しちゃった。馬ばあ乗りよっても、どうつこたない」

「捕まえたのは、何者じゃ」

「薩摩者じゃが」

土佐藩足軽の棒遣いの巧みさは、江戸市中に知れ渡っていた。

龍馬は千葉道場の寒稽古がはじまると、毎朝八つ半（午前三時）に築地屋敷を出て、新材木町の千葉道場へ通った。途中の道筋は通行人の提灯を見ることも稀《まれ》である。寝静まった町並みでは、軒下に近寄らず、星明かりにおぼろに浮き出る道のまんなかを歩く。

辻を曲がるときも、道の左右にかた寄らない。辻斬《つじぎ》りに襲われる危険があるためであった。江戸では刀剣の値段が鰻のぼりに暴騰しているので、二本差した侍でも辻斬りに狙《ねら》われた。

冷えこみのきびしい十一月なかばの朝、龍馬は竹刀袋《しないぶくろ》を担ぎ、霜柱を踏んで稽古に出かけた。寒稽古は、手もとがようやく見分けられる早朝から、夕方までつづく。そのあいだは防具の弛《ゆる》みを直すときのほかに、面をはずしてはならない。食事も、面金《めんがね》のあいだから節を抜いた細竹をさしこみ、口にくわえ、粥《かゆ》をすする。

荒稽古をつづけるうち、龍馬の五体には力がみなぎってくる。彼は朝になると、前夜までの足腰の痛みも忘れ、道場へ急ぐ。

家並みの切れた火除地《ひよけち》には、野犬が群がって住みついている。龍馬の足音を聞きつけた一匹が吠《ほ》えると、たちまち前後左右から数も知れないほどあらわれた。

「うるさい奴らじゃ」

龍馬は足もとの小石を拾って投げた。

野犬は石を投げられるといったん退くが、数をふやし集まってくる。たかをくくって油断すると、足首とか股《また》の急所を狙い嚙《か》みつく。

龍馬は鼻にしわを寄せ、歯を剝《む》きだし迫ってくる犬を、竹刀では追い払えないと見て、肩からななめにかけた竹刀袋の紐《ひも》をしめなおし、左行秀の大刀を抜いた。

火除地の薄暗がりに、莚《むしろ》をかぶった乞食が数人、坐《すわ》っていた。彼らが手なずけた野犬をけしかけているのである。

――嚙まれて立ち往生したら、しまいじゃ。斬らにゃいかん――

刀身に刃こぼれができるだろうが、ためらってはいられない。龍馬は腰をおとし、右手に持つ刀の棟を右肩にもたせ呼吸をはかり、道端の欅《けやき》の大樹を背にした。

犬は二十匹を超えている。龍馬が動きをとめると、巨大な赤犬が毛を逆立て、唸りつつ迫ってくる。龍馬は高知の坂本山で、野犬の群れが猪《いのしし》を襲うのを見たことがあった。

野犬は円陣をつくって猪を取り巻く。先導する一匹が牙《きば》を避けて下腹に食いつき、振りまわされると離れるが、あとにつづく犬が猪の疵口《きずぐち》に嚙みつく。数頭が嚙みついては体重をかけ疵口をひろげてゆくと、腸がはみだしてくる。そうなれば、どれほど猛《たけ》り狂っても、猪は最期を迎えねばならない。

龍馬は群れの先頭に立つ犬を斬らなければ危ういと直感した。赤犬が首を地につける姿勢から、弾丸のように飛びついてきたとき、龍馬は刀身を右袈裟《けさ》がけに振りおろした。

赤犬は絶叫を放ち、独楽《こま》のように回った。龍馬に右前足を斬られ、悲鳴を上げ、よろめき逃げてゆく。

野犬の群れは、潮の引くように去っていった。龍馬は星明かりで刀身をあらためたが、刃こぼれはない。手拭いでていねいに拭ききよめた刀を鞘《さや》に納めた。

身を切る風のなかを一丁ほど歩いたとき、不意に三つの人影が前をふさいだ。龍馬は足を踏んばり、左手を大刀の鍔《つば》もとにかけた。

――こんどは人間か。二本差しばっかりじゃ。今日は厄日ぜよ。俺もここで死ぬるがか――

人影はすでに刀を抜きはなっていた。龍馬も静かに抜く。三人を相手に斬りあえば、死ぬよりほかはなかろうと、覚悟をしたとたん、自分でも思いがけない怒声が喉からほとばしり出た。

龍馬は撃剣稽古で、相手と剣尖《けんさき》を交わすとき、ひと声気合をかけることがあるが、おおかたは無言である。

真剣をつかい、巻藁《まきわら》、据物《すえもの》を斬るときはまったく気合をかけず、呼吸と手のうちの拍子をあわせて動く。

彼は高知にいたとき、斬首《ざんしゅ》された罪人の遺体を試斬りした経験があった。師匠の日根野弁治が、夜中に雁切《がんきり》河原で試みさせてくれたが、炬燵《こたつ》を抱かせてあたためていたのであまり硬《こわ》ばっていない遺体の胛《かいがね》（肩甲骨）と腰車《こしぐるま》（骨盤）を斬った。

手ごたえはほとんどなく、むずかしい箇所を両断して、土壇《どだん》まで斬りこんだので、日根野と土居楠五郎に褒《ほ》めてもらった。

「龍馬は引きがつよいき、手のうちが締まるぜよ」

竹刀稽古では、飛びこんで面、小手、胴を打ち、片手横面、突き、退き面《の》などさまざまの方向から攻撃をするが、真剣を遣うときは摺り足《すあし》で、刃筋をまっすぐ立てていなければ、着物一枚も切断できないことがある。

龍馬は据物斬りの要領で刀を下段青眼《せいがん》に構え、三人の敵のうち向かっていちばん右手の男に襲いかかろうとして、無言でしかけるはずが、夢中で喚《わめ》いた。声が自然に流れ出た。

「なんな、おんしら、刀取りにきたがか。俺は首取るぜよ。こじゃんとやっちゃるぞ」

右手の男が青眼にとっている刀を危ないとも思わず、龍馬は右足をおおきく踏みこみ、右肩に担いだ刀身を右横一文字に振り、左に振り戻し、また右に振った。たしかに手応《てごた》えがあった。相手がうしろへ飛びさがった。左手の敵の攻撃を覚悟していたが、何の動きも見せない。

龍馬は敏捷《びんしょう》にむきなおり、右八双にとってあらたな敵に摺り足で迫ってゆく。ひとりが急に背をむけて逃げ、いまひとりが後を追った。

地を踏む足音が遠ざかってゆき、龍馬は三人の賊を追いはらったと気づいた。

――こりゃ、俺の一人芝居のようなもんぜよ――

龍馬は、敵がいったん逃げて、どこかで待ち伏せしているのではないかと、緊張をゆるめず、抜き身を肩に担ぎ、歩きながら足先で石を拾おうと探るが、ないので砂を手拭いに包み、目潰《めつぶ》しに投げてやろうと、行く手を睨んだ。

龍馬は千葉道場の灯火が見えるところまできて、目潰しの砂を捨て、刀身を手拭いでていねいに拭った。

手拭いをあらためると、黒い粉のようなものがついていた。乾いた血である。刀を鞘に納めるとき、左胸に疼《うず》きが走ったが、そのまま道場玄関横の井戸端で、すすぎを使おうとした。

龍馬につづき、寒稽古にきた越前藩士が、声をかけた。

「貴公、どうした。胸もとが破れているではないか」

「何ぜよ」

龍馬は玄関の軒下に吊るした大提灯に近づき、上衣をあらためる。

彼は銘仙藍竪縞《あいたてじま》の綿入上衣に、金巾木綿割羽織《かなきんもめんわりばおり》をかさねていたが、羽織の紐がちぎれ、上衣の左胸が五寸ほど裂けていた。

「この染みはなんだ。血ではないか」

越前藩士がおどろいたようにいい、稽古着姿の門人が幾人か駆け寄ってきた。

龍馬は上衣をあらためようとして、刺すような痛みに顔をしかめる。

「やっぱり斬られちょったか」

龍馬は呻《うめ》くようにいい、身を屈《かが》めた。

「痛うてたまらん」

上衣の下に、黒八丈の半襟《はんえり》をかけた襦袢を着ているが、それを引っ張ると、耐えられない疼痛《とうつう》が走る。襦袢が血糊《ちのり》で疵口に貼《は》りついていた。

龍馬は急に全身の力が萎《な》え、門人たちに担がれるようにして、道場へあがった。

一人が奥へ知らせにゆき、重太郎と佐那があらわれた。

　重太郎が聞く。

「怪我《けが》をしているのか」

「はい、ここへくる途中で、三人連れの追《お》い剝《は》ぎにやられたがです」

「そいつらを追っ払ったのか」

「一人に打ちこんで、手応えがありました。あとの二人に打ちかかるとき、叫《おら》びよったら、そのまま逃げました」

「それで、手疵をこらえてここまできたのか」

「いえ、暗かったので、怪我したとは分からざったがです。お玄関の前で、着物《きいもん》が破れちゅうといわれて、血ぃの染みを見たら、痛うてたまらんなったがです」

　重太郎と門人たちが笑い声をたてた。

　佐那がいった。

「すぐ疵所をあらためて、お医師に手当てをしてもらいましょう」

　龍馬の疵は浅かったが、医師は焼酎《しょうちゅう》で消毒したあと、疵口を縫いあわせた。金創油、椰子《やし》油《ゆ》を塗ったうえに、鶏卵の白身にひたした木綿布を三重に置き、そのうえに三重の酢木綿をかさね、膏薬《こうやく》で貼りつける。

　それを肩から腋《わき》の下へかけ巻木綿《まきもめん》（包帯）で固定したので、龍馬は身動きができなくなった。

医師はいった。

「この様子なら、三日は動かぬほうがよろしい。毎日巻木綿を替え、まあ六、七日で糸は取れよう。ちょうど冬でよかった。夏であれば膿《うみ》をもちかねぬからな」

龍馬は千葉家の一室で、三日間療治をうけることになった。

「まっことご厄介になって、あいすみませぬ。今日のうちに駕籠で帰りますきに」

龍馬がいうと、重太郎がとめた。

「いらぬ気遣いはするな。いま無理に動いて疵負けすれば大事になるぞ。医者殿のいう通りにしろ」

佐那が固い口調でいう。

「あなたのお世話は、私がいたします。何事もご斟酌《しんしゃく》なされぬように」

「これは、おそれいってござります」

七月に才谷屋の石灰船が、父八平に託された荷物を運んできた。

龍馬は千葉道場へのみやげとして送られてきた高価な和紙と鰹節、酒盗を重太郎のもとへ届けた。それは手厚い付け届けではあったが、音物《いんもつ》を贈る門人はめずらしくない。

入門して日の浅い龍馬が、千葉道場で療養し、道場で門人たちの人気を集める眩《まぶ》しい存在である佐那の看病をうけるのは、思いもかけない好遇であった。

　重太郎は龍馬の刀を抜き、あらためた。

「物打ちに血曇りがある。たしかに相手に一太刀打ちこんでいるようだが、この分では向こうも浅手だろう。慌てて踏みこみがたりなかったんだな。これならよく斬れるだろうが」

　重太郎は、左行秀を軽く振ってみる。

「しかし、相手もかなりの手のうちだな。綿入れのうえから斬りこんでいるんだから、よくやったものだ。もつれあったときに、剣尖がかすっただけなら、上衣と襦袢を斬り破れなかっただろう。まったく命拾いというもんだ。考えてみれば、いい修行をしたんだよ。命のやりとりを一度すれば、胆《きも》っ玉《たま》のすわりようが違ってくるからな。俺の体にも刀疵がふたつあるんだ」

　重太郎は歯をみせた。

　龍馬は千葉家にいるあいだに、当主の定吉《さだきち》から教えられた。

「敵に勝とうとばかり思ってあせれば、頭に血がのぼって胸が躍り、かえって進退の拍子がとれなくなってしまう。敵に斬られまいとして、防ぐいっぽうになれば、胆がちぢみあがって相手に気を飲まれる。これは剣の道だけに限ったことではない。何事においても勝敗を考えることなく、虚心に立ちむかうことだ。そうすれば、乱暴人を前にして綽々《しゃくしゃく》と動けるものだよ。虚心になるためには、日頃の稽古が大事だ。こんどは運よく命拾いをしたんだから、技を練ることだ。稽古を重ねりゃ、胆っ玉は自然にできてくる」

龍馬は築地藩邸に帰ったあと、しばらく養生のため、道場通いを休んだ。

溝渕広之丞が見舞いにきて、家中の様子を教えてくれた。

「この月のうちに、また大廻し船が鉄砲を国許から運んできちゅうぜよ。書付けが先にきちゅうが、一貫匁玉、三百匁玉、百五十匁玉の筒が一挺ずつ、十匁玉筒が三十挺じゃ。鉄砲玉は八千百で、一貫匁玉が百、あとは十匁玉と五匁玉ばあじゃ。品川御屋敷の台場へ据えるつもりじゃろうが、無いよりゃましかねや」

高島流砲術師範徳弘孝蔵が江戸に出府して、品川屋敷浜側に砲台を設置する計画は進み、幕府に願書をさしだしている。

国許では、黒船来航を契機として藩政大改革がすすめられていた。藩主山内豊信は従来、奉行、仕置役、大目付の要職についていた老齢の上士たちを、非常時にあたって、壮年の人材と交替させた。

あらたに大目付となった吉田元吉（東洋）は、龍馬も路上で見かけたことがあった。馬廻《うままわり》で知行二百石。かつて船奉行をつとめ、嘉永元年に無役となってのち、城下帯屋町の屋敷静遠居《せいえんきょ》に隠棲《いんせい》し、彼を慕う若侍たちとともに読書、講学をおこなっていた。

　豊信はさらに、家中の旧勢力を抑えるため、八月に家老たちの行状を調べ、処罰した。坂本家が預かり郷士として所属している家老福岡宮内は、八月一日から同月二十六日まで閉門を命ぜられた。

　宮内は家老の深尾弘人《ふかおひろめ》に招かれていた夜、近所で火事がおこったので、刀を手にしたまま供の者も連れず、あわてて帰宅したのが、家老として不行届きのふるまいであるとされた。

　他の家老たちも、些細《ささい》なことを落度にされたが、いずれも軽い処罰である。だが前例のないことであったので、家中の耳目をおどろかすに充分であった。

　十一月の江戸は、空《から》っ風《かぜ》が吹きさかった。町角の火の番小屋には、鳶《とび》の者がつめかけ、日が暮れると、チャンコン、チャチャコンと夜回りの金棒を曳《ひ》く音が聞こえる。

　龍馬が千葉道場へ通う道端では、子供たちが羽子板を持ちだし、羽根つき遊びをしていた。西の空が茜に染まる夕方でも、風が砂埃《すなぼこり》をまきあげるなかで、唄声をひびかせている。

〽風吹くな、なあ吹くな、水戸さまの
　前で銀羽子《ぎんはご》拾って、親《およ》羽根子羽根

土佐の海辺では、秋から冬にかけ西南風《やまぜ》が吹き荒れる。沖は暗く、海は白波の牙をたて、低い棟を寄せあう漁師の集落は、風に吹きとばされそうに震動する。

――早う去《い》んで、皆に会いたいのう――

龍馬は家族、親戚、友人の顔を思いうかべる。赤石の郷士屋敷の、土塀、竹垣に囲まれた庭先で、お琴がお好とたたずんでいた。

――お琴さん、早う逢《あ》いたいぜよ。来年のうつぎの花の咲く時分にゃ、お前《ま》さんの柔《やら》こい体を抱きしめられるろうか――

龍馬は左胸の疵が癒《い》えてのち、撃剣稽古に身をいれるようになった。道場で稽古相手と竹刀を交えると、辻斬りに襲われたときの記憶があざやかによみがえってくる。

眼前に浮沈する竹刀が、闇のなかで鮎《あゆ》の腹のように光っていた抜き身のように思える。龍馬は眼を据え、豹《ひょう》のように背をまるめ、隙《すき》を見つけると吸いこまれるように打ちこむ。

道場の助教が、龍馬の変化を認めた。

「おぬしは、先日辻斬りと渡りあってから、随分手があがったぞ。無駄な動きがなくなって、機をはずさない。命のやりとりをすれば、いい勉強になるんだな」

その通りだと龍馬は思った。

稽古のあいだに、龍馬の左胸にみみずの這《は》うように残っている刀創を、のぞきにくる門人が多かった。

「貴公、三人も相手にして、ようそれだけの手疵ですんだものだ。どうやってさばいたのだ」

「どうもこうもない。一人は斬ったぜよ。刀に血曇りは残ったが、刃こぼれもないき、ちとかすっただけじゃろうが、あとの二人もいっしょに逃げたがじゃ」

龍馬が築地藩邸で疵を養っているとき、万次郎が広之丞とともに見舞いにきてくれた。広之丞はいった。

「万次郎さんは、水戸中納言殿（斉昭《なりあき》）に三度、ご老中に三度、御勘定奉行に四度呼びだされたがじゃ。公儀から中浜《なかはま》という姓を頂戴《ちょうだい》して、普請役格《ふしんやくかく》にお取り立てになるとのお達しがきちゅう。当藩がそれをお受けすりゃ、万次郎さんは直参になるがぜよ」

龍馬は万次郎が、幕閣で「龍《たつ》の子」と呼ばれているという噂を耳にしていた。水戸斉昭がそう呼んでいるという。

万次郎の知識が、貴重なものであると斉昭に知らせたのは、江川坦庵《えがわたんなん》（太郎左衛門）であった。

坦庵は勘定奉行役宅ではじめて万次郎に会ったとき、算術、航海術につき二、三たずねると、思いがけないほどの高度な返答を得た。

彼は九月末頃、幕府御勘定所へ願い出た。

「先日、御勘定奉行御役宅で万次郎に会い、ひと通りの質問をしましたが、なおこまかく尋ねたいことがあり、二、三度私方へ呼び寄せたいと存じます。その席へ蘭学《らんがく》、算術をこころえた私の門人を三、四人同席させるつもりです。この段、お願い申しあげます」

万次郎は幕府の下命により、本所割下水《わりげすい》の江川屋敷をおとずれた。

当時、坦庵の韮山塾でおこなわれていた砲術稽古は、小銃操法、銃隊調練、大砲打ち方、馬上砲、船打《ふなうち》稽古、火薬製方などである。

講義は歩騎砲操典、築城学、戦場医学であった。

坦庵は高弟の松岡磐吉《まつおかばんきち》、望月大象、柴弘吉らとともに万次郎を迎え、航海法について質問した。

万次郎は日、月、星の距離を測り緯度を求める法、港、海岸の測量法、船中の号令、船具の名称、船体の構造、帆縄の扱いかた、オクタント(八分儀)の用法、羅針盤の見方につき、図を描き詳細に説明してみせた。

坦庵らは驚嘆するばかりであった。

「これはとてもわれらの及ぶところではない。万次郎を借りうけ、新知識を学ぼうではないか」

坦庵は十月二十一日、幕府へ万次郎の借受け願いをさしだした。

「このたび蒸気船御用掛を仰せつけられましたが、松平土佐守《とさのかみ》小者中浜万次郎は船の模様、乗り方などの大概を心得ています。ついては質問のたびに呼び出しては不便であり、私の長屋へ住居を移し、手伝いをさせたいと思います。

そのため、万次郎帰国の際お取りあげになった測量書、オクタントを、私まで下げ渡して下さい」

万次郎に中浜という姓をつけるようすすめたのは、坦庵であった。

幕府は九月十五日に、寛永《かんえい》以降二百二十年近く続いた、大船建造停止令を解除し、洋式帆船、蒸気船の建造を急いでいた。

坦庵は万次郎に会い、無二の協力者を得たことに狂喜した。

広之丞は幕府が万次郎を直参として任用したのは、土佐藩留守居役が彼を江川屋敷へさしだすのを惜しんだためであるといった。

「何分不調法者で、目の届かんところではたらかせりゃ、御用中にふつつかなことをしでかさんでもないというて、ことわりよったきに、ご老中じきじきに万次郎さんを二十俵二人扶持《ぶち》の普請役格に取りたてると、申し渡されたがじゃ。お留守居役は国許へ伺いをたてるあいだ、万次郎さんが病気中ですぐさま出勤あいとのいがたく、と返事を延ばしゆうが、間なしに手離さにゃならん。直参になりゃ、俺らあとはめったに会えんぜよ」

万次郎は笑みを見せた。

「そがいなことはないですろう。暇ができりゃ、また人形町の鰻屋で、ちくと一杯やりたいです」

龍馬が聞く。

「万次郎さんは、これから江川殿のお屋敷で、蒸気船をこしらえなさるがですか」

「はじめはバッテイラをこしらえ、公儀のオランダ通詞にエンケレセ（英語）を教授するがです。シチンボール（蒸気船）は薩州《さつしゅう》さまご家中でおおかた出来ちょります。いま薩州のお侍が二人、江川塾へ出仕して仕事を急がれておるがです」

日本ではじめて船舶用蒸気機関書を、オランダ書から翻訳したのは、蘭学者箕作《みつくり》阮甫《げんぽ》であった。

依頼者は島津《しまづ》斉彬《なりあきら》である。『水蒸船説略』六巻、同図一巻ができた嘉永二年九月以降、斉彬は薩摩藩江戸田町《たまち》藩邸で、蒸気機関の研究をおこない、外輪船の雛《ひな》形《がた》を完成させていた。

だが、実用しうる蒸気機関は、蒸気の張力など不明な点が多いため、完成に至っていない。坦庵は斉彬と密接な連絡をとりあい、蒸気船建造を急いでいた。

「薩州のお殿さまは、シチンボールもテレガラフもご存知のお方です。こないだ江川さまのお供をして、高輪、田町の薩摩屋敷へ参上して、砲台を拝見しましたが、どっちにも砲台が三つあって、大砲六挺ばあ据えちょりました。それがフェアヘブンのフェニックス砲台にあったものとは、くらべものにならんばあ大けなものでした」

万次郎の眼をおどろかせたのは、鹿児島城下鶴江崎鋳製所（鉄砲製造工場）で製造した、八十ポンドペキンサス野戦砲、百五十斤ボンベカノン野戦砲であった。

万次郎は龍馬に、不穏な世情を語った。

「近頃は攘夷、攘夷といいたてる勤皇屋が、江戸にも出てきちょります。辻斬りもめずらしゅうはないです。旗本衆が首を斬られて、溝に投げこまれたという話も聞きました。夜分の他出《たしゅつ》は用心せにゃならんですろう」

江川坦庵は、夜になって勘定奉行川路《かわじ》聖謨《としあきら》の役宅を訪ねることが、しばしばであった。万次郎も幾度か同行した。

坦庵の駕籠脇には、常に護衛の侍が数人ついているという。

「どなたも名高い剣術遣いですが、袴の股立《ももだ》ちをとって、そりゃ用心しちょりまぬ」

す。眼ばかり頭巾《ずきん》をつけた二本差しが、うろついちょりますきに、一寸《ちよつと》の油断も

できんがです。私は撃剣の心得がないですき、胆がちぢみあがって、かないませ

ぬ」

　万次郎は、思いだしたようにいう。

「江川さまが詠んだ発句がございます。里はまだ夜深し富士の朝日影、と申しま

す。富士の峯《みね》にゃ朝日が当たっちゅうが、麓《ふもと》の里はまだ夜が深いということです

ろう。お屋敷の離れ座敷に、喜平《きへい》さまというお年寄りがお住まいなされておる。

江川さまはこのお方の弟子じゃそうで、あがめ奉っておられます」

　広之丞がうなずいた。

「そりゃ高島流砲術をひらいた高島秋帆ぜよ。五十五、六の年頃じゃろう」

「そがいなものですろう。大砲の鋳込みをしゅう川口の鋳物屋の主人たちは、喜

平さまの前じゃ、頭があがらんがです。大砲造りの腕では及ぶ者がおらんと、門

人がたはいうちょります」

　龍馬も、高島秋帆の高名は、父八平、兄権平から聞かされていた。

　秋帆は長崎町年寄《まちどしより》の家に生まれ、幕府の外国貿易を管理する長崎会所調役頭《しらべやくとう》

取《どり》となった。父四郎兵衛以来、出島砲台の受け持ちを命ぜられていたので、はじ

めは荻野流砲術を学んでいたが、やがてオランダ人から西洋砲術を学んだ。

町年寄には、脇荷《わきに》と呼ばれる私貿易を取り扱う特権があり、富裕である。秋帆は私財を投じて鉄砲を輸入し、門人三百人に洋式調練をおこない、西南諸侯のあいだに名がひろまった。

天保十一年、アヘン戦争で清国がイギリスの侵略をうけると、秋帆は洋式砲術の採用を幕府に上申して認められた。

天保十二年五月九日、秋帆は江戸荒川《あらかわ》沿いの徳丸ヶ原で、八十五人の門人を二隊に編制し、幕閣要路の大官たちに西洋銃陣の調練をおこなって見せた。

高島秋帆の声名は一時にあがり、門人は幕臣下曾根金三郎、江川坦庵ら数千人に及んだが、まもなく彼は蘭学嫌いの町奉行鳥居耀蔵《とりいようぞう》により、罪に落とされた。

耀蔵は大学頭林述斎《はやしじゅっさい》の四男で、洋学を嫌忌し、蛮社の獄では渡辺崋山《わたなべかざん》、高野長英《たかのちょうえい》ら蘭学者を弾圧した。

秋帆が告発された罪状は、年来私財を投じ西洋銃砲を買いいれ、門人たちに調練をおこなわせているのは、謀叛の下心あるためであり、軍用金を捻出するため密貿易をおこなっている、など事実無根の内容であった。

秋帆は天保十三年十月に捕えられ、天保十四年正月に江戸護送、伝馬町牢屋《てんまちょうろうや》に入れられた。

嘉永六年、秋帆の罪は無実であると判明し、彼は釈放されたのち喜平と改名して江川屋敷に寄寓《きぐう》することになった。

溝渕広之丞はいった。

「俺は近頃あるところから洩れ聞いたが、秋帆は公儀へ上書を差しだしたそうじゃねや。えらい長いもので、いまはいったん開国せにゃいかんということを、説いちゅうらしい。ながいこと世間に出ざったが、そりゃあたいした見識で、攘夷か開国か、どっちを取りゃえいかとふらついちょった坦庵の腰も、しかときまりよったそうじゃ」

龍馬は、万次郎に忠告する。

「私《あし》は、こないだ辻斬りに出会うてから、つくづく思うちょります。油断したら危ないですろう。万次郎さんも出る杭は打たれるいうが、勤皇屋に狙われんよう、気をつけてつかあされ。これから大事な役儀を、こなさにゃいかん身ですきに」

万次郎は笑って頭を下げた。

「おおきに、誰がいうてくれますか。これからまたときどき会うて、変わったことがおきたら知らせますき。おたがいに、わが身大事にせにゃいかんです」

龍馬は十二月一日、佐久間塾へ入門し、砲術稽古に出座するようになった。

歩騎砲操典のオランダ原書による講義は難解であるが、龍馬は象山の説く大意を理解する感覚があった。

庭に出て、カノン砲、モルチール砲を操り、大砲打ち方の稽古をおこなうとき、龍馬は全身を躍動させ、寒中に汗をしたたらせて熱中する。

ゲベール銃を持って銃隊調練をすれば、龍馬のオランダ語による鋭音《えいおん》号令の声は辺りにひびきわたり、しばしば象山に褒められた。彼は胸を張って朋輩にいう。

「アメリカ人が喧嘩を売ってくりゃ、俺が一番に買うちゃるぜよ」

お琴

半年が過ぎた。

龍馬は伊豆下田湊《みなと》を出て伊勢《いせ》の鳥羽《とば》へむかう、土佐藩大廻《おおまわ》し船《ぶね》宝来丸の艫屋《ともや》形《かた》の矢倉板（甲板）に腰を下ろし、しだいにうねりの大きくなる海上を見渡していた。

千石積みの宝来丸は、太さ二尺五寸、長さ八十五尺の帆柱に二十四反の本帆《ほんぽ》をあげ、船首の弥帆《やほ》、艫の中帆とともに順風をうけ沖へ出てゆく。

やがて面舵《おもかじ》をとり、船首を岸と並行にすると、風をいっぱいにはらんだ帆が鳴りはためき、宝来丸は舳《へさき》に白泡を湧《わ》きたて速力を増していった。

嘉永七年六月上旬の晴れ渡った朝であった。東南の空に入道雲がそびえている。はるか行く手に御前崎《おまえざき》が横たわり、二丁ほどの間隔を置き、大きなうねりがくるたび、船体が震動する。

龍馬は舵柄《かじづか》を取っている御船頭中城助蔵と肩をならべ、潮風を呼吸する。彼は海に出ると、身内の野性がめざめるような、こころよい昂《たかぶ》りを覚えた。

海の向こうでは、お琴が待っていてくれる。武芸修行で一年余江戸にいるあいだに、黒船が二度もやってきて、龍馬の見聞はひろまった。高知へ帰れば、お琴に聞かせるみやげ話は多かった。

――遅うてもあと十二、三日で浦戸に着くいうき、この船に乗りゃ、帰ったようなもんぜよ。急に帰《とんぼ》ったら、皆びっくりするろう。お琴さんにもうじき逢《あ》える。堪《たま》あるか――

龍馬は早く帰りたいと気をはやらせ、奥歯をかみしめる。

宝来丸は三枚の帆をつかい、逆風でも航海する。夜間も十二支目盛の船磁石を使い帆走できた。江戸と大坂を航海する新酒廻船《かいせん》のなかには、西宮《にしのみや》を出帆して二日半ののちに品川沖に到着する快記録を出したものもあるほど、航海技術が発達していた。

助蔵が龍馬に海面を指さして教える。

「若、あれ見よ。鯨がついてきゆう」

舷側《げんそく》に近い海を、三頭の鯨が浮いては沈みつつあとを追ってくる。

鯨のいる辺りには鷗《かもめ》がむらがり飛んでいる。龍馬は愉快な気分になり、手を振り呼びかけた。

——おーい、お前らも西へ去《い》によるか。いっしょにいこうぜよ——

龍馬はお琴と乙女へのみやげに、純金の元結《もとゆい》とべっこうの江戸櫛《えどぐし》を買った。いま彼には、烈《はげ》しく変わってゆこうとする世相に考えをむける余裕も興味もなかった。お琴と二人ではじめる生活が、前途で虹《にじ》のようないろどりを帯びていた。

海面が濃い葡萄《ぶどう》色からしだいに暗く暮れてゆき、空に片割れ月が光りはじめると、宝来丸の舳が分ける波は、夜光虫の銀糸の縫いとりをかさねあわせてひろがってゆく。

龍馬は夜風を避け、艫屋形に入り、開《かい》の口《くち》と呼ばれる大窓に肘《ひじ》をつき、酒をなめるように味わいつつ、燐光《りんこう》を放つ波頭を飽きることなく眺めた。

——撃剣道場をひらくのもえいが、万次郎さんがいうように、これからはアメリカらあの異国と通商せにゃいかん世のなかになってくる。大けな商いをするにゃ、やっぱり船がないとどうにもならん。お父やんに頼んで千石船を買うて、諸国と交易してみたいものじゃ。郷士じゃいうて、撃剣鉄砲の稽古《けいこ》ばあしちょっても、眼《め》のさめるよなえいこたあないき——

アメリカでは、軍兵《ぐんびょう》でも刀を差している者はいないという。龍馬は両刀をたばさみ、禄高《ろくだか》、格式で人の値打ちをきめるような世間がきらいであった。

土佐藩家老で三千石の知行を受けている福岡宮内は、正月に郷士以上が騎馬でおこなう乗り初め式、盆の墓詣《はかまい》りのときに才谷屋と坂本家に立ち寄り、接待をうけるのが恒例である。彼がそうするのは、両家から借金をしているためであった。

龍馬は世間の枠組みに拘束されない、自由な暮らしをしてみたい。一万石の家老をうらやむよりも、下田屋の主人川島猪三郎のように、廻船問屋をいとなみ、大海を往来して商いをしたかった。

交易をして金を貯《た》めれば、蒸気船《シチンボール》を買えるかも知れないと、龍馬の夢想はひろがってゆく。

兄権平が坂本家を継げば、龍馬は商人になってもかまわない。

川島猪三郎は、龍馬に教えてくれた。

「千石船を一艘《そう》こしらえるにゃ、帆から錨《いかり》、綱、伝馬《てんま》まで入れて、およそ千両かかる。船子《ふなこ》は百石に一人と見ちょったらえいき、十人ばあおりゃ、船は動かせるぜよ。時化《しけ》に遭《お》うて沈まんかぎり、三年の商いで元が取れるきのう。わるい商売ではない」

江戸の人口は、およそ百五十万であると佐久間象山はいった。

それだけの市民が、消費物資を海上輸送に頼っている実態を、龍馬ははじめて知った。

黒船が浦賀沖に十日間碇泊《ていはく》していた間に、江戸では魚から梅干に至るまでの食料品の値段が、鰻《うなぎ》のぼりに急騰した。海上輸送が杜絶《とぜつ》すると見られたためである。海が好きな龍馬の脳裡《のうり》に、廻船業をはじめたいという願望が、しだいにふくらんできていた。

龍馬は暗い波上をかすめるように、飛魚が半丁ほども飛んでゆくのを見た。月と星の光で、遠方の岬の形まで黒く浮き出ていた。

夜光虫のかがやきを白く湧きたたせる波頭が、こちらにむかい合図をする人の姿のように見える。

——海坊主の出るがは、こがいな晩かねや——

龍馬は夜の海を眺め渡し、なにか潜んでいるかも知れないと、身内にたゆたう不安を楽しむ。

——万次郎さんは鯨船で世界じゅうを廻ってきたがじゃ。江戸から土佐へいくぐらいは、船旅ともいえん。それでもはじめて大海に出てみりゃ、なんとのう気《き》色《しょく》わるいものじゃ。今夜は荒れちゃあせんが、時化になったらどうなるがじゃろ。いままで船に酔うたことはないが、まだ時化を知らんきのう。黒船らあは、海の荒れる正月に江戸まできた。度胸のある奴《やつ》らぜよ——

龍馬は半年まえの正月に、浦賀から金沢沖まで入りこみ、さらに神奈川沖にあらわれた七艘の黒船の、浮城《うきしろ》のような船影を思いうかべる。

土佐藩が品川大井村、浜川附近の警衛を幕府から命ぜられたのは、正月十五日であった。幕府大目付からの触れ書が品川屋敷に届いたが、その内容は戦意がうかがわれないものであった。

「こんどアメリカ船が渡来したが、おだやかな交渉となる様子であるので、軽率に動揺せず、火の元用心を第一とせよ。

万一、先方より兵端をひらいたときは、もちろん一同奮発しなければならない。しかし、相手を刺戟《しげき》しないよう、夜中には提灯《ちょうちん》などを数多く海岸へ出してはいけない。そうすれば、相手の的になるばかりである。

要所に番小屋などを置かねばならないが、昼間は人数を山陰、木陰などに置き、なるべく海上から見えないようにして、ときどき海岸を巡視するにとどめよ。

万石以上の者は、銘々屋敷屋敷に手勢を集めおかねばならないが、外見の虚飾は一切あいとどめ、士卒の鋭気を養い、実地の接戦に備えよ」

龍馬は稽古着をつけ、十匁玉筒を手に品川屋敷の庭で、留守居役から触れ書を読み聞かされたとき、幕閣が開港の方針をとることにしたと察した。

郷士のひとりがいった。

「外見の虚飾は一切あいとどめとは、何ぜよ」

朋輩《ほうばい》が答えた。

「旗差物《はたさしもの》は掲げちゃいかん。黒船から見えんように隠れちょけということじゃ」

隊列にまばらな笑い声があがった。

龍馬は佐久間象山から、強力な爆薬に耐えうる鉄製の大砲を製造するためには、反射炉というものが必要であると教えられていた。

「反射炉とは鉄を溶かす炉のことじゃ。それを使って、八万斤ほどの溶鉄ができりゃ、黒船が積んでおる百五十ポンドカノン砲ができる」

黒船の百五十ポンド砲は、十八貫余の砲弾を二里ほどの遠方に着弾させる威力があるという。

「これまでのタタラ炉では、さような砲をこしらえるほど鉄を溶かせぬ」

龍馬はオランダ書にある、反射炉の構造の概略を教えられた。

高熱に耐える耐火煉瓦《れんが》でこしらえた炉の一端で石炭を燃やし、その炎を高い煙筒に導く。炎が煙筒に引かれ、上方に反射するときの熱で、煙筒の下部にある溶解室の銑鉄《ずく》を溶解するのである。

「炉をこしらえるには、千八百度という非常の熱に耐える煉瓦がいる。その煉瓦を焼くのがたいへんだ。煉瓦はロストル（鉄格子）のうえで石炭を燃やすところ、溶解室、その土台、煙筒に用いるものが、ことごとく違う。質のきわめて密なるもの、いくらか気泡が入り、熱を保ち、湿気をさえぎることのできるものなど、いろいろと入用だ。ヨーロッパではどうも湿気がすくないようだが、あいにく日本では反射炉に禁物の湿気がどこでも多いのだ」

反射炉の築造は、嘉永三年に佐賀藩、同五年に薩摩藩が着手しているという。

反射炉製作の手掛かりは、文政九年にオランダ人ヒュゲェニンがあらわした、『ライク王立大砲鋳造所における鋳造法』という書物であった。

天保元年頃《ごろ》に輸入された同書は翻訳され、『鉄熕鋳造篇《てっこうちゅうぞうへん》』『鉄熕全書』『鉄熕鋳鑑図』などの訳述書ができた。そのなかで、伊東玄朴《いとうげんぼく》ら佐賀藩の蘭学者《らんがくしゃ》が訳した『鉄熕全書』は、反射炉築造の指針とされた。

象山はいった。

「反射炉で溶かす銑鉄は、溶解炉で砂鉄やら岩鉄を溶かしてこしらえねばならぬ。このため溶鉱炉がいる。これも面倒な仕事だ。また、反射炉で鋳鉄ができたうえで、砲身をこしらえるには、鋳型を使ってはならぬ。芯金《しんがね》を使った鋳型に鉄の沸き湯を入れると、湯が芯金の側と、外側から固まって、砲身の肉中にスができるためだ。このため、芯金を使わず砲身を鋳立てたあとで、水車動力で錐《きり》を動かし、砲腔《ほうこう》を抜かねばならぬ。このため錐通し台がいる」

象山は砲弾の性能においても、日本は西洋諸国に遅れていると語った。

「われわれが洋砲に用いる破裂弾は、的中（着弾）してただちに破裂することはまずないが、ヨーロッパの新式ガラナート弾は、的中すればただちに破裂いたす。その仕掛けをわれらもつきとめねばならぬ」

日本で用いるモルチール砲（臼砲《きゅうほう》）、カノン砲の破裂弾は球形で、内部に爆薬を装填《そうてん》して導火線をつけていた。

大口径の洋砲は、五貫匁、六貫匁の破裂弾を二十丁ほど先の標的に命中させることができても、ただちに破裂しないので、前後左右に転がってしまう。

導火線は発射時の熱で点火され、火薬が発火するまでの時間は、線の長さでかなり精密に調整できるが、着弾と同時の破裂は無理である。

海上の黒船と砲戦をまじえれば、せっかく船上に命中してもはねかえって海に落ち、海中で破裂し、あるいは途中の空中で破裂するなど、きわめて効率のわるい結果となってしまう。

「オランダ人どもも、さすがにこの新式弾の製法は教えぬが、こちらでつくりだすことはできる。しばらくの遅れはやむをえぬが、いずれその理をあきらかにしてやるぞ」

象山は新奇な海外の知識をしばしば語り、龍馬は刺戟をうけた。

「大地の周囲をドイツの里法をもって計れば五千四百余里。その面積は九百二十七万八千九百六十方里《ほうり》じゃ。大地の四分の三は海で、四分の一が陸地なれば、その坪数は二百三十一万九千七百四十方里となる。本邦の面積をドイツ里法にて測れば、一万方里に満たぬ。つまりは、五大洲《ごだいしゅう》の二百分の一にもはるかに及ばぬということじゃ」

龍馬は川島家で見た万国地図を脳裡にえがき、広漠とした五大洲を想像し、体が伸び広がるような思いを味わう。

「ヨーロッパでは蒸気機の学がさかんになり、海には蒸気船を走らせ、陸《おか》には蒸気車が動いておる。近頃の地図には、蒸気車の通る道が、幾条となく書きこまれておるそうじゃ。短きものは数十里。長きものは千里に及ぶ。その国力の富強は、恐るべしといわねばならぬ」

万次郎が乗ったというレイロー（レイル・ロード）が、ヨーロッパでは蜘蛛《くも》の巣のように四通八達しているという。

十匁玉筒を手にして、品川屋敷の小規模な砲台の武者溜《むしゃだ》まりで冬の海風を避けていた龍馬は、貧弱な装備を気にすることもなく、本牧沖に入ってきているという黒船が、いつ眼前の海にあらわれるかと、待ちかまえていた。

アメリカの軍船は、蒸気船三艘と帆船四艘であるというが、本牧、神奈川から大森に至る海岸には、諸藩の兵が布陣して不時の異変にそなえていた。

溝渕広之丞は、鍛冶橋上屋敷から品川屋敷へ、騎馬で幕府の触れ書を連日のように伝えてくる。彼は用向きがすむと、龍馬に会いにきて、情勢を教えてくれた。

「浦賀奉行は本牧から神奈川沖まで入ってきた黒船を、浦賀へ戻そうと十日ほども掛けおうちゅうが、相手にされん。大砲を積んだバッテイラが、六郷川口から羽田辺りまでやってきて測量しゆう。陸《おか》のうえじゃ、攻めかけちゃいかんといわれるき、どうすりゃあと思案ばあしちゅう」

広之丞は苦笑いを洩《も》らした。

「うちはお殿さまがご在国じゃき、品川警固で屋敷うちに人数を集めただけじゃが、浜辺に陣を張った家中は物入りが多うて、泣きよるがぜよ。川越藩じゃ、毎日五百両の入用じゃき、ひと月に一万五千両かかる。これじゃ戦《いくさ》をするまえに勘定方の水の手は渇《か》れるぜよ」

物価が高騰して儲《もう》けを手にするのは、大商人ばかりであった。

〽具足より利足のたかい世のなかに
　お手当どころか臑《すね》あてもなし
という落首が市中にあらわれる世情であった。

全国の諸大名が、江戸、京都、大坂の三都の富商から借りた金は、国内で流通する金の千倍にも達するといわれていた。借金は利子がかさんで、際限もなくふくれあがってゆく。町人経済の発展にともない、米価安、諸物価高の傾向が武家の生活をむしばんでいる。

広之丞は、万次郎の消息を告げた。

「万次郎さんは去年の暮れから、江川殿について韮山屋敷へ出向いておったぜよ。反射炉お取り建ての指図が、公儀から下ったときに、炉の瓦《かわら》をこしらえにいったがじゃねや。アメリカ船渡来と聞いて、江川殿といっしょに飛んで帰りよった。公儀じゃアメリカ船が江戸近くへ乗りいれるかも分からんき、精いっぱい申し諭して、せめて金沢沖あたりまで乗り戻させよと指図した。江川殿はペリーとの掛けあいに、万次郎さんを使わにゃいかんとご老中に申し出たが、水戸老公（斉昭）が使うなというそうじゃ」

坦庵は万次郎がいなければ、他の通詞《つうじ》ではこまかい意味を理解できないと主張したが、水戸斉昭は万次郎がペリーに内通するかも知れないと危惧《きぐ》した。

アメリカの軍船七艘が、幕府側の制止も聞きいれず、本牧から神奈川沖まで侵入してきたのは、開港条約をうけいれさせるよう威嚇《いかく》しているのである。

正月二十五日は、アメリカ初代大統領の生誕記念日で、全船がいっせいに礼砲を放った。ペリーは、幕府役人が大勢ポーハタン号に招かれていて、眼前で空砲発射の情景を見て、おおいに興味を示したと日記に書きとめているが、轟々《ごうごう》と鳴りわたる砲声は神奈川から江戸まで聞こえた。幕府側は、ペリーの強引な交渉に浮足立っていた。

江戸城の閣老たちは、湾岸の諸所に置いた見張りが、注進に戻ってくるたびに動揺した。

「異船は浦賀のほうへ舳をむけてござりまする」

ようやく浦賀へ後退するのかと安心していると、つぎの見張りが馬を飛ばせてくる。

「異船は江戸へ向こうて参りまする」

日に幾度となく安堵《あんど》と不安をくりかえす。

アメリカ船は海底に錨を下ろしたまま、潮の干満と風向きで位置を前後左右に変えるのであった。

広之丞はいった。

「万次郎さんがおらにゃ、アメリカ人と話を通じるのが難儀じゃとは、誰でも分かっちゅう。ペリーと公儀応接掛が掛けあいをするには、手間がかかるぜよ。ペリーがエンケレセでしゃべるがを、向こうの通詞がオランダ語でこっちのオランダ通詞に伝える。それでようやくペリーのいいよったことが、応接掛の耳に届くがじゃ。そがな手間をかけて、ペリーの心中が読めるかどうか、危ないもんじゃのう。坦庵殿が万次郎さんを使いたがるがはあたりまえじゃねや」

万次郎は連日登城して、アメリカ側からさしだされた外交文書の翻訳にあたり、多忙をきわめているという。

「江川屋敷にゃ、万次郎さんをたずねてくる客が多うて仕事にならんき、おおかた御勘定奉行の役宅におるそうじゃ」

大名、旗本たちは、今後の見通しを万次郎に聞きたがっているという。

龍馬は聞いた。

「万次郎さんは、なんというちょりますか」

「アメリカのいう通り開港すりゃ、戦はおこらん。大国で、土地は余っちゅうき、日本を取る気は毛頭ない。開港すりゃ、いっち銭儲けのできるがは、公儀じゃというちょる」

龍馬は声をあげて笑った。

「そりゃ、本音ですろう」

龍馬は前年六月に四艘の黒船が浦賀から立ち去ったのち、幕府が京都所司代を通じ、朝廷に異国船調伏《ちょうぶく》の御祈禱《ごきとう》を依頼したという噂《うわさ》を聞いていた。

朝廷は願いに応じ、伊勢両宮、石清水《いわしみず》、賀茂《かも》、春日《かすが》、平野《ひらの》、松尾《まつのお》、稲荷《いなり》の七社と、天龍寺《てんりゅうじ》、東大寺《とうだいじ》、興福寺《こうふくじ》、延暦寺《えんりゃくじ》、東禅寺《とうぜんじ》、東寺《とうじ》、広隆寺《こうりゅうじ》の七寺に祈禱を命じたという。

十四の社寺では七日間、四海静謐《しかいせいひつ》、天下泰平、宝祚長久《ほうそちようきゆう》、万民娯楽を祈禱した。弘安《こうあん》の役《えき》で博多《はかた》に攻め寄せてきた元《げん》軍が、神風により壊滅した先例の再現を期待したのである。

——ご祈禱に頼らにゃいかん国が、シチンボールと戦なんぞできんぜよ——

アメリカ人と自在に話のできる万次郎が、敵に通じてはこちらの内懐《うちぶところ》を見すかされると用心する、水戸老公の疑い深さがなさけないと龍馬は思った。

幕府では、アメリカ船の動向を戦々恐々とうかがっていた。彼らが海岸の岩角に書いた標識を攻撃の支度ではないかと怖れ、万次郎に読ませ、他意のないものと知り安心するような状況である。

二月二日の四つ（午前十時）頃、品川屋敷へ不時の客がきた。火事装束に陣笠《じんがさ》をかぶった侍たちは、門前で馬を下りた。一団の先頭に立って駆けこんできたのは溝渕広之丞であった。

彼は主殿にあがり、留守居役、物頭《ものがしら》、砲術師範徳弘孝蔵とともに出てきた。孝蔵が大柄な初老の侍の前に低頭した。

「江川先生、どうぞお通り下さい」

表門の傍《そば》にいた龍馬は、おどろいて腰をかがめる。

坦庵はおおきな眼をむけ、会釈して大股《おおまた》に玄関へ入った。頑丈な体つきの中年の侍があとにつづく。従者らしい若侍が二人で彼らの脚絆《きゃはん》、草鞋《わらじ》をぬがせた。

広之丞が小者たちに命じた。

「馬にかいばと水をやり体を拭《ふ》いてやれ」

庭に曳《ひ》き入れられた馬は白泡を嚙《か》み、荒々しい息遣いをしていた。

広之丞は門前に出て、外を眺める。龍馬が走り寄った。

「今日は何事ですろうか」

「昨日から江川殿の供をして、神奈川宿へいっちょった。万次郎さんもいっしょじゃ。ちと遅れておるが、ここで一服してまた走り通し、江戸へ帰らにゃいかんねや」

彼は西のほうを眺め、「きた、きた」と大声でいった。

万次郎が巧みな手綱《たづな》さばきで馬を駆けさせ、あらわれた。

万次郎は黒ラシャの火事羽織をぬぎ、井戸端で手と顔を洗い、玄関へあがろうとして龍馬に気づき、笑みを見せた。

「今日はええお日和《ひより》で、馬に乗っちゅうだけで、えらい汗をかいたがです。これから急ぎの御用で帰らにゃいかんき、あらためてゆっくり会わせとうせ」

書院に通った来客は、台所方があわててととのえた朝餉《あさげ》をふるまわれ、しばらく休んだのち、身支度をととのえ玄関に出てきた。

広之丞が龍馬を手招きして、坦庵の供をしてきた二人の侍に引きあわせた。

「これが、昨日お話しいたせし坂本龍馬です」

細面《ほそおもて》で鼻筋の通った年長の侍が、するどい眼差《まなざ》しをむけた。肥満していないが、筋骨逞《たくま》しく、遠眼には壮年の年頃と見えたが、近寄ってみると顔に深い皺《しわ》を刻んでいた。

両鬢《びん》に面擦《めんず》れがあり、猫背、摺《す》り足《あし》で、両腕の肘がわずかに内側に曲がっているのを見た龍馬は、剣の遣い手であろうと察していたが、推測はあたった。

広之丞が龍馬に告げた。

「このお方は斎藤弥九郎先生じゃ」

龍馬は電撃に打たれたように肩を震わせ、ふかく一礼した。

斎藤は千葉周作、桃井春蔵《もものいしゅんぞう》とともに三傑といわれた剣術の名人で、神道無念流を指南している。その道場練兵館に教えをうける門人は三千余人であった。

「坂本です。先生にお目にかかれて、まっことうれしいです」

弥九郎はうなずいた。

「辻斬《つじぎ》りを追っ払ったそうだが、いい度胸だ。一度道場へ遊びにきて、稽古試合をしてみるがいい」

「是非にも参りとう存じます」

弥九郎は傍にひかえた、龍馬よりいくらか年上に見える、眉目《びもく》のすぐれた若侍を紹介した。

「これは儂《わし》の門人で、長州家中の桂小五郎《かつらこごろう》と申す者だ。一度手合わせをしてみてはどうだ」

「お頼《た》の申します」

龍馬が頭を下げると、若侍はたしかな口調で応じ、歯を見せた。

「当方こそ、よろしくお頼み申す」

広之丞がいった。

「江川先生は鉄砲組五十人ほどを連れておられるが、急いで帰らにゃいかんき、儂らだけ供をしてきたがじゃ。門前でお見送りしようぜよ」

広之丞は屋敷に残り、坦庵、万次郎、弥九郎たちはあわただしく馬腹を蹴《け》って去っていった。

その日、溝渕広之丞は品川屋敷の長屋に泊まった。彼は坦庵たちが江戸城へ急行したあと、終日主殿書院で留守居役、物頭と話しあっていた。

広之丞が坦庵に随行して神奈川宿にむかったのは、土佐藩に開港についての情報を、いちはやくもたらすためであった。幕府は万次郎を幕臣としてさしだした、土佐藩の要請をことわらなかった。

広之丞は夜が更けてから、龍馬の部屋へきた。

「俺《おれ》は今夜、ここで寝るぜよ」

彼は小者に布団を運ばせてきた。長屋に泊まっている郷士以下の下士たちが集まってきた。

龍馬の部屋に入りきれない者は、土間に立っていた。行灯《あんどん》の明かりは、男たちの顔がようやく見分けられるほどである。広之丞が頭をかいた。

「こりゃあ大勢できてくれたのう。万次郎さんらあと神奈川宿へ出向いた用向きは、アメリカと談判しゆう応接所を、横浜村と決めることじゃ。江川坦庵殿は勘定奉行松平河内守《かわちのかみ》殿についていき、神奈川で応接掛林大学頭殿、江戸町奉行井戸《いど》対馬守《つしまのかみ》殿、浦賀奉行伊沢美作守《いざわみまさかのかみ》殿と相談しなさった。そのあいだ、俺は別座敷で待っちょった。万次郎さんはアメリカからの書付けを読んで、とてもペリーは浦賀で談判する気はないき、いま錨を下ろしちゅう横浜で応接せにゃいかん。ぐずついちょりゃ、羽田辺りまで入ってくるか分からんというたがじゃ。それで話はいっぺんに決まりよった」

男たちのあいだに嘆声が湧いた。

「ほんじゃあ、万次郎さんはアメリカの書付けが、なんでも読めるがか」

「いん、ペリーとでも話をするというちょる。これで、アメリカとも喧嘩《けんか》らあせずにすむがじゃろ。話はそれだけじゃ」

郷士たちは安堵の声をあげた。

「よかったのう。喧嘩せざってなによりじゃ」

「万次郎さんはなかなかの学者じゃのう」

大勢が帰っていったあと、広之丞は龍馬と布団をならべて寝た。

彼は人の気配がないのをたしかめ、低い声で龍馬にうちあけた。

「万次郎さんはたいした者ぜよ。応接所を横浜にきめただけでも大仕事じゃというに、開港の場所まできめたがじゃ」

「えっ、そりゃほんまですろうか」

龍馬は思わず問い返す。

「いん、下田、箱館《はこだて》にするがじゃ。他言無用ぜよ」

広之丞がささやいた。

広之丞は神奈川陣屋で、二月一日の六つ半（午後七時）過ぎから翌朝まで、徹夜でおこなわれた協議の内容を、万次郎から聞いていた。

「今度の相談は、御勘定奉行と坦庵殿が、応接掛の林殿らあに、アメリカの申し条をどの辺りまで聞きいれるかをたしかめることながじゃ。ご老中は、アメリカとおだやかに話をつけるつもりじゃきのう。林殿らあは、こっちのいうことに異存をいわざった」

林大学頭は、これまで漢文を用いての外交折衝には、常に首席全権をつとめてきた。彼は開港反対を強硬に主張していたが、神奈川にきて、十四、五丁沖に碇泊するアメリカ軍船を見ると、にわかに和議を口にするようになったという。

「ほかの奉行衆も、おんなしことよ。井戸殿は、このうえアメリカの望みをはねつけよといわれりゃ、ペリーと刺しちがえて死ぬまでじゃといいよったぜよ」

幕閣の老中、若年寄も、おおかた和議に傾いていると、広之丞はいった。

松平河内守と坦庵は、掛けあいが面倒になれば、アメリカの要求をうけいれる方針をとれという、老中首座阿部正弘の内密の指示を林らに伝えた。

万次郎は協議の席で、アメリカ大統領の国書とペリー提督の日本国皇帝あての書簡のいずれにおいても、日本沿岸に漂着した遭難者救助のための国交を求めている点を指摘した。

「どこの国の者であろうと、嵐《あらし》に遭うて難儀しゆう者を扶《たす》けるのが、人の道にござります。その頼みを聞かざったら、アメリカはあとへは引かんでしょう。蒸気船がパシフィック・オセアンを二十日たらずで渡ってくる時節じゃき、いずれは港をひらかにゃならんことになりますろう」

広之丞はいう。

「万次郎さんは、早う話をまとめたほうが利口じゃといいよったぜよ。そうすりゃ、ペリーも譲る気を出すというがじゃ。アメリカ人はロシア人とちごうて、早う決着をつけてやりゃ、折れあうそうじゃ」

龍馬がうなずく。

「なるほどのう。それで浦賀でのうて、下田を開港しちゃるがですか」

「その通りぜよ。坦庵殿が開港するなら下田じゃと押しなさったがじゃ」

幕閣では、交渉の成りゆきでやむをえないとき、浦賀を開港するという案をとなえる者が多かった。

坦庵は江戸湾防衛の責任者として、湾口の浦賀を開港しては、非常の場合の対応がとれない、一気に江戸をつかれてはならないと主張し、協議の席にいる一同の意見を、下田開港にとりまとめたのであった。

二月一日から二日にかけての神奈川陣屋での協議がまとまったのは、アメリカ人の気質を詳しく知る万次郎の説得が、応接掛を動かしたためであった。

ペリーの日記には、二月二日（陽暦二月二十八日）頃から、日本側の対応が突然豹変《ひょうへん》したと述べられている。

浦賀与力香山栄左衛門が、旗艦ポーハタン号にペリーを訪れ、まず尋ねた。

「浦賀に戻らないという方針を、変えるつもりはありませんか」

ペリーは通訳に答えさせた。

「ない」

「船で入用なものは、提供しましょう」

「薪《まき》と水を受け取りたい」

「それはよろこんで差しあげますが、浦賀よりほかの場所では手に入りません」

ペリーは香山の言葉を黙殺し、答えさせた。

「そんなことはどうでもよい。日本人が水を運んでくれないのなら、部下たちを岸へやって汲《く》んでこさせるまでだ」

するとと香山は急に態度を変えた。

会見の場所は浦賀のほかにはないという最後通告をくりかえしていた香山が、思いがけない提案をしてきた。艦隊が碇泊している真向かいの場所を会見の場としてはどうかという。

ペリーはそのときのおどろきを、つぎのように書きしるした。

「まったく日本人は得体が知れない。十日前からあらゆる理由をいいたて、なんとしてもわれわれを江戸湾の奥から浦賀に戻らせようとつとめてきた。ところがいまになって、江戸まで八マイルの距離に接近したわれわれの主張を、あっさりと受けいれるのだから」

ペリーは幕臣のうちに、アメリカで教育をうけた万次郎がいることを知らなかった。

広之丞はいった。

「坦庵殿は、韮山から連れてきた銃隊を浜御殿警固にあてるつもりでおられたが、今日のうちには引き払われるがじゃ。もう戦はおこらんと見てのことじゃろ」

龍馬はアメリカとの交渉で、万次郎が重要な助言者の役割を果たしているのを知った。

幕閣要路の大官たちが、万次郎の判断に頼ってペリーとの掛けあいを進めている実情は、世間に知られることがなかった。

日米の交渉は、そのあと横浜村で順調に進められた。横浜応接所で双方の談判がおこなわれたのは、二月十日であった。

沖合には、アメリカ艦隊旗艦ポーハタン号以下、七艘の黒船が集結していた。

龍馬は横浜にペリーが上陸して、応接所で談判をおこなう二月十日の朝、品川屋敷砲台の持ち場についていた。

横浜応接所の警衛は、松代、小倉《こくら》の二藩が受け持つので、佐久間象山はオランダ式編制の藩兵四百余人を率い、二月七日の昼すぎに、品川宿を通過していった。

雨催《あめもよ》いの曇天の下、洋砲五挺を人足に曳かせ、二十四人ずつ隊伍《たいご》を組んだ兵卒は、すべて洋銃をたずさえていた。

龍馬は白地胴赤の旌旗《せいき》二本、纏旗《てんき》一本を先頭に立て、馬を歩ませてゆく象山に、手を振って声をかけた。

「先生、ええ武者振りですのう」

朱色の火事装束をつけた象山は、陣笠の下からするどい眼をむけ、歯を見せた。

「龍馬か、みやげ話を聞かせてやるゆえ、待っておれ」

それから三日めである。

幕府がアメリカ船と戦をおこすはずはないが、万一の成りゆきしだいでは思いがけない事態がおこらないとはいえない。

春の陽射《ひざ》しを浴びている龍馬に朋輩が話しかけてくる。

「異人らあは、うわざえもんが多いらしいのう」

「俺もそう聞いた」

うわざえもんとは、陽気なお調子者のことである。

アメリカ人たちはボートで水深、地形の測量に出るとき、海辺へ見物に出てくる住民たちに菓子などをくれ、大声で唄《うた》をうたってみせるという。

剽軽《ひょうきん》な町人が、返礼にカッポレなどを踊ると、奇声をあげ、拍手してよろこぶという噂を、龍馬は聞いていた。

どこからかただならぬ物音が聞こえてこないかと耳を澄ますうち、西の方で花火をあげるような物音がつづけさまにおこり、静かになった。

若侍たちは砲台の土手に登り、横浜のほうを眺めたが、何事もおこらなかった。

それからは毎日、品川宿は騎馬、駕籠で往来する幕府役人、従者たちで混雑した。

数日後、横浜からの帰りがけだという溝渕広之丞が、品川屋敷に立ち寄り、談判の様子を教えてくれた。

「掛けあいは、なんとか纏《まと》まるろう。ペリーは長崎のほかに、浦賀か鹿児島と、松前、琉球で、港を三つ開けといいゆうがぜよ。こっちの返事は十日ほどあとでするそうじゃ。アメリカ船はめずらしいみやげを持ってきちゅう。万次郎さんに聞いたら、テレガラフとレイローと畑仕事の器械じゃというちょった」

幕府がアメリカ大統領国書の内容を聞きとどけ、和親条約の調印をおこなったのは、三月三日であった。

ペリーははじめ通商条約の締結を要求したが、日本側が拒むと相互の和親と薪《しん》水《すい》食料の提供、漂流民救助についての範囲にとどめる内容に同意した。

開港場について、日本側は長崎一港にとどめるという、従来の方針を守ろうとした。ペリーは浦賀、松前、琉球など数港の開港を要求し、双方の協議がつづけられた結果、あらたに下田、箱館を開港することになった。

条約の文面では、相互の交易はおこなわないことになっていたが、アメリカ船が下田、箱館に入港したとき、金銀貨幣か品物によって入用品を買いととのえることができる。アメリカ船が提供する品物を、日本人が好まないときは返却するという条文は、交易を認めたと解釈できる内容であった。

龍馬は条約が締結されたのち、品川屋敷警衛の任務を解かれた。彼は築地屋敷へ戻るまえ、神奈川へアメリカ船見物に出かけた。数人の朋輩とともに、生麦《なまむぎ》というところまでゆくと、二十丁ほど沖に七艘の黒船が錨を下ろしているのが見えた。

附近の松原の茶店には、黒船見物の老若が群れ集まり、にぎわっている。船上で動く人影を眺め、鎖を揚げ下ろしする音を聞くだけで、見物人は満足した。

龍馬は、松の木にもたれ、春の陽を浴びている黒船を眺める。朋輩の郷士がいった。

「あげな船が浮いちゅうと、まっことオランダ絵を見ゆう気になるちゃ。えらい世のなかになったもんぜよ」

「そうじゃ。俺は去年の夏に浦賀で見たが、あの船らあは、上海《サンハイ》あたりにおったがじゃねや」

龍馬は、横浜村の応接所に取りつけられているという、テレガラフとレイローを見たいが、幕府役人が通行を遮って寄せつけない。

溝渕広之丞は嘆いていた。

「どこの藩でも、応接所の様子を探りたがっちょるが、どうにも入れん。俺もなんとか入りこもうとしてみたが、江川殿の口ききでもことわられたぜよ。佐久間先生も、入れざったそうじゃ」

龍馬は築地屋敷へ戻ると、佐久間塾と千葉道場へ通う生活に戻った。

象山は二月十日に応接所警衛に出向いた際、上陸してきたアメリカの将兵を見たときの情景を話してくれた。

象山は二月十日の朝、応接所から二百間離れた場所で警衛するよう幕府役人の指示をうけたが、それでは非常の際に何の役にも立たぬと抗議して、百間ほど接近した。

彼はせっかく曳いてきた重い大砲五挺を、アメリカ人を刺戟してはならないという幕吏の命令により、後方に置いてきていたので、腹にすえかねたのである。

「儂は役人どもにいってやった。かようのことならば、われらが出張いたさず、足軽に竹杖《たけづえ》でも持たせ、立たせておけばよろしかろうとな。それで応接所の見える辺りまで出た。五つ（午前八時）頃から立っていると、正午どきに小舟二十七艘で五百人ほどの異人が上陸してきおった。皆ゲベール筒を持ち、小舟のなかには八ポンドほどの大筒を一挺ずつ積んでいた。それを祝いと申すことにて、四十発ほど撃ちはなす。手際は至って冴《さ》えたものであったよ。そのうち、異人どもは儂の備えの前にきて、腰に差した短筒を抜いて、手渡して引金を引いてみろと申しおる。五、六発の連発できる筒で、見事をきわめたものであったよ。異人どもは五人、十人と群れてきおったが、わが方は銃隊備えを法に従い立てておったゆえ、あまり近寄らなんだ。

小倉家中の衆は、公辺《こうへん》の役人どもの指図通り、人数をばらばらに立ておきしゆえ、異人どもはそのほうへばかりむかい、火縄筒やら弓を手にとり、もてあそびものに致しておった」

横浜の陣屋から帰って間もない象山は、屈託ありげな顔つきであったが、四月五日に江戸町奉行井戸対馬守のもとへ出頭を命ぜられ、翌日には伝馬町の揚屋《あがりや》（未決監房）に入牢《にゅうろう》した。

入牢の理由は、吉田寅次郎をアメリカ船に投ぜしめ、アメリカへ密航させようとした嫌疑であった。

寅次郎は前年九月に江戸を離れ、長崎に碇泊していたロシア軍船によって密航しようとしたが、プチャーチン提督の率いる四艘が、すでに出航したあとであったので、やむなく江戸に戻ってきた。

龍馬は、その後寅次郎を佐久間塾で見かけたことがなかった。広之丞は彼の消息を詳しく知っていた。

「吉田はアメリカ船に乗るつもりじゃったとき、表むきは先生と縁が切れたようにふるまいよったが、夜中に塾へきちょった。台所で飯を食いゆうところを何度か見かけたことがある」

吉田寅次郎は、長州の同志金子重輔《かねこじゅうすけ》とともに、三月初旬からアメリカ船に乗りこむ機を得るため、横浜から下田の海辺をさまよい、三日二十七日の夜、下田に碇泊していたミシシッピー号に小舟で乗りつけた。だが、ペリー提督の乗る旗艦ポーハタン号にゆけと指示された。

ペリーは幕府とのあいだにいさかいをおこすのをおそれ、吉田と金子をうけいれず、浜辺へ送り返した。

吉田らが乗っていった小舟は、ポーハタン号に乗り移る際に流れ去っていた。舟のなかに、二人の刀、荷物を置いていたので、身許《みもと》の発覚は免れないと判断した彼らは下田奉行所へ自首した。

吉田の荷物のなかから、佐久間象山が壮行のはなむけとして与えた漢詩が発見されたため、彼もまた連累者として捕縛されることになったのである。

宝来丸の開の口から海波の騒《ざわ》めきを眺める龍馬は、江戸にいた一年の出来事をふりかえりつつ、左胸に斜めに走る刀痕《とうこん》を指先で撫《な》でる。

——俺もいろいろ世間を見せてもろうたぜよ。高知におったら、眼隠しされゆうようなもので、江戸のことなんぞは気にせざったが、みじかいうちにこじゃんと分かった。えい勉強になったぜよ——

江戸を離れても、記憶はあざやかに残っていた。

龍馬は江戸を発《た》つまえに、千葉道場へ暇乞《いとまご》いにいったが、佐那が動揺の色を顔にあらわしたのを見ておどろいた。

彼女は父と兄のいない道場の隅で龍馬に聞いた。

「こんどはいつ上府なされますか」

「さあ、分からんですのう。藩命があればいつでも出てきますがのう」

佐那はうなずき、小声でいった。

「お便りを下さりませ。私もさしあげますゆえ」

「出しますきに」

龍馬は答えながら、佐那の眼が濡《ぬ》れているのを見た。

——佐那殿は、俺に思いをかけてくれちゅうか。ええ女子《おなご》じゃが、俺にゃ恋人《といち》がおるがぜよ——

龍馬は、佐那のととのった細面を思い浮かべ、盃《さかずき》を口に運んだ。

宝来丸は鳥羽湊から紀伊大島を経て大坂に寄港し、高知へ戻る。龍馬は遅くとも十数日後にお琴に会えると思うと、波立つ感情を抑えられなくなった。

六月二十三日の夜明けまえ、阿波《あわ》の国境に近い甲浦《かんのうら》を出港した宝来丸は、好天に恵まれ、東風《こち》に乗って室戸《むろと》岬の沖を滑るように西へまわりこみ、面舵をとり土佐湾へ入った。

足摺岬の方向から押してくる湾流のうねりが、なめらかに盛りあがっては沈み、宝来丸の船腹を打っては重い太鼓のような響きをくりかえす。

晴れわたった空は陽射しが強すぎて、白く煙ったように見える。海面をこまかなしぶきが霧のように走り、艫屋形の屋根にまたがり褌《ふんどし》ひとつの体を陽にさらしている龍馬は、海風に吹きさらされているので暑気を覚えない。

宝来丸は、大坂蔵屋敷で積みこんだ荷の重みで船体を深く沈め、荷崩れを防ぐため両舷に立てた垣立《かきたつ》が、舷《ふなばた》の揺れるたびにきしみ声をあげる。

龍馬はひげののびた顎《あご》を撫で、奈半利《なはり》、安芸《あき》、赤岡と右手につらなる陸岸の奥の、煙る辺りを見つめ、おのずから洩れてくる笑みをこらえた。

その辺りは、種崎と浦戸の瀬戸である。

——この船足なら、ちょうど種崎に着く時分は差し潮じゃ——風波のつよい日には、外海から浦戸の瀬戸へ入りこむのはむずかしい。曳き船がうまく誘導しなければ、烈しい流れに押され岩場に乗りあげる。

——種崎へ着いたら下田屋のおんちゃんを見舞うて、風呂《ふろ》へ入れてもらおう。ひげ剃《そ》って、一張羅と着替えて、去《い》なにゃならんき——

川島猪三郎は去年の夏から病《やまい》がちであるという。中城助蔵は、猪三郎の病状を懸念している様子であった。

種崎から小舟を操って帰れば、日暮れまでには家に帰れる。

——急に帰ったら、皆あっとおどろくろう。今夜のうちに栄馬の家へいかんと——

心がたかぶり、みぞおちに疼《うず》きが走った。

帆の向きを変えにきた水夫《かこ》が、機嫌よさそうに「いなか恋口説《くどき》」のひと節を口ずさむ。

〽われはいなかの者なるが
　都の君もつれなくて
　浮名を流す龍田川《たつたがわ》

水夫は龍馬と眼があうと、はにかんだ笑みを見せ、立ち去ってゆく。

宝来丸が仁井田の台場沖を過ぎ、浦戸の瀬戸から内海へ入ったとき、まだ陽は沈んでいなかった。

種崎の中の桟橋に、重い荷を担いで下りた龍馬の足どりは、はずんでいた。

家並みのあいだから流れこむ夕風が、道端の葉鶏頭《はげいとう》を揺すっていたが、昼間の熱気は重く地上によどんでいた。

龍馬は店屋が深い軒庇《のきびさし》をつらねる船着場の通りを東へむかう。江戸では蝙蝠《こうもり》が出る夕まぐれに、燕《つばめ》が飛びかい、軒下の巣で仔《こ》燕が騒がしく啼《な》きたてている。

白い小虫が群がって宙に浮いているのも、故郷の眺めであった。川島家の蔵が見え、龍馬は足を速めた。

海の見える表の土間には、幾つもの履物がぬぎすててあった。台所へはいると長女の喜久がいて、眼をみはった。

「まあ、龍馬さん。いつ帰ったぞね」

「いまじゃ、江戸から宝来丸に乗ってきたがよ。桟橋を下りてきたところじゃ。おんちゃんは寝ゆうと聞いたが、ぐあいはどうな」

吊《つ》り行灯《あんどん》のおぼろな光の下に立つ喜久は、急に顔をゆがめた。

「えいことないぞね。膈《かく》（癌）じゃとお医者にいわれちゅうき。御膳《ごぜん》もあがらんなって、重湯《おもゆ》しか喉《のど》を通さん」

「そりゃ、えらいことじゃが」

龍馬は奥に通った。

猪三郎は風通しのいい座敷で寝ていた。枕《まくら》もとに見舞いにきた親戚《しんせき》の男女が坐《すわ》っている。猪三郎は顔色が蒼《あお》ざめ、瞼《まぶた》がふさがるほどむくんで、相好《そうごう》が変わっていた。

喜久が父の耳もとに顔を寄せ、ささやきかけた。

「いま龍馬さんが、宝来丸で江戸から帰ってきたぞね」

猪三郎はわずかに眼をあけ、うなずく。

彼は足をさすっている妻にいった。

「風呂、風呂」

船旅をしてきた龍馬に、風呂をすすめようとする。龍馬は枕もとに手をついた。

「おんちゃん、ただいま帰りました。おわずらいと聞いちょったが、こがいなことは知らざった。ひとつ気張って養生して、達者になっとうせ」

猪三郎がかすれた声でいった。

「時勢に遅れちゃいかん。ええか、遅れんなよ」

「よう分かっちょります」

龍馬は瞼があつくなった。

日が暮れてのち、龍馬は下田屋の男衆が櫓《ろ》を押す小舟で浦戸の内海を渡り、潮江へむかった。

浅黄《あさぎ》の空には、押しあうようにかがやきあう星屑《ほしくず》がひろがっていた。

潮江村の河原で舟を下りた龍馬は、手回りの荷を担ぎ、天神橋を渡った。彼は橋際に鬱蒼《うっそう》と枝葉をのばす大楠《おおぐす》に、声をかける。

――いんま戻ったぜよ。明日から卓馬らあと泳ぎにくるきのう――

七十五間の橋を渡る龍馬は、足早に先を急いだ。早く帰って、八平と伊与、権平、乙女をおどろかせてやりたい。江戸での一年のあいだに、ひと晩では語りつくせないほどの体験を積んできた。

筆山が水浅黄の星空に、尾根のかたちを際立たせている。

――俺はうかれちゅうろうか。ちくとおちつかにゃいかん。しかし、お琴さんにもうじき逢えるき、うれしゅうてたまらんがよ――

町屋がならぶ通りに入ると、暗い軒下に縁台を置き、蚊遣《かや》り火《び》を焚《た》いて涼んでいる人たちの話し声と団扇《うちわ》をつかう気配がする。

「今晩は」

声をかけ通りすぎると、うしろで低い声がした。

「あれはどこの旦那《だんな》じゃ」

「坂本の若じゃないがか」

「江戸へいっちゅう若か」

龍馬は笑みをうかべつつ、歩み去る。

息のつまるような暑気がわだかまる闇《やみ》のなかで、地虫が啼《な》いていた。

龍馬が水通町一丁目に面した坂本屋敷の裏木戸を押すと、あいた。

――まっこと、用心がわるいぜよ――

庭石を踏んでゆくと、離れの縁に行灯がついていて、乙女の声がした。

「お姉《ねえ》やん」

声をかけると、乙女が立ってきて、くらがりをのぞきこむ。

「龍馬か」

「そうじゃ」

「えーっ、いま帰ったがかね」

「いん、下田屋の舟で送ってもろうた。宝来丸に乗せてもろうて帰ったがじゃ」

「ほんまか」

乙女は龍馬を抱きすくめる。そのうしろから八歳年下の姪《めい》の春猪が飛びついてきた。

「よう帰った。お父やんにご挨拶《あいさつ》せないかん」

春猪が母屋の土間へ駆けこみ、騒ぎたてた。

「おんちゃんが帰ってきたぞね。いま着いたがじゃ」

龍馬は乙女に抱かれたまま、たたらを踏むような足どりで母屋へ入った。

龍馬は半刻《はんとき》（一時間）ほどのあいだ、家族にみやげ話をして過ごしたが、笑い声の静まる機を見ていった。

「これから栄馬に会うてくるきに」

いままでにぎやかに話しあっていた八平と伊与が、顔を見あわせた。

権平と千野、乙女も黙っている。

「あんまり遅うならんうちに、いてくる。みやげを渡さにゃいかん」

八平はうなずいた。

「皆、なんぞあったがかのう。今夜いっちゃいかんがか」

権平が答えた。

「いや、いかんこたない。いっちょき」

龍馬は不安になった。乙女がいった。

「私がいっしょにいくぞね」

「かまんぜよ」

「いや、いきたいきに。連れていとうせ」

皆の様子がおかしい。俺とお琴の仲を知って腹をたてているのだろうかと、龍馬は不安になった。

姉と弟は表へ出た。乙女は龍馬の肩を抱き、赤石のほうへ向かわず鏡川の土手のほうへいこうとした。龍馬が聞く。

「方角ちがいじゃが」

「いん、ちくと話があるがよね」

「なんじゃ、早ういうてくれ」

「土手へ坐っていうきに」

龍馬は不安が募ってきた。

「なんぞ俺に意見しゆうか」

「そがいことじゃあない」

乙女は土手から河原へ下りかけて、腰を下ろした。

「ここなら、誰にも聞かれん。龍馬よ、これからいうことを、性根をすえて聞いとうせ」

龍馬はうなずき、首を垂れた。乙女は低い声で告げた。

「栄馬さんの家には、不時《ふじ》が入ったがよ」

「えっ、なにがあったがか」

乙女はいいよどんだが、思いきったようにいった。

「先月の十三日の晩、お琴さんが自害したがぞね。風呂からあがって、鏡の前でわが首筋を切って死んだぞね」

「えーっ、なんでじゃ。なんでそがいなことをしたがじゃ」

龍馬は立ちあがろうとして、乙女に抱きすくめられた。

「取り乱しちゃいかん。おちついとうせ。お前んには私がついちょる。辛抱せえ。するしかないがじゃ」

龍馬はうつむき、あえいだ。

――お琴さんは、もうおらん。あの世へいったがじゃ。俺の帰りを待たずに、なんであの世へいった。もう逢えん、二度と逢えん――

龍馬はあえぐ。

いくら息をしても、呼吸ができないような気がする。いままで自由に動けると思っていたわが身が、ちいさな箱にとじこめられたような不自由な想像にとらわれ、もどかしい。

お琴と逢い、口をきくことが永遠にできなくなったという事実が、彼を絶望させた。お琴は青ずんだ空のどこかへ、芥子粒《けしつぶ》のように去っていった。

彼はようやく膝《ひざ》を立てた。

「お姉やん、とにかく栄馬に会うて、このみやげを渡してくるき」

「ほんなら、私もいくぞね」

姉弟は、本丁筋を西へむかう。町並みの暗い軒下では、縁台に坐って涼をとる人たちが、団扇をつかっている。

「乙女さん、どこいくぞね」

乙女は声をかけられると、愛想よく応じる。

「ちくと用事にいくがよね。お前さんも達者かね」

赤石の郷士屋敷のつらなる辺りは道が細く、曲がり角が多い。

藤田家の低い石垣のうえに、うつぎの木が見えた。龍馬は木の下にお琴が佇《たたず》んでいるような気がして、胸を引き裂かれるような烈しい寂寥《せきりよう》に耐え、首を垂れた。

——このまま死にたいぜよ——

門長屋の前に立つと、乙女がくぐりをあけ、なかへはいった。

藤田家の座敷に行灯がともっていた。女の声が聞こえる。お琴がまもなく眼のまえに出てくるような気がした。

——なにもかも嘘《うそ》じゃいか。俺は悪い夢を見ゆうがか——

だが足音がして、くぐりを出てきたのは乙女と栄馬であった。

「おう、帰ったか」

栄馬が声をかけた。

「いん、夕方に仁井田《の》の浜へ帰ったがじゃ。おんしと妹らあにみやげを買うてきた。お琴さんは亡うなったそうじゃな。元結と櫛じゃき、墓へ埋めちゃってくれ」

「お琴は、おんしに貰《もろ》うた笄《こうがい》を大事にしちょったき、それは墓へ埋めたぜよ」

えっ、と龍馬はみじかい叫びをあげ、両手で顔を覆い肩を震わせる。噴きだしてくる涙がとまらないまま、彼は幼児のように嗚咽《おえつ》した。

龍馬は涙を流しつつよろめき歩く。

乙女と栄馬が、うしろについてきた。郷士屋敷のはずれの畑にさしかかると、乙女が声をかけた。

「龍馬よ、人目につくき、もう泣きなや」

龍馬はしゃがみこみ、膝に顔を伏せる。

「お前の気持ちは、私がよう知っちゅう。なんぼゆうたち、むごいことじゃ」

栄馬が龍馬の肩に手をおき、低い声でいった。

「おんしはお琴のために泣いてくれゆうか。おおきに。そこまで送らせてくれ」

龍馬は乙女と栄馬に肩を抱かれ、鏡川の土手に出て、河原へ下りた。雁切《がんきり》の刑場に近いその辺りは、人の気配がない。

三人は河原の小石のうえに腰をおろした。細い下弦の月が東の空に出ていた。

栄馬が口をひらいた。

「お琴はおんしと夫婦《めおと》になるときめちょった。俺はお琴の口から一言も聞かざったが、胸のうちは、よう知っちょった。お琴は机屋の惣領《そうりよう》息子の嫁にくれと、望まれたがじゃ」

机屋は領内の主な産物の専売権を持つ、独礼御目見《おめみえ》（一人で藩主に拝謁できる）の資格のある豪商である。

龍馬はおよその事情を察した。机屋は栄馬の父利三右衛門が仕える、家老柴田備後に金銭を融通していた。

「おんしにゃ、察しがつくろう。お父やんは、はじめのうちはお琴の気がすすまんというて話に乗らざったが、しつこう頼まれるうちに迷うてきて、結納をもらう段取りになったがじゃ」

龍馬は深く首を垂れた。

才谷屋より上席にある豪商の惣領息子に嫁ぐほうが、坂本家の部屋住みである龍馬の嫁になるよりも、しあわせな暮らしができると、利三右衛門が考えて当然であった。

「俺はお父やんに、お琴は龍馬といいかわしちょるというたが、縁談をことわるとはいうてくれざった。先月十三日の晩は雨が降っちょった。お琴は五つ（午後八時）時分に風呂へはいった。お母やんとお好が大声でおがりよった（叫んだ）き、走っていたら、お琴は湯あがり姿で首筋をば短刀で斬っちょった。傍《はた》の壁から天井まで血が飛んじょった」

龍馬が前で組んだ両手の拳《こぶし》が震えていた。彼は胸のうちでくりかえした。

――俺が悪い。部屋住みの分際で、お琴さんを嫁にもらおうと思うたが悪い。お琴さんが死んだがは、俺のためじゃ。恰幅倒《かっぷくだお》れで甲斐性《かいしょう》のない俺は、江戸で気楽にやっちょった罰あたりぜよ――

乙女と龍馬が水通町沿いの裏木戸から屋敷へ帰ったときは、夜が更けて母屋は寝静まっていた。

乙女は離れの行灯に火を入れ、蚊遣りを焚いた。

「龍馬よ、今夜は飲み明かそうじゃいか。私もこのままじゃ寝られん。お前んは風呂で汗流してきいや。柴焚《まわり》きつけちゃるき」

「いや、お姉やんは酒の支度しとうせ。俺が焚きつける」

龍馬は風呂場の焚き口の前にしゃがむと、まだ赤い熾《おき》が残っていたので、薪を放りこみ、火吹き竹で吹く。

灰が湧きあがって眼にはいり、こすろうとするとまた熱いものがこみあげてきて、龍馬はしばらく瞼をおさえていた。

風呂で体を洗い、あたらしい浴衣《ゆかた》をつけて座敷に戻ると、乙女が箱膳をふたつ運んできた。

「たいした肴《さかな》はないけんど、酒はいくらでもあるきに、ゆっくり飲もうぞね」

龍馬は膳の前にあぐらを組み、頭を下げた。

「お姉やん、気い遣うてもろうておおきに。堪あるか」

乙女は柱にもたれ、胸を張った。

「さっきまで泣いちょったがやに、また涙声になっちゃいかん。お琴さんは、お前んに操を立てて自害したがぞね。お前んがこのままシケちょったら、お琴さんはよろこばんぞね。男一代にゃ厠《かわや》の棟でもあげよというが、お前んはお琴さんの分まではたらいてみせにゃいかん」

龍馬はうなずきつつ、茶碗《ちゃわん》の冷酒《ひやざけ》をあおった。

乙女の心遣いはありがたかった。傍にいてくれるだけで、心の支えになる。だが、いまは悪い夢にうなされているだけで、またお琴に逢えるのではないかという思いが唐突に頭をもたげてくると、紺碧《こんぺき》の海面が雲の影をうけ、たちまち沈んだ色あいに変わってゆくように、あらがいようもない悲哀が胸にひろがる。

龍馬は黙って盃をかさねた。

乙女が手をのばし、龍馬の顔を撫でた。

「撃剣で面を叩《たた》かれるき、毛が縮れちょる。私もお前んも毛が薄いき、そのうちに禿《は》げるぞね。こうしちゃるか」

乙女がふざけて、額を龍馬の額に軽く打ちつける。

「末子《おとんぼ》のお前んは、小《こ》んまいときから情の深い子じゃったきに、お琴さんと別れりゃしばらくは嘆かにゃなるまいのう。かわいそうじゃ」

乙女は拳で眼をぬぐった。

龍馬は魂を奪われたような、むなしい日を過ごした。父八平に伴われ、家老福岡宮内の屋敷へ帰国挨拶に出向いただけで、日根野道場の稽古は休んだ。

船旅の所労といって、終日蚊帳《かや》のなかで寝ている。乙女が三度の膳を運んでくる。龍馬の好きな鯖鮨《さばずし》、茶飯、酒盗と酒。笊《ざる》に盛りあげた楊梅《やまもも》。

「しっかり食べにゃ、気合がはいらんぞね。早う達者になって、道場へ通わにゃいかん」

乙女は沈みがちな龍馬の気をひきたてようと、こまかく面倒を見た。

――お姉やんは、ほんまによう世話してくれゆう。こげなことしちょったらいかん。早う稽古にいかにゃ――

龍馬は蚊帳から這《は》い出て、しばらく縁先に坐ってみるが、なにをする気力もなく、また臥《ふ》し所《ど》に戻った。

毎日晴れつづきで、気温があがっているが、龍馬は暑気を覚えなかった。夜になると風呂を浴び、乙女と酒を飲む。

――俺はお姉やんがおらなんだら、死んじょったかもしれん――

龍馬は一夜のうちに枕を覆うほど抜け落ちた頭髪を見て思った。

二十九日の昼前、乙女が母屋からきて告げた。

「いま下田屋から手代さんが知らせにきた。猪三郎おんちゃんが亡うなったぞね」

「ほんまか」

龍馬ははね起きた。

その夜、龍馬は家族とともに川島家の通夜の席につらなった。

麻裃《あさがみしも》をつけ、八平、権平のうしろに坐った龍馬は、十数人の僧侶《そうりよ》の読経の声、鐃鈸《にようばち》の音に、身内を揺さぶられた。

――俺をかわいがってくれたおんちゃんも、あの世へいってしもうた。戻《も》んてこられんところじゃが。俺もいっそあの世へいてみるか――

下田屋へ弔問にくる客は、門口から道へ長い行列をつくっていた。戸障子をはずした座敷に入りきれない人々は、庭に設けた桟敷《さじき》に居並ぶ。

乙女は通夜が終わって、深夜の浦戸湾を舟で渡り、帰宅するまで龍馬の様子を見守っていた。龍馬は月代《さかやき》を剃りあげた顔の色艶《いろつや》もよく、元気そうにみえたが、眼差しが心の痛みをあらわしている。

「龍馬、しんどいか」

乙女が小声で聞くたびに、龍馬はかすかな笑みを見せた。

「お姉やん、もう気遣いはいらん」

翌日も晴れていて、夜明けまえから暑熱をかきたてるように蟬《せみ》が啼きしきっていた。

川島猪三郎の葬礼は盛大におこなわれ、野辺の送りの行列が出たのは昼前であった。龍馬は親戚の列に加わり、墓所へむかう途中、伊与の親戚である浦戸町の医師今井孝順から声をかけられた。

「龍馬さんかね。いつ江戸から戻っちょったかね」

「七日まえの、二十三日です」

「ほう、江戸は黒船騒動でえらいことじゃったろう。うちの純正は、まだ大坂で漢方と文学を勉強しゆう。しばらくは帰らんろう。お前《ま》さんには、小んまい時分に仲良うしてもろうちょったが」

龍馬は嘉永元年の春、大坂へ遊学した一歳年上の今井純正という少年の、おだやかな俤《おもかげ》を思いうかべる。純正はのちに海援隊士となり、長岡謙吉《ながおかけんきち》と名乗る。

純正は、土佐藩大坂蔵屋敷と横堀川をへだててむかいあう今橋《いまばし》四丁目に、学塾をひらいている岡山藩医春日寛平のもとで、勉学しているという。

龍馬は純正が旅立つまえ、種崎から外海沿いに、物部川の河口までともに歩いたことを思いだす。

――あの時分はまだ、栄馬のことらあは知らざった――

龍馬は外海へ泳ぎにゆこうと、突然思いたった。果てもなくひろがったパシフィック・オセアンに身を投げだし、泳ぎたい。そうすれば焦げるような絶望の苦しみを、ひとときでもまぎらせるかも知れない。

外海は流れがつよいので、泳ぎにゆく者はいなかった。鱶《ふか》もいつ出てくるか知れない。龍馬は危険に身をさらし、苦痛を忘れたかった。

――鱶に食われても、かまんぜよ――

龍馬は野辺の送りを終えた男たちが裃をはずし、井戸端で汗を流しているとき、座敷を出た。

褌ひとつの裸で、手拭《てぬぐ》いで頬《ほお》かむりをした龍馬は松原を通り抜け、眼のくらむような真昼の光を反射している灼《や》けた砂浜を横切り、波打ち際で草履《ぞうり》をぬいだ。

南風《まぜ》がゆるやかに吹いていたが、海は荒れていなかった。龍馬は煙るような紺《こん》青《じょう》のなかへ泳ぎ入った。

潮は思いのほかに冷たかったが、ゆっくりと背泳ぎをしているうちに慣れた。空の色を映す海面が明るいので、恐怖を誘われない。

──いまに死神が足を引きにくるろう──

龍馬は海面にあおむけに寝そべった手足をゆるやかに動かし、沖へ出ていった。潮が耳もとで騒めく音を聞き、眩しい陽を避け視線を伏せ、手足で水を煽《あお》ると、波上に寝そべった体が烏賊《いか》のようにかるがると進んだ。

龍馬はときどきうねる波上を見渡す。龍頭《りゅうず》岬が左横手に見え、急速に沖へ出ていた。引き潮かと思うが、ためらわず手足を動かす。流木にとまった鷗が、龍馬のほうをむいている。

龍馬はいつのまにか、懊悩《おうのう》から解きはなたれているのに気づいた。沖に出てしばらく泳ぐうちに潮が急にあたたかくなった。

──こりゃ、何ぜよ──

警戒する気持ちが自然に動き、五感がめざめてくる。やがて、またもとのような冷たい潮のなかに入ってゆくと、全身が針先でつつかれるように痛む。

くらげかと思い、海面を見ると青空を映した明るい色彩は、緑青《ろくしょう》を溶いたような濃緑《こみどり》にかわり、獣の群れのように起伏するうねりはせわしげに音を立て、東へむかっていた。

龍馬は体の下から、何かに狙《ねら》われているような気がした。海面で泳いでいる彼は、鱶にとっては死にかけた魚に見えよう。

龍馬は鱶に食われるわが姿を想像し、爪先《つまさき》から這いのぼる恐怖をこらえ、浜辺へ戻ろうとした。

――食われたらえいがよ。お琴さんは先にいったがじゃ――

龍馬は自分をあざ笑いつつ、抜き手をきって帰ろうとしたが、体が前へ進まないのを知っておどろく。

彼は湾流に押し流されていた。浜までは二十丁ほどもある。沖へ押しやられるとまちがいなく流れ仏になる。浦戸沖の鰹《かつお》釣り場のあたりは、二百尋《ひろ》の水深であった。

「なるようになれ」

龍馬は泳ぐのをあきらめ、波に身を任せた。

川島家の座敷にいた乙女は、龍馬が出ていってまもなく、彼の不在に気づいた。

「龍馬、龍馬よう」

返事がなかったので、乙女は外へ走り出た。海へいったと直感したためである。

彼女は外海へむかって走った。龍馬が内海で泳いでいるのなら、死ぬ気遣いはない。

松原のなかの小道を通りぬけ、砂浜に出るとひとすじの足跡が目についた。乙女は飛ぶように走り波打ち際へ出て、ぬぎすてられた草履を見ると、松原の脇《わき》の集落へ駆け込む。

「誰《だれ》ぞ、舟を出しとうせ。銭はいくらでも出すき、舟を頼むぞね」

乙女は体を震わせ、叫んだ。

苫屋《とまや》のよしずのかげから、陽灼けした漁師が出てきた。

「お前さん、おったか」

捩鉢巻《ねじりはちまき》の漁師がいった。

「朝の漁から戻《も》んて、昼寝しよったとこじゃ」

「そりゃ、ちょうどよかった。私は下田屋の親戚で、坂本の乙女じゃ」

「お仁王さまじゃろ。お前んは一遍見たら忘れん」

「弟がそこの浜から泳ぎに出て、流されゆう。助けてくれたら、礼ははずむぞね」

「外海へ出たがか。そりゃいかん。皆でいかんと」

漁師は集落のなかを駆けまわり、十数人の仲間を起こしてきた。

彼らは浜へあげていた舟を海に押し入れる。白髪頭の漁師が指図した。

「舟は三艘じゃ。四挺櫓で漕《こ》げ」

乙女は年長の漁師の舟に乗る。

「これ、かぶりゃ」

漁師が菅笠《すげがさ》を渡してくれた。

乙女は舷をつかみ、沖合にせわしく視線を走らせる。舟は擂鉢《すりばち》の縁のように急に深くなっている海に出て、四挺櫓の拍子にあわせ、いきおいよく進みはじめた。

乙女は白熱した空の下で、色彩を失ったように見える、うす黒いしわばみをたたんだ海上に、龍馬の姿を探した。

櫓声をあわせて漕ぐ三艘の舟は、龍頭岬が真横に見える辺りまで出ると、東へ漕ぎはじめた。船足は飛ぶように速く、乙女は頭から潮をかぶった。

彼女は傍の漁師にいう。

「もっと沖へ出てや」

白髪頭の漁師は喚《わめ》くように答えた。

「いや、なんぼ泳いだち、この辺りからは東へ流されるがじゃ。ずっと先の手結《てい》崎《ざき》のほうへ持っていかれて、そこから安芸のほうへ行たら危ない。一気に沖へ持っていかれるきのう」

乙女は潮に濡れた顔を手結崎のほうへむけ、起伏するうねりのうえをなめるように見渡す。

「今日は波がないき、まだ浮きゆうろう。もうじき日の暮れにかけて、うねりが大きなってくるきに。拾うならいまのうちじゃ。安芸の先まで行きよったら、流れ仏になるちや」

乙女はたかまってくる不安に押されるように、大声で叫びはじめた。

「龍馬よおーっ、龍馬よおーっ」

龍馬は手足のつりあいをとるだけで、あおむけに波間に浮き、東へむかう流れに乗っていた。耳もとで水泡《みなわ》が絶えずつぶやいている。南風がいつのまにか東にかわっていた。

――こりゃ、いよいよ流れ仏になるかも知れんぜよ――

龍馬は恐怖の氷のような感触を、まぎらわすこともできず、身震いをした。

行く手に三角波が立ち、騒がしく上下している。物部川の河口から流れ出る水が、海水と押しあっているのである。

浜辺の松林や人家が見えるほど近くなっているのに気づいた龍馬は、力をふりしぼって抜き手を切り、泳ぎ寄ろうとしたが、三角波に沖へ押しやられた。

「やっぱり、いかんか」

あきらめたとき、風音とはちがう物音を聞いた。

「おーい、おーい」

かすかな呼び声である。

——死神が、はや呼びにきよったか——

龍馬は耳を澄ます。

女の声もまじっていた。

——誰の声じゃろう——

波上に首をもたげると、はっきり聞こえた。

「龍馬よおーっ」

お姉やんの声じゃ、と龍馬が辺りを見まわすと、こちらへむかってくる三つの船影が視野に入った。

龍馬は立ち泳ぎで海面に胸まで出し、声をふりしぼって喚いた。

「ここじゃあーっ、俺はここじゃあーっ。おーい、おーい」

舟が舳に白泡を湧きあがらせ、近づいてくるのを見た龍馬は、危うい命を拾ったと知った。

浦戸の月

夏の暑熱が去り、大風が幾度か吹いたあと、巻雲のかかる空が高くなった閏《うるう》七月の末、龍馬は小栗流師範日根野弁治から小栗流和兵法十二カ条、同二十五カ条の伝授をうけた。

日根野道場師範代土居楠五郎は、龍馬の技倆《ぎりょう》が、江戸へ出向くまえよりも上達したとはいわなかったが、打ちこみにあらわれるきびしいいきおいを見逃さなかった。

「やっぱり広い世間は見てくるものじゃ。おんしの腰がすわってきたのう。腰がきまりゃあ、手のうちもよう締まる。あちこち行きまわるうちに、頭もまわるようになるがじゃ」

龍馬は藤田栄馬と毎朝待ちあわせ、道場へ稽古《けいこ》に出かける。

稽古休みの日には栄馬の家へ遊びにゆく。

お琴の妹のお好が龍馬になつき、傍《そば》をはなれなかった。

「龍馬兄《にい》やん、坐《すわ》り相撲《ずもう》をしてつかされ」

九歳年下の少女に挑まれると、龍馬は笑って応じた。

「おう、ええわ。お前《ま》んは浮《う》げるが好きじゃねや」

お好も亡き姉に似て器量がいい。彼女は龍馬とむかいあって正座し、押し倒そうとして胸を押し、腕を引いてはげしく動く。

龍馬はお好の動きの裏をとり、幾度か倒したあと、わざと腰を浮かせ、あおむけに転がる。

「ちゃ、負けたか。お前んは手ごわいのう」

龍馬はお好にからみつかれたまま、溜息《ためいき》をつく。

明るくふるまう彼は、お琴への思いが断たれたあとの空虚を埋められないままであった。

龍馬の心の痛手はたやすく癒《い》えなかったが、彼はしいて時勢の変化に興味をむけようとした。

土佐藩では、前年から軍備の強化を急いでいた。城下鍋焼《なべやき》に鋳砲場を設置して、数十挺《ちょう》の大砲を鋳造させたが、銅が不足していたので、鉄製にしたため、粗悪な仕上がりとなり、試射の際に破裂する事故があいついでいる。

このため、薩摩藩の反射炉設備視察に砲術家を派遣し、洋式の鋳砲を学ぼうとしていた。

　また、江戸築地屋敷では、長崎の技術者に依頼して、蒸気船の雛形《ひながた》製造にとりかかっていた。

　蒸気船の雛形は、長さ六間、横九尺、深さ五尺四寸で、備砲は二挺であった。

　雛形が完成すれば、廻船《かいせん》に曳《ひ》かせて国許《くにもと》へ送り、船手《ふなて》の士卒に操縦の練習をさせるのである。

　このような施策を推しすすめている大目付吉田元吉は、主君豊信《とよしげ》に従い江戸に参観《さんきん》していたが、六月十一日に突然御役御免となり、高知に追い返された。

　龍馬はその事情を、元吉に従い帰藩した溝淵広之丞から聞いた。

「元吉殿は六月十日の晩に、お殿さまのお客に無礼をはたらいた廉《かど》で、御役御免になったがよ」

　閏七月はじめの、家がきしむような南風《まぜ》の吹きつのる夜、離れ座敷へたずねてきた広之丞は、酒をあおりつつ語った。

「どがいな無礼ですろう」

「あの仁《じん》は、なんせいごっそう（かんしゃく持ち）じゃき、相手かまわず怒りよるがじゃ。酒癖の悪いご親戚《しんせき》の頭を叩《たた》きよった」

　その夜、鍛冶橋藩邸では酒宴がひらかれた。招客は山内家一門の山内遠江《とおとうみ》の守と親戚の五味靫負、松下嘉兵衛である。

吉田元吉は側用役小南五郎右衛門、大目付麻田楠馬、侍大将寺田左右馬、渋谷伝《つとう》らとともに接待のために出座した。

小南は下戸であるので先に退座した。主客がともに大酔し、座が乱れてきたとき、松下嘉兵衛が立ちあがった。嘉兵衛は酒乱の傾きがあり、酔うと人の頭を叩く癖がある。

彼は渋谷伝の前に立ち、平手で頭を叩いた。

「こやつは、何の用にも立たぬ者じゃ」

罵《ののし》りつつ頭をくりかえし叩くが、渋谷は我慢していた。

「なんせ相手はご親戚で旗本じゃき、渋谷殿も口答えさえできざった。松下は図に乗って、こんどは元吉殿の頭に手をかけ、こやつも役立たずじゃというた。元吉殿は身を反らせて、先に松下の頭を叩いたがじゃ」

元吉は松下にむかい大喝した。

「なにをなされるや。拙者は一命を土佐守に捧《ささ》げ、藩政をあずかる者なれば、拙者へのご無体は土佐守をはずかしめるものでござろう」

前額をしたたかに撲《なぐ》られた松下嘉兵衛はいきおいを挫《くじ》かれ、元吉に詫《わ》びた。

「これは謝ったぞ」

豊信は挨拶《あいさつ》もなく座を立って奥に入った。

三人の来客も、蒼惶《そうこう》と退散していった。

龍馬は広之丞に聞いた。

「お殿さまは、吉田殿のふるまいをお責めになられたがですろうか」

「そのことよ。騒動のあとですぐに小南殿がご寝所へ伺候して、お詫びを申しあげた。お殿さまは涙を流して、元吉の申すところは頼もしやと仰せられたがよ。しかし、それは本音じゃきに、表にゃ出せんことじゃ。翌《あく》る日にゃ松下から吉田殿のもとへ、酒興の不始末あしからずと挨拶がきた。そうなりゃ、こっちも応分の仕置きをせにゃならんということになったがじゃ」

江戸留守居役坪内求馬は、吉田の行為を賞揚し、豊信に進言した。

「あっぱれなるは元吉のふるまいなれば、一藩の士気をふるいおこさんがために、知行を加増なされて然《しか》るべしと存じまする」

だが、表向きには吉田を処分しないわけにはゆかない。

「つまるところは、不敬過当の挙動に及んだとしてお役御免となり、国許へお差し下すことにきまったがじゃ。まあ、しばらくは雌伏するろうが、藩政にあずかる人のうちじゃ、吉田東洋は一番の腕利きじゃき、じきに召し返されるにきまっちょる」

龍馬は笑い声を洩《も》らした。

「いずれにしても、俺《おれ》らあとはちがう偉いお人らあのことですろう」

広之丞は首を振った。

「いや、そうともいえんのう。執政になる人の腕しだいで、家中の様子が昼と晩ほどにも変わるきに。俺が吉田殿について帰国したわけは、鹿児島へ出向くためじゃ」

薩摩藩では、大砲鋳造用の鋳鉄を製造する反射炉、溶鉱炉、水力を用い砲身を削りだす錐通《きりどお》し台の建設を進めていた。

城下上町の銃砲鋳製所では、これまでに洋書を参考として、百五十斤の野戦砲など五百八十四門、洋銃数千挺を製作している。フランス式ゲベール銃の機関部に用いる発条《ばね》（送りがね）は、西洋砲術書数巻を参考としてつくりだしたスプリング鋼であった。

また、城下磯の造船所では、三月から日本最初の蒸気船建造にとりかかっている。その規模は、土佐藩が造ろうとしている雛形とは比較にならない。全長十一間三尺、十五馬力の外航船であるという。

薩摩藩主島津斉彬《しまづなりあきら》が、嘉永元年に急逝した土佐十三代藩主山内豊熙《やまうちとよてる》夫人の兄である縁故によって、軍備増強の指針を薩摩に求めることになったのは、吉田元吉の施策であった。

島津斉彬の英名は、諸国に聞こえていた。

広之丞はいう。

「なんせ薩摩の太守は、十年もまえから琉球にきよったフランス、イギリスの軍船と折りあいをつけて、かえって交易で儲《もう》けちゅうがよ。万次郎さんが目通りを許されたときにゃ、シチンボールもテレガラフも知っちょったほどのお人じゃ。吉田殿は、ええところへ目をつけたものじゃねえや」

龍馬が聞く。

「ご家中からの使者は、どがいな人ですろうか」

「御筒奉行池田歓之助、砲術師範田所左右次《たどころそうじ》らじゃ。河田小龍《かわだしょうりょう》さんも、図取り役としていくろう」

図取り役とは、器械設備の絵図面を描く役である。

「そりゃ、えいですのう。広之丞さんと墨雲洞さんが鹿児島を見てきたら、おもしろいみやげ話が聞けますろう。楽しみじゃ。いつ頃出立《ごろしゅったつ》するがですか」

「来月にはいくことになるじゃろう。ペリーらあは去《い》によったが、こんどはイギリスの軍船四艘《そう》が長崎へきて、いまロシアと戦《いくさ》をしゆうきに、諸港に船をつなぐことを許せというてきよった。これもどうせ聞き届けることになるがじゃろ。そうなりゃ、いずれはロシアにも開港してやることになるろうか。世間はだんだん騒がしゅうなってくるぜよ」

龍馬は広之丞が強風のなかを帰るというのを引きとめ、その夜を語りあかした。

広之丞はいった。

「俺のような小《こ》んまい身分の者は、藩の手駒《てごま》としてはたらかにゃならん。ひとり立ちはええせんがのう。いまの世間を見てりゃ、どの家中でも上役はいかんぜよ。学問をすることもないし、諸国遊歴して見聞をひろめることもない。高禄《こうろく》をもろうて遊び暮らしゆう。ところが、それじゃあこれからの世渡りはできんろう。どこの家中でも、新知識を持つ者が引きたてられちゅう。軍制を改革するにも、これまでの家老衆はなんちゃあ知らんきに、どうすることもできん。小身でも頭のひらけた者は、これから先が楽しみじゃ。甲斐性《かいしょう》のない者は、長いものに捲《ま》かれにゃ仕方なかろうかのう」

龍馬は広之丞の意見を聞くが、自分の心中をうちあけなかった。

郷士の部屋住みとして、同格の家へ養子にゆくか、撃剣道場をひらくか、城下を離れず生きてゆくのが、龍馬のとるべき常道であった。広之丞といえども気を許して突飛な考えを語ってはならないのである。

高知に帰った吉田元吉は、しばらく帯屋町の屋敷で謹慎していた。家中では彼が切腹を命ぜられるであろうという噂《うわさ》がひろまっていた。

〽吉田元吉頭もこくが
　数寄屋《すきや》小橋で伊達《だて》もこく

という唄《うた》が、藩士のあいだではやった。

吉田は客の頭を殴るようなこともするが、いっぽう江戸数寄屋橋の小間物屋で身辺を飾る品を買い、またそれを奥女中に贈って歓心を買うこともするといわれていた。彼は藩主の抜擢《ばってき》をうけただけで、嫉視《しっし》をうけた。

八月十二日、吉田にきびしい処分が下った。藩主親戚饗応《きょうおう》の座で、何事をなすにも幾重にも思慮すべきはずであるのに、過激の挙動に及んだのは、上《かみ》をはばからない不心得の至りで、太守はご不快に思《おぼ》し召されている。

これによって格禄召し放ち、御城下と周囲四カ村に禁足を命じるという内容である。

吉田の俸禄二百石は表向きには召しあげられたが、百五十石を嫡子源太郎に与えられ、馬廻格《うままわりかく》も許されたのは、藩主豊信の配慮であった。

藩士たちは、失脚した大目付に軽侮の眼《め》をむけた。

「吉田はどこへいきゆうぜよ」

「知行所の朝倉《あさくら》あたりへでもいくがじゃろう。いなかじゃ伊達もこけんぜ」

龍馬はかつて、河田小龍から吉田の識見を聞かされ、感心したことがあった。

小龍は龍馬に語った。

「あしは二十三の年に吉田先生の供をして、伊勢から京、摂津《せっつ》のあいだの名高い学者に会いにいったことがあった。そのときゃたまげったぜよ。先生は天下のご大法をかえりみず、大船を仕立て、大砲を張りたて、無人島を切りひらくべしと、相手かまわず述べたてるがじゃ。そがな話は、万次郎がアメリカから帰国したのちは、いう人がでてきたが、その時分はご大法に背いたというて、手がうしろへまわりかねなんだきのう」

龍馬はそのときから、吉田という上士に好意を抱いた。

龍馬の内部には、自分が生まれるまえからとりきめられている、社会の慣習に従って生きることをいさぎよしとしない、奔放な感情がひそんでいる。

——士農工商の格などというものは、誰がきめたがじゃ。分際にそぐわぬことをする奴《やつ》はえらい目にあわされる。出る杭《くい》は打たれるというが、打たれてもこたえん者もおるがぜよ——

お琴を失ったいま、龍馬は自由な生きかたを望んでいた。

溝渕広之丞と河田小龍が、御筒奉行、西洋流砲術師範に随行して鹿児島へ出向いたのは、八月二十日であった。

龍馬は撃剣稽古の余暇に、洋式小銃射撃の伝授をうけるようになった。師匠は小高坂《こだかさ》の郷士西内清蔵《にしうちせいぞう》である。西内は長崎、岩国《いわくに》に遊学し、西洋砲術と医術を学んでいた。

龍馬は小高坂山南麓《なんろく》の角場《かくば》(射撃場)で、雷管式狙撃銃《そげきじゅう》のヤーゲル銃を使い、角《かく》(標的)撃ちに熱中した。

父八平は権平とともに、しばしば仁井田浜の台場へ出向き、徳弘門下の洋砲浜稽古に参加した。洋砲稽古には金がかかるので、藩士のうちでも裕福な者だけが参加できる。

五百匁カノン砲を一発発射すると、支払う実費は銀五匁であった。撃った弾丸を人足に掘らせる代金までふくめると、六発撃てば総経費は一両に及ぶ。八平は龍馬にいった。

「しばらくはヤーゲルで稽古しちょき。あと半年もすりゃ、浜稽古へ連れていっちゃるき」

龍馬は日根野道場の休日に、藤田栄馬、山本卓馬、三次を連れ、柴巻《しばまき》の坂本山へ兎狩《うさぎが》りにでかけた。城下北方の坂本家山林を管理する、地元の組頭《くみがしら》田中良助は鉄砲の名手で、龍馬たちは彼の所有する火縄銃を借りて、兎を撃った。良助は狙《ねら》った獲物を撃ち損じることがない。

彼は龍馬たちが狙いをはずすと笑った。

「お前らあは、目当《めあて》（照準）に頼りすぎじゃ。俺は兎を見つけたら、ひょいと指さすように撃つがぜよ。そうすりゃ、自然に当たるがじゃ」

柴巻の山中には、かがり石という大岩が聳《そび》えたっていた。

龍馬たちは銃猟に疲れると、かがり石のうえによじ登り、眼下の城下町と、そのはるか南にひろがる大海を眺めた。鵯《ひよどり》、小綬鶏《こじゅけい》などの啼《な》き声が静かな林間にひびくのを聞きつつ、良助がとどけてくれた徳利の酒を酌みかわすとき、龍馬たちは日頃の変わりばえのない明け暮れを忘れた。

「あの海は、パシフィック・オセアンじゃ。アメリカ人らあは、シチンボールに乗って、十八日で海を渡ってきよるがじゃ。そのうち、イギリスもロシアもくる。才覚のある者は、こがいなところでじっとしちゃおれんぜよ」

龍馬がいうと、卓馬は陽気な声で応じた。

「そうじゃ、エンケレセ（英語）を勉強して、外国へ渡らにゃ」

九月二十日の朝、高知城下の町角に人が群れ集まり、騒がしくなった。

大坂蔵屋敷から、ロシア軍船一艘が尼崎《あまがさき》沖にあらわれたとの急報がもたらされたためである。ロシア船は九月十六日の未《ひつじ》の刻（午後二時）、紀州加太浦《かだのうら》にあらわれ、翌十七日には泉州沖を通過し、午後には尼崎城下の中浜《なかはま》という海岸近くに錨《いかり》を下ろしたという。

ロシア極東艦隊司令長官プチャーチンが、アメリカ、イギリスと同様に通交を求めてきたのである。

「ロシアなら手荒いまねはせんろう」

大坂にいる藩士は三十人ほどで、いずれも物産売買の財務にあたる役人であるため、戦闘要員としてはたらくことはできない。

朝廷では大坂湾に異国軍船があらわれたので、深刻な衝撃をうけた。近江《おうみ》、大和《やまと》の大小名は、藩兵を房総海岸警備に派遣しているので、万一ロシア軍船が不穏の動きをあらわせば、御所の防衛もおぼつかない有様である。

京都、大坂では主上が彦根へ移られ、御所を焼き払うなどという流言がひろがったが、さいわいプチャーチンは伊豆下田へ廻航せよという幕府側の指示をうけいれ、十月三日の朝、軍船は尼崎沖から去っていった。

こんどは何事もおこらなかったが、外国船がいつ摂津の海に侵入してくるかも分からない、危険きわまりない実情があきらかになったので、畿内《きない》の住民は動揺した。

龍馬は上方《かみがた》から伝わってきた噂を、日根野弁治から聞かされた。

「京都所司代じゃ、東西本願寺《ほんがんじ》の出家、門徒を海辺の固めに使うてはどうかと、いいゆうがじゃ。門徒は七、八万の人数を集められるし、暮らしむきも相応じゃき、ただで使えると見ちょる。公儀の威光も大分落ちてきたがぜよ」

その後、藩内での西洋砲術稽古は熱気を帯びてきた。

土佐の長い海岸線のどこかへ、外国船が乗りこんでくれば、自力で追い退けねばならない。そのとき頼れるのは銃砲の火力だけであった。

家中の連枝《れんし》、家老が上士、下士とともに、高島流砲術師範徳弘孝蔵に入門し、仁井田浜台場に出向き、硝煙と砂塵《さじん》にまみれ実弾射撃をおこなう。

徳弘孝蔵の長男数之助は二十二歳、大坂の緒方洪庵《おがたこうあん》塾、江戸、長崎に遊学し、砲術、蘭学《らんがく》を修めた気鋭の若者で、野戦砲、臼砲《きゅうほう》、榴弾砲《りゅうだんほう》、小銃射撃の訓練にあたった。

龍馬は鹿児島へむかった河田小龍たちの帰藩を待っていた。小龍と広之丞は長崎にも立ち寄り、海外の形勢を探ってくるという。十一月になると、二人は帰ってくる。

十一月五日の朝、龍馬が起きると乙女が声をかけた。

「今朝のお日いさんは、紅さしたようにまっかぞね。よう晴れちゅうが、何事もなけりゃあえいが」

　龍馬が裏戸をあけ水通町へ出ると、丹前《どてら》の前帯に両手をつっこんだ近所の男が、顎《あご》をつきだし、東の空を見ていた。

「えらい赤いのう。あの色を見てみいや」

　龍馬は晴れわたった空に、朱の盆のようにあがった太陽を眺めた。

「まこと、赤すぎて気味がわりいのう」

「地震が揺るがじゃろうか」

「さあのう」

　龍馬は朝餉《あさげ》をおえると日根野道場へ出向き、稽古に汗をしぼった。

　彼は近頃膂力《りよりよく》がつよくなり、和術の稽古をすると、逆手をとられた相手はじきに悲鳴をあげた。

「参った参った。龍やんはこの頃癇気《かんき》がつよすぎていかんぜよ」

　龍馬は含み笑いをする。

「ちと目方がついたきに、扱いにくうなったがやろ」

　撃剣稽古のときも、面を打ちこみ外されると、そのまま体当たりをする。相撲巧者で知られた相手でも羽目板に背をうちつけ、尻《しり》もちをついた。

　昼休みに、栄馬を連れて帰り、離れで昼飯を食った。膳《ぜん》をはこんできた乙女がいった。

「今朝、上《かみ》の魚《うお》の棚《たな》へ魚買いにいったうちの姉《ねえ》やんが、いうちょったぞね。宇佐の漁師衆が、今朝の波は鈴波じゃというちょったと」

鈴波とは潮のさしひきが狂って、幾度も干満のあることで、津波の前兆であるといわれていた。

「ほんじゃ、地震がくるろうかねや」

龍馬たちは顔を見あわせた。乙女がいう。

「お母やんが、火の始末をちゃんとして、着替えを身辺に置いちょきというちょったぞね」

龍馬たちは道場へ戻ったあと、いつ地震がきても外へ飛びだせるよう、心積りをしていた。

近頃、戸障子が鳴るほどの地震が幾度かあり、老人たちのうちには大地震の前触れではないかと、懸念する者がいた。

その日は暮れるまで何事もおこらなかった。龍馬は道場から帰って乙女にいった。

「今日は地震がおこらんろうのう」

「まだ分からんぞね。早う風呂《ふろ》へ入っちょき。焚《た》き口《ぐち》の火い落とすきんね」

龍馬が風呂にはいり、離れに戻った七つ半（午後五時）頃、不意に地鳴りがしはじめた。

「きたぜよ」

龍馬は乙女がどこにいるかたしかめる余裕もなく叫び、土間に飛び下りる。

立っていられないほどの震動で、龍馬はへっついのかげにしゃがみこむ。土煙が辺りにたちこめ、ギチギチと家鳴りがつづき、いまにも倒れるかと危ぶむうち、軒瓦《のきがわら》がなだれ落ちた。

ようやく震動が治まると、母屋から男衆、女中とともに乙女、権平が走り出てきた。

「龍馬、なんちゃなかったか」

「早う表へ出や。揺り返しがくるきに」

龍馬は権平と乙女につづき、母屋の土間を走り抜け、表の道へ出た。

本丁筋は老幼の呼びかわし、泣き叫ぶ声で沸きかえるようである。頭上の薄闇《うすやみ》のなかを、無数の鳥が飛びまわっていた。

八平と伊与は権平の妻子とともに、足袋《たび》はだしで道端に立っていた。

「お父やん、お母やん、なんちゃなかったかのう」

龍馬が声をかけると、八平は答えた。

「うちは家も歪《ゆが》んではないろう。誰《だれ》ぞ、三丁目を見てこんか」

男衆が才谷屋の様子をたしかめに走った。

「川の水はどうなっちゅうぜよ」

八平にいわれ、権平と龍馬が鏡川へ走った。土手に登ろうとすると、至るところに地割れがあった。

河原へ駆け下り、月明かりで川面を見渡すと泥水がわずかに光っていた。

「水が引いちょる」

龍馬たちは家に戻り、井戸をのぞきこむ。

「水はあるがか」

つるべを投げこむと、ふだんよりはるか下方で水音がした。権平がいった。

「やっぱりじゃ。津波がくるぞ」

「潮江と九反田《くたんだ》を見にいかんと」

東の空で、稲光のような白光がしきりに明滅している。

才谷屋の様子を見にゆかせた男衆が、戻ってきて告げた。

「母屋も蔵も、なんちゃなかったです」

龍馬がいった。

「俺は潮江と九反田を見舞うてくるき」

潮江は八平の実家山本家、九反田は堀川沿いの伊与の実家北代《きただい》家であった。

大地震のあと、津波は九度もきた。潮江、北町《きたまち》、新町、下知《しもじ》、比島《ひじま》など広い地域にわたり、一面の泥海となり、海上には人家、諸道具が流れだした。

津波は押し寄せてくるときよりも、引き潮のときにいきおいがつよく、何百という雷が鳴りはためくような音をたて、人家を五軒、十軒と海中へ引きこむ。

家財を取りだそうとして、逃げ遅れた者は海に流され、命を失った。その夜のうちに北町から出火し、火焔《かえん》が天を焦がし、大火事となった。

余震は夜のうちに九十四、五度もおこり、倒壊の被害を免れた町村の住民たちも、近所の竹藪《たけやぶ》、山中へ避難した。

龍馬は九反田堀川沿いの北代家を見舞いに出かけたが、津波と火災に阻まれ辿《たど》りつけなかった。

避難の人々が、火光に照らされた道を埋め、流失しなかった天神橋を渡って潮江山へむかうのを茫然《ぼうぜん》と眺めていた彼は、北代家の九歳の息子が家族にはぐれているのを見つけ、家に連れ帰った。

地震の被害は、しだいに判明してきた。上町では潰《つぶ》れた家はすくなく、瓦が落ち、戸が外れるなどの被害にとどまったが、北町、新町の人家は津波に侵され、浦戸町、朝倉町の二丁四方は焼け野原となった。

城内では天守閣の壁がこわれ、櫓《やぐら》九カ所、門三カ所が大破した。藩から幕府へさしだした被害届け書には、城下で焼失、倒壊した侍屋敷三百五十九、焼失、流失、倒壊した民家は一万七千四百六十九軒と記された。

怪我人《けがにん》は百八十人、死人は三百七十二人である。龍馬は男衆を連れ、震災をうけた親戚を見舞い、城内の大破した煙硝蔵、兵具蔵の片付けの手伝いをする。

地震のあと、浦戸湾に出入りする廻船の船乗りたちが、他国の様子を知らせた。

「豊後《ぶんご》一円は、五日の七つ半時分に大揺れがきて家が潰れたが、津波はこざった」

「芸州《げいしゅう》広島、伊予の宇和島《うわじま》もおなじ日のおなじ刻限に、大崩れじゃ」

「大坂では、地震で死んだ者は一万人じゃというぞ。町奉行所では、これまでの定めの通り、一人ずつ身許《みもと》を改められんきに、勝手に葬式を出せというたそうじゃ」

新町田淵に道場を構えていた武市半平太は、家が潰れ津波に襲われたので、祖母を背負い、比島山へ逃げた。そのあと、道場を再建するあいだ、上町にある祖母の里方へ寄寓《きぐう》した。

安政《あんせい》二年（一八五五）正月は、元旦から地震がおこった。朝から揺れつづけ、家鳴り震動するほどの大揺れは三度あった。

大地震からふた月ほど経《た》ったが、連日数えきれないほどの、大小の揺れがつづいていた。龍馬は家族と祝儀の膳をかこみ、酒に酔うと離れで布団をかぶり、寝ることにした。

「死なばもろともじゃ。お姉やん、寝ようぜよ」

「そうしようぞね」

乙女は布団を敷き、龍馬と枕《まくら》をならべて寝る。

「えい寝正月じゃ。地震のなかでの昼寝も気色《きしょく》えいがじゃ」

龍馬は眼をつむる。お琴がいなくなってから、胸のうちに固いしこりのようなものがある。彼はそれが気になると、いらだってくる。しこりを忘れるためには体を烈《はげ》しく動かして撃剣稽古に精をいれるか、将来の身のふりかたについてさまざま考えをめぐらすほかはない。

龍馬は高知で身すぎをするつもりはなかった。江戸、大坂、長崎、さらには上海《サンハイ》辺りまで廻船を乗りまわし、安いものを仕入れ、値高く売る男商売がしたい。

――俺は小んまい暮らしはしとうない。郷士の身分なんぞは、どうでもえいがじゃ。日が照っても笠《かさ》をかぶっちゃいかんとか、雨が降っても下駄《げた》をはいちゃいかんとか、勝手に動きゃ、あちこちへこちあたるような、せまくるしい所にゃ住めん。なんぞ大きな絵を描かにゃ、この世に生まれたかいがないぜよ——

龍馬は翌日、溝渕広之丞、今井純正とともに河田小龍をたずねることにしていた。純正は、父孝順が前年十一月二十六日に亡くなったので、六年ぶりに帰郷した。

孝順は三人扶持《ぶち》御用人格の御侍医師で、しばしば江戸に出役《しゆつやく》して医学を研鑽《けんさん》し、舌疽《ぜつそ》の手術に成功するなど、数々の業績を残した医師である。

純正は大坂の春日塾で医学、儒学を学ぶかたわら、近所にあった緒方洪庵の適《てき》塾《じゆく》に出入りして、蘭方医学をも修めていた。

今井家は播磨屋橋の東、中浦戸町にあったが、町内が地震と津波、大火事で全滅したなかに、一軒だけ無事に残った。

河田小龍は大地震がおこる前日の十一月四日、高知に帰ったが、浦戸町の自宅と画塾が焼失したため、城北の万々《まま》村、城下南奉公人町《みなみほうこうにんまち》と仮住居を移り住んだのち、年末には坂本家に近い築屋敷《つきやしき》に家を借りうけていた。

正月二日は晴天であったが西風が強く、赤みを帯びた雲が空の四方にわだかまっていた。五つ半（午前九時）頃、烈しい地震があった。

前年の地震は、ゆらゆらとしばらくつづく横揺れが多かったが、この一両日はどんどんと鳴りひびくような揺れかたで、地割れがおこるかと危ぶむほどの急調子である。

蔵の前庇《まえびさし》の下で、莚《むしろ》を編む男衆たちが揺れるたびに声をあげる。

「えらいきついねや。大槌《おおづち》で地面を叩きゆうみたいぜよ」

「石ころ道で荷の重い車曳きゆうようじゃ」

昼すぎに広之丞と栄馬、今井純正が離れをたずねてきた。龍馬は刀を腰に差し、彼らと外へ出た。

わずかに酒気を帯びた広之丞は、懐手《ふところで》で胸を張ってゆく。

陽射《ひざ》しが明るくなり、町屋の庭に梅が満開であった。広之丞の家は地震で傾いたが、支え木《く》をして、起こしたという。

「おらん家は、せぼうて不便なきに、建てかえよう思いよったがじゃ。いっそ潰れりゃ手間はかからざったが」

広之丞は空をむいて笑った。

「地震は国家累卵《るいらん》の危うきに至る兆《きざ》しじゃという者もおるが、一理じゃ。今日は墨雲洞さんに、とっくり意見を聞いちょき。あの仁は、なかなかの識者ぜよ」

河田小龍の寓居は、築屋敷の裏通りにあった。

道端に青草がのびはじめ、鶯《うぐいす》の声がしていた。立ち小便のあとがついた板塀のあいだの路地を入ると、ちいさな前庭のついた平家があった。

龍馬たちがのぞくと、陽当たりのいい縁先に花茣蓙《はなござ》を敷き、そのうえに画仙紙をひろげ絵を描いている小龍が、顔をあげた。

「おう、ようきたな。あがりや」

「絵は描かいでもえいがかよ」

「かまん、かまん。朝からよう揺りよるき、気がおちつかん。ちくと一杯やって、憂さばらしをせんと」

小龍は妻が酒肴《しゅこう》をととのえるあいだ、大地震のあとの苦労を口にした。

「鹿児島から長崎をまわって、やっと帰ってきたら、家と道具一切が灰になった。身ひとつで逃げて、家内は無事じゃったきによろこばにゃならんが、いままで書き溜《た》めちょったもんは、皆焼いた。まっことがっくりぜよ」

龍馬は明るい陽のさしこむ座敷を見まわす。

「先生はどがなご縁でこの家へこられたがですか」

小龍はあごひげを撫《な》で、笑みを見せた。

「俺は去年の暮れにゃ、万々村に住んじょったが、紺屋の門田兼五郎さんにすすめられて、ここへ移ったがじゃ」

門田という紺屋の主人は蘭学を好み、町人学者として城下で聞こえていた。

彼は弟が幡多《はた》郡奉行所の奉公人で沖ノ島《おきのしま》に住み、築屋敷三丁目の自宅を空屋にしていたので、小龍にその家を貸そうと思いたった。

小龍は事情を語った。

「兼五郎さんがここへ住ませてくれたには、わけがある。甥《おい》を俺の弟子にしたかったがよ」

兼五郎の義兄は、水通町二丁目で大里屋という饅頭屋《まんじゆうや》をいとなんでいた。その長男で今年十八になる近藤長次郎《こんどうちようじろう》が、読書を好む。

毎日餅《もち》、饅頭を売り歩き、仕事をおえると近所の貸本屋で軍書、小説などを借りだし、夜のふけるのも知らず読みあさる。

父親は、饅頭屋に学問はいらぬと不機嫌であったが、兼五郎は長次郎の将来に期待していたので、小龍に住居の世話をして甥を入門させようと考えた。

広之丞は龍馬と顔を見あわせ、小龍にいった。

「大里屋の長次郎なら、俺らあはよう知っちゅう。左行秀の鍛冶場《かじば》へときどき遊びにきゆうぜよ。長次郎はできる子ながか」

「いいん。いま日本外史を読ませゆうが、覚えが早い。馬之助《うまのすけ》とえい勝負する。今年のうちにゃ、史記、旧唐書《くとうじよ》、漢書《かんじよ》を読ませてやらねば」

新宮《しんぐう》馬之助という十八歳の少年は、墨雲洞に入門して二年ほどになる。彼は絵の天才といわれていた。

馬之助は高知の東方、香我美《かがみ》郡新宮《しんぐう》村の農村に生まれ、二年前に本丁筋二丁目の布屋という親戚の旅籠《はたご》屋を頼って城下へ出てきた。

布屋は、割れた陶磁器を修理する焼継ぎ屋を兼業していたので、馬之助はその技術を身につけるため、住みこみ修業をしている。

彼は城下へ出てまもなく、突然小龍をたずね、絵を学びたいと申し出た。試みに描かせてみると非凡のひらめきをあらわし、小龍の門人となった。

馬之助は文字を知らなかったが、多くの浄瑠璃《じょうるり》本《ぼん》の内容をそらんじていたので、読書を教えると抜群の進境をあらわし、いまでは小龍の愛弟子《まなでし》であった。

小龍は広之丞ら藩役人とともに、鹿児島で二カ月を過ごすあいだに、細密な見取り図を書きためていた。

龍馬と今井純正は、桜島《さくらじま》を背にして海に碇泊《ていはく》する、三本帆柱の洋式帆船の絵図に見入った。

「これが去年の四月にできあがった昇平丸《しょうへいまる》ぜよ。三万両かかったというが、大けなものじゃ」

「大砲は何挺ついちょりますか」

「二十四斤砲八挺、六斤砲二挺、十一寸半モルチール砲二挺、四方を撃てる自在砲四挺じゃ」

反射炉築造現場、溶鉱炉、鋳製所のおびただしい設備の見取り図、集成館《しゅうせいかん》という工場での、西洋器械による切子ガラス製造、紡績の作業。城内写真所における、銀板湿板写真撮影の状況。

薩摩では硫酸、硝酸、塩酸をつくり、綿火薬もヨーロッパ製品に遜色《そんしょく》ないものを製造しているという。

龍馬は小龍にたずねた。

「薩摩のお殿さんは、攘夷《じょうい》と開港のどっちを取るつもりですろうか」

「その辺りのことは、お前さんらあが江戸で砲術を習うた、佐久間象山殿とおんなしご意見じゃ。攘夷はとてもできんが、開港となっても攘夷の備えはないといかんというところぜよ。鍋屋にこしらえさせた大砲が割れて、人死にが出る騒ぎをやりゆうこっちにくらべりゃ、むこうはヨーロッパみたいじゃが、まだ攘夷ができるばあの力はないろう」

龍馬がかさねて聞く。

「これから外国がやってくる非常のときに、俺らあはなにをすればえいですろうか」

「これは難題じゃねや」

小龍は苦笑いを見せた。

「いっち大切なことは、海上の一事じゃねや。お前んらも知っちゅうことじゃが、お船手の関船《せきぶね》らあで、何千里の海を渡ってきた外国の軍船と戦をすりゃ、大人と子供の喧嘩《けんか》じゃ。ほんじゃき、一日も早く蒸気船を手に入れにゃなるまい。そがいなことを藩の偉いさんにいうたち、聞く耳は持っちょらん。なんせ台所算用は火の車じゃきのう」

藩財政の慢性赤字の原因は、京都、大坂の商人からの借金返済と江戸参観費であった。

上方《かみがた》商人の大名貸しの年利は年に四分から五分ぐらいで、あまり高くない。借金の抵当は毎年秋に大坂蔵屋敷へ送られてくる蔵米である。だが例年収支はつぐなわず、借金はふえるばかりであった。

河田小龍の語調は、しだいに熱気を帯びてきた。

「こがな危急のときに、俺らあは黙って見ちょってえいもんかのう。ここでひとつの商業をおこしてはどうじゃろ」

龍馬は突然商業という言葉を聞き、胸をつかれた。心中に隠すひそかな考えを、指摘されたように思ったためである。

「どがな商業がえいですかのうし」

「俺には利、不利のあやち（区別）は分からんが、万次郎がいうちょった。アメリカじゃ商業の元手をこしらえるに、株仲間のような者を大勢集め、自在に大金を融通しゆうがじゃ。お前んらあがそこのところをなんとか工夫して、一艘《そう》の蒸気船を買うてみい。同志を募り、日本じゅうを往来する旅人やら、諸藩の蔵米、産物を運搬すれば、蒸気器械運転に使う石炭、油の雑用金《ぞうきん》やら、同志の給金を払うことができるじゃろう。そうやって海上運転の稽古をすりゃ、しだいに航海の術も身につくというもんぜよ。まあ盗《ぬす》っ人《と》を捕まえて縄をなうのたぐいじゃが、いまはじめざったら、いつまでたっても外国に追いつけんじゃろ」

龍馬は問屋商人の実態を、父から聞かされていた。

彼らは先物買いをしておいて買い煽《あお》り、先物売りをしておいて買い控え、値鞘《ねざや》をかせぎ一攫千金《いっかくせんきん》を得ようとする。

便船を使い、遠方の商品を仕入れるとき、価格差をつくるため、売り手をだますこともした。数人の商人がなれあいで買値を低くし、投げ売りさせてから買いとる。

仕入れた品を売るときは、便船をしばらく入港させず、品薄にしておいて高値で売る手段をとることもある。

資本をたくわえた富商は、材木屋、呉服屋、酒屋、質屋などを経営し、確実な利潤を得るために、大名、武士に金銀融通をした。才谷屋も、そのような富商であった。

龍馬は蒸気船を動かせば、問屋商人のような商略を用いることなく、運転経費を得ることができようと考えていたが、小龍の言葉にその裏付けを得た思いで、手を打ってよろこぶ。

「まっこと、お説の通りです。俺は撃剣稽古が好きでやっちょりますが、刀をもって対するのは一人の敵ですろう。もっと大業《おおわざ》をやりたいと思うちょりましたが、先生のお考えは肝に銘じちょきます。いまは志を伸ばす時ですろう。ところで、船や器械は金策すりゃ手に入るが、蒸気船を動かす同志がおらんとどうにもなりません。外国の器械を運転できるばあの秀才は、数なかろう。これは難儀なことですのう」

小龍は龍馬の懸念を打ち消した。

「日頃俸禄に飽いた上士は、志というものがない甲斐性なしばっかりじゃ。志を持ちゆう者は、ひとはたらきするにも元手のない下士、百姓、町人ら下等人民の秀才ぜよ。俺の弟子にもそがな者が多少はおる。はたらかせりゃ工夫するぜよ」

広之丞がいう。

「龍馬は蒸気船を手にいれる算段をせい。人を育てるのは小龍さんに任せりゃえい」

龍馬は小龍に決心を告げた。

「俺はかならず蒸気船を買いますきに、先生はきっと秀才を集めてつかあさい」

「分かった、たしかに約を結んだぜよ」

同座の青年たちは、たがいに肩を組みあい、盃《さかずき》を干して龍馬への協力を誓った。

小龍のいう下等人民秀才は、困窮の生活のなかから這《は》いあがる機会を待ちのぞんでいる。西洋の原書を翻訳し、大砲鋳造、艦船建造をなし遂げつつあるのは、諸藩の下級武士であった。

彼らは兵器を外国から輸入するために、藩内の新産業開発をはかり、財政改革の献言をした。

上士たちが開国にともない変化してゆく世情に対応できず、なすこともなく日を過ごしているうちに、下士たちは燃えるような意欲をあらわし、新知識を吸収してゆく。

龍馬は小龍から馬之助、長次郎と、岡崎参三郎、恭輔兄弟を、同志とするようすすめられた。岡崎兄弟は下士の子である。

彼らは渇いた者が水を求めるように書物を読み、飽くことを知らない。龍馬と栄馬は、馬之助と長次郎に鏡川の河原で撃剣稽古をつけてやった。

彼らは龍馬が黒船来航以来の江戸の形勢、佐久間象山の講義、中浜万次郎の活躍について語るのを、飽くことなく聞いた。

「お前んら、蘭学をやれるか」

龍馬が聞くと、二人は言下に応じた。

「なんでもやりますらあ。眼がありゃ、オランダでもアメリカでも、どこの本でも読むぜよ」

縮れ毛の少年長次郎は剣術を好んだ。左行秀から借りうけた大刀を腰に、夜ごと鏡川の河原に出て、星明かりで白刃を舞わせ胆《たん》を練る。

龍馬は三歳年下の長次郎と気があった。

「お前んは目つきが悪いのう。盛組《さかんぐみ》の者らあに喧嘩を売られるきに、下をむいて歩きや」

龍馬がいうと、長次郎は怒った犬のように歯を剝《む》いた。

「売られた喧嘩は買うぜよ」

龍馬は長次郎や馬之助のような青年が、学問に非常な熱意をあらわすのは、身分のしがらみをふりきって、自由の大海へ泳ぎ出たい一念によるものと知っている。

城下には武士と町人が住む。地方《じかた》の諸郡には百姓が住む。身分は人が宿命としてうけいれねばならないものであった。

士農工商という職分のそれぞれにもこまかい区別がある。大名は御三家、親藩、譜代、外様《とざま》に分けられる。将軍直臣は旗本、御家人《ごけにん》に分かれ、諸大名の家来は家老以下、足軽、小者に至るまでの身分の差がある。

百姓は自作地を持つ本百姓と水呑《みずのみ》、小作人、町人は本家、分家、別家、家主と店子《たなこ》などのいくつもの段階に分かれている。

侍は農工商を支配し、村役人は百姓を支配する。家主は店子、本家は別家を支配する身分であった。

百姓は村の成員として生きるほかに道はない。藩の徴税は村を単位としておこなわれ、個人は村役人の連帯保証がなければ、訴訟かけあいも旅行もできない。

町人は五人組などの共同責任制度により、町内に縛りつけられる。個人の生活は、すべて支配者の要求をうけいれねばなりたたなかった。

長次郎たちは、このような絆《きずな》からわが身を解きはなちたい。彼らがいまの境涯からぬきんでる手段は、勉励して知識を得るよりほかにはないので、寝る間も惜しみ読書に没頭する。

広之丞はいった。

「大坂には諸藩の蔵屋敷が百ばあもある。日本じゅうで一年にとれる米は、およそ三千万石。そのうち大坂で売りだす蔵米は一割じゃ。ほかにも国産の品を売りさばきゆう。土佐は紙、鰹節《かつおぶし》、蠟《ろう》、砂糖を売りよる。しかし借金の利子さえまともに払えん台所むきじゃき、年貢の早納めや先納めをさせにゃならんことにもなる。そうなりゃ、百姓は苦しまぎれに一揆《いっき》をおこす。いま諸国でしきりに一揆がおこるがは、百姓が苦しまぎれにやるためぜよ。いまのお政事むきは、これからは通用せんがじゃ。開港すりゃどうなるか。うちの家中でも、采配《さいはい》振れるばあの器量のある仁は、元吉殿ぐらいじゃねや」

吉田元吉は高知城の南方、浦戸湾に面した長浜川《ながはまがわ》口に近い梶《かじ》ヶ浦《うら》に隠棲《いんせい》していたが、大地震の被害をうけたので、新居を設けたという。

彼が少林塾という学塾をひらいたという噂を、龍馬も聞いていた。弟子は元吉の義理の甥後藤《ごとう》象二郎《しょうじろう》、福岡藤次《ふくおかとうじ》(孝弟《たかちか》)、神山左多衛《こうやまさだえ》、松岡七助ら上士の子弟であったが、郷士の間崎哲馬《まざきてつま》(滄浪《そうろう》)、岩崎弥太郎《いわさきやたろう》も入門していた。

二月十四日、土佐藩主山内豊信が帰国した。恒例によれば七月頃に国入りするのであるが、大地震被害復旧の指揮をとるため、幕府に願い出てはやばやと戻ったのである。

豊信は帰国後まもなく、三の丸大広間に諸士一同を召集し、今後の方針を申し渡した。

まず災害復旧の経費を捻出《ねんしゅつ》するため、藩財政をいっそう緊縮しなければならないと説き、そのためには家中上下の努力が必要であるという。

豊信は、家中の憂うべき傾向を二点あげた。

「一昨年の藩政改革以来、抜擢をうけた者に対する反撥《はんぱつ》、批判がとりわけかまびすしい。要路の者に過失があれば、欣喜雀躍《きんきじゃくやく》してその手抜かりを指弾し、さらに無根の流言をひろめて失脚させようとする。これはいかなる存念によるものか。昔の聖賢といえどもちいさな誤ちはある。予が有司を登用するときは、その短所を捨て、長所をとった。小人どもの喋々《ちょうちょう》たる雑言には耳をかさない。もし政事の処置に誤りありと思う者は、言路を開いているから遠慮なく申し出よ」

「この節天下の形勢を見れば、いなか侍のうちには関東（幕府）を軽侮する者もふえてきた。今度の天災により諸国疲弊し、このうえ万一凶作などが重なれば、その機に乗じ姦人《かんじん》が手に唾《つばき》して蜂起《ほうき》するかも知れない。

そのようなことがおこれば、海防どころではなくなる。砲台を築き、大艦巨砲をそなえても、それを用いる軍兵の士気があがらねば、無用の長物となる。侍にあるまじき挙動をする者は、きびしく取り締まることとする」

この二点の達示には、黒船到来を契機として露呈した、幕府の弱体に対する世人の反応が濃く影を落としていた。

家康の江戸幕府創始以来、二百五十二年にわたりつづいてきた太平の世相が揺らぎはじめた。藩主がこのような達示をするのは、異例のことである。

豊信は非常の事変に備え、学問に励むとともに、実戦に役立つ武芸の修行を奨励した。

「これまではひたすらわが流儀を主張し、他の流派をそしるばかりであった。砲術に至っては、その弊害がいちじるしい。今後は槍《やり》、剣、砲の稽古には他流試合をもっぱらにして、実用に役立つ技を身につけねばならない」

日根野道場門人の龍馬たちは、藩主の達示を聞くと笑いあった。

「上士の通う道場で、他流試合をしゆうがは一刀流麻田道場だけじゃ。小栗流、無外流を習う上士で試合をやる者はおらんぜよ。袋竹刀《ふくろしない》で上段打ちの型ばあやりよっても畳水練でいかんこたあ、昔から分かっちょったにのう」

四月一日の朝五つ（午前八時）頃、龍馬は潮江村の山本卓馬、三次兄弟が櫓《ろ》を押す磯舟《いそぶね》に乗り、浦戸湾を南へむかっていた。

浜沿いの田圃《たんぼ》では蛙《かえる》がにぎやかに啼いている。数日まえから鏡川に蛍が出ており、昼間の陽射しは初夏を思わすほどつよい。

乙女、今井純正、栄馬も乗っている舟は、仁井田へむかう。種崎の下田屋が大地震で被害をうけたあと、仁井田中島の山裾《やますそ》に新居を建てたので、新築祝いにゆくのである。

その後、余震はまだつづいているが、城下の復旧は進み、大火事で焼け野原となった浦戸町、朝倉町では町屋の新築作業の槌音が騒がしい。

龍馬の父八平は、九反田の北代家の敷地に自宅裏手の客殿を移築し、山本家の修理作事に協力するなど、親戚に援助した。

若者たちは藩庁の達示に従い、諸事倹約の明け暮れを送っているが、眩《まぶ》しい陽の照りわたる海に出るとわけもなく陽気になり、くったくのない笑い声を波上にひびかせる。

澄んだ海には小魚の群れがすきまなくひろがっていて、ゆるやかに漕《こ》ぎ進む舟がその背に影を落としていた。

舳《へさき》に腰を下ろした龍馬が、純正たちに話しかける。

「江戸から帰った馬廻の衆が、芝新銭座《しんせんざ》に近頃できた大小砲習練場の役宅へ、万次郎さんをたずねていったそうじゃ。そこで高島秋帆先生に会うたというちょる。秋帆はえらい年寄りじゃったらしい」

卓馬が聞いた。

「それで、万次郎さんとどがな話をしよったがか」

「えらくいばりよったそうな。自分は幕府に召し出され、格式も高うなったが、別に学問もない身じゃき、格式のありがたみなんぞは知らんというたらしい。それにアメリカの馬は大柄で力があり、日本の馬は小んまい体で力も弱いといいよった。中浜はアメリカを褒《ほ》めて日本をけなすために嘘《うそ》をついたと、もっぱらの評判じゃいうぜよ」

口数のすくない栄馬がいう。

「そりゃ上士連中のひがみにきまっちゅう。土佐じゃ見くだしちょった定小者《さだめこもの》が直参《じきさん》になったきに、身分がさかさまになったがじゃ。万次郎さんに頼んで習練場を見せてもろうたものの、なんとなく気が悪いき、なんのかんのといいよったにきまっちゅう」

江川坦庵は幕府海防掛として、ペリー来航ののちは多忙をきわめていた。神道無念流の達人で、鍛えぬいた体力の持ち主であった彼が、風邪をこじらせ肺炎をおこし、五十五歳で急逝したのは、大小砲習練場の建設が進められている最中の、正月十六日であった。

中浜万次郎は坦庵のなかだちで嘉永七年一月に、本所亀沢町《かめざわちょう》で直心影流の道場をいとなむ団野源之進《だんのげんのしん》の次女鉄を妻とした。

源之進は江戸で一流といわれる遣い手で、勝麟太郎の従兄《いとこ》男谷信友《おだにのぶとも》の師匠であった。龍馬は佐久間象山に妹を嫁がせている麟太郎の、身ごなしが隼《はやぶさ》のように早い小柄な姿を思い出す。龍馬は叫ぶようにいった。

「また江戸へいきたいねや。江戸には傑物が大勢おる。廻《まい》くりまわるにも、土佐のように狭いところとはちがうき、めずらしい人に会える」

純正が応じた。

「その通りぜよ。俺も江戸へいきたいけんど、外国の学問をするなら、やっぱり長崎へいかにゃならん。できりゃあ上海《サンハイ》へ渡ってみたいのう」

「俺もじゃ」

「俺もいくぜよ」

卓馬と三次がいう。

「栄馬はいかんがか」

龍馬が聞くと、栄馬は首を傾《かし》げた。

「俺はあんまり頭が回らんき、よそへいく気がせん。それに銭もないしのう」

栄馬は幼い妹のお好をかわいがっていた。お琴が亡くなってのち、彼は父母に心の負担をかけないよう、行動をつつしんでいる。

龍馬は溝渕広之丞、河田小龍から日本の情勢が、開港によって大きく変わってゆくと、聞かされていた。

幕府はアメリカ、イギリスに開港を許したのち、安政元年九月、オランダに箱館、下田の二港をひらき、さらに十二月、ロシアに対し下田、箱館、長崎の三港をひらいた。

広之丞はいった。

「ロシアもオランダも、アメリカに開港しておいて、なんでうちを袖《そで》にしよるかと捻《ね》じこんできよった。そういわれりゃ幕府もことわれんきのう。これからは世のなかが変わる。なにが変わるかというたら、交易じゃ。いまはどこの藩にも金がない。外国から軍船やら大砲を買うにゃ金がいる。そのために嫌でも交易をやらにゃいかんようになってきゆう。小龍のいうように、お前んがシチンボールを買える世に、いずれはなるがじゃ」

龍馬が舳に寝そべって、澄みわたった空を見あげながらいった。

「百馬力水かき捻じり仕掛けで、大砲十二門備え、総甲板つきの蒸気軍船一艘が、銀二千五百貫で買えるがじゃ。幾艘も売りこみにくるうちにゃ、安うなってくるがじゃろ。俺らあの手で、シチンボールを動かさにゃいかん。あと何年かのうちに長崎あたりで扱いかたの伝習を受けんと」

龍馬は、鹿児島からの帰途長崎に立ち寄ってきた広之丞、小龍から、長崎奉行所役人、佐賀、黒田《くろだ》藩士ら二百余人が、嘉永七年閏七月から八月末にかけての二カ月間、オランダ汽船の操船、蒸気仕掛け方、大砲撃ち方の訓練をうけたことを聞いた。

伝授をした教官は、港内に碇泊していたオランダ汽船スームビング号船長、ファビウス中佐であった。

広之丞はいった。

「オランダは、アメリカにイギリス、ロシアらあが日本に入りこんできた形勢を見て、いまのうちに幕府との仲を固めにゃいかんと思いよるがじゃ。出島のカピタンのクルチウスは、幕府が蒸気船、大砲らあを外国へ注文するつもりじゃと長崎奉行から聞くと、さっそくオランダへ任せてくれと申し出たそうじゃ」

クルチウスは、日本に使いふるしの蒸気船一艘を寄付し、操縦法を教え、幕府、諸藩が今後必要とする軍船、兵器の需要を一手にひきうけ、海軍創設にも協力しようと考えていた。彼は長崎奉行にすすめた。

「蒸気船を買いいれても、扱い方を知らなければならない。当国の蒸気船が長崎に碇泊しているあいだに、日本の侍、役人、兵卒、細工人、職人、船乗りの方々に造船法、ヨーロッパ船指揮のぐあい、蒸気仕掛け方、鉄製轆轤盤《ろくろばん》の動かしかた、大小砲の撃ちかたを調練、講義してあげましょう」

幕府はオランダの誘いに応じ、百馬力蒸気船二隻、佐賀藩も一隻を注文した。

蒸気船を運転するためには、天文学、測量学、機関術、地理学、造船、運転、砲術などの教養が必要で、乗組員は航海術の熟練者でなければ、いささかの用にも立たないという。

龍馬はシチンボールについての話を聞くとき、兎のように耳が動くのではないかと思うほど、つよい興味に心をつきうごかされた。

――俺も学問はするが、まとめ役のほうが性に合《お》うちゅう。学問は、純正や長次郎、馬之助らあに任せりゃえい。栄馬は俺の助役《すけやく》ばあしちょりゃよかろう――

はるかな空の高処《たかみ》に、黒点としか見えない二羽の鳶《とび》が旋回していた。

龍馬は正月が過ぎて間もない頃、乙女にすすめられ、八平に将来の希望をうちあけた。

龍馬に城下で小栗流道場をひらかせるつもりでいた八平は、廻漕業《かいそうぎょう》をやりたいという願いを聞くとおどろいた様子であったが、怒ることもなく、かえって興味を示した。

「下田屋のように廻船をやるがは男商売じゃ。一分一朱の利をあらそうような、小んまい商いじゃあないぜよ。俺は末子《おとご》のお前が大手を振って世渡りしてくれりゃ、それでえいが。福岡さまに願い出て、お許しをもろうちゃる。ただ船乗り稼業は、いつ船を沈めるか分からん。命まで失うこともあるろう。ほんじゃき、用心せないかん。はじめは近所の地乗《じの》りをやって、海に慣れてからぼつぼつと遠国へいくようにしいや。三百石、五百石の船で乗り習うて、しだいに千石船へ乗り替えていったらえいろう。蒸気船いうがは、まだまだ殿さん方の手がようやく届くばあのもんじゃろうが、いずれは俺らも買える時世がこんとはかぎらん。そのときにゃ元手を工面してやっても、かまんぜよ」

「お父やん、おおきに。堪《たま》あるか」

龍馬はこみあげるよろこびに、声をうわずらせた。

乙女が八平に頼んだ。

「私は嫁に貰《もろ》うてくれる殿御もおらんき、龍馬の手伝いをやらせてつかあさい」

「そりゃあえい。姉弟で力をあわせりゃ、つづまるところはうまくいくろう」

龍馬はそのときから、陽溜まりに身を置いているような、希望の温《ぬく》みを味わいつづけている。

東孕《ひがしはらみ》の渡合《とあい》を通り過ぎようとするとき、二挺櫓で舳に白泡を湧《わ》かせ漕ぎたててきた伝馬船《てんません》が、龍馬たちの舟を追い越そうとして、近寄ってきた。

卓馬が喚《わめ》いた。

「あぶないぜよ。どこを見ゆう」

舷《ふなばた》が揺れ、龍馬は顔にしぶきを浴びて身をおこした。

伝馬船には若侍が六人乗っていた。

彼らは上士の若者がつどう盛組の連中であった。細面《ほそおもて》の女のような顔だちであるが、乱暴者で知られた乾退助《いぬいたいすけ》、吉田元吉の甥後藤象二郎がいる。

伝馬船は追い越したあと、櫓をとめた。乾退助が呼びかけてきた。

「すまざったのう。俺らがお前《ま》さんらの舟に寄せかけたのは、わるかった。詫びのしるしに、そこの浜でひとつ相撲でも取らんか」

乾退助は龍馬たちが城下郷士の息子であるのを、知っている。言葉をかわしたことはないが、狭い城下でたがいの身上はすべて分かっていた。退助は卓馬の漕ぐ舟を見つけ、からかってやろうと思いたったのである。

龍馬は卓馬にいった。

「浜へあがろうぜ」

退助の挑戦は、まちがえば斬《き》りあいになりかねない危険をはらんでいる。上士が下士に乱暴をしかけ、人が死ぬ騒動になった前例は、幾つもあった。

卓馬が舟を浅瀬に寄せ、錨を放りこむと龍馬は舷から下り、浜にあがった。栄馬、純正、卓馬、三次があとにつづく。乙女が浴衣《ゆかた》の裾をからげ浅瀬に下りたので、龍馬がとめた。

「お姉やんは舟におりや」

乙女は聞こえないふりをして、やってきた。彼女の体は退助たちを威圧するように大きい。

龍馬は浜木綿《はまゆう》の茂みのまえに立ちはだかる退助とむかいあって立った。腰の大小には手をかけないが、退助の出様しだいではあとへひかないつもりである。

彼はおちついていった。

「お前さん方の相撲の手並みは、毎年南河原の桟敷《さじき》で見せてもろうちゅう。俺らあにもひと勝負誘うてくれるがか。こっちは相撲の好きな者はおらんが、組打ちなら相手になるぜよ。一番は俺じゃ、お前さんがやるか」

龍馬は退助の眼をのぞきこんでいう。鬢髪《びんぱつ》が風になびくが、まじろぎもしない。江戸で辻斬《つじぎ》りと刃《やいば》を交えた経験が、龍馬を支えていた。

退助は応じた。

「よし、やるぞ」

二人は両刀をはずし、むかいあう。

龍馬は両足をわずかにひらき、腰を落として立っている。退助が聞く。

「仕切りはやらんがか」

龍馬が気合のかかった声で答えた。

「やらん。どこからでもかかってこい」

身を低めた退助が、砂を蹴《け》って飛びかかってきた。

背の高い龍馬は、もろくも双差《もろざ》しをゆるし投げられたが、退助もともにからみあうように横倒しになった。

龍馬は組みあったとたんに、退助の上衣の両袖を絞りあげ、倒れるときも手もとにひきよせていた。退助は龍馬を突きはなし起きあがろうとするが、かえって絞りこまれる。

龍馬は力をゆるめると見せ、退助の右腕を逆手でおさえこんだ。はずそうと動けばそれだけ技がつよくかかる。

「うーむ、参った」

退助がついに悲鳴をあげた。

龍馬は立ちあがった退助にいった。

「今日はこれまでにしておこう。そっちは相撲巧者ばっかりじゃが、俺らあはこがなことしかできんがじゃ。こればあで悪いが、こらえとうせ」

退助は逆手をとられた疼《うず》きに顔をゆがめたまま、返事をしない。後藤象二郎は足腰を鍛えるため、梁《はり》から吊《つ》るした四斗俵を腹に打ちあてる荒稽古《あらげいこ》をしているという、相撲の達者であったが、黙ってうなずいた。

龍馬たちは舟に乗るまで、気を許さなかった。いつ斬りかかられても応じられる身構えをゆるめたのは、卓馬が櫓を使いはじめたあとであった。純正が溜息をついた。

「あいつらは、龍やんに気合負けしよったぜよ」

「盛組のあばれ者らあが退助ひとりを龍やんに負かされて、なんちゃあいわずに俺らあを帰しよったぜよ」

「まっこと。おだやかには納まらんところじゃったが」

ようやく気持ちをゆるめた卓馬たちが声高にいいあう。ふだんの饒舌《じょうぜつ》を忘れたように黙っていた乙女がいった。

「私は刀を持っちょらんき、斬りあいになったら砂をぶっつけるつもりで、袂《たもと》にこんなに入れちょったぞね」

乙女が浴衣の袖を裏返し、海へ砂を捨てる。龍馬は声をあげて笑った。

「あれらは長浜の少林塾へいきよるがじゃろう。乾は勉強嫌いで長浜通いはしちょらんと聞いたが、今日は何しにきよったか」

背丈が龍馬を追いこすほどになった栄馬がいった。

「龍やん、しばらくひとりで夜歩きはせられんぞね。乾に狙われるかも分からんき」

「まあ、そんときはなんとかなるろう」

龍馬は大胆であった。

彼は自分ではそう思っていない。きわめて細心なつもりでいるが、危険な状況に身を置くとき気後《きおく》れをしなかった。わが身内にひそんでいる野性に、まだ気づいていない彼は、学問、武芸のどちらも未熟である自分が、自由に世間の大海を泳ぎまわれるようになるには、商いの道によるほかはないと考えていた。

廻漕業をはじめれば成功するだろうと、漠然と考えていたのは、利に聡《さと》い先祖の血が伝わっているためであった。高知城下の郷士の子弟のあいだで、龍馬の存在が大きく認められてくるのは、このちであった。

七月末の晴れわたった朝であった。

龍馬は離れの縁先に褌《ふんどし》ひとつであぐらをかき、大皿に盛りあげた梨《なし》を食っていた。

蟬《せみ》が幾匹か眼のまえの庭木に飛んできて、声を競って啼きたてる。

「あーあ、よけいに暑うなるちゃ。たまらんねや」

龍馬は肩にかけた濡《ぬ》れ手拭《てぬぐ》いをとり、顔に流れる汗を拭《ふ》いた。

前の晩に土砂降りの雨が降ったので、息もつまるような蒸し暑さである。龍馬は前日まで下田屋の廻船に乗って大坂へ出向いていたので、坐っていても体が揺れているように感じる。

八平が母屋からあらわれ、暗い軒下に立ち、声をかけてきた。

「船旅で疲れたかよ」

龍馬はうなずく。

「まっこと暑うてたまらんです」

「こんな日は、汗をかいたほうが涼しかろう。道場へいきや」

「もうまあいきますき。栄馬と長次郎を待っちょります」

八平は笑みを見せた。

「来月から仁井田の浜稽古がはじまるき、連れていくぞ」

「おおきに、待ち遠しいですのう」

八平は龍馬をかわいがっているので、経費のかさむ大砲稽古に伴ってくれる。高価な煙硝を使い、両手で抱えるほどの鉛弾を飛ばす稽古ができるのは、暮らしむきの豊かな上士たちであった。

龍馬は近頃日根野道場の稽古を休み、下田屋の廻船で須崎《すさき》、室戸から大坂まで船旅に出かけるようになっていた。船頭、水夫《かこ》に帆や舵《かじ》の扱いを教わり、潮の道筋、日和《ひより》の読みかたを知るためであった。

裏戸があき、防具袋を担いだ栄馬と長次郎があらわれた。

「よし、いくか」

龍馬は袴《はかま》をつけ、両刀を腰にして庭に下りた。

三人は新町の武市半平太の道場へむかう。半平太は焼け跡に縦六間、横四間の道場を建て、百人ほどの門人を集めていた。

彼の剣名はいよいよ高く、藩庁では安芸郡の田野《たの》郷への出張教授を命じていた。半平太は町人の長次郎の稽古をこころよく許したので、龍馬はときたま彼をつれてゆく。

武市道場の荒稽古は、家中でも知られていた。門下では岡田以蔵が腕をあげている。

武市屋敷の稽古場では、大勢の門人が烈しい竹刀の音をたてていた。龍馬は栄馬たちをふりかえり、歯を見せる。

「朝からやりゆうぜよ」
五、六十人が床を踏み鳴らし、入り乱れて打ちあうなかへ、龍馬たちは縫うように入ってゆく。
門人に稽古をつけていた半平太が、ふりかえった。

「おう、きたか。卓馬と三次は、そこらでやりゆう。一本やるか」

龍馬は首を振った。

「お前《ま》さんにゃ、あとで教えてもらうき。今日は以蔵と三本やるがじゃ」

龍馬は卓馬兄弟の義理の従兄である、六歳年上の半平太と親しく口をききあうようになっていた。大地震のあとでおこなわれた稽古場の新築祝いの席には、八平、権平とともにつらなった。

近頃、半平太の技倆は、藩内で及ぶ者がいないといわれるほど冴《さ》えている。柳河の大石流の突き、胴の技をとりいれ、試合の相手を近寄せなかった。

龍馬は半平太の鉄壁のような構えにむかうと、気勢があがらなかった。

「半平太さんには、揉《も》んでもらうだけじゃ。つけいる隙《すき》がないき、味もそっけもない。稽古してもろうたら、体のつりあいがとれんなるばっかりじゃ」

龍馬は手早く防具をつけると、岡田以蔵を呼んだ。

以蔵は背丈がのびて、六尺にちかい。彼は笑いながら傍へきて、面をはずす。

「これから俺と三本じゃ。早う面をつけなおせ」

以蔵は流れる汗を拭いた手拭いを頭に巻きつけ、歯の出た口もとをほころばせる。

「お前さんにゃ、三本で二本は取るが、はじめの一本は必ず取られるき、かなわん」

「それが俺の値打ちじゃ。真剣勝負なら、俺の勝ちじゃろ」

「よし、ほんなら今日は一本めを取るぜよ」

以蔵は面をつけ、立ちあがると二、三度足踏みをした。

半平太が見分役になった。

「勝負三本」

蹲踞《そんきょ》して剣尖《けんさき》をまじえた龍馬と以蔵が立ちあがり、間合をわずかにひらいた。

「やさあーっ」

以蔵がみじかい気合を放った。

龍馬は守りの姿勢をとる。以蔵は半平太のような理詰めの剣は使わないが、攻めはじめると雨霰《あめあられ》と打ちこんでくるので、捲きこまれると負ける。

以蔵は竹刀の剣尖で龍馬の竹刀を軽く押さえると、そのまま面を打ってくる。

龍馬はうしろへ飛びさがり、つづけ打ちに横面、胴を払い、体当たりしてくるのをかわしながら、足搦《あしがら》をかけ、よろめかす。

たがいの間合がひらいた瞬間、龍馬は両手首を締め、稲妻のような擦《す》りあげ面を打った。ポン、と音がして、以蔵がおどろいたように動きをとめた。

「面あり、一本」

半平太がいう。

二本めは、以蔵が両膝《ひざ》で調子をとり、いきなり飛びこんできた。龍馬は攻めをかわすが、右肘《ひじ》をしたたか打たれ、電撃のような痛みが走ったので竹刀の運びがわずかにとまった。以蔵は踊るような身振りで竹刀を舞わせ、片手横面をきめた。

「お面、一本」

龍馬は目のくらむような、引きのつよい以蔵の打ちこみの痛みに耐えながら、いった。

「おんしゃあ、道具外れを打ちよったな。これ見よ」

龍馬は脹《ふく》れあがり血のにじむ肘を見せた。

「そりゃ、しかたないぜよ」

以蔵が面のなかで歯を見せた。

「俺は先に一本取られたき、手加減できんがじゃ」

「よし、勝負じゃ。痛い目にあわしちゃるぞ」

三本め、以蔵は龍馬が攻めかけてくると見て、様子をうかがう体勢になった。

だが龍馬は動かず、青眼《せいがん》にとっている。しばらく間合をとりあううち、龍馬が剣尖を右へわずかにひらいて誘うと、以蔵が乗った。

床板を蹴って面を打ちこんでくるのにあわせ、龍馬が以蔵のみぞおちを狙い竹刀をかるく突きだすと、見事に喉《のど》に的中した。

以蔵はわがいきおいでもんどりうち、両足で空《くう》を蹴り、あおむけに転倒した。

「お突き、一本。よう決まったもんじゃ」

半平太が笑顔になった。

以蔵が起きあがり、じだんだを踏む。

「ちゃっ、やられた。また龍やんの得意の誘いに乗ってしもうた。もう三本勝負じゃ。やっとうせ」

龍馬は手を振って拒んだ。

「いかん、今日はお前んと三本勝負やるのを楽しみできたがじゃ。あとは半平太さんに地稽古をつけてもらうきに」

以蔵が竹刀で床を叩き、くやしがる。

「こりゃ、行儀の悪いことたあすな」

半平太が叱《しか》った。

龍馬はそのあと一刻《いっとき》（二時間）ほど稽古をして、汗をしぼった。

龍馬たちは稽古をやめると、井戸端でつるべの水を頭からかぶった。

半平太が声をかけた。

「昼飯を食うていきや。支度《まわり》しちゅうき」

龍馬、栄馬、卓馬、三次、長次郎と以蔵が、稽古場と中庭をはさんでとなりあう座敷で、半平太の妻富子の運んだ箱膳にむかった。

庭面には真昼の陽射しが照りつけているが、龍馬はすずしげな顔つきである。

「稽古はえいぜよ。暑さもうっとうしさも、みな飛んでしまうき」

上座にいる半平太が聞く。

「龍やんも、うっとうしいことを考えゆうかよ」

「そりゃ、いろいろある。お前さんのように剣術達者でもなし、哲馬のような学才は望むべくもない俺じゃ。坂本の部屋住みで法螺《ほら》ばあ吹いちょっても、胸のうちじゃ悩みごとは絶えんぜよ。どっちむいてゆくか。道が見えちょらんき」

哲馬とは、間崎哲馬である。龍馬より一歳年上で、高知城下種崎町の下士の子であった。

彼は家中三奇童のひとりにあげられ、四歳のとき「孝経《こうきょう》」を暗誦《あんしょう》して一字も誤らなかった。六歳で四書五経を理解し、七歳で詩を賦《ふ》し、十六歳のとき江戸に遊学した。

江戸では安積艮斎《あさかごんさい》門下で塾頭をつとめ、嘉永五年、十九歳で帰国してのち、城下江ノ口村に学塾をひらいている。

その学才は天下に聞こえているが、藩においての身分は七石二人扶持の徒士《かち》であった。

半平太はいった。

「龍やんは八平殿の息子じゃき、好きなように生きられるがじゃろ。この頃、仁井田から廻船に乗っちゅうと聞いたが」

「ときどき、下田屋へ遊びにいきゆう」

「小高坂の西内塾で、ヤーゲル銃の撃ちかた稽古をも、やりゆうらしいが」

「俺は江戸で佐久間塾へ出入りしちょった。火縄筒は子供の時分から扱うたき、鉄砲にゃ慣れちゅう」

「いずれは小栗流の道場をやるがじゃろ」

龍馬は首を傾げる。

「まだ分からんぜよ。以蔵と勝ったり負けたりの腕じゃ、弟子も取れんろう。先の身のふりかたは、きめちゃあせん」

半平太は突然、いいだした。

「栄馬や卓馬らあと、廻船で商いするようじゃと、噂しゆう者《が》もおるが」

龍馬は腹をゆすって笑った。

「そりゃ分からん。お前《ま》さんは頭が堅いき、法螺吹いちゃ笑われるばあじゃ」

半平太も笑いだした。

「たしかに俺は頭が堅いろうのう。まだ土佐の国境を越えたこともない。お前んは江戸へ出て、黒船も見たし、偉い人にも会うちゅう。北辰一刀流の稽古はたいしてやっちょらん様子じゃが、俺とは見識が違うぜよ。江戸で見聞きしたことを、ちくと教えてくれ」

龍馬は頭をかく。

「賢いお前さんに教えるようなことは、ないが。江戸におるうちに、世の動きというものは、ちくと分かった。土佐におっても知る通り、これから外国のシチンボールがくる。それが俺らあの暮らしむきまで変えるようになっていくかも知れんねや」

「そりゃ、なんでかのう」

「公儀、諸藩はこれまでも、勝手向きに窮しちょった。商人《あきんど》に金を借らんとやっていけざった。そのうえ海防の費《ついえ》が莫大《ばくだい》になってきた。なお困窮してくるがはあきらかじゃ。百姓から年貢取りたてをきびしくして、家来の禄はお借りあげ。銭が足らにゃ、公儀は改鋳して悪銭をふやし、諸藩は藩札を出さにゃ、やっていけんがじゃ。新田をひらき、国産を大坂、江戸で売っても、物入りの穴埋めに追いつかん。百姓らあはたまりかねて、ほうぼうで一揆をおこしゆう。懐がふくらむのは商人ばかりじゃ。これからどうなるか。お前さん、どう思うぜよ」

半平太はしばらく考えていたが、しぶる口調で答えた。

「お殿さまのお指図に従うて、一藩力をあわせ、難儀の坂を越えるよりほかに、道はなかろう」

「まあ、そがなところかのう」

龍馬は口をつぐんだ。

半平太がたずねる。

「お前んは、才谷屋や下田屋のように、廻漕をやって銭儲《ぜにもう》けをするつもりか」

「まだ分からんが、時勢は銭金《ぜにかね》で動いちゅう。アメリカじゃ四民平等というが、銭が物いう世のなかになりゃ、日本がアメリカのような国にならんとはかぎるまい。半平太さん、怒っちゃいかん。アメリカ、イギリス、ロシアが日本に開港させたがは、いずれ交易をするためじゃ。土佐も諸藩に負けじとやりよるがじゃろ。そのときにはたらく者は、下等人民秀才ぜよ。上士は西洋の学問をする気がなかろうが。むつかしい勉強をこなして、わが才を頼りに這いあがってゆくのは、下士やら百姓町人じゃ。乱世にはそうなるものじゃと、史記に書いちゅうろうが」

半平太は無言でうなずいた。

その年は、天候が不順であった。

車軸を流すような豪雨が降り、藁葺《わらぶ》きの家の屋根がはがれるほど大風が吹き荒れたあと、冬を思わせるほど気温がさがり、蚊が出なくなった。

しばらく晴れた日がつづくと暑気が戻ったが、雨が降ると、また肌につめたい風が吹く。

五台山の寺院の僧が女を連れて出奔し、讃岐《さぬき》で召し捕られた事件の噂が城下をにぎわせたのは、九月初旬であった。

幾日か降りつづいた雨があがった夕方、龍馬と栄馬は日根野道場の稽古を終えた帰りがけに、河田塾をたずねた。

町筋には小袖をつけ、編笠をかぶった男女が、紅、白、青、黄などさまざまの色の襷《たすき》をかけ、歩いていた。

「今夜は日待《ひまち》で、絵島踊りをやるがじゃろ。お好やんはいきゆうか」

「あれはいきやせん。まだ子供じゃき」

龍馬たちは、にぎやかな町の様子に目をひかれた。どこかで太鼓の音がしている。

近頃、絵島踊りがはやり、日待、祭の夜に神社の境内、河原に篝火《かがりび》を焚き、夜がふけるまで笛、太鼓を鳴らして踊りを楽しむ男女が多かった。

河田塾には、純正、卓馬、三次、長次郎、馬之助、岡崎参三郎兄弟ら、大勢の青年が車座になり、小龍を囲みにぎやかに話しあっていた。

「今日は、えらい寄っちゅうのう」

龍馬たちが座に加わると、煎餅《せんべい》をかじっていた卓馬がいった。

「明日、家中の操練役が孕《はらみ》の渡合で、水戦《みずいくさ》の操練をやるそうじゃ。見にいかんかよ」

「どがなことをしよるがじゃ。先生はご存知なかですか」

小龍は苦笑いを見せた。

「さあ、分からん。見物するほうが恥ずかしいばあのもんじゃろ」

藩庁から武芸稽古奨励の触れが出ているので、操練役は山鹿《やまが》流の調練などをしきりにおこなっていた。

上士は調練を足軽のやるものと思っているので、応じない。足軽、徒士、庄屋の子弟など五、六十人を集め、太鼓、陣鐘《じんがね》を鳴らし、号笛を吹き、鏡川の河原で進退すると、堤に見物の人垣ができた。

龍馬がいう。

「郭中《かちゅう》に屋敷のある侍衆は、オランダ流砲術が気にいらんがじゃ。十匁筒で銃隊をこしらえ、駆けひきを習わせて、オランダ流の向こうを張るつもりらしいぜよ。なにせ頭が古いき、どもならん」

翌朝五つ過ぎ、龍馬と栄馬は日根野道場の朝稽古を休み、河田塾の朋輩《ほうばい》たちと二艘の磯舟に分かれて乗り、西孕の浜辺へむかった。

砂浜に舟を引き揚げ、薄《すすき》の生い茂った高処へ登り、腰を下ろす。肌につめたい西風の吹くなかで焼き芋をかじりながら、水戦操練がはじまるのを待った。

向かいの東孕の浜には、網船《あみぶね》が何十艘も集まり、白鉢巻、襷がけの若侍が、一艘に七、八人ずつ乗りこみ、騒がしく呼びあっている。艫《とも》に紅白の吹き流し、八《は》幡大菩薩《ちまんだいぼさつ》と墨書した幟《のぼり》を立てた船もあって、にぎやかな眺めである。

砂浜には見物人が群がり、小舟に乗って海上で眺める者もいる。

「しょう、おもしろそうじゃねや」

長次郎、卓馬たちが首をのばし海上をうかがう。馬之助が画板をとりだし、景色の写生をはじめる。

龍馬が純正をふりかえって笑った。

「来島《くるしま》の海賊流儀で操練をやりゆうらしいがのう。あんな小んまい船で黒船に近寄りゃ、ひっくりかえされるばあじゃ」

やがてするどい号令が海面に反響し、紺地中黒の船手指図旗を艫に立てた一艘が漕ぎだしてきて、ポンと空砲を鳴らした。

網船はかけ声をかけ、東西に五丁ほどしか離れていない渡合の海面に漕ぎだす。のどかな調子で太鼓が打たれ、およそ三十艘の網船が種崎の方向へ舳をむけ、横一列になる。

法螺貝が鳴ると、三艘一組になり、左右両翼が前に出て、「へ」の字になった。

やがて浜辺の見物人が歓声をあげた。種崎のほうから、水夫《かこ》十六人が漕ぎたてる朱塗りの船体の水小早《みずこばや》があらわれた。

俊足の軍船は舳に波を湧かせ、揺れながら迫ってきた。

網船から白煙が立ち、鉄砲を撃ちはじめた。太鼓、法螺貝がかわるがわる鳴り、網船は水小早を包囲し喊声《かんせい》をあげ、舷を接して若侍たちが飛び移る。

水煙をあげ、海中に落ちる者もいて、見物人は笑いどよめく。

「こがなことでも、せんよりましか」

「子供の遊びじゃ」

龍馬たちは笑いあった。

龍馬は、浦賀と神奈川で見た、城のような黒塗りの軍船を思いうかべる。

「アメリカの軍船に乗せちゅう大砲は、四十丁ほども弾丸を飛ばすぜよ。こっちはせいぜい七、八丁じゃ。いざとなりゃ、こがな斬りこみでもやらにゃ、打つ手はないぜよ」

十月二日の夕方、小高坂の郷士広井大六が、上士棚橋三郎に斬殺《ざんさつ》される事件がおこった。浦戸湾へ釣りに出た大六が、釣り舟を漕いで鏡川を遡《さかのぼ》ってくると、雑喉場《ざこば》の河岸に三郎がいて手招きをした。

三郎は近所の秋祭に出向き、したたかに酔っていたので、大六に横柄な口調で命じた。

「俺を向こう岸へ渡せ」

大六は無礼な男だと腹をたてたが、おだやかにいう。

「この先に渡し舟があるき、そこから渡っとうせ」

三郎は大六を睨《にら》みすえた。

「そがなことは分かっちゅう。俺はお前んの舟に乗りたいがじゃ。さあいけ」

三郎は舟に乗りこもうとした。

「いやじゃ、舟にゃ乗せん」

大六が拒むと、三郎は刀を抜いた。

「どうしゆう」

脇差《わきざし》を腰にしただけの大六が、舟を河岸から離そうとすると、三郎が飛びこんできた。

おどろいた大六が川のなかへ逃げようとしたが、うしろから大きく斬りさげられ、そのまま水中へ沈んでしまった。

棚橋は一瞬に酔いがさめ、屋敷へ帰り身支度をととのえると、逐電《ちくてん》してしまった。

現場を見た町人たちが急を知らせ、大六の息子の磐之助《いわのすけ》が親戚知人とともに駆けつけたが、父親の姿はない。

翌朝、不名誉な後疵《うしろきず》を負った大六の屍体《したい》が、川面に浮かびあがった。小高坂の郷士、下士は広井家に集まり、激昂《げっこう》して磐之助に仇討《あだう》ちをさせようとしたが、棚橋三郎はすでに行方をくらましている。

藩庁は大六が後疵をうけて死んだため、家名断絶の処分をした。

この措置を聞いた八平は、憤懣《ふんまん》をもらした。

「大六は後疵を負うたか知らんが、棚橋が狂いよったが悪いがじゃ。災難に遭うて死んだ者に、そがな仕置をせいでもよかろうが。こっちも仕返しに、郭中の侍に闇討ちくわしてやりゃ、えいがじゃ」

武芸達者な八平は、六十に近い年頃になっても、上背のある体に隆々と筋骨をたくわえている。

殺された大六とは知りあいであったので、憤懣をおさえかねたようであった。

権平がいった。

「龍馬よ、おんしは盛組に狙われゆうともっぱらの噂じゃ。大地震このかた、物騒な世のなかじゃき、夜歩きはつつしみよ」

龍馬は軽くうなずき、聞き流した。

西風がおだやかに吹く、十一月上旬の朝であった。龍馬は安芸郡安田《やすだ》村の浜辺にいた。

陽は頭上に昇り、一丁ほど離れた砂上に、二十羽ほどの鳶が下りている。

果てもない海原には、胡麻粒《ごまつぶ》を置いたように漁船の影が見える。安田村は、高知と室戸岬のやや室戸よりにある、土佐湾に面した集落で、安田川の河口をはさみ、家並みがつづいていた。

龍馬は前の日に、高知から室戸へむかう廻船に乗って、安田村の郷士高松順蔵《たかまつじゆんぞう》の家へ遊びにきた。順蔵の妻は、龍馬より十八歳年上の長姉千鶴《ちず》である。

龍馬とともに砂浜に腰をおろしているのは、今井純正と順蔵の長男太郎である。太郎はふた月まえから坂本家に寄宿して、日根野道場へ通い、武芸修行をしている。

純正が声をあげた。

「おっ、あれはどこからきよったか。白鳥じゃ」

龍馬が見ると、砂浜に腹を触れるほど低く、二羽の白鳥がゆっくりと羽ばたき飛んでくる。

ひとかかえもあるような太い胴の重みを運びかねて、浜に下りるのではないかと見守るうち、長い首をのばした巨大な白鳥は、安田川のほうへ去っていった。

太郎がおどろきの声をあげた。

「まっこと、夢を見たようじゃねや」

「あんな鳥、知っちゅうか」

龍馬が聞くと、太郎は首をふった。

「うーん、知らん」

「南へ行くまえに、この辺りでちと腹ごしらえをしていくがじゃろ。ありゃ、夫婦《めおと》じゃねや」

龍馬は、遠い空にお琴の幻を見た。太郎が膝を叩いた。

「あれが昨日、仁井田浜へ飛んできちょったら、鉄砲で撃ちおとせたのに、惜しいことをしたのう、龍馬さん」

龍馬は黙って笑みを返した。

彼は前日、仁井田で高島流砲術師範、徳弘孝蔵の指導で、洋砲試射の浜稽古をつけた。

八平、権平とともに参加した稽古には、家中の上士、下士数十人が集まり、手練を競いあった。龍馬は十二斤カノン砲を、八丁先の角《かく》にむかって七発撃ち、命中あるいは至近距離に弾着させる好成績をあげた。

八平、権平は、さらに大型のカノン砲を撃ち、相応の成績をあげた。

前夜、龍馬たちは川島家に一泊した。

広間に親戚が集まっての夕餉の座で、八平はこころよげに盃をあげた。

「春満《はるみつ》（猪三郎）さんが達者でいてくれりゃ、よかったがのう。十三も年上のあしが、こがいに陽灼《ひや》けして浜稽古やりゆうがは、申しわけないようじゃ」

彼は龍馬に笑顔をむける。

「おんしは気が優しいき。子供らあに、ようしちゃり。末子《おとご》の嬢《いと》も、おんしの傍を離れんぜよ」

猪三郎の末娘で、七歳になる田鶴は、龍馬の膝にもたれかかっていた。

彼女は十三歳の兄粛《すすむ》とともに、かたときも龍馬から離れようとしない。

「嬢よ、この兄さんがきたらうれしいかよ」

田鶴が前髪を揺らせてうなずき、八平が眼を細め、同座の親戚の人々にいう。

「龍馬が子供らあに優しいがは、十二のときまで育ててもろうた南町の乳母《ばあ》が、至って子供好きじゃったためですろう」

龍馬は幼い頃、病勝《やまいが》ちであった生母の幸にかわって、南奉公人町からきた乳母に育てられた。

親戚の男女は、うなずきあう。

「龍馬さんが肩をななめに、タホウにして道を歩きよったら、子供らあは慕いよって、もぶれつきゆう（まつわりついている）。龍馬さんは頭を撫でたり、抱きあげたりして、早う太うなりよと声をかけなさるき、皆甘えて離れんがです」

タホウとは、身を傾けることである。

八平は、龍馬よりも二十一歳年上の長男権平が、知らぬ顔をしているのも構わずいった。

「おんしの連れの栄馬やら純正、卓馬らあはもとより、年下の者らあも、大勢慕うちょる。小高坂の望月《もちづき》の息子やら池《いけ》の息子、潮江の惣之丞《そうのじょう》ら、利発者も仰山《ぎょうさん》おるぜよ。この先は皆を使うて廻船をしいや。うまいこと調子に乗るようなら、誰にも遠慮はいらん。蒸気船が買える世になりゃ、才谷屋にもひと口乗らせるきのう。どがな絵でも描けるぜよ」

八平が名をあげた少年たちは、いずれも龍馬が日頃から弟のようにかわいがっている、下士の子息であった。

龍馬は身内に湧きあがる感動に、思わず瞼《まぶた》が熱くなった。

八平が権平と親戚の人々の居並ぶ席で、龍馬の希望を叶《かな》える意向を口にしたのは、今後の支持を確約してくれたことになる。権平は表情を動かすことなく、父の言葉を聞いていた。

龍馬たちは高松家に三日間滞在し、魚釣り、銃猟に興じた。龍馬は高松順蔵の温和な人柄が好きである。

順蔵は安芸郡安田、東島《ひがしじま》などに十五石七斗の領知をもつ、高松家の十二代目で、坂本家とは縁の深い親戚であった。

順蔵の母は、龍馬の祖母久の妹である。順蔵と千鶴の仲はむつまじい。彼は千鶴をめとるまえ、江戸に遊学して経書、絵、居合術を学んだ。

居合は長谷川英信流《はせがわえいしん》の奥義を受けており、毎晩稽古をした。小豆《あずき》を口にふくみ、吹きだすと同時に刀を抜き、両断する。

龍馬は順蔵の妙技を幾度も眼にしていた。順蔵の居合についての逸話がある。

夏の日暮れどき、高知から帰ってくる順蔵が、香我美郡赤岡村にさしかかった。縁台に腰をかけ涼んでいた若衆たちは、順蔵が前を通りすぎたとき、犬をけしかけた。犬はいまにも喰《く》いつきそうないきおいで吠《ほ》えかかるが、順蔵はふりむきもしない。

しばらくするうちに犬が啼きやんだ。若衆たちが見ると、犬はまっぷたつに斬られて倒れていた。順蔵が刀を抜くところを見た者がいなかったので、若衆たちは息をのんだ。

藩主山内豊信は英信流をよく遣い、十八歳で目録を受けていたので、順蔵を召し抱えようと再三招いた。だが順蔵は固辞して出仕せず、諸国の名所旧蹟《きゅうせき》をめぐり、和歌を数多く詠んで『採樵歌』という歌集をまとめた。

順蔵の弟濤亭《とうてい》は長崎でオランダ医学を修め、城下新町で洋方医を開業していた。豊信は彼を侍医《じい》に取りたてようとしたが、拒まれた。濤亭もまた、兄と同様に野にいるのを望んだ。上士、下士の身分に縛られるのを嫌ったのである。

順蔵は、龍馬の話を聞くのを好んだ。龍馬は前月十月二日の、江戸大地震についての噂を口にした。

「先日の地震で、老中の阿部侯のお住まいも総潰れになったがです。お妾《めかけ》のほかに即死の人数も仰山出て、ご当人も刀一本持っただけで、ようよう這いだしたそうな。せっかく庭先に竹藪をこしらえちょったに、そこまでいけざったがです」

老中阿部正弘は、諸国に地震が頻々《ひんぴん》とおこるので、いざというときは庭の竹藪に逃げこむつもりであったという。

順蔵はその話を聞くと、天井をむき大笑いしたので、千鶴がおどろいた。

「私はそがな笑い声を、ひさびさに聞いたぞね」

めったに人を信用しない順蔵が、龍馬に長男の太郎の指導を一任しているのは、親戚じゅうに知れていることであった。

師走《しわす》になると寒気がきびしくなり、毎朝手水鉢《ちょうずばち》の水が凍った。

八平は座敷に炬燵《こたつ》を出させ、書見をする。

「こう寒うては、炬燵からええ出ん。龍馬は撃剣稽古か。若いきに元気なもんじや」

「今日は徳弘塾へいって、カノン砲を触《いろ》うてきますすきに」

龍馬ははずんだ声で答える。

彼の身内には、精気があふれていた。近頃、離れでひとりいるとき、刀を腰にして抜き、空《くう》を袈裟《けさ》に切り、刃を返して切りあげ、横一文字に振って納刀する動作を、くりかえしていた。

刃渡り二尺三寸七分の大刀の柄《つか》は、卯《う》の花《はな》色の紐《ひも》で巻いている。巻き紐の凹凸をてのひらになじませておかないと、高松順蔵のように目にもとまらない早業をあらわすことはできない。刀身は龍馬の力で振れば、さほど重いものではないが、刃筋をまっすぐ立てて振らないと、切れ味はなくなってしまう。龍馬が抜刀の稽古をするのは、盛組の若侍たちが、彼に闇討ちをしかけるという噂が、城下にひろまっていたためである。

龍馬は夜になって、友人の家をひとりでたずねてゆくことがある。その途中、人目につかない場所で斬りすてられたときは、下手人は分からないままになる。

彼が座敷で稽古に熱中しているとき、乙女があらわれた。

「なにしゆう」

「抜刀の稽古じゃ」

「闇討ちされたときの用意かね。それなら、懐《ふところ》鉄砲《でつぽう》を持っていけばえいぞね」

「そがな重たい物は、急場の間にあわん。あっと思う間に、勝負はきまっちゅう」

「私がついていくきに」

龍馬は笑った。

「お姉やんに助太刀《すけだち》されるかよ。俺も男じゃき、こらえとうせ」

数日まえの夜、龍馬は天神橋に近い川筋の道を歩いているとき、くらがりで幾つかの人影が揉みあっているのを見た。

前を通りかかると、刀の柄に手をかけた若侍を、二人の朋輩が懸命にひきとめているのが見えた。

——なにをやりゆうぜよ——

龍馬は彼らの気配を油断なくはかりながら、遠ざかっていった。星明かりで人相はたしかめられなかったが、刀を抜こうとしていた男は、乾退助に似ていた。

龍馬は闇討ちをおそれていなかった。

彼は雪雲が空を覆っている朝、寒風が埃《ほこり》をまきあげる本丁筋へ出て、徳弘塾へむかった。

城下中須賀の徳弘道場では、孝蔵と息子の数之助が留守で、数人の門人が土間に置かれた洋砲を操作する稽古をしていた。

龍馬は仁井田の浜稽古で、七発の二百七十匁玉を撃ったカノン砲の操作を、しばらくひとり稽古した。

矢倉《やぐら》（射角）三度という、水平に近い弾道での射撃をするカノン砲の操作で、まず習得を要するのは、目標に到達するための適量の火薬装塡《そうてん》である。

ボンベンと呼ばれる破裂弾を用いるときは、道火縄（導火線）の長さを決めるのがむずかしい。破裂弾の内部には黒色火薬が装塡されていて、道火縄により爆発させる。

道火縄は、砲弾にうがたれた細い孔《あな》にさしこまれ、先端は火薬に達し、後尾はわずかに弾体の外に出ている。道火縄が発射の際の熱で燃えはじめ、砲弾が目標に届くときに内部の黒色火薬に点火、爆発すれば射撃は成功である。

だが道火縄が長すぎたときは、砲弾が目標に命中しても爆発せず、転がってしまう。短すぎれば空中で爆発する。

青銅砲は鉄製砲よりも材質に粘りがあるので、実弾射撃の際の事故はすくないが、発射薬が湿っていたため砲弾が撃ちだされず、砲腔《ほうこう》のなかで爆発する、危険きわまりない腔発事故はあとを絶たない。

龍馬はまだ破裂弾の実射をした経験がなかった。ボンベンが撃ちだされ、轟音《ごうおん》とともに角《かく》に命中し、砂をまきあげ発散させる光景は、勇壮きわまりない。

彼はしばらくカノン砲の操作をしたあと、先輩の郷士たちが焼き玉（焼夷弾《しょういだん》）装填の稽古をするのを見た。

まっかに焼いた焼き玉は、破裂しないが敵の陣所あるいは軍船に命中すると、大きな打撃を与えることができる。屋根、甲板を貫通し、赤熱した砲弾が転がりまわれば、たちまち火災をおこし、手におえない。

焼き玉の装填には、複雑な技術が必要であった。赤熱した砲弾を砲口から入れると、発射薬に瞬間に引火するので、砲弾と火薬のあいだに濡らした布や枯れ草を塡《う》めておく。

焼き玉を入れたのち砲口から白い蒸気が噴きだしているあいだに照準をきめ、発射しなければならない。

龍馬は焼き玉装塡の作業を飽きずに見学し、昼前に家へ帰った。

離れに入ると庭を女中が走って横切り、井戸で水を汲《く》み、金盥《かなだらい》に入れ、あわただしく母屋へ持ってゆく。龍馬が聞いた。

「何事じゃ」

女中が息をきらせて答えた。

「大旦《おおだん》さんが、倒《こ》けたがです」

八平は卒中で倒れ、意識を回復しないまま十二月四日に世を去った。享年五十九である。

晴れつづきで大風が吹き、水溜まりに厚氷の張る、寒気のきびしい日であった。

龍馬は父の没後三日ほどは、食物が喉を通らず、茶や酒を飲むだけであった。

いままで生活のすべてを托《たく》し、頼ってきた父が突然現世から姿を消してしまった。

通夜の晩、龍馬と乙女は家族の寝静まったあと、棺《ひつぎ》のまえで話しあった。

「お父やんが亡《の》うなったら、俺の仕事の元手を出してくれる人がおらん。兄貴は俺らあを食わせてくれるばあじゃろ。道場を普請する銭もろくに出しちゃくれまい」

「私もこのまま、家におれるかどうか、分からんぞね。嫁入り話があったら、受けにゃいかんろう」

姉弟は八平の生前のような鷹揚《おうよう》な暮らしむきが、つづけられるとは思わない。ふたりとも権平の厄介人である。

龍馬が有為の下等人民を糾合《きゅうごう》し廻漕業をおこして、シチンボールを買いいれることも、夢想となった。

「お父やんが、あと五年おってくれたらのう」

龍馬は悲哀の思いにみぞおちをしぼりあげられ、つぶやく。

武士の息子のうち、官位俸禄をうけるのは長男だけである。次男以下は俸禄がなく、家長に養われる部屋住みで生涯を終えねばならない。自立する機会は、他家へ養子に入ることだけであった。

公儀あるいは藩庁から登用される可能性は皆無にひとしい。幼時から軍事の訓練をうけ、武芸を身につけている彼らが与えられている特権は、両刀を帯びることである。

武士であるために、衣食をはかる方途も乏しい彼らは、前途の希望のない生活に身を持ち崩し、親兄弟から勘当されて浪人の群れに落ちてゆく。

龍馬はいった。

「俺はなんとかやっていけるろう。撃剣道場のようなこまいことはせん。もっと大けなことをやるぜよ」

「なにをやるつもりぞね」

「まだ分からんが、来年は江戸へ出るつもりじゃ。半平太さんや以蔵は臨時御用兼帯で、剣術修行に江戸へいくらしい。俺も兄《にい》やんに頼んで、そうするぜよ。広い世間を見て、身のふりかたをきめりゃえいろう」

「お前んが傍におらんようになると、私は心もとないぞね」

乙女はうなだれた。

龍馬は八平が亡くなってまもなく、権平から今後の方針についての意向をうちあけられた。

「お前はお父やんに、下田屋のような商売をやりたいと、いうちょったが、俺が当主になったからには、そがな望みはあきらめてくれ。廻船を乗りまわして、按《あん》配《ばい》よういきゃえいが、船を沈めりゃ元も子もない。よほどの貯《たくわ》えがなけりゃ、できる商いではないぜよ。俺が坂本の家を嗣《つ》いだからには、お前に危ない橋は渡らせん」

龍馬は、はなやかな夢想を捨てていた。

「兄やんの胸のうちは分かっちょる。俺も部屋住みの分際に不相応なことをやる気はないき、安心しとうせ。兄やんは、俺が城下で撃剣道場をひらけばえいと思うちゅうがじゃろ」

権平はうなずく。

「それがいちばんお前のためになるろう。他家の養子になるより安《あん》気《き》なぜよ。俺が家作の二、三軒もつぶして、道場を建てちゃるき」

「おおきによ。誰がいうてくれりゃ、兄やんなればこそじゃ。俺もそのつもりで撃剣修行を重ねにゃいかん。来年には、江戸へいかいとうせ」

「それがよかろう。福岡さまに願ってお許しを貰うちゃる」

権平は、龍馬がおだやかに彼の意向に従ってくれたのをよろこんだ。

龍馬は兄に内心をうちあけなかった。権平は彼のために、道場と住居を新築してくれるだろう。その費用は、たかだか二、三百両である。

龍馬は江戸に滞在した一年のあいだに、世間を見る眼が大きく変わっていた。

彼は中国の史記を読み、秦《しん》の始皇帝《しこうてい》の宰相となった李斯《りし》の挿話を覚えている。

李斯ははじめ楚《そ》という国の、片いなかの小役人であった。彼は出世の希望のない生活から脱出しようと考えた。

「役所の便所に住みついた鼠《ねずみ》は、汚物をくらい、人や犬の影を見ては逃げ走る。倉庫に住みついた鼠は、うずたかく積まれた穀物を食い、屋根の下で人や犬に会うこともなく暮らす。人間の運もまた、住む場所によってきまる」

龍馬の身内に、この挿話が根づいていた。

龍馬は財力も地位もないが、あり余る時間があった。彼は自分にいい聞かせた。

――これから世間は変わってくる。しばらくは形勢を見ることじゃ。あわてちゃいかん。龍が雲を呼ぶにも、機をはからにゃいかんがじゃ――


（『龍馬　二　脱藩篇』に続く）

この作品は二〇〇五年四月に角川文庫で刊行されました。

初出紙　「東京新聞」「中日新聞」「西日本新聞」「北海道新聞」に一九九八年七月一日から一九九九年二月一七日まで、「高知新聞」夕刊に一九九八年七月一日から一九九九年四月五日まで連載（原題「奔馬の夢」）

単行本　二〇〇一年四月、角川書店刊

津本　陽

月とよしきり

落ちぶれ果てても男には、譲れない道がある！『天保水滸伝』で有名な伝説の剣豪、平手造酒。将来を嘱望されながらも、不運の転落人生を歩んだ剣客。その魂の叫びがよみがえる痛快時代小説。

集英社文庫

集英社文庫

龍《りょう》　馬《ま》　一　青雲篇《せいうんへん》

2009年９月25日　第１刷
2009年12月７日　第３刷

定価はカバーに表示してあります。

著　者　津本《つもと》　陽《よう》
発行者　加藤　潤
発行所　株式会社　集英社
東京都千代田区一ツ橋2-5-10　〒101-8050
電話　03-3230-6095（編集）
03-3230-6393（販売）
03-3230-6080（読者係）
印　刷　中央精版印刷株式会社　株式会社美松堂
製　本　中央精版印刷株式会社

フォーマットデザイン　アリヤマデザインストア　　マークデザイン　居山浩二

ISBN978-4-08-746484-9 C0193